L.S. Hilton

L.S. Hilton a grandi en Angleterre et vécu à
Key West, New York, Paris et Milan. Après
avoir obtenu son diplôme à Oxford, elle étudie
l'histoire de l'art à Paris et à Florence. Elle a été
journaliste, critique d'art et présentatrice avant de
se consacrer à l'écriture. *Maestra* (Robert Laffont,
2016) est le premier volet d'une trilogie noire.
Le livre est déjà traduit dans 40 pays et en cours
d'adaptation pour le cinéma. Le deuxième volet,
Domina, a paru en 2017 chez le même éditeur.
L.S. Hilton vit actuellement à Londres.

D1424377

MAESTRA

L. S. HILTON

MAESTRA

Traduit de l'anglais
par Laure Manceau

Robert
Laffont

Titre original :

MAESTRA

Ce livre est une œuvre de fiction. Les personnages, les faits et les lieux cités sont des inventions de l'auteur et visent à conférer de l'authenticité au récit.
Toute ressemblance avec des situations, des lieux et des personnes existant ou ayant existé ne peut être que fortuite.

Pocket, une marque d'Univers Poche,
est un éditeur qui s'engage pour la préservation
de son environnement et qui utilise du papier fabriqué
à partir de bois provenant de forêts gérées
de manière responsable.

© L. S. Hilton 2016.
Originally published in the English language as Maestra by Zaffre, an imprint of Bonnier Publishing Fiction, London.
© Éditions Robert Laffont, S.A., Paris, 2016, pour la traduction française

ISBN : 978-2-266-27247-6

*À la divinité nordique du Grand Tout,
que je remercie*

Prologue

Le claquement de la soie et de nos talons féroces a retenti dans le couloir. Un brouhaha sourd indiquait que les hommes étaient déjà de l'autre côté de la double porte. La pièce, meublée de petites tables, de canapés et de fauteuils, était éclairée aux chandelles. Les hommes portaient d'épais pyjamas de satin noir sous des vestes à brandebourgs, dont la trame lustrée rehaussait le blanc empesé de leurs chemises. L'or des boutons de manchettes et des montres étincelait à la lueur des bougies, un monogramme brodé scintillait sous les plis chatoyants d'un mouchoir de soie. La mise en scène frôlait le ridicule, mais le moindre détail était parfait, et j'étais comme hypnotisée, le pouls lent et profond. Alors qu'Yvette se faisait emmener par un homme avec une plume de paon au poignet, un autre s'est approché de moi, un gardénia pareil au mien à la boutonnière.

— Alors ça marche comme ça ?

— Pour le dîner, oui. Après, vous pouvez choisir. Bonsoir.

— Bonsoir.

Il était grand et mince, bien que son corps m'ait semblé plus jeune que son visage, aux traits durs et marqués ; ses cheveux grisonnants coiffés en arrière dégageaient un front haut et large, des yeux légèrement tombants – une icône byzantine. Il m'a guidée jusqu'à un sofa, a attendu que je m'asseye et m'a tendu un verre de vin blanc cristallin. Trop de cérémonie, mais j'appréciais la chorégraphie. De toute évidence, Julien aimait le plaisir de l'anticipation. Les serveuses quasi nues sont réapparues, avec des bouchées au homard, puis des tranches de magret au miel et au gingembre, et enfin des tuiles aux framboises et aux fraises. Des velléités de nourriture, rien qui vous rassasie vraiment.

— Les fruits rouges donnent un goût exquis au sexe d'une femme, a commenté mon compagnon de table.

— Je sais.

Quelques personnes parlaient à voix basse, mais la plupart épiaient et buvaient, leur regard passant des convives aux mouvements vifs des serveuses, à leurs corps de danseuses, minces et musclés, leurs mollets bien pleins au-dessus des bottines. Travail au noir pour le corps de ballet ? J'ai aperçu Yvette au fond de la salle, sa bouche offerte à une figue fourrée à l'amande, le corps alangui comme celui d'un serpent, un soupçon de sa cuisse noire dévoilé entre deux pans de soie rouge. Tout à leur rituel, les serveuses ont circulé dans la salle avec des éteignoirs, tamisant l'atmosphère dans un nuage de cire. Caressante et sans hâte, la main de l'homme s'est aventurée entre mes cuisses, qui n'ont pas tardé à frémir en retour. Les filles ont posé çà et là des plateaux laqués couverts de préservatifs, avec des petits flacons d'huile de monoï, du lubrifiant versé dans de petites bonbonnières. Certains couples s'embrassaient, satisfaits de leur partenaire, d'autres se levaient poliment et traversaient la pièce en direction de la proie qu'ils s'étaient choisie plus tôt. Le peignoir d'Yvette était retroussé sur ses jambes écartées, le visage de son cavalier enfoui dans son sexe. J'ai croisé son regard, elle a souri, avec délices, avant de laisser sa tête retomber parmi les coussins, dans le même mouvement d'extase qu'une toxico en pleine montée.

I

DEHORS

1

Si vous me demandiez comment tout a commencé, je pourrais dire en toute honnêteté que, la première fois, il s'agissait d'un accident. Il était environ six heures du soir, le moment où la ville bouillonne à nouveau, et, bien qu'en surface les rues aient été balayées par les bourrasques d'un énième mois de mai dégueulasse, il faisait chaud et humide dans la station de métro. Entre les journaux à scandale jetés par terre et les emballages de fast-food, les touristes irritables en tenue criarde et les voyageurs au teint cireux qui repartaient vers la banlieue, j'attendais le métro à Green Park, sur la ligne Piccadilly. Encore une formidable semaine à mon formidable travail qui débutait sous le signe du harcèlement et de la condescendance. Lorsque le train sur l'autre quai est reparti, un soupir collectif s'est élevé de la foule. À en croire le panneau, le métro suivant était bloqué à Holborn. Une personne sur les rails, sans doute. On voyait les gens se dire : « Bien ma veine, ça. » Mais pourquoi il faut toujours qu'ils se foutent en l'air aux heures de pointe ? De l'autre côté des voies, le flot des passagers s'écoulait lentement. Parmi eux une fille sur des talons périlleux, portant une robe moulante bleu électrique. Collection d'Alaïa de la saison dernière pour Zara. Sûrement en route vers Leicester Square avec les autres ploucs. Elle avait de magnifiques cheveux, une crinière couleur prune qui tombait en cascade dans son dos, avec des extensions tissées de fil d'or qui attrapaient la lumière des néons.

— Judeee ! Judy ! C'est bien toi ?

Elle s'est mise à me faire de grands signes. J'ai fait semblant de ne pas entendre.

— Judy, houhou ! Par ici !

Les gens commençaient à la regarder. Elle s'était dangereusement rapprochée de la ligne jaune de sécurité.

— C'est moi ! Leanne !

— Votre amie vous fait signe, là-bas, m'a gentiment indiqué une femme à côté de moi.

— Je te retrouve là-haut dans une minute !

Je n'entendais plus très souvent de voix aussi gouailleuse. Et jamais je ne me serais imaginé entendre celle-ci de nouveau. De toute évidence, elle n'allait pas lâcher le morceau, et le métro n'arrivait toujours pas, alors j'ai épaulé ma lourde mallette en cuir et me suis frayé un chemin dans la foule. Elle m'attendait sur la passerelle entre les deux quais.

— Salut ! Je m' disais bien que c'était toi !

— Salut, Leanne, ai-je répondu avec précaution.

Elle a trébuché sur le dernier mètre et s'est jetée à mon cou, comme si j'étais une sœur qu'elle aurait perdue de vue.

— Quelle allure ! Très pro, une killeuse. Je savais pas que tu vivais à Londres !

Je ne lui ai pas fait remarquer que c'était parce qu'on ne s'était pas parlé depuis plus de dix ans. Les amis Facebook, ça n'était pas trop mon truc, et puis je n'avais pas besoin qu'on me rappelle à tout bout de champ d'où je venais.

Mais je m'en suis voulu.

— Leanne, tu as l'air en pleine forme. J'adore tes cheveux.

— En fait, je m' fais plus appeler Leanne. C'est Mercedes, maintenant.

— Mercedes ? C'est… pas mal. Moi je préfère Judith à présent. Ça fait plus adulte.

— Eh oui, regarde-nous. Deux adultes.

Je ne pense pas que je me sentais véritablement adulte à l'époque. Je crois qu'elle non plus.

— Écoute, y m' reste une heure avant de commencer le boulot. Ça te dit de boire un verre ? Histoire de rattraper tout ce temps ?

J'aurais pu répondre que ce n'était pas le moment, que j'étais pressée, et prendre son numéro, comme si j'allais l'appeler un jour. Mais qui m'attendait ? Et puis, il y avait dans cette voix un je-ne-sais-quoi de familier qui accentuait ma solitude et, à la fois, me rassurait. Il me restait en tout et pour tout deux billets de vingt livres, et j'avais trois jours à attendre avant que tombe ma paie. Ça pouvait être sympa quand même.

— Avec plaisir, j'ai dit. C'est ma tournée. Je t'emmène au Ritz.

Deux cocktails au champagne au Rivoli Bar, trente-huit livres. Il m'en restait douze sur ma carte Oyster et deux au creux de la main. Je n'allais pas manger grand-chose jusqu'à la fin de la semaine. C'était peut-être bête de ma part de vouloir flamber, mais il faut parfois savoir se rebiffer contre le quotidien. Du bout de son faux ongle laqué de fuchsia, Leanne – Mercedes – est allée à la pêche à la cerise confite et a bu de bon cœur.

— Hmm, ce que c'est bon, merci. Bien que j'aie une préférence pour le Roederer, maintenant.

Ça m'apprendrait à faire de l'épate.

— Je travaille dans le coin, ai-je lancé. Dans l'art. Une maison de ventes aux enchères. Je suis spécialiste des grands maîtres.

Ce qui n'était pas vrai, mais je ne pensais pas que Leanne sache faire la différence entre un Rubens et un Rembrandt.

— Très chic, a-t-elle répondu.

Elle avait l'air de s'ennuyer à présent, là, à tripoter le mélangeur dans son verre. Je me demandais si elle regrettait de m'avoir fait signe, mais au lieu d'en être agacée, j'éprouvais le besoin pathétique de lui faire plaisir.

— Sur le papier, oui, ai-je nuancé, sur le ton de la confidence, sentant l'alcool et le sucre trouver doucement leur chemin au creux de mes veines, mais je suis payée une misère. La plupart du temps, je suis fauchée.

« Mercedes » m'a raconté qu'elle vivait à Londres depuis un an. Elle travaillait dans un bar à champagne du côté de St James.

— Ça fait classe comme ça, mais c'est plein de bons vieux pervers. Rien de louche, hein, a-t-elle précisé, ce n'est qu'un bar. Cela dit, les pourboires sont délirants.

Elle prétendait se faire deux mille livres par semaine.

— Faut faire gaffe aux kilos par contre, a-t-elle ajouté en pinçant son minuscule petit ventre. Tout cet alcool. Enfin, tant qu'on le paie pas. Olly nous conseille de le verser dans les plantes, si nécessaire.

— Olly ?

— Le propriétaire. Faudrait que tu viennes un de ces quatre, Judy. Bosser un peu au noir, si t'es à sec. Olly, il cherche toujours des filles. Je t'en paie un autre ?

Un couple d'un certain âge en tenue de soirée, probablement en route pour l'Opéra, s'est installé à la table face à la nôtre. Le regard critique de la femme a parcouru les jambes faussement bronzées de Mercedes, son décolleté scintillant. Mercedes s'est tortillée sur sa chaise et, lentement, a croisé et décroisé les jambes, m'offrant, ainsi qu'au pauvre bougre à côté de moi, un sérieux aperçu de son string en dentelle noire, tout ça sans quitter la femme du regard. Pas la peine de demander si quelqu'un avait un problème.

— Je disais donc, a-t-elle repris quand la femme a planqué son visage rouge derrière la carte des cocktails, on s'éclate. Les filles sont d'un peu partout. Tu serais à tomber, un peu pomponnée. Allez, viens.

J'ai baissé les yeux sur mon tailleur Sandro en tweed noir. Veste cintrée, petite jupe plissée légère. C'était censé être coquet mais assumé, professionnel avec un petit côté rive gauche – du moins, c'est ce que je me disais quand je raccommodais les ourlets pour la centième fois. Mais à côté de Mercedes, j'avais l'air d'un corbeau dépressif.

— Là, tout de suite ?

— Pourquoi pas ? J'ai plein de fringues dans mon sac.

— Je sais pas trop, Leanne.

— Mercedes.

— Désolée.

— Allez, je te prête mon haut en dentelle. Ce sera d'enfer avec tes nichons. À moins que t'aies un rencard ?

— Non, ai-je répondu en penchant la tête en arrière pour attraper les dernières gouttes de champagne et d'angostura. Non, je n'ai pas de rencard.

2

J'ai lu quelque part que le rapport de cause à effet n'est qu'une mesure de précaution contre l'imprévu, contre la terrifiante instabilité du hasard. Pourquoi ai-je suivi Leanne ce jour-là ? Il n'avait pas été pire qu'un autre. Mais les choix précèdent le temps des explications, qu'on s'en soucie ou non. Dans le monde de l'art, il n'existe que deux hôtels des ventes à connaître. Ce sont eux qui réalisent des opérations à plusieurs centaines de millions de livres, qui gèrent les collections de ducs désespérés et d'oligarques asociaux, qui font défiler l'équivalent de mille ans de beauté et de savoir-faire dans leurs salles au calme muséal pour transformer le tout en cash bien palpable. Quand, trois ans auparavant, j'avais décroché ce poste chez British Pictures, je m'étais dit : « Ça y est, j'y suis. » Mais ça a duré, quoi, un jour ou deux. Je n'ai pas tardé à saisir que les manutentionnaires, les mecs qui portaient et exposaient les œuvres, étaient les seuls à se soucier véritablement des tableaux. Pour les autres, ç'aurait aussi bien pu être des allumettes ou du beurre. Quoique j'aie été employée au mérite, et malgré mon travail, mes efforts assidus ou ma connaissance plutôt approfondie de l'histoire de l'art, j'étais obligée d'admettre que, par rapport aux critères de la maison, je n'avais rien de spécial – loin de là. Au bout de deux ou trois semaines, je me suis rendu compte que tout le monde se fichait pas mal que vous sachiez faire la différence entre un Bruegel et un Bonnard, qu'il y avait d'autres codes à maîtriser, nettement plus cruciaux.

Au bout de trois ans, il y avait quand même des aspects de mon boulot qui me plaisaient toujours. Passer devant le portier en uniforme pour entrer dans le hall parfumé à l'orchidée. Le regard plein de respect que les clients réservaient aux experts lorsque je gravissais l'imposant escalier en chêne, puisque bien entendu, tout dans cette maison se traînait trois siècles de carrure imposante. Écouter les conversations des eurosecrétaires toutes identiques, leur accent français ou italien aussi impeccable que leur coiffure. Le fait que moi, à la différence de ces filles, je ne cherchais pas à prendre au piège un gestionnaire de fonds dans mes accroche-cœur. J'étais fière d'avoir décroché un poste d'assistante après un an de stage chez British Pictures. Je n'avais pas non plus l'intention de continuer dans le secteur très longtemps. Je n'allais pas passer le reste de ma vie à scruter des tableaux de chiens et de chevaux.

Ce jour-là, le jour où je suis tombée sur Leanne, j'avais reçu un mail à la première heure de Laura Belvoir, l'assistante de direction de mon département. En objet : « Action immédiate ! », mais rien dans le corps du message. J'ai traversé le bureau pour lui demander ce qu'elle voulait. Les chefs avaient récemment eu droit à une formation en management et Laura avait bien assimilé l'idée de communication intra-bureau, bien que manifestement elle n'ait pas encore approfondi l'aspect dactylo de la chose.

— Il faut que vous me fassiez les attributions pour les Longhi.

On préparait pour la vente italienne à venir une série de tableaux de scènes de conversation par le peintre vénitien.

— Vous voulez que je vérifie les titres à la réserve ?

— Non, Judith. Ça, c'est le travail de Rupert. Allez aux Heinz voir si vous pouvez identifier les sujets.

Rupert était le directeur du département, et il arrivait rarement avant onze heures.

Les archives Heinz disposent d'un énorme catalogue d'images légendées – je devais chercher quels ersatz de lords avaient pu, au XVIIIe siècle, poser pour Longhi au cours de leur vie oisive car l'identification de certaines personnalités pouvait rendre les tableaux plus attractifs pour les acheteurs.

— D'accord. Vous avez un jeu de photos, s'il vous plaît ?

Laura a soupiré.

— À la bibliothèque. Elles sont classées à « Longhi/Printemps ».

Étant donné que British Pictures occupait tout un pâté de maisons, il fallait quatre minutes pour aller de notre département à la bibliothèque, et c'est un trajet que je faisais nombre de fois, tous les jours. Malgré la rumeur qui courait dehors comme quoi on était au XXIe siècle, cette maison était toujours gérée comme une banque de l'époque victorienne. Des employés passaient ainsi leur journée à arpenter les couloirs pour livrer de petits bouts de papier à d'autres employés. Les archives et la bibliothèque étaient à peine informatisées ; il n'était pas rare de tomber sur des petits fantômes échappés de chez Dickens coincés dans des réduits, entre des montagnes de reçus et des livres de comptes. J'ai trouvé l'enveloppe de photos et suis retournée à mon bureau chercher mon sac. Mon téléphone a sonné.

— Allô ? Ici Serena à l'accueil. J'ai les pantalons de Rupert qui attendent.

Direction le hall, où j'ai pris le sac laissé par le tailleur de Rupert, puis cinq cent et quelques mètres en sens inverse pour revenir au département. Laura a levé la tête.

— Judith ? Vous n'êtes pas encore partie ? Mais qu'est-ce que vous fichez ? Bon, puisque vous êtes là, allez donc me chercher un cappuccino. Pas à la cafète, mais dans ce chouette petit café de Crown Passage. Demandez une facture.

Une fois le café livré, j'ai pris la direction des archives. J'avais cinq photos dans mon sac, des scènes à l'Opéra de La Fenice, aux Zattere, d'un salon de thé sur le Rialto, et après avoir fouiné dans les cartons pendant deux heures, j'avais formellement identifié douze personnes qui étaient présentes en Italie à l'époque de l'exécution des portraits. J'ai croisé les références de l'index des archives Heinz avec mes tableaux, de façon que l'attribution puisse apparaître dans le catalogue, et j'ai rapporté le tout à Laura.

— Qu'est-ce que c'est ?

— Ce que vous m'avez demandé au sujet des Longhi.

— Ça, ce sont les Longhi de la vente qui a eu lieu il y a six ans. Franchement, Judith. Les photos figuraient dans le mail que je vous ai envoyé ce matin.

Le mail qui n'avait aucun contenu, donc.

— Mais Laura, vous m'avez dit qu'elles étaient à la bibliothèque.

— Je voulais parler de la bibliothèque électronique.

Je n'ai pas relevé. Je me suis connectée au catalogue en ligne, j'ai trouvé les bons clichés (répertoriés en tant que « Lunghi »), je les ai téléchargés sur mon téléphone et je suis retournée aux archives avec la furieuse impression d'avoir perdu ma matinée. Le temps que Laura revienne de son déjeuner au Caprice, j'avais fini ma seconde série d'attributions, et j'étais en train d'appeler les gens qui n'avaient pas répondu à l'invitation à l'exposition privée précédant la vente. Puis j'ai rédigé les biographies, les ai envoyées par mail à Laura et à Rupert, j'ai montré à Laura comment ouvrir la pièce jointe, pris le métro jusqu'à la remise des Arts déco près de Chelsea Harbour pour jeter un coup d'œil à un échantillon de soie qui, selon Rupert, pourrait correspondre à une tenture d'un des Longhi, découvert sans surprise qu'il était à côté de la plaque, fait le trajet du retour à pied parce que le métro était bloqué à Edgware Road, sans oublier le petit crochet par Lillywhite sur Piccadilly pour acheter le sac de couchage dont le fils de Laura aurait besoin lors de la sortie camping de son école, tout ça pour arriver au bureau à dix-sept heures trente épuisée et crasseuse, et me voir reprocher d'avoir raté le visionnage collectif des tableaux sur lesquels j'avais passé la matinée à bosser.

— Franchement, Judith, a commenté Laura, vous ne ferez aucun progrès si vous galopez en ville au lieu de regarder les œuvres.

Ficelles du destin mises à part, ce n'était peut-être pas si surprenant qu'en tombant sur Leanne dans le métro un peu plus tard, j'aie vraiment eu envie d'aller boire un coup.

3

Ce soir-là, mon entretien d'embauche au Gstaad Club a consisté à me faire reluquer avec le haut en dentelle couleur chair enfilé dans les toilettes du Ritz. Olly, l'armoire à glace finlandaise à la mine sombre, était à la fois le propriétaire, le chef de salle et le videur des lieux.

— Tu tiens l'alcool ? m'a-t-il demandé.

— Elle est de Liverpool, a pouffé « Mercedes » – et c'était dans la poche.

Donc, les deux mois qui ont suivi, j'ai bossé les jeudis et vendredis soir au club. Des horaires que la plupart des gens de mon âge n'auraient pas aimés, mais les apéros entre collègues après le boulot n'étaient pas la caractéristique principale de mon job. Le nom du club, comme tout le reste, était une tentative ratée de faire chic, la seule réussite étant le prix du champagne, proprement exorbitant. En fait, il n'y avait pas une grande différence avec Chez Annabel, la boîte has been de Berkeley Square, à quelques rues de là. Mêmes murs jaunes bon teint, mêmes photos quelconques, même défilé d'hommes vieillissants et bedonnants, mêmes brochettes de filles sur les banquettes qui n'étaient pas tout à fait des prostituées mais qui avaient toujours un peu de mal à payer le loyer. Le boulot était simple. Environ une demi-heure avant l'ouverture du club, une dizaine de filles se réunissaient autour d'un petit remontant concocté par Carlo, le barman en veste blanche immaculée mais légèrement odorante. Le reste du personnel comprenait une vieille babouchka qui tenait le vestiaire et Olly. À neuf heures pétantes, il déverrouillait la porte d'entrée et faisait la même blague sur un ton solennel.

— Allez les filles, on tombe la culotte !

Après l'ouverture, on papotait, assises, on feuilletait des magazines people, on envoyait des textos, jusqu'à ce que les premiers clients arrivent, environ une heure plus tard. L'idée, c'était qu'ils choisissent une fille et l'emmènent s'asseoir dans l'une des alcôves festonnées de velours rose, ce qui s'appelait assez vulgairement « être réservée ». Une fois réservée, donc, votre objectif était que le chaland se ruine en champagne. On ne percevait pas de salaire, seulement dix pour cent par bouteille et les pourboires que laissait le client. Mon premier soir, je me suis levée de table en titubant à la moitié de la troisième bouteille et j'ai demandé à la babouchka de me tenir les cheveux pendant que je me faisais vomir.

— Petite idiote, a-t-elle dit, l'air satisfait. Ce n'est pas à toi de le boire.

Leçon retenue. Carlo servait le champagne dans des verres gros comme un bocal à poisson, qu'on vidait dans le seau à glace ou dans les fleurs dès que le client quittait la table. Une autre stratégie consistait à inviter une amie à partager la bouteille. Les filles portaient des escarpins, jamais de sandales à bout ouvert, car il y avait une autre ruse : persuader le client, l'air aguicheur, de boire à même votre chaussure. Et croyez-moi, on peut en verser du champagne dans un escarpin Louboutin, taille 39. Si tout ça échouait, on renversait discrètement l'alcool sous la table.

Au début, ça m'a semblé un miracle qu'un tel endroit ne mette pas direct la clé sous la porte. C'était franchement d'une autre époque, cette drague lourdingue, le coût prohibitif d'une simple compagnie féminine. Pourquoi un homme s'embêterait-il avec tout ça alors qu'il pouvait se commander la nana de son choix via son appli i-Pute ? C'était tellement vieux jeu. Mais peu à peu, j'ai compris que c'était précisément ce qui faisait revenir ces types. Ils n'étaient pas en quête de sexe à proprement parler, bien que pas mal d'entre eux soient soudain fougueux après quelques aquariums de champagne. Ce n'étaient pas des acteurs, même dans leurs rêves. Il s'agissait juste de mecs mariés ordinaires, des quinquas, qui, l'espace de quelques heures, voulaient se faire croire qu'ils avaient un vrai rencard, avec une vraie fille, jolie, bien habillée, avec de bonnes manières, une fille qui avait envie de bavarder avec eux. Mercedes, avec ses talons aiguilles et ses extensions, était la coquine de service, pour les clients qui avaient envie d'un peu de piquant, mais Olly préférait sinon qu'on se pointe dans des robes simples, bien coupées, sans trop de maquillage, les cheveux propres, avec des bijoux discrets. Ils ne voulaient pas prendre de risques, ni être bousculés, ni être démasqués par leur femme, ni même si ça se trouve aller jusqu'à l'érection, qui les aurait gênés plus qu'autre chose. Aussi pathétique que cela puisse paraître, ils voulaient simplement se sentir désirés.

Olly connaissait son affaire, et il s'en occupait parfaitement. Il y avait une minipiste de danse – Carlo enfilait au besoin la casquette de DJ – pour donner l'illusion qu'à tout moment notre cavalier pouvait nous faire tournoyer sur un air disco, mais ce n'était pas une attitude à encourager. Il y avait une carte tout à fait acceptable qui proposait steak, noix de Saint-Jacques et coupes glacées – les hommes d'un certain âge aiment bien regarder les filles manger des desserts qui font grossir. De toute évidence, les pêches Melba ne restaient dans notre estomac que le temps d'un rapide trajet jusqu'aux toilettes. Les filles qui se droguaient ou qui étaient trop allumeuses ne faisaient même pas une soirée – un panneau près des toilettes des hommes précisait qu'il était strictement interdit d'escorter les jeunes femmes en dehors du club. Les clients devaient rester de simples soupirants.

Je me suis surprise à attendre la fin de la semaine avec impatience. À part Leanne (je n'arrivais pas à me faire à Mercedes), les filles n'étaient ni amicales ni désagréables ; gentilles mais pas plus curieuses que ça. Ma vie ne semblait pas les intéresser, sûrement parce que aucun des détails qu'elles laissaient filtrer de la leur n'était vrai. Le premier soir, alors qu'on marchait un peu chancelantes sur Albemarle Street, Leanne a suggéré que je me choisisse un pseudo pour le club. Mon deuxième prénom était Lauren ; neutre, passe-partout.

Je disais que j'étudiais l'histoire de l'art à temps partiel. Toutes les filles semblaient étudier un truc, principalement la gestion des entreprises, et c'était peut-être véridique pour certaines. Aucune d'elles n'était anglaise ; clairement, l'idée qu'elles travaillaient dans ce bar pour améliorer leur condition devait titiller le Pygmalion qui sommeillait en chacun des clients. Leanne aplanissait son dialecte de Liverpool ; je modifiais mon propre accent, celui que j'utilisais au boulot, qui était devenu celui dans lequel je rêvais, pour qu'il sonne un peu moins Oxford, mais à la grande satisfaction d'Olly je faisais quand même assez BCBG.

Dans mon boulot régulier, sur Prince Street, il y avait des millions de petits codes. D'un simple coup d'œil, on pouvait placer les gens sur l'échelle sociale à un degré de précision très élevé, et apprendre les règles qui régissaient le milieu était beaucoup plus difficile que d'identifier les tableaux, parce que justement, si vous faisiez déjà partie du sérail, on estimait qu'on n'avait pas besoin de vous les énumérer. Toutes ces heures passées à m'entraîner à parler et à marcher pouvaient bluffer la plupart des gens – Leanne, par exemple, semblait médusée et presque jalouse de ma transformation – mais quelque part dans la maison se cachait un jeu de clés d'*Alice au pays des merveilles* que je ne posséderais jamais, des clés qui donnaient accès à de minuscules jardins dont les murs étaient d'autant plus inattaquables qu'ils étaient invisibles. Au Gstaad, cela dit, j'étais la carte bourge et les filles, si tant est qu'elles s'en soient souciées, pensaient qu'il n'y avait aucune différence entre les femmes de footballeurs célèbres et les débutantes défraîchies qui squattaient les pages de *OK ! Magazine*. Bien sûr, au fond, elles avaient raison.

Au club, les conversations tournaient principalement autour des fringues, de l'achat de chaussures ou de sacs à main haute couture, et des hommes. Certaines filles prétendaient avoir un petit ami, voire un mari, auquel cas il était de bon ton de se plaindre de son mari ; d'autres avaient des rencards à droite et à gauche, auquel cas il était de bon ton de se plaindre des mecs en général. Pour Natalia, Anastasia, Martina et Karolina, les hommes étaient un mal nécessaire, qu'il fallait subir pour les chaussures, les sacs à main ou les dîners du samedi soir dans les restaurants japonais de Knightsbridge. On analysait beaucoup de textos, leur fréquence, l'affection dont ils témoignaient, mais on s'autorisait à étaler sa peine ou son inquiétude dans deux cas seulement : la possibilité d'une maîtresse et l'insuffisance de cadeaux. S'ensuivaient des plans et des contre-stratégies – astuces d'iPhone à l'appui. On évoquait des hommes qui avaient des bateaux, ou même des avions, mais à aucun moment je n'avais l'impression qu'il était question de plaisir. L'amour n'était pas notre langage ; la peau lisse et les cuisses fermes étaient notre monnaie, laquelle n'avait de valeur qu'aux yeux de ceux qui en avaient passé l'âge. Dans l'ensemble, tout le monde s'accordait à dire que les hommes d'âge mûr, c'était moins d'emmerdes, même s'il y en avait toujours quelques-unes pour se plaindre de leurs déficiences physiques. La calvitie, la mauvaise haleine, le Viagra, tout ça était une réalité, bien que rien n'en ait transpiré dans les messages aguicheurs que les filles échangeaient avec leurs hommes. Ainsi allait leur monde, et elles gardaient leur mépris et leurs larmes pour les autres filles du club.

C'était la première fois que j'avais l'impression d'avoir des copines, et j'avais un peu honte d'être aussi contente. À l'école, je n'avais jamais eu de camarades. Je m'étais traîné une attitude hautaine et agressive, quelques yeux au beurre noir, un problème d'absentéisme et une vision salutaire des joies du sexe, mais des amis ? Pas le temps. Au-delà du fait qu'on s'était rencontrées dans le Nord, Leanne et moi avions un accord tacite : adolescentes, on avait été copines (si tant est que regarder quelqu'un avoir la tête plongée de force dans le réservoir d'une chasse d'eau, sans y prendre part activement, suffise à faire de vous une copine) et on n'en parlait jamais. À part Frankie, la secrétaire du département où je travaillais, la seule présence féminine constante dans ma vie était celle de mes colocataires, deux Coréennes sérieuses qui étaient en médecine à Imperial College. Dans la salle de bains, on avait accroché un petit tableau pour les tours de ménage auxquels on se tenait poliment et, au-delà de ça, on se parlait à peine. Exception faite des femmes que je rencontrais aux fêtes d'un genre particulier auxquelles j'aimais aller, je m'étais toujours attendue à de l'hostilité et à du mépris de la part de mes semblables. Je n'avais jamais appris à échanger des ragots, ou des conseils, ni à écouter l'incessante rengaine du désir rejeté. Mais ici, je pouvais me joindre au chœur. Dans le métro, j'ai laissé tomber le *Burlington Magazine* et *The Economist* pour *Heat* et *Closer* : si jamais la discussion sur les mecs perdait de son attrait, je pouvais toujours me rattraper avec l'interminable feuilleton de la vie des stars. Je m'étais inventé une rupture (suite à un avortement) pour expliquer mon manque de rencards. Je n'étais

« Pas Prête », et j'aimais les entendre me conseiller de « Faire Mon Deuil » et de « Passer à Autre Chose ». Mes petites escapades nocturnes occasionnelles, je les gardais pour moi et rien que pour moi. Je me suis rendu compte que ça me convenait, cet étrange petit concentré d'univers, où le monde extérieur semblait loin, où rien n'était tout à fait réel. Ça me rassurait.

Leanne n'avait pas menti au sujet de l'argent. Un peu exagéré peut-être, mais ça restait quand même impressionnant. Une fois décompté mon pourcentage sur les bouteilles – qui passait dans le trajet de retour en taxi –, je me faisais environ six cents livres par semaine rien qu'en pourboires, en billets de vingt et de cinquante froissés, parfois plus. En quinze jours j'avais comblé mon découvert, et après quelques semaines je prenais le train jusqu'à un magasin d'usine près d'Oxford pour me lancer dans quelques investissements. Un tailleur-jupe noir Moschino pour remplacer l'ancien de chez Sandro, une robe de soirée Balenciaga blanche, belle et simple à pleurer, des mocassins Lanvin, et une robe de ville imprimée Diane von Furstenberg. Je me suis offert un blanchiment des dents au laser sur Harley Street, et j'ai pris rendez-vous chez Richard Ward – d'où je suis sortie avec une coupe sensiblement identique mais qui avait l'air d'avoir coûté bien cinq fois plus. Rien de tout ça n'était pour le club – j'y portais quelques robes simples du commerce, rehaussées de mes authentiques Louboutin. J'ai vidé une étagère de ma garde-robe où j'ai déposé mes acquisitions avec soin, enveloppées de papier de soie. J'aimais les regarder, les compter, comme une caricature de vieille radine. Petite, j'avais dévoré la série d'Enid Blyton sur la vie au pensionnat, notamment *Malory School*. Ces vêtements neufs étaient ma blouse d'écolière et ma crosse de hockey, l'uniforme de celle que j'allais devenir.

Il a commencé à fréquenter le club alors que j'y travaillais depuis un mois. Le jeudi était habituellement le soir le plus rempli au Gstaad, avant que les hommes en ville pour affaires ne rentrent dans leur campagne, mais ce jour-là il tombait des cordes et il n'y avait que deux clients. Magazines et téléphones étaient interdits dès que les clients arrivaient, alors les filles ne tenaient pas en place, sortaient se serrer sous la marquise pour griller une cigarette, se protégeant tant bien que mal de l'humidité pour empêcher leurs cheveux de friser. La sonnette a retenti et Olly est entré. « Redressez-vous, mesdames ! C'est votre jour de chance ! » Quelques minutes plus tard, l'un des hommes les plus dégoûtants que j'aie jamais vus a fait entrer son énorme ventre dans la salle. Il n'a même pas tenté sa chance sur un tabouret de bar : il s'est directement laissé tomber sur la banquette la plus proche, renvoyant Carlo d'un geste agacé, le temps qu'il enlève sa cravate et s'éponge le visage avec un mouchoir. Il avait cet aspect souillon auquel seuls des vêtements extrêmement bien coupés peuvent remédier, et son tailleur avait manifestement eu du fil à retordre. Sa veste ouverte révélait une chemise blanc cassé tendue sur sa panse qui reposait sur ses genoux écartés ; les plis de son cou débordaient de son col, et même ses chaussures avaient l'air trop remplies. Il a demandé un verre d'eau glacée.

— Tiens, ça faisait longtemps qu'on n'avait pas vu Gras-Double, a sifflé une fille.

L'étiquette voulait que les filles parlent entre elles en se tortillant les cheveux, regard de biche, comme si elles étaient là par hasard, non accompagnées, dans leur jolie petite robe, jusqu'à ce que le client fasse son choix. Et le gros n'a pas tardé à faire le sien. Il a acquiescé dans ma direction, le rideau de ses joues flasques et marbrées s'ouvrant sur un sourire. En traversant la salle, j'ai remarqué les rayures ringardes de la cravate et la chevalière à moitié engloutie par la chair de son petit doigt. Berk.

— Je m'appelle Lauren, ai-je indiqué en souriant. Vous souhaitez que je me joigne à vous ?

— James, a-t-il répondu.

Je me suis assise avec élégance, jambes croisées au niveau des chevilles, et lui ai lancé un regard plein d'expectative. Interdiction de bavarder avant qu'ils aient commandé.

— Je suppose que vous voulez un verre ? a-t-il poursuivi à contrecœur, comme s'il connaissait les règles mais se sentait quand même forcé.

— Oui, merci, ce serait formidable.

Il n'a pas regardé la carte.

— Qu'est-ce qu'il y a de plus cher ?

— Je crois…

J'ai hésité.

— Pas de manières.

— Eh bien, James, le plus cher serait le Cristal 2005. Ça vous plairait ?

— Allez-y, commandez. Moi je ne bois pas.

J'ai fait un signe à Carlo avant que mon client change d'avis. Le millésime 2005 coûtait un bras

– trois mille livres. Trois cents déjà dans ma poche. Salut, Gros Dépensier.

Carlo a apporté la bouteille comme s'il s'agissait de son premier bébé, mais James l'a renvoyé derrière le bar, a débouché lui-même le champagne et consciencieusement rempli deux verres aquariums.

— Vous aimez le champagne, Lauren ?

Je me suis permis un petit sourire en coin.

— Je dois dire que ça peut lasser, à la longue.

— Pourquoi ne pas l'offrir à vos amies et commander quelque chose qui vous fasse envie ?

Ça, ça m'a plu. Physiquement, c'est vrai, il était repoussant, mais il y avait quelque chose de courageux dans le fait qu'il ne m'oblige pas à faire semblant. J'ai commandé un Hennessy que j'ai siroté, et il m'a parlé un peu de son métier, qui était en rapport avec le fric, évidemment, après quoi il s'est hissé sur ses pieds pour partir, laissant cinq cents livres sur la table en billets de cinquante flambant neufs. Le lendemain, il est revenu et a tout refait pareil. Leanne m'a envoyé un texto le mercredi matin pour me dire qu'il était passé demander Lauren le mardi soir, et le jeudi soir il est réapparu, quelques minutes après l'ouverture. Certaines filles avaient des habitués, mais aucun qui soit aussi généreux, et ça m'a donné un nouveau statut. J'ai quand même été un peu étonnée que ça ne suscite aucune jalousie. Mais après tout, les affaires sont les affaires.

4

Au bout de quelques semaines de travail au club, les humiliations que je subissais au quotidien à British Pictures m'ont sauté aux yeux. Au Gstaad, j'avais au moins l'illusion de maîtriser le jeu. J'essayais de trouver amusant que ma vie normale, ma « vraie » vie, à quelques rues seulement d'Olly et des filles, soit dépourvue de toute valeur et de tout pouvoir. Au club, je me sentais prisée rien que pour mon croisement de jambes, alors qu'à mon vrai boulot, celui qui était censé représenter ma carrière, j'étais encore une bonne à tout faire, ou presque. En fait, le Gstaad et le marchand d'art le plus élitiste du monde avaient plus de choses en commun que je ne voulais bien l'admettre.

Malgré cette déception, je me rappelais toujours la première fois que j'avais vraiment vu un tableau, et ce souvenir me réchauffait encore. Une allégorie de Bronzino, *Le Triomphe de Vénus*, à la National Gallery, à Trafalgar Square. Il continuait de m'apaiser, en raison de l'élégance mystérieuse de sa composition – l'érotisme innocent mêlé à l'évocation de la mort –, mais aussi parce que aucun spécialiste n'avait réussi à en proposer une signification qui soit reconnue. Sa beauté réside quelque part dans la frustration qu'il provoque.

C'était lors d'une sortie scolaire à Londres ; des heures à crever de chaud dans le bus avec l'odeur des roulés à la saucisse et des chips au fromage, les filles les plus populaires qui déblatéraient sur les sièges du fond, nos profs bizarrement vulnérables dans des fringues décontractées qu'on ne leur connaissait pas. On s'était décroché la mâchoire à Buckingham Palace, puis on avait marché jusqu'à la Gallery dans nos uniformes bleu marine avec nos badges au cas où on s'égarerait. Les garçons faisaient des glissades sur le parquet, les filles des commentaires graveleux dès qu'on passait devant un nu. J'essayais de m'éloigner d'eux, cherchant à me perdre dans cette enfilade d'images sans fin, quand par hasard je me suis retrouvée face au Bronzino.

C'était comme si j'étais tombée au fond d'un trou, un choc dont on se relève vite mais avec le cerveau en retard par rapport au corps. Il y avait la déesse, son petit garçon, l'homme mystérieux à l'arrière-plan. J'ignorais qui ils étaient, mais j'ai compris sur l'instant que je n'avais pas connu le manque avant que mes yeux se soient posés sur ces couleurs délicates et lumineuses. Puis j'ai connu le désir aussi, l'intuition de savoir ce que je voulais et ce que je n'avais pas. J'ai détesté cette sensation. Je n'ai pas du tout aimé le fait que tout ce que j'avais connu jusqu'à présent me paraisse soudain moche, et que la source de ce sentiment, son mystérieux attrait, était là, sous mon nez, dans ce tableau, à m'éblouir.

— Rashers prend son pied devant la fille à poil !

Leanne et deux de ses copines m'avaient rattrapée.

— Sale gouine !

— Ouh la gouiiiiine !

Leurs voix perçantes dérangeaient les autres visiteurs, des têtes se tournaient, j'étais rouge de honte. À l'époque, Leanne avait les cheveux blond orangé, permanentés, qui tenaient avec une tonne de gel en choucroute au sommet de son crâne. Comme ses copines, elle avait la main lourde sur le fond de teint et se faisait un trait d'eye-liner flou.

— Ils ne devraient pas les laisser entrer s'ils ne sont pas capables de se tenir, a lancé quelqu'un. Je sais que c'est gratuit mais…

— Bien d'accord, est intervenu quelqu'un d'autre. Ce sont des petits sauvages.

Ils nous ont regardés comme si on sentait mauvais. Je détestais le mépris qu'il y avait dans leurs voix lisses et bien élevées. Je détestais être mise dans le même sac que les autres. Mais Leanne les avait également entendus.

— Allez vous faire foutre, a-t-elle dit avec agressivité. À moins que vous soyez des enfoirées de gouines, vous aussi ?

Les deux femmes qui avaient parlé ont tout bonnement été outrées. Sans répliquer, elles ont continué à marcher vers une autre salle. Je les ai suivies du regard avant de me tourner vers les filles.

— Si ça se trouve, elles vont se plaindre. Et on va se faire virer.

— Et alors ? On s'emmerde de toute façon. C'est quoi ton problème, Rashers ?

Je m'en sortais déjà pas mal en bagarre. Ma mère, lorsqu'elle prenait la peine de remarquer ma présence, ne m'en voulait pas de mes coquards et de mes bleus, mais la plupart du temps j'essayais de cacher les traces. Même à cette époque, elle me regardait comme un enfant échangé à la naissance. J'aurais pu mettre la pâtée à Leanne, là dans le musée, et pourtant – peut-être à cause du tableau, ou des femmes à peine parties – je n'ai pas voulu. Je n'allais plus m'abaisser à ce genre de comportement. Fini. Alors je n'ai rien fait. J'ai essayé de me draper dans ma dignité et mon mépris pour leur montrer qu'elles étaient tellement inférieures à moi qu'elles ne méritaient même pas mon attention. Le temps que le lycée se termine, j'avais réussi à m'en convaincre. J'avais économisé pendant deux ans pour mon premier voyage en Italie du Nord : tenu la caisse d'une station-service, balayé des cheveux décolorés dans un salon de coiffure, entaillé mes doigts sur les barquettes en alu du traiteur chinois local, agrémentant de quelques gouttes de sang le porc à l'aigre-douce des ivrognes du vendredi soir. Avant d'entrer à l'université, je m'étais payé une année à Paris et un mois de cycle préparatoire à Rome.

Je pensais que les choses seraient différentes, une fois entrée à l'université. Je n'avais jamais vraiment vu des gens, et encore moins un endroit, qui ressemblaient à ça. Ils étaient faits pour s'entendre, ces gens et ces bâtiments ; toutes ces générations de pierres et de peaux dorées par le soleil qui se mêlaient, jusqu'au moindre détail patiné, dans la plus grande perfection architecturale. J'ai eu des mecs à la fac, oui, mais quand on a un physique comme le mien et qu'on aime

41

les choses que j'aime, alors jouer les petites copines, franchement, il est peut-être temps de s'avouer qu'on n'est pas faite pour ça. Moi je me suis dit que je n'en avais pas besoin, et de toute façon, entre la bibliothèque et mes petits boulots, je n'avais pas beaucoup de loisirs, à l'exception de la lecture.

Il faut dire que je ne m'en tenais pas aux livres recommandés en cours : en plus de Gombrich et de Bourdieu, je lisais des centaines de romans que j'écumais en quête de détails sur les habitudes du pays du chic, sur la langue, sur le vocabulaire qui distingue ceux qui font partie du club invisible de ceux qui en sont exclus. J'ai travaillé les langues sans relâche : le français et l'italien sont les langues de l'art. Je lisais *Le Monde* et *Foreign Affairs*, *Country Life*, *Vogue*, *Opera Magazine*, *Tatler*, des revues sur le polo, *Architectural Digest*, le *Financial Times*. Je me suis éduquée en œnologie, en reliure de livres rares, en argenterie, je suis allée à tous les récitals gratuits, d'abord par devoir puis par plaisir, j'ai appris l'usage correct de la fourchette à dessert et à imiter l'accent d'Oxford. Loin de moi l'idée de vouloir passer pour quelqu'un que je n'étais pas : je me suis dit que si j'étais un bon caméléon, personne ne songerait à me poser la question.

Ce n'est pas par snobisme que j'ai persévéré. D'une part, j'étais soulagée d'évoluer dans un environnement où avouer qu'on s'intéressait à autre chose que ces putain d'émissions de téléréalité n'était pas une invitation à se faire démolir la mâchoire. Mais surtout, déjà quand je séchais les cours au lycée, c'était pour prendre le bus en direction du centre-ville et me réfugier dans la salle de lecture circulaire de la Bibliothèque centrale, ou à la Walker Art Gallery, parce que ces endroits si paisibles offraient autre chose que des chefs-d'œuvre. Ils étaient civilisés. Et être civilisé, ça voulait dire connaître les choses qui comptent. Les gens peuvent toujours prétendre que ça n'a aucune importance, mais c'est pourtant vrai. Nier ça, c'est aussi absurde que penser que la beauté est accessoire. Et pour parvenir aux choses qui comptent, il faut être parmi les gens qui les possèdent. Et puisqu'on aime être complet, connaître la différence entre titre de noblesse héréditaire et titre honorifique peut toujours servir.

À mes débuts dans la maison de ventes aux enchères, il me semblait que j'avais fait du bon boulot ; j'étais une pierre bien polie. J'ai tout de suite entretenu les meilleurs rapports avec Frankie, la secrétaire du département, même si elle avait la voix d'une lady donnant des ordres à ses porteurs dans l'Inde coloniale, et des amis de la haute affublés de surnoms ridicules. Frankie était intégrée comme je ne le serais jamais, mais en même temps elle semblait patauger un peu dans l'impétueuse marée de fric qui s'infiltrait lentement dans la maison. Le monde de l'art s'était réveillé de son petit somme dans la cour de récré d'un milliardaire, où les filles comme Frankie étaient une espèce en voie d'extinction. Un jour, elle s'était plainte qu'elle aurait préféré vivre à la campagne, mais sa mère pensait qu'elle avait plus de chances de « rencontrer quelqu'un » en travaillant en ville. Elle avait beau être une fidèle lectrice de *Grazia*, elle n'avait pas l'air de s'inspirer de leurs conseils mode – elle portait un serre-tête en velours très premier degré et son cul ressemblait à un champignon en tweed géant. Une fois, dans une galerie marchande à la pause déjeuner, j'ai dû gentiment la dissuader de craquer pour une robe de bal en taffetas turquoise. À mon avis, sa mère pouvait prendre son temps avant de commander les faire-part de mariage, mais j'admirais le panache de Frankie, son mépris magnifique des régimes et son optimisme à toute épreuve : « Un jour, je tomberai sur le bon. » Je le lui souhaitais vraiment, je la voyais d'ici dans un presbytère retapé du XVIIIe siècle, servant du gratin de poisson à une famille aimante et en bonne santé.

Parfois, on déjeunait ensemble, et si j'adorais l'entendre parler de son enfance très poney-club, elle semblait aussi intéressée par mes propres escapades (légèrement expurgées) de jeunesse. Frankie était assurément l'une des raisons pour lesquelles j'aimais mon travail ; l'autre était Dave, qui travaillait comme manutentionnaire aux réserves. Et je pense que c'est la seule autre personne de la maison qui m'appréciait. La première guerre du Golfe lui avait coûté une jambe non loin de la frontière irakienne, et il s'était mis à regarder des documentaires sur l'art pendant sa convalescence. Il avait l'œil et l'esprit vifs ; il se passionnait pour le XVIIIe siècle. Il m'avait dit un jour qu'après tout ce qu'il avait vu, c'était parfois sa seule raison d'être : la chance de pouvoir se trouver à proximité de belles toiles. Et on voyait cet amour dans sa façon délicate de les manipuler. J'avais beaucoup de respect pour l'honnêteté de sa passion, ainsi que pour ses connaissances ; j'avais d'ailleurs appris beaucoup plus à ses côtés qu'avec n'importe lequel de mes supérieurs.

Bien sûr, on flirtait un peu, une sorte de marivaudage de machine à café, mais ce que j'appréciais avant tout chez lui, c'est qu'il était rassurant. Derrière les blagues coquines qu'il me sortait à l'occasion, il avait pour moi une bienveillance vieux jeu, paternelle. Il m'avait même envoyé un petit mot de félicitations après ma promotion. Mais je savais qu'il était heureux en ménage – il appelait toujours sa femme « ma régulière » – et, pour dire les choses crûment, c'était reposant de fréquenter un mec qui ne voulait pas me baiser. À part l'art rococo, l'autre plaisir de Dave dans la vie, c'étaient les polars un peu kitsch tirés d'histoires vraies. Le cannibalisme conjugal était tendance : les épouses dépitées servaient leur mari sous forme de pâté, accompagné d'un chardonnay bien frais, et Dave, qui avait côtoyé surtout de l'artillerie lourde, se régalait de l'ingéniosité toute shakespearienne de leurs armes fatales. C'était fou tout ce qu'on pouvait faire avec un fer à friser ou un canif si on prenait le temps d'y réfléchir. On se faisait des pauses clopes sympas dans les réserves, on analysait les dernières modes en matière de meurtre, et il m'arrivait de me demander comment ses passions cohabitaient : est-ce que les dieux et les déesses qui s'ébattaient avec élégance sur les tableaux le consolaient de la violence qu'il avait vue, ou étaient-ils la preuve, dans leur beauté souvent érotique, que le monde classique était aussi brutal et cruel que ce dont il avait été témoin dans le désert ? Si son expertise autodidacte m'impressionnait, il arrivait aussi que je me sente gênée par l'admiration qu'il portait à mon statut de spécialiste.

45

Un vendredi matin de début juillet, je suis arrivée au boulot avec quelques minutes d'avance après une longue soirée avec James, alors j'ai fait un crochet par les réserves pour voir Dave. Je m'étais couchée tard, et mes yeux trahissaient la fumée et le manque de sommeil. Dave a tout de suite compris en me voyant avec mes lunettes de soleil à neuf heures du matin.

— La nuit a été dure, chérie ?

Il m'a servi une tasse de thé sucré, deux Nurofen et une barre chocolatée. Rien de tel que du mauvais chocolat contre le mal de crâne. Dave entretenait le fantasme que, comme beaucoup d'autres filles qui travaillaient ici, je menais une vie sociale trépidante parmi les bourges de Chelsea. Je ne l'ai pas corrigé. Une fois que je me suis sentie à peu près retapée, j'ai ôté mes lunettes puis j'ai sorti de mon attaché-case un carnet et un mètre pour commencer à mesurer une série de paysages napolitains pour une prochaine vente, « Grand Tour ».

— Ils exagèrent, a lancé Dave. Faire passer ça pour un Romney, avec un prix de réserve à deux cent mille, alors que c'est à peine du niveau d'un de ses élèves.

— Comme tu dis, ai-je approuvé, crayon entre les dents.

L'une des premières choses que j'avais apprises ici, c'était le sens de « prix de réserve » : le prix le plus bas auquel le vendeur accepte de vendre son bien.

J'ai fait un signe en direction de la poche arrière de son pantalon.

— Nouveau bouquin ?

— Ouais, je te le prêterai si tu veux. Il est super.

— Rappelle-moi à quelles dates Romney était en Italie ?

— De 1773 à 1775. À Rome et à Venise, principalement. Dans celui-ci, la femme tue son mari dans un Cuisinart. En Ohio.

— Genre, Dave.

— Genre, ça, c'est un Romney.

Un *dring* de mon téléphone : un message de Rupert. Il fallait que je sorte faire une estimation dès que je lui aurais rapporté mes notes.

À son bureau, Rupert s'enfilait ce qui devait être son troisième petit déj de la matinée, un sandwich à la saucisse qui avait déjà arrosé de moutarde ses revers de manchettes. Je serais bonne pour une virée au pressing un peu plus tard. Pourquoi j'avais toujours des histoires avec les gras du bide ? Il m'a donné une adresse dans St John's Wood et les détails sur le client en me disant de me dépêcher mais, comme je sortais de son bureau, il m'a rappelée.

— Euh, Judith ?

En haut de la longue liste des choses que je détestais chez Rupert : sa tendance à faire comme si mon prénom était en réalité « Euh ».

— Oui, Rupert ?

— À propos des Whistler…

— J'ai lu ce que vous m'avez demandé.

— Euh, oui, mais souvenez-vous que le colonel Morris est un client très important. Il n'attend rien d'autre qu'un professionnalisme irréprochable.

— Bien sûr, Rupert.

Je ne le détestais peut-être pas tant que ça, après tout. L'estimation qu'il me confiait, c'était du sérieux. J'avais déjà été envoyée en mission pour des projets mineurs, même en dehors de Londres une ou deux fois, mais là, je tenais ma première occasion de traiter avec un client « important ». J'ai pris ça comme un bon signe, enfin mon chef me faisait confiance. Si mon estimation était correcte, si le prix était juste tout en demeurant attractif pour le vendeur, je pouvais remporter le contrat pour la maison en acquérant les œuvres à vendre : Whistler était un artiste majeur, qui séduisait de sérieux collectionneurs, et pouvait être synonyme d'une grosse rentrée d'argent.

Pour fêter ça, j'ai pris un taxi sur le compte du département, alors que les juniors n'y avaient pas droit. C'était un budget réservé aux trajets d'importance vitale, comme aller chercher Rupert quand il sortait du Wolseley, le café chic au coin de la rue. Je suis descendue à quelques rues de l'adresse exacte, histoire de marcher sous le feuillage d'été le long du canal. J'avais les idées plus claires qu'au réveil, et je sentais une odeur de lilas humide qui s'échappait des jardins. J'ai souri en songeant qu'à une époque, ces rues, avec leurs gangs de nounous philippines et d'ouvriers polonais qui installaient d'immenses piscines d'intérieur dans les sous-sols, avaient été un vaste lupanar haut de gamme, où les femmes attendaient derrière d'épais rideaux, comme sur un nu de William Etty, que leurs amants passent les voir avant de rentrer chez eux. Londres avait toujours été, et serait toujours, la cité des putes.

Un œil perçant au laser m'a scrutée lorsque j'ai sonné à l'appartement du rez-de-chaussée. Le client en personne est venu ouvrir la porte qui donnait sur une vaste entrée couleur crème. Je m'étais plutôt attendue à une domestique.

— Colonel Morris ? Judith Rashleigh, de British Pictures, ai-je dit en tendant la main. Nous avons rendez-vous à propos des études de Whistler.

Il m'a saluée en marmonnant et j'ai suivi son derrière emmailloté de tricotine. Je ne m'étais pas imaginé un fringant officier, mais il m'a fallu réfréner un mouvement de recul lorsque sa main aux ongles jaunes et griffus a brièvement serré la mienne. Ses petits yeux vicieux clignaient au-dessus d'une moustache hitlérienne cramponnée à sa lèvre supérieure comme une limace à un ski. Il ne m'a pas offert de tasse de thé et m'a fait passer directement dans un petit salon étouffant, où des tentures pastel de mauvais goût contrastaient avec les extraordinaires tableaux pendus aux murs. Le colonel a tiré les rideaux tandis que j'examinais un Sargent, un Kneller et un ravissant petit dessin de Rembrandt.

— Quelles œuvres magnifiques !

Il y en avait au moins pour dix millions. L'estimation était prometteuse. Il a acquiescé d'un air suffisant et m'a gratifiée au passage d'un autre grognement de morse.

— Les dessins de Whistler sont dans ma chambre, a-t-il sifflé en fuyant vers une autre porte.

Cette pièce-là était encore plus sombre et confinée, baignée d'une odeur âcre de sueur et d'eau de Cologne vieillotte. Le lit, large, avec ses draps et ses couvertures duveteuses vert mousse, prenait toute la place. J'ai dû me faufiler sur le côté pour accéder au bureau, où cinq petits dessins étaient alignés. J'ai sorti ma lampe torche et examiné chacun d'eux attentivement, vérifiant la cohérence de la signature et le filigrane du papier après avoir soigneusement ouvert les cadres.

— Ravissant, ai-je commenté. Les dessins préparatoires à sa série sur la Tamise, comme vous l'avez suggéré.

J'étais contente de moi, de mon assurance, de mon efficacité.

— Pas besoin de vous pour le savoir.

— Bien sûr. Mais donc, vous pensez les céder aux enchères ? Ils ne seraient pas dans la ligne de la vente italienne, mais ils seraient parfaits pour le catalogue de printemps. Je suppose que vous avez les provenances ?

C'était un élément clé dans ce métier – le trajet détaillé d'une œuvre depuis le chevalet du peintre jusqu'à nos jours, à travers les divers propriétaires et salles des ventes, le chemin de papier qui prouvait son authenticité.

— Évidemment. Que diriez-vous de jeter un œil à ceci pendant que je vais chercher les papiers ? a-t-il dit en me tendant un lourd album. Fin XIXe, très surprenant.

C'était peut-être à cause des deux mains qui soudain se baladaient sur mes fesses, mais j'ai tout de suite su à quoi allaient ressembler les petits croquis que m'avait tendus le colonel. Rien d'insurmontable. J'ai remis les mains à leur place et j'ai ouvert l'album. Pas mal, pour du porno XIXe. J'ai tourné quelques pages, faisant mine d'être intéressée. Du professionnalisme avant tout. Mais alors j'ai senti une main ramper autour de mon sein – d'un coup il pesait sur moi de tout son poids et me poussait sur le lit.

— Colonel ! Lâchez-moi immédiatement !

J'ai pris un ton outré un peu exagéré, mais la farce ne m'amusait plus. Son corps m'a comprimé les poumons quand il a roulé sur le côté pour essayer de passer ses doigts crochus sous ma jupe. La couverture verte m'étouffait, je n'arrivais pas à relever la tête. Et, de toute évidence, mes tentatives pour le désarçonner l'excitaient : il m'a planté un baiser dégoûtant et baveux sur la nuque et s'est hissé davantage sur moi.

Je respirais à toutes petites goulées – je manquais d'air et commençais à paniquer. Vraiment, je déteste ça. J'ai essayé de le renverser en me redressant, mais il m'a cloué le poignet droit au lit. J'ai réussi à tourner la tête sur la gauche et eu droit à la puanteur de son aisselle. Le devant de sa chemise était trempé de sueur et les rides agglutinées de son visage pulsaient près du mien. D'aussi près, ses dents étaient affreusement petites, des moignons d'émail jaunissant.

— Alors qu'est-ce que vous en dites ? a-t-il soufflé en plissant les yeux comme pour me séduire. J'en ai plein d'autres comme ça. Même des cassettes. Je suis sûr qu'une petite chienne dans votre genre aimerait ça, hein ?

Son ventre tremblotait contre mon dos. Je lui ai laissé le temps de tripoter sa braguette. Dieu sait ce qu'il comptait trouver derrière. Puis je lui ai mordu la main, aussi fort que j'ai pu, sentant la chair céder entre mes dents. Il avait à peine hurlé en reculant d'un bond que j'avais chopé mon sac et trouvé mon téléphone, aussitôt braqué sur son entrejambe comme un pistolet.

— Sale petite…

— Chienne ? Tu radotes, papy. Le problème, avec les chiens, c'est qu'ils mordent. Maintenant laissez-moi partir.

Il se tenait la main. Je ne l'avais pas mordu au sang, mais je lui ai craché dessus juste au cas où.

— Je vais appeler Rupert immédiatement !

— Je ne crois pas, non. Les cassettes, c'est un peu daté, colonel Morris. On est à l'ère du numérique. Mon téléphone, par exemple. Il peut tout filmer et tout envoyer par mail à mes amis. Dommage cela dit qu'il n'y ait pas une fonction loupe si vous prévoyez toujours de sortir ce que vous cachez dans votre pantalon. Vous avez entendu parler de YouTube ?

J'ai attendu, sans le quitter des yeux, sentant mes muscles se tendre sous mon chemisier. Je n'avais toujours aucun moyen de sortir de cet espace exigu, à moins qu'il ne me laisse passer de bonne grâce. J'ai inspiré et expiré très lentement. C'était un client très important.

— Bien, merci beaucoup du temps que vous m'avez consacré, colonel. Je ne voudrais pas en abuser. J'enverrai un employé des réserves s'occuper de l'emballage dans l'après-midi, si cela vous convient.

Un nouvel accès de panique m'a saisie à la porte d'entrée, mais elle n'était pas verrouillée, et elle s'est refermée derrière moi avec un *clic* sonore. J'ai gardé le dos bien droit jusqu'à Abbey Road. J'inspirais sur quatre temps, retenais mon souffle sur quatre, expirais sur quatre. Puis je me suis nettoyé le visage avec une lingette que j'avais dans mon sac, me suis recoiffée et j'ai appelé le département.

— Rupert ? Judith à l'appareil. On peut envoyer quelqu'un chercher les Whistler cet après-midi.

— Euh, Judith. Est-ce que, euh, tout s'est bien passé ?

— Pourquoi cette question ?

— Pas de, euh, problème avec le colonel ?

Il savait. Cet enfoiré de Rupert était au courant. J'ai gardé une voix douce.

— Aucun problème. Tout à fait... gérable.

— Beau boulot.

— Merci Rupert. Je rentre au bureau.

Bien sûr qu'il était au courant. C'est pour ça qu'il avait envoyé la jolie fille de service au lieu de faire lui-même cette estimation de la plus haute importance. Pourquoi tu te fais toujours avoir, Judith ? Pourquoi tu crois qu'il aurait envoyé la bonne à rien du département à un rendez-vous crucial à moins que le client ne s'attende à un petit supplément ? Ça avait l'air d'être bien clair dans sa tête, le domaine dans lequel je pouvais servir !

Rien que quelques secondes, je me suis adossée contre un mur, le visage dans les bras, et j'ai laissé le flot d'adrénaline passer. Je tremblais tellement que j'en avais mal au ventre. J'avais l'impression que la puanteur de cette enflure de colonel me collait encore à la peau et j'étais tellement furieuse que je n'avais plus d'air, comme si on m'avait donné un coup de poing en plein cœur. J'ai contracté tous les muscles de mon visage pour essayer de retenir mes larmes. Tu pourrais pleurer, je me suis dit. J'aurais pu presser ma joue contre la brique rêche de Londres et pleurer à cause de toutes les choses que je n'avais pas, de toute cette injustice, et de l'état de fatigue dans lequel ça me foutait. J'aurais pu chialer comme la petite bonne à rien susceptible que j'étais encore, parce qu'il fallait que j'encaisse le coup, une fois de plus. Mais si je pleurais, je risquais de ne jamais réussir à m'arrêter. Et ça, je ne pouvais pas me le permettre. Allez, ce n'était rien. J'ai même songé que Rupert me serait peut-être reconnaissant de ne pas avoir crié au harcèlement ni appelé la police, d'avoir au contraire ravalé le choc en même temps que l'apitoiement sur moi-même. S'attendre à des louanges était une perte de temps, tout comme me lamenter sur mon sort. Je n'avais peut-être pas le bon patronyme, je n'étais pas allée à l'école avec les bonnes personnes ou à des putain de parties de chasse, mais je n'avais aucune rancune à l'égard des Rupert de ce monde, et je ne manquais pas d'assurance au point de les mépriser. La haine, c'est encore ce qu'il y a de mieux. La haine, ça permet d'agir avec sang-froid, vite et en solitaire. Et si vous avez besoin de devenir quelqu'un d'autre, la solitude est un bon départ.

Quand je m'étais pointée à Prince Street pour mon entretien d'embauche, Rupert, l'air las, m'avait montré quelques cartes postales à identifier ; des trucs de base – un Vélasquez, un Cranach. Sur le moment, je me suis demandé s'il avait pris la peine de lire mon CV, et plus tard, quand j'ai évoqué mon master, j'ai compris à son air déconcerté que non. La dernière carte, qu'il a glissée sur la table d'un air narquois, montrait une jeune fille mince et à moitié nue, drapée dans un voile diaphane.

— Artemisia Gentileschi, *Allégorie de l'inclination*, ai-je répondu sans hésiter.

L'espace d'une microseconde, Rupert a eu l'air impressionné. J'avais cette carte postale sur un mur chez moi depuis le voyage que j'avais fait à Florence à seize ans. Artemisia était la fille d'un peintre, la plus talentueuse de ses apprentis, dont l'un l'a violée alors qu'ils travaillaient sur une commande à Rome. Elle a porté l'affaire devant le tribunal et, après avoir subi le supplice des poucettes pour prouver qu'elle disait la vérité, elle a gagné le procès. Ses mains étaient son avenir, et elle avait failli se faire totalement écraser les pouces, aussi a-t-elle réclamé justice. Beaucoup de ses tableaux sont d'une violence extraordinaire, au point que les critiques de l'époque avaient du mal à croire qu'ils étaient l'œuvre d'une femme. J'avais choisi celui-ci parce que Artemisia avait pris son propre visage comme modèle.

Elle avait vingt et un ans lorsqu'elle a peint ce tableau, mariée contre son gré à un peintre de cour de seconde zone qui vivait à ses dépens. Elle se montrait telle qu'elle voulait être, le visage quelconque mais serein, tenant une boussole à la main, symbole de sa propre détermination. Je choisirai, me disait ce tableau, c'est moi qui choisirai. Comme tous les adolescents qui tombent amoureux, j'étais convaincue que personne ne comprenait Artemisia mieux que moi. L'objet de mon affection était peut-être inhabituel, mais le sentiment était le même. On se ressemblait tellement, elle et moi. Si elle n'était pas morte au XVIIe siècle, on aurait été les meilleures amies du monde.

C'est grâce à elle que j'ai décroché le poste. C'est seulement au cours de cet entretien que Rupert m'a vue, enfin, m'a considérée comme une vraie personne plutôt que comme une présence négligeable. Et encore, ce qu'il a vu, c'est un larbin intelligent, parfait pour les tâches subalternes, qui ne se plaindrait pas. L'œil sec, toujours adossée à mon mur, j'ai eu un pincement au cœur pour la fille que j'étais à seize ans, avec son cartable sérieux et ses fringues moches dans la Casa Buonarroti, j'avais envie de lui apparaître, tel un fantôme du futur, pour lui dire que tout allait bien se passer. Parce que c'était vrai. Je n'irais pas en courant chez les flics. Sinon Rupert me virerait, sitôt que j'aurais fait ma déposition. Non. Je pouvais encaisser. J'allais m'en sortir.

5

En rentrant ce soir-là, j'avais les nerfs à fleur de peau. Je me suis dit qu'après le colonel Morris, je méritais une petite sortie. J'ai envoyé un texto à Lawrence pour savoir s'il y avait quelque chose de prévu chez lui. Lawrence était une connaissance qui remontait à l'époque de mes débuts à Londres : riche, suspect, consommateur placide d'héroïne. Je l'avais rencontré en marge de ces soirées spéciales – comme tous les hobbies un peu particuliers, c'était un petit monde. Il organisait à présent des fêtes plus privées chez lui à Belgravia et m'a proposé de passer vers onze heures.

Les fêtes de Lawrence étaient censées coûter cent cinquante livres, mais je savais qu'il me laisserait entrer gratuitement. J'ai déverrouillé la porte de ma chambre et j'ai laissé ma tête tomber contre le kimono en soie qui y était accroché, humant la bonne odeur de linge propre et d'huile de géranium de mon petit diffuseur en céramique. J'ai regardé mes livres, mon lit bien fait, le grand châle à imprimé balinais qui cachait l'infâme store vénitien… tout me sortait par les yeux.

Tout était bas de gamme, tellement optimiste que c'en était pathétique. Même la promesse des beaux habits pliés dans la garde-robe en mélaminé n'arrivait pas à me consoler. J'ai farfouillé un peu dans mes affaires, en essayant de cerner mon état. Rien de trop agressif. En dessous, il fallait que je sois douce, féminine ; en façade, je serais le chat solitaire. J'ai choisi un slip brésilien en dentelle couleur café et le soutien-gorge assorti. Par-dessus, j'ai enfilé un treillis, un tee-shirt noir et des Converse. Je mettrais des talons une fois à destination – je pouvais me payer un taxi, mais j'avais envie de bouger, d'expulser de mes poumons les relents de couverture du colonel. J'ai pris tout mon temps pour maquiller mon visage de façon qu'on croie que je n'étais pas maquillée, et j'ai marché jusqu'à Belgravia.

Les façades en stuc blanc nimbaient les rues de mystère. C'était un quartier toujours très calme ; quels que soient les péchés qu'abritaient ces portiques de nouveaux riches, ils étaient fermement emmaillotés dans des liasses de billets. Quand je suis arrivée, Lawrence fumait une cigarette devant l'entrée du 33, Chester Square. Il s'offrait sûrement un peu de répit à l'écart de la bruyante communauté des exilés de Soho qui avaient élu domicile dans son grenier et vivaient à ses crochets, picolant et s'imaginant artistes : en théorie, le prix d'entrée des fêtes couvrait leurs dépenses en héroïne et en vinyles. J'avais parfois songé à demander une chambre moi-même, pour économiser le loyer, mais l'atmosphère était trop foutraque ; ça m'aurait distraite de l'avenir que j'avais à me bâtir.

— Salut beauté.

Lawrence portait un pantalon en velours côtelé gros-grain bleu marine et une vieille chemise blanche dont les manchettes élimées laissaient apparaître ses poignets maigres.

— Salut Lawrence. Alors, des canons ce soir ?

— Oui, depuis que tu es là.

— Tu rentres ?

À en croire ses voyelles très étirées, il avait l'air prêt à piquer un petit somme sur le perron.

— Non chérie, pas tout de suite. Mais vas-y. Amuse-toi.

La fête avait lieu au sous-sol, et je me suis promenée un peu avant, m'imaginant, comme chaque fois, comment j'aménagerais les pièces, avec quelles couleurs, quels meubles. Personne n'était là pour me voir caresser la courbe sensuelle de la rampe du XVIIIe, l'infaillibilité de son ébène poli. J'avais appris dans les magazines de déco chic qu'un intérieur ne devait pas avoir l'air trop apprêté, que l'immonde canapé en velours vert des années soixante-dix qui trônait dans le salon de Lawrence constituait autant un marqueur de classe que sa voix ou la façon dont il portait ses chemises élimées, mais je pensais à quoi la pièce ressemblerait repeinte en gris Trianon, avec quelques meubles bien choisis, dans un style minimal, et moi qui évoluerais entre eux, sereine. Chester Square était un bien meilleur remède au colonel Morris que mon petit discours de motivation pleurnicheur. Le désir et le manque, et l'écart entre les deux : voilà ce que je devais négocier. J'envisageais parfois ma vie comme un entrelacs de cordes raides, tendues entre mes aptitudes, réelles ou feintes, et ce que je posséderais. J'ai enlevé presque tous mes vêtements et j'ai enfilé une paire d'escarpins en daim noir Saint Laurent. J'ai déambulé dans la pièce, laissant mes doigts courir sur les ravissantes antiquités de Lawrence, comme s'il s'agissait de talismans. Toi, je me disais intérieurement, toi, toi, et toi. J'ai presque descendu l'escalier en sautillant.

En passant le rideau en soie noire, j'ai vu une blonde que j'avais déjà croisée à des fêtes précédentes tailler une pipe à un quadra, écartant ses cheveux d'un geste professionnel de façon qu'il ne rate pas une seconde de sa bouche avalant son membre tout entier. Je l'avais vue dans les parages ; elle était russe mais se faisait appeler Ashley – Lawrence avait l'habitude de mélanger une ou deux escorts à la foule des invités pour faire durer les soirées. J'ai pris un verre sur le plateau de flûtes à champagne que tenait le serveur-videur de Lawrence ; il se tenait près d'un mur au revêtement noir lustré, aussi imperturbable que s'il servait des petits-fours à un cocktail d'ambassade. J'ai bu une gorgée, mais je n'avais pas besoin de ça.

— Est-ce qu'Helene est ici ? ai-je demandé.

Une autre habituée de ces soirées.

— Par là, a-t-il indiqué en hochant la tête.

Helene était allongée sur une méridienne en velours noir, sa poitrine débordant comme du sabayon d'un corset brodé.

— Judith, chérie.

Elle a levé le visage vers moi et je me suis penchée pour l'embrasser, prenant sa langue aigre de champagne dans ma bouche.

— Lawrence a dit que tu allais arriver. On t'attendait, n'est-ce pas ?

Un garçon, agenouillé entre ses cuisses généreuses, a levé le nez. Je n'aurais pas voulu le corps d'Helene, mais j'avais une tendresse pour son ventre, cette grande étendue pâle et moelleuse. J'ai passé une main insistante sur ce mont, souple et luisant.

— Je te présente Stanley.

— Bonjour Stanley.

Il s'est levé et s'est baissé aussitôt pour m'embrasser, trop vite pour que je me fasse une idée de son visage. Sa bouche était grande et son menton pas trop baveux ; j'ai senti sous son parfum cette odeur de foin humide, typique des jeunes hommes. J'ai laissé mes mains explorer son dos nu tandis qu'il m'attirait contre lui, ses muscles saillant sous ses omoplates. J'aimais bien.

Helene agitait mollement une paire de menottes, acier brillant, du vrai matériel de flic.

— J'ai dit à Stanley qu'un sandwich te plairait peut-être ?

— Hmm, avec plaisir. Où tu voudrais que je me mette ?

— Dessous. Ça te va, Stanley ?

Il a acquiescé. Il n'avait pas l'air particulièrement doué pour la parlotte. Je me suis allongée à côté d'Helene sur la méridienne et on s'est embrassées à nouveau ; j'ai caressé les courbes délicieuses de son corps pendant qu'elle m'enlevait lentement ma culotte avant de poser un doigt sur les lèvres de ma chatte. J'ai pris son mamelon dans ma bouche pour le téter, ma langue a lascivement léché son aréole jusqu'à ce qu'elle se mette à ronronner, alors j'ai enfoncé deux doigts en elle. Toujours ce spasme exquis, et ce moelleux... Je sentais le désir monter en moi, alors je me suis glissée sous elle de telle façon que nos corps soient bien alignés, moi le visage contre le velours, et la rondeur voluptueuse de son ventre à elle calée dans le creux de mes reins. J'ai levé mon bras droit, elle a fait de même. Stanley a eu un peu de mal avec les menottes, mais il a réussi à attacher nos poignets.

— Là, a murmuré Helene. On n'est pas bien comme ça ?

Il l'a prise d'abord, chevauchant mes jambes ; comme il la prenait par-derrière, je sentais ses testicules contre mon cul, ainsi que la chaleur moite d'Helene. J'ai glissé ma main gauche sous moi et avec tout ce poids mon clitoris s'est écrasé contre la caresse de mes doigts. Je voulais qu'il me prenne, je voulais son sexe en moi, je soulevais mes hanches en rythme avec Helene. Elle a eu le souffle un peu coupé quand il s'est retiré, puis j'ai senti le bout de sa queue, la douceur du préservatif, contre mes lèvres, et il s'est glissé sans mal en moi, sans cesser de s'agripper au cul d'Helene. Il m'a presque fait jouir, mais a pénétré Helene à nouveau, qu'il a baisée jusqu'à ce que son corps se raidisse et se cambre au-dessus du mien, puis il est revenu en moi. Je priais pour qu'il m'emmène jusqu'au bout, et enfin j'ai joui, et Helene a roulé sur le côté, sa chatte trempée contre ma cuisse, et elle l'a fini dans sa bouche. Allongée là, le souffle profond, une jambe tombée par terre, je sentais mon clitoris humide qui palpitait encore. C'était ça, le vrai pied, pour moi. Pas seulement le plaisir de la chair mais le sentiment de liberté et d'invulnérabilité que je retirais à me faire écarter les cuisses et baiser par un parfait inconnu.

6

Cela s'est avéré être la dernière fête à laquelle je devais aller à Londres. Maintenant que je travaillais au Gstaad Club, il fallait que je prenne soin de moi : dormir suffisamment, courir un peu, et garder du temps pour ma vraie carrière. Il fallait surtout que j'arrête de penser à l'incident avec le colonel Morris. Ce vieux salaud n'était pas parvenu à ses fins, et la seule chose qui comptait pour moi, c'était le dénouement. J'avais remporté l'estimation et rien d'autre n'avait d'importance pour la maison. Il fallait que je garde bon pied bon œil, même si je devais mettre mon réveil à cinq heures pour enchaîner quelques tours à Hyde Park avant d'aller au bureau. Avec les visites assidues de James et de ses liasses de cinquante au club, j'ai pu me payer des soins du visage et des manucures régulièrement, ainsi que quelques cours onéreux de Pilates. Grâce à mes nouvelles lectures, je savais que ce n'étaient pas des dépenses excessives, mais du « Temps que Je me Donnais », un « Investissement sur Moi ». James était à présent considéré comme mon client attitré, et le jeudi et le vendredi, Olly disait que je n'avais pas à m'asseoir avec d'autres, même s'il arrivait quand même qu'on me réserve – alors James devait attendre seul, les yeux rivés sur moi le temps que la bouteille de rigueur soit finie et que je traverse la salle dans sa direction avec un sourire accueillant.

Je ne pouvais pas m'empêcher de penser à ce que je pourrais faire si j'arrivais à garder ce vieux bougre dans mes filets. Mon boulot chez British Pictures me rapportait à peine un salaire minimum. Bien que mes études aient globalement été gratuites, j'avais quand même contracté un prêt étudiant de dix mille livres vers la fin pour couvrir mon loyer et mes frais. Bientôt, il allait falloir que je rembourse. Je m'étais dit que j'atteindrais un poste mieux rémunéré quand ce moment serait venu, mais l'échéance arrivait à grands pas : je devrais rembourser mon dû à l'automne, soit dans deux mois, et avant le revenu supplémentaire généré par le club je m'en sortais à peine. Avec mille livres par semaine venant de James, plus ce que je pouvais me faire avec d'autres clients, je pouvais espérer commencer à rembourser mon emprunt sans angoisse, et peut-être me prendre un appart' toute seule. J'ai ouvert un compte d'épargne et observé le solde s'accroître avec constance.

Dès le départ, les intentions de James ont été très claires, mais son arrogance se cachait sous une couche de timidité, comme s'il n'avait pas trop su par où commencer. Comme la plupart des hommes, il était son sujet de discussion favori, alors je n'ai pas eu de mal à le faire parler. Il était marié à une certaine Veronica, ils avaient une ado et vivaient à Kensington, près de Holland Park. Il aimait prétendument lire de la philosophie pendant son temps libre, mais en termes de courant de pensée, il se rapprochait davantage de

« Jésus, coach de vie » que de l'esthétique kantienne. En tout cas, le sujet nous a fait tenir des heures. Je lui ai demandé de me recommander des titres dont j'ai parcouru les critiques sur Internet pour faire comme si je les avais lus. C'est Veronica qui s'occupait du foyer, elle faisait aussi partie de diverses associations caritatives. J'étais perplexe quant à cette femme : est-ce qu'elle savait où son mari passait ses soirées, ou est-ce qu'elle s'en fichait ? Je crois qu'elle s'en foutait. Est-ce qu'ils baisaient ? Impossible d'imaginer James en plein acte – quand bien même l'œstrogène produit par toute cette graisse ne lui aurait pas bouffé la bite, il arrivait à peine à gravir les trois marches du club sans frôler l'attaque cardiaque. Mais au fil de nos soirées, il a tenu à me convaincre qu'il avait été un vrai tombeur dans sa jeunesse. Ah ça, il s'était payé du bon temps, le petit James. Des femmes mariées à Saint-Moritz, des sœurs à Saint-Jean-Cap-Ferrat. Il était assez vieux pour avoir fait le joli cœur aux bals des débutantes, et j'ai eu droit à tout un tas d'anecdotes à propos des filles qu'il avait fait craquer dans des combis coupés, des parcs londoniens, des fêtes à tout casser et des boîtes de nuit de Soho. Apparemment, la haute société londonienne des années soixante-dix avait été un paradis érotique pour les mecs atteints d'obésité morbide.

— Un petit gâteau, Judith ? m'a demandé Frankie en poussant une assiette de biscuits au chocolat vers moi.

Sa voix m'a ramenée à la réunion. Laura a froncé les sourcils. On était au beau milieu de ce que Rupert appelait une Consultation Haute Priorité – moi,

Frankie, Rupert, Laura et Oliver, notre expert portraits, qui était légèrement plus mince et moins rougeaud que notre chef.

— Non merci, ai-je répondu tout bas.

Laura nous a fait les gros yeux en remontant son étole en pashmina sur les ravages de son bronzage de la Barbade. J'ai changé d'avis et pris un gâteau. Au moins, Frankie faisait preuve de solidarité féminine, à la différence de Laura, qui me traitait comme une domestique peu satisfaisante.

— Et les voici, a annoncé une voix.

Une blonde aux cheveux savamment crêpés posait une pile de catalogues neufs sur la table, à bout de souffle.

— Je vous présente Angelica, a dit Laura. Elle rejoint notre équipe un mois pour sa première expérience professionnelle. Elle sort tout juste de Burghley, à Florence.

Si Dave avait été là, j'aurais levé les yeux au ciel. Cette école dispensait des cours d'histoire de l'art pour les riches un peu bas du front qui étaient trop occupés pour s'inscrire dans une vraie université. Au terme d'une année de cours sur la Renaissance façon Disneyland, à supposer qu'ils puissent absorber un peu de culture entre deux joints, ils repartaient avec un joli petit diplôme.

— Bienvenue dans notre département, Angelica, l'a gratifiée Rupert.

— C'est tellement gentil à vous de m'avoir acceptée.

— Angelica est ma filleule, a ajouté Laura en arrachant un sourire à son visage botoxé.

Ceci expliquant cela. Je me suis redressée.

— Bien, a dit Rupert, à présent, l'événement du jour, mes amis : nous avons fait entrer un Stubbs.

Il a fait passer les catalogues. On aurait dit des programmes pour un opéra du XVIIIe. George Stubbs, annonçait la couverture, *Le Duc et la Duchesse de Richmond observant le galop*.

— Oooh, s'est écriée Frankie, toujours de bonne volonté. Un Stubbs !

Je comprenais son enthousiasme. George Stubbs était un artiste extrêmement coté, ses tableaux étaient réputés dépasser les vingt millions. J'avais un petit faible pour lui – comme moi, il était de Liverpool et, malgré tout le temps qu'il avait passé à étudier l'anatomie, de sorte que ses tableaux de chevaux étaient parmi les plus raffinés du XVIIIe siècle, l'Académie royale a refusé de le reconnaître de son vivant comme un membre à part entière, au motif qu'il était un « peintre de chevaux ». J'étais curieuse de voir quelle œuvre on avait dégotée.

— Je vous demanderai de lire tout ça avec attention, est intervenu Oliver. J'y ai passé un temps fou.

J'ai feuilleté les pages, et en tombant sur l'illustration je me suis arrêtée net. J'avais déjà vu ce tableau, et il n'avait rien à faire ici.

— Rupert, je suis désolée, mais je ne comprends pas, suis-je intervenue. C'est le tableau que j'ai vu en janvier, près de Warminster ?

— Ne vous en faites pas, il n'y a rien à redire sur votre estimation. Et puis on ne peut pas s'attendre à ce qu'une stagiaire déniche un Stubbs !

Si je ne l'avais pas déniché, c'est parce que ce n'était pas un Stubbs. Et je n'étais plus une stagiaire,

Rupert le savait parfaitement. J'avais travaillé dur pour être en mesure de porter ce genre de jugement. J'ai à nouveau tenté ma chance.

— Vous n'avez pas dit que…

Rupert m'a interrompue avec un rire gêné.

— Je voulais que ça reste une surprise. Et maintenant…

À mon tour de le couper.

— Mais je suis sûre de moi. J'ai pris des photos.

— Judith, le tableau a été nettoyé une fois que je l'ai fait venir. Les détails que vous avez du reste correctement identifiés sont des rajouts postérieurs. Y a-t-il un problème ?

Je n'étais pas sotte au point de le défier en public.

— Non, non, pas du tout.

J'ai forcé un peu le trait sur l'enthousiasme.

— C'est génial !

Le tableau serait exposé pendant les deux semaines précédant la vente, en septembre. Rupert l'estimait suffisamment important pour une vente aux enchères individuelle. Oliver pensait au contraire qu'il fallait l'intégrer dans une vente collective. Laura a évoqué les collectionneurs qu'il faudrait prévenir. Frankie prenait des notes. Le choc était trop brutal pour que je m'amuse à imaginer ce qui pouvait traverser les vastes étendues désertes du cerveau d'Angelica. Je me suis débrouillée pour poser quelques questions zélées à la fin, à propos des dispositions à prendre pour la visite privée, afin de tenir les filles de l'événementiel au courant, et j'ai demandé s'il y avait une livraison prévue aux réserves.

— Je pensais emmener Angelica pour une petite visite, ai-je proposé amicalement.

Une livraison, c'était l'occasion pour les plus jeunes de voir les œuvres de près pendant qu'on les déballe, avant l'arrivée des experts. Vraiment, c'était extraordinaire de contempler des chefs-d'œuvre posés sur un simple établi en bois et non dans le sanctuaire d'un musée, ai-je expliqué. Mais Angelica était concentrée sur son téléphone.

— Ouais, a-t-elle daigné répondre en passant une main dans la masse de ses cheveux. J'en ai vu plein à la Galerie des Offices. Comme, euh, Branzini ?

— Bronzino, peut-être ?

— Ouais. Lui.

Comme je l'avais espéré, Dave était là. Avec un collègue, il déchargeait une dizaine de Pompeo Batoni pour la vente « Grand Tour », qui allait bientôt avoir lieu.

— Judith, tu as l'air en pleine forme. Vraiment ravissante. T'as un nouveau mec ?

— Dave, tu sais bien que tu es le seul dans ma vie, ai-je flirté à mon tour.

J'avais commandé sur Amazon un tas de polars inspirés de faits réels et je me suis cogné un peu partout avec le sac. En présentant Angelica, je lui ai tendu les bouquins en disant que je les avais trouvés en lot au Oxfam de Marylebone.

— Alors, qu'est-ce qu'on a aujourd'hui ? ai-je demandé pour être utile à Angelica, toujours plongée dans son téléphone.

— Batoni, période romaine.

— Ah, un Italien ! me suis-je exclamée. Parfait, Angelica ! Tu n'as qu'à les aider à prendre les mesures !

J'ai fait un signe à Dave et il m'a accompagnée jusqu'à la zone de l'entrepôt jonchée de mégots.

Aussitôt, je me suis lancée dans le récit de ma visite à Warminster. Rupert avait reçu l'appel d'un ami qui avait une boutique d'antiquités à Salisbury : ce dernier avait vu le tableau lors d'un dîner et pensait que ça pouvait être un vrai. C'est moi qui avais été envoyée sur place parce que Rupert était à la chasse. Le propriétaire de la maison, un ancien soldat de la garde royale, s'est présenté. Tiger – sans blague. Sa famille était là depuis un siècle environ, il pensait que le tableau avait été acheté par son arrière-grand-père. Je n'ai pas posé beaucoup de questions, car Rupert m'avait bien fait comprendre de ne rien laisser paraître de nos espoirs.

J'avais décroché le tableau du mur de la salle à manger pour mieux l'observer à la lumière. Au début, j'ai vu ce qui avait attiré l'œil de l'ami de Rupert. La composition équilibrée, avec un groupe de femmes, d'hommes et de garçons d'écurie à l'arrière-plan gauche, observant trois chevaux qui semblaient galoper en direction du spectateur. Les chevaux étaient magnifiquement exécutés, deux alezans et un gris, aux membres saisis dans le mouvement ; les couleurs étaient tamisées, comme par un matin brumeux, où seul le rouge des livrées des garçons d'écurie se disputait la lumière avec le lustre de la robe des chevaux. En y regardant de plus près, cela dit, j'avais été moins convaincue par le groupe de spectateurs, sans vie, un peu brouillon, encombré par tout l'attirail d'un pique-nique sophistiqué du XVIIIe siècle. Ils détournaient l'attention de l'élégante course des animaux : c'est l'homme qui dominait la toile, et ça ne me paraissait pas du tout caractéristique de l'œuvre de Stubbs. Perplexe, j'avais trouvé la signature trop parfaite, et j'avais tourné le tableau pour en examiner le dos. Une petite étiquette collée au cadre mentionnait le nom d'une galerie fermée depuis des lustres, Ursford & Sweet. Il y avait également un titre, *Le Duc et la Duchesse de Richmond observant le galop*, et une date, 1760. Derrière les personnages du tableau, il y avait un panneau où l'on pouvait lire « Newmarket ». Stubbs était le plus remarquable des peintres équestres de son époque, et peut-être même de tous les temps, mais autant que je sache, il n'avait peint qu'un seul tableau à Newmarket. J'avais apporté avec moi un catalogue raisonné, le dernier recensement de toutes les œuvres connues de Stubbs, et je l'ai feuilleté jusqu'à ce que je tombe sur une représentation du même duc et de la même duchesse observant l'entraînement des chevaux à Goodwood, datée de 1760. Il y avait certes une ressemblance, même si les visages reflétaient davantage ceux de l'époque qu'une vision personnelle – et je me disais à présent que c'était ce qui avait dû convaincre Rupert. Il était tout à fait possible que Stubbs ait peint ses mécènes à Newmarket, bien que le catalogue n'en fasse pas état et ne mentionne pas le tableau que j'avais sous le nez. La découverte d'un Stubbs aurait été un grand événement, sans parler des retombées financières, alors c'est avec regret que j'ai pris mes photos et fait un résumé détaillé auquel j'ai ajouté mon avis : il s'agissait, ni plus ni moins, d'une imitation d'époque. Comme il me restait une heure avant de reprendre le train, Tiger m'avait fait visiter les écuries. Mais je n'ai pas jugé utile de faire part à Dave de mon propre galop avec saut d'obstacle.

— Bref, tout ça pour dire que c'est bizarre. Je l'ai classé en janvier dans la catégorie « école de Stubbs » et voilà qu'en juin il réapparaît sous la forme d'un vrai Stubbs. Et le panneau de Newmarket a disparu – Rupert prétend que c'est une couche de peinture postérieure qui a été retirée au nettoyage – et la signature a changé de place.

— Tu as dit qu'il venait d'où, déjà ?

— Selon le propriétaire, c'est son arrière-grand-père qui l'a acheté. Il y avait une étiquette d'Ursford & Sweet, une galerie de Bond Street, mais elle n'existe plus depuis la guerre.

— Mais tu as bien dit qu'il était du XVIIIe ?

— Oui…

— Donc la galerie a bien dû l'obtenir de quelque part.

— Pas d'ici. Si le tableau avait transité par chez nous, Rupert l'aurait mentionné dans le catalogue.

— Chez la concurrence alors ?

Comme pour Oxford et Cambridge, prononcer le nom de la principale maison de ventes aux enchères concurrente était tabou.

— Ç'aurait pu être une vente privée, mais bon, il y a de grandes chances pour que ce soit eux. Or il faudrait une éternité avant d'avoir la permission de jeter un œil à leurs archives.

— Hmm… J'ai un pote qui travaille aux réserves là-bas, section Grands Maîtres. Il peut te faire entrer dans leurs archives sans problème. Aujourd'hui, si tu veux, à l'heure du déjeuner. Mais pourquoi ça te tient tant à cœur ?

— Je ne sais pas trop. Je n'ai pas envie qu'on se plante.

Je ne pouvais pas avouer à Dave pourquoi je me transformais soudain en détective de choc. Enfin, j'entrevoyais la possibilité d'obtenir la reconnaissance de mes pairs, en leur évitant de commettre une bourde monumentale. Stubbs, ça voulait dire que les médias allaient s'affoler ; les Britanniques préfèrent leurs chefs-d'œuvre avec des bêtes dedans. J'étais impatiente ; j'imaginais mon incroyable révélation à la prochaine réunion, peut-être même un déjeuner dans la salle de conférences afin de me remercier, et pourquoi pas une vraie promotion. Histoire de me montrer que je valais plus que les avances de ce pervers de colonel Morris. Je tenais l'occasion de réussir pour les bonnes raisons, mon talent et mon assiduité, l'occasion de leur prouver que je pouvais bien faire mon boulot.

Officiellement, j'avais une heure pour déjeuner, mais je pouvais déborder sans problème puisque les autres membres de British Pictures considéraient comme leur droit le plus strict d'en prendre trois, et j'ai rejoint New Bond Street en quarante minutes montre en main.

— Vous êtes Mike ? l'ami de Dave ? Je suis Judith Rashleigh. Merci infiniment de votre gentillesse – on est tellement débordés avec tout ce qui nous tombe dessus.

J'ai souri en voyant le bouquin qui dépassait de sa poche arrière : *Brisée*, « l'histoire vraie de l'amour d'une mère, de la trahison d'un époux et d'un meurtre texan de sang-froid ».

— Je vous fais entrer, et je file déjeuner. Tant mieux si vous êtes pressée, mais si jamais on vous demande pourquoi vous n'avez pas votre badge d'autorisation, ça n'a rien à voir avec moi, d'accord ?

— Bien sûr. J'apprécie vraiment. Comme je vous l'ai dit, on est débordés. Merci encore.

Les archives de notre concurrent étaient hébergées dans une magnifique galerie lambrissée, avec vue sur Savile Row. Chez eux non plus les données n'étaient pas numérisées, et avec toutes ces rangées d'étagères pleines à craquer qui remontaient jusqu'aux années 1700, difficile de ne pas imaginer son cerveau en train de fondre face à un tel chaos. Il y avait d'autres personnes au travail, la plupart de mon âge, des stagiaires et des assistants impatients d'aller déjeuner ou envoyant des textos discrètement. Personne n'a fait attention à moi.

Si la datation du tableau était correcte, soit 1760, il s'était écoulé cent cinquante ans entre le moment où il avait été peint et la fermeture d'Ursford & Sweet en 1913. La galerie avait ouvert en 1850, mais l'étiquette sur le châssis avait été tapée à la machine, ce qui fait qu'elle n'avait pas pu l'acquérir avant 1880, donc il était logique de commencer mes recherches à partir de là. Par chance, les deux maisons avaient recours au même système ; j'ai commencé avec les fiches, qui recensaient chacune un tableau, souvent avec une photo, ainsi que la date et le prix de vente. La mise à jour de ces fiches était un boulot fastidieux auquel j'étais habituée. Beaucoup de Stubbs avaient été vendus, mais aucune description ne correspondait au tableau que j'avais vu. D'autres étaient recensés dans la catégorie « école de Stubbs », c'est-à-dire exécutés à la manière du peintre, et à la même époque, mais pas forcément par l'artiste – cinq se situaient entre 1870 et 1910. L'un d'eux correspondait à l'éventuel Stubbs. Code d'identification : TASC905/19, ce qui signifiait qu'il avait fait partie de la vente « Tableaux anglais / Scènes de campagne » ayant eu lieu en 1905, lot n° 19. Je suis retournée dans les étagères, j'ai pris à deux mains les poignées de la caisse étiquetée 1900-1905, et j'ai tiré. Les caisses étaient montées sur roulettes mais il fallait quand même une sacrée force pour les faire bouger. Enfin, je suis arrivée à la bonne rangée, celle de 1905, et j'ai fait défiler les fiches jusqu'à ce que je tombe sur celle que je cherchais. Elle était là. Propriété d'un comte : *Le Duc et la Duchesse de Richmond observant le galop*. Vendu à M. W. E. Sweet, adjugé à mille trois cents guinées. Le comte d'Halifax, certainement, l'une des plus grandes collections de Stubbs du pays. Donc, le tableau était bien un vrai. Paradoxalement, j'étais déçue. Mon super projet d'éviter à Rupert une catastrophique erreur d'attribution était tué dans l'œuf. Un expert s'était simplement trompé en attribuant un vrai Stubbs à l'un de ses disciples. Et l'expert en question, c'était moi. Bref. Au moins, j'avais des infos intéressantes sur sa provenance. Ça ferait toujours plaisir à Rupert.

J'ai marché le long de Burlington Arcade, devant les vitrines des magasins de cachemire et la ravissante boutique Ladurée, dorée comme un écrin à bijoux. Je pensais vaguement m'offrir un bon pull classique avec l'argent que je me faisais au club. Mais quelque chose me trottait dans la tête. Mille trois cents guinées, c'était une sacrée somme pour 1905, mais dans l'excitation ambiante lors de l'annonce de Rupert, personne n'avait pensé à mentionner le prix de réserve. Je me suis remémoré la page du catalogue, les chiffres imprimés discrètement tout en bas : huit cent mille livres ridicules. C'était absurde. Si le tableau était authentique, pourquoi Rupert aurait accepté un prix minimum aussi bas ?

Il n'y avait plus que Frankie quand je suis rentrée au bureau. Elle dévorait un énorme sandwich grillé au fromage acheté dans un boui-boui de Crown Passage. Comme d'habitude, le temps était humide, et j'ai remarqué que sa veste, posée sur sa chaise, sentait le chien mouillé. J'en ai eu une bouffée d'affection pour elle.

— Frankie, ai-je demandé, est-ce que tu te souviens où tu as mis les notes que j'ai rapportées de Warminster, il y a quelques mois ? à propos du Stubbs ?

— Elles doivent être avec les autres documents de la vente. Rupert est à fond !

— Oui, oui, normal ! Je voudrais juste y jeter un œil.

Elle a pris un dossier derrière elle et l'a feuilleté en secouant la tête.

— Non, elles ne sont pas là. Il n'y a que les notes de Rupert et les photos prises après le nettoyage. Tu veux que je regarde mieux ?

— Non, non, t'embête pas. Désolée de t'avoir dérangée pendant ta pause.

Quelque chose me taraudait encore dans toute cette histoire. J'ai cherché un numéro dans le répertoire du bureau et je me suis réfugiée dans les toilettes miteuses de l'étage pour passer un coup de fil. C'est Mme Tiger qui a répondu. Je ne l'avais pas rencontrée lors de ma venue à Warminster car elle était de passage chez sa sœur à Bath – ce qui était aussi bien, étant donné tout ce que Tiger savait faire avec une cravache. Elle avait une voix fraîche, agréable.

— Judith Rashleigh à l'appareil. Je suis venue chez vous il y a quelques mois. Votre mari a eu la gentillesse de me montrer votre tableau équestre.

— Ah, oui. Une affaire. Que puis-je pour vous ?

— Vous devez être ravie de cette attribution ?

— Oui, enfin, on a toujours su que ce n'était pas vraiment un Stubbs. Mais l'acheteur nous en a donné une jolie petite somme.

— L'acheteur ?

— L'homme qui est venu, oui.

— Ah, oui, Rupert.

Mme Tiger a hésité.

— Non, je ne crois pas qu'il s'appelait comme ça.

— Ah bon.

J'ai essayé de cacher ma perplexité.

— Je dois me tromper. Bien. Je voulais simplement m'assurer que vous aviez nos coordonnées au cas où vous auriez autre chose à faire expertiser. Nous aimons assurer le suivi avec nos clients.

— Oh, c'est déjà très gentil à vous de nous avoir suggéré une autre galerie.

— C'est, euh, oui, tout naturel. Bon, je ne voudrais pas vous déranger plus longtemps, mais à tout hasard, est-ce que vous vous rappelez le nom de l'homme qui est venu ?

J'ai décelé une légère méfiance dans sa voix.

— Non. Pourquoi ?

J'ai marmonné une excuse pleine de jargon et l'ai remerciée avant de raccrocher. Je me suis assise sur la cuvette pour réfléchir. Mme Tiger venait de déclarer ouvertement que le tableau n'était pas un Stubbs. Elle l'avait vendu, contente d'avoir empoché une somme rondelette pour une simple imitation d'époque. Et pourtant, le tableau qu'on s'apprêtait à vendre était le même.

J'ai à nouveau examiné le catalogue en cours de préparation. À la rubrique « Provenance », le tableau apparaissait comme « Bien personnel ». Au début, j'avais cru que le particulier en question était M. Tiger, mais apparemment non. L'histoire de Rupert concordait avec mes recherches dans les archives de notre concurrent : le tableau avait pâti d'une erreur d'attribution, et donc la personne qui avait découvert que c'était un vrai devait être l'homme mystère qui l'avait acheté aux Tiger et projetait à présent de le vendre par le biais de notre maison. Pas de bol pour les Tiger, mais je n'étais pas bête au point de le leur dire. Si l'homme en question les avait arnaqués, ce n'était pas nos oignons – il avait eu le nez creux, avait payé plein pot, et il s'en tirait avec une belle récompense. Mais quelque chose clochait encore. J'étais agitée, j'avais comme une boule au ventre, un sentiment qui ne m'avait toujours pas quittée quand Rupert est rentré vers trois heures, après un énième déjeuner bien copieux, pour repartir direct à une réunion chez Brooks's, un club sélect qui fournissait même des oreillers à ses membres s'ils voulaient faire une petite sieste dans la bibliothèque l'après-midi.

— Bien, à ce soir, donc, Angelica, a-t-il dit, sur le départ.

Elle n'a même pas pris la peine de lever le nez de son téléphone.

— Ouais, Rupes, à plus.

Je me demandais ce qu'il fallait entendre derrière ce « à ce soir », quand Rupert s'est arrêté à mon bureau pour fouiller dans sa mallette.

— Euh, Judith. Je me suis dit que vous aimeriez peut-être venir, a-t-il lancé en me tendant une enveloppe au papier épais. Angelica vient aussi. Un peu de mondanités. Faites-vous belle !

— Je ferai de mon mieux, Rupert.

— Je n'en doute pas. Euh, vous présentez toujours très bien. À plus tard !

J'ai laissé l'enveloppe où il l'avait posée, je ne voulais pas qu'Angelica croie que j'ignorais totalement où j'étais invitée. Quand enfin je l'ai ouverte, j'ai eu du mal à réprimer un large sourire. C'était une invitation à la soirée Tentis, à la Serpentine Gallery. Tentis & Tentis, le cabinet d'architectes qui venait d'achever une réhabilitation dans la City avec les appartements les plus chers de Londres. Les magazines disponibles au Gstaad Club ne parlaient que de ça. Rupert avait réussi à leur fourguer un lot d'objets non réclamés datant des années quatre-vingt pour décorer les murs des milliardaires. Il m'avait fallu une semaine pour glaner toutes les provenances. La fête était organisée pour célébrer la future collaboration du cabinet avec la foire Frieze Masters. Et Rupert m'avait donné une invite. Il y aurait des photographes – les filles du club me verraient peut-être dans les pages VIP. Et même les pouffiasses avec qui j'étais allée à l'école. « Tenue de soirée exigée », précisait le bristol couleur crème. Je n'avais pas de robe longue, mais ce

79

n'était pas le moment de faire des économies. J'ai regardé la pendule égrener les secondes jusqu'à cinq heures pile, filé à la banque sur Piccadilly, et pris un taxi. À six heures, j'étais de retour chez moi, après un petit crochet par Harvey Nicks, avec un sac en tissu contenant une robe fourreau en soie noire Ralph Lauren qui s'attachait sur une seule épaule avec une chaînette en or presque invisible. Il fallait être bête pour dépenser autant, mais je refusais d'y penser. Je me renflouerais au club. Je me fichais de l'appréciation de Rupert, je voulais juste être parfaite : c'était la première fois que j'avais l'occasion de rencontrer des gens importants et de me faire un réseau.

Côté bijoux, j'hésitais. J'avais mis au clou depuis longtemps les petites puces d'oreilles en diamant que ma mère m'avait données le jour de mes vingt et un ans, alors j'ai décidé que pas de bijoux du tout serait toujours mieux que de la pacotille. Pas besoin de mettre quoi que ce soit en dessous de la robe, juste des talons. J'ai supplié ma coloc Pai de me prêter sa pochette Gucci pour finir la silhouette. Maquillage très léger, rien que du mascara et une touche framboise sur la bouche. J'ai commandé un taxi pour ne pas arriver tout ébouriffée. La tronche du chauffeur quand je suis montée à bord m'a dit tout ce que je voulais savoir.

Dans Hyde Park, une foule de paparazzi attendait au bout du tapis rouge qui sortait du pavillon en verre aux reflets rose et mauve – un vaisseau spatial un peu rétro. Deux ou trois m'ont prise en photo, par simple politesse je suppose, mais ça fait quand même plaisir. Le brouhaha de la fête vibrait dans ma direction, comme le murmure d'une énorme bête. J'ai tendu mon bristol à une hôtesse, qui m'a fait entrer, et j'ai fermé les yeux une seconde pour mieux profiter de ce qui m'attendait.

Qu'aurait ressenti Cendrillon si, enfin arrivée au bal, elle s'était retrouvée dans une soirée d'agence immobilière ? Les énormes bougies en pot Jo Malone ne suffisaient pas à masquer l'odeur âcre des rots de champagne. Des centaines de mecs au teint terreux et mal fringués étaient massés autour de l'open bar, frétillants comme des mormons lâchés dans Atlantic City. Je ne sais pas où Tentis & Tentis s'étaient dégoté leurs invités, mais en tout cas ce devait être dans une contrée où le Moët n'existait pas. J'ai remarqué la petite tête d'une top model fraîchement retraitée qui dépassait de la mêlée comme une branche de céleri ahurie, mais à part ça, on aurait pu être dans n'importe quel bar un peu naze un vendredi soir. D'un coup, je m'en suis beaucoup voulu en pensant au ticket de carte bleue de chez Harvey Nicks posé sur mon bureau. La seule personne à s'être également pliée à la règle vestimentaire était Rupert, dont le ventre avait créé autour de lui son mini-carré VIP personnel. Il discutait avec quelqu'un que je connaissais vaguement, un galeriste du nom de Cameron Fitzpatrick. Rupert m'a vue du coin de l'œil et s'est dirigé vers moi, toute panse en avant. Rares sont les hommes à être désavantagés par le combo costume-cravate, mais Rupert en faisait partie ; cela dit, pour une fois, j'étais contente de le voir.

— Rupert, ai-je appelé en agitant ma pochette. Salut !

Il a eu l'air un peu perdu.

— Oh, euh, Judith. Oui. Salut. Je partais, en fait. J'ai un dîner.

— Je ne voudrais pas vous mettre en retard, mais j'ai creusé un peu du côté de la provenance du Stubbs.

— Comment ?

— La réunion d'aujourd'hui, le Stubbs ?

— Judith, je dois y aller, nous en parlerons demain, a-t-il lancé par-dessus son épaule en filant.

Fitzpatrick, mon dernier espoir de papotage, s'était évanoui dans la foule. J'ai traversé un petit groupe de filles en minirobe et compensées à talons aiguilles pour accéder au bar. Je ne profitais même pas des regards qu'elles me lançaient. Elles avaient probablement lu qu'assumer ses formes était une force, mais elles n'avaient pas poussé la réflexion très loin. Invoquer sa déesse intérieure en fourrant son cul dans une jupe si courte qu'on voyait quasiment que vous sortiez d'une épilation n'était peut-être pas le meilleur chemin vers l'émancipation des femmes. Elles finiraient sans doute leur soirée par une danse suggestive à califourchon sur un agent immobilier à trois heures du mat'. Pas comme moi. Pas comme Judith, la brillante marchande d'art-hôtesse. Je n'avais pas très envie de boire, mais j'ai quand même pris deux coupes pour avoir quelque chose à faire. J'ai retraversé la pièce lentement en faisant semblant d'apporter le verre à quelqu'un, mais le cœur n'y était pas.

Angelica, elle, n'était pas tombée dans le piège. Elle n'y connaissait peut-être rien en peinture, néanmoins son cursus avait dû comprendre une masterclass sur les fêtes à éviter. Un autre code secret que je n'avais pas encore réussi à déchiffrer. Mais comment est-ce que j'avais pu me monter la tête à ce point ? Je m'étais attendu à quoi, au juste ? Conversation courtoise avec des hôtes brillants, une petite plaisanterie avec un galeriste en vue, avant qu'on m'emmène dîner au Wolseley, à l'ancienne table de Lucian Freud ?

Jamais tout ça ne m'arriverait parce que je n'étais qu'un sous-fifre. La stagiaire qui préparait le thé, vaguement montée en grade. Je me sentais humiliée. Même les paparazzi de dehors étaient partis voir ailleurs. La top model à la retraite avait elle aussi disparu, glissant sous les blancs de poulet de son soutif le gros chèque qu'on lui avait signé pour s'être montrée ici, avant d'aller là où les gens élégants se retrouvaient réellement. Mon Dieu ce que j'avais pitié de moi. J'aurais dû rentrer à pied pour me punir, mais j'étais trop mortifiée. Vingt livres de plus dépensées en taxi, quelle différence ? Au moins j'aurais une sortie chic à raconter à Dave, il aimait bien ce genre de trucs. Mais est-ce que c'était toujours comme ça ? Est-ce que Londres se résumait à une série de zones de plus en plus réduites, pareilles à des poupées russes, de sorte qu'une fois qu'on pensait y être arrivé, en fait non, il y avait encore un coffret verni, scellé avec des vis, pour vous empêcher d'y pénétrer ? J'étais déjà en train de me dépêtrer de ma robe en payant le taxi. La chaînette délicate s'est brisée et de rage, j'ai déchiré cette putain de robe en deux au niveau de la fente sur le côté, à la grande surprise d'un couple âgé qui passait par là, programmes du Albert Hall à la main.

Je suis rentrée à l'appart', prête à tout casser. Après m'être extirpée du fouillis de vélos, de casques et de godasses qui encombrait l'entrée, j'ai vu une boîte sur la table de la cuisine avec un mot. « Pour Judy ». À l'intérieur, un gros mug rose en céramique avec des oreilles de lapin. Le mot disait : « Désolée, je t'ai emprunté ta tasse et sans faire exprès, je l'ai cassée. Je t'offre celle-ci à la place ! » Ma connasse de coloc avait cru bon d'ajouter un smiley. J'ai regardé dans la poubelle. Tout au fond gisaient les débris de ma tasse et de sa soucoupe, un ensemble Villeroy de 1929 en vert absinthe que j'étais allée admirer en vitrine jusqu'à Camden Passage pendant deux semaines avant de craquer. Ça ne m'avait coûté que quarante livres, mais là n'était pas la question. Je me suis dit qu'il y avait peut-être de la Super Glue dans le tiroir de l'horrible faux buffet victorien, mais la poignée était coincée et j'ai tapé si fort dans le pied du meuble qu'il s'est cassé ; le buffet entier s'est affaissé sur le côté. Toute la vaisselle à deux balles s'est brisée, et je l'ai peut-être aidée pendant une minute ou deux. Après quoi, une fois calmée, il m'a fallu beaucoup, beaucoup plus de temps pour remettre la pièce en ordre.

7

Je me suis réveillée à cinq heures, le cerveau en ébullition. Nue sur mon lit, je fixais le plafond décati. J'avais laissé mes activités au club prendre le dessus. Le copinage avec les filles et l'argent facile m'avaient détournée de mes objectifs. Il fallait que je rectifie le tir, ce qui voulait dire aller au fond des choses à propos de l'acquisition du Stubbs. Une soirée ratée, ce n'était pas grand-chose. Je devais simplement me concentrer.

Je suis arrivée au bureau de bonne heure, impatiente de voir Dave, mais Laura m'a coincée et m'a fait passer toute la matinée sur des ajustements de prix de réserve concernant les tableaux de Stanley Spencer, tout ça pour permettre à un petit spéculateur de bidouiller son impôt sur les plus-values. C'était à peu près le seul domaine dans lequel le département se montrait vaguement efficace. Je suis descendue à l'entrepôt à midi, mais Dave était sorti. Je l'ai appelé sur son portable pour lui proposer de prendre un verre après le boulot. Le soir en partant du bureau, je suis passée chez N. Peal m'offrir un superbe pull ras du cou en cachemire bleu pastel qui coûtait presque autant que ce que j'avais gaspillé pour ma robe la veille. Je ne sais pas pourquoi, mais dépenser plus d'argent m'a consolée du fiasco de la soirée Tentis. J'avais prévu de me changer dans les toilettes de la London Library pour retrouver Dave à l'heure sur Duke Street. Quand il est arrivé, boiteux – il était trop fier pour se servir d'une canne –, j'ai commandé une pinte de bière pour lui et un tonic pour moi.

— Merci pour le verre, Judith, mais ma régulière va se demander où je suis passé.

Je lui ai expliqué que mes notes sur le tableau avaient apparemment disparu, et que le Stubbs n'avait pas été acheté directement au couple de Warminster, mais par le biais d'un acheteur mystère. Mon raisonnement semblait un peu bancal, mais j'étais persuadée qu'il y avait quelque chose de pas net. Je pouvais difficilement l'expliquer à Dave, or après l'échec de la soirée de la veille, prouver que j'avais raison à propos du Stubbs me tenait encore plus à cœur.

— Il faut que je voie ce tableau, Dave. Il est dans les réserves, hein ? Tu as un meilleur œil que moi. Je ne crois pas à ces histoires de couches de peinture.

Dave a baissé d'un ton.

— Tu ne penses quand même pas que Rupert refourguerait un faux ?

— Bien sûr que non. Je pense qu'il s'est peut-être planté, et je voudrais éviter qu'on se couvre de ridicule, c'est tout. Et si dans l'affaire tout le mérite me revient, ça me va très bien. Ça ne serait pas la première fois que quelqu'un commet une erreur d'attribution, et tu le sais. Allez, s'il te plaît ? Rien que dix minutes, après quoi tu peux me traiter d'idiote et je ne parlerai plus de ce tableau.

— Judith, il y a des experts pour ça. Il me faudrait, je ne sais pas, des outils.

— Dave. La vérité, ça compte pour toi, non ? Tu crois que ça serait bien de revendre un faux ? Hein ? Et le sens de l'honneur dans tout ça ?

— Franchement, il faudrait qu'on obtienne une autorisation.

— Je travaille dans cette maison, et toi aussi. On a des badges – je peux bien aller regarder un peu les œuvres, comme cette pouffe de Laura me le suggère tout le temps.

— Dix minutes ?

— Grand max. Allez, dis oui.

Je me suis adoucie.

— Toi et moi, on est potes, pas vrai ?

— Bon, d'accord.

La plupart des employés étaient partis, alors Dave nous a fait entrer avec son code par la porte de derrière. On s'est servis de lampes torches dans la réserve, qui restait dans la pénombre pour protéger les œuvres. Dave a filé droit vers la bonne caisse et a soulevé le tableau. Je lui ai montré l'endroit où avaient figuré le panneau de Newmarket et l'ancienne signature.

— Judith, c'est dur à dire. Ça m'a l'air normal.

— Mais je t'assure qu'il y avait un panneau, juste là. Il date de quand, ce vernis, tu crois ?

Nos têtes se touchaient presque au-dessus de la toile, nos doigts flottaient au-dessus du fantôme du panneau.

— S'il a été nettoyé, a répondu Dave, à présent impliqué, il devrait y avoir une trace sur la couche du dessous. Il faudrait voir à la lumière.

— Bon, on peut le bouger ?

— Où était la signature, déjà ?

— Oui, où était-elle ?

Rupert. Il faut croire qu'on peut être gros et se déplacer très furtivement. J'ai ri bêtement.

— Rupert. Salut. Désolée, on était…

— Oui ? Je veux bien que vous m'expliquiez ! En tant que junior, vous n'avez absolument aucun droit d'être ici.

En fait, ce n'était pas si grave. Ça m'était arrivé un tas de fois de descendre ici. Souvent à la demande de Rupert, d'ailleurs. Il s'est adressé à Dave, radouci.

— Qu'est-ce que vous faites ici tous les deux ? Il ne serait pas temps que vous rentriez chez vous, Dave ?

Mortifié, Dave lui a souhaité une bonne soirée avant de filer. J'ai détesté son air soumis quand il lui a dit « monsieur ». Rupert a gardé un air affable le temps que Dave disparaisse puis il m'a longuement dévisagée. Sous l'éclairage bleuté, il ressemblait à un le Greco bizarre, marbré. Je savais qu'il n'allait pas piquer une crise. Le pouvoir a bien plus de force quand il s'exerce en douceur.

— Judith, je voulais vous parler depuis un petit moment. Je ne pense pas que vous ayez votre place chez nous, voyez-vous ? J'avais envie de vous donner une chance, mais j'ai reçu plusieurs plaintes dans le département au sujet de votre attitude. Vos commentaires lors de la réunion sur le Stubbs étaient tout à fait déplacés et franchement impertinents.

— Je pensais simplement que… Enfin j'essayais de… Je n'étais pas sûre que…

Je me rendais bien compte que je bredouillais comme une petite fille qui a fait une bêtise, mais impossible de m'arrêter.

— Je pense que ça vaudrait mieux pour tout le monde que vous preniez vos affaires et que vous partiez, maintenant, a-t-il ajouté calmement.

— Vous… vous me virez ?

— Si vous voyez les choses en ces termes, oui. C'est ça.

Je n'en revenais pas. Au lieu de protester, de me défendre, je me suis mise à pleurer. Absurde. Toutes les larmes de frustration que j'avais refoulées jusqu'alors ont choisi pile ce moment pour jaillir, me réduisant malgré moi au rôle de la femme implorante. Et, alors que je sentais ces sanglots de rage me brûler les yeux, j'ai compris que Rupert cachait quelque chose. Que cette stupide invitation à la fête de la veille avait eu pour seul but de m'amadouer. Mais les choses ne devaient pas se passer comme ça, pourtant. J'essayais de faire ce qui était bien, ce qui était juste.

— Rupert, je vous en prie. Je ne faisais rien de mal. Vous pourriez écouter mes explications ?

— Elles ne m'intéressent absolument pas.

Nous sommes remontés au département sans qu'il me regarde une seule fois. Dans les couloirs étroits, je marchais devant lui, j'avais l'impression d'être une prisonnière. Il m'a observée les bras croisés pendant que je rangeais mes affaires dans ma sacoche. Ma robe et mes talons hauts pour le club étaient tout au fond. J'avais du mal à les regarder.

— Bien. Vous êtes prête ?

J'ai acquiescé sans un mot.

— J'ai besoin de votre badge. Je ne pense pas qu'il soit nécessaire de demander à la sécurité de vous escorter jusqu'à la sortie.

Je lui ai rendu mon badge.

— Alors vous pouvez y aller, Judith.

J'ai pensé au colonel Morris. À toutes les fois où j'avais fait la boniche pour Rupert – aller lui chercher ses costumes chez le couturier et ses chemises au pressing, filtrer ses appels quand il séchait le bureau parce qu'il avait trop picolé au déjeuner, faire des heures sup à la bibliothèque et aux archives pour prouver que j'étais meilleure, plus intelligente, que je pouvais courir plus vite, avoir plus de responsabilités et faire mieux. J'avais fait preuve d'humilité et d'assiduité. Je ne me sentais pas assez respectée, j'avais même la sensation d'être exclue, mais je ne l'ai jamais montré. Jamais je n'avais relevé les différences qu'il y avait entre eux – Laura, Oliver, Rupert – et moi. Mon diplôme de hautes études avait plus de valeur que les leurs. J'avais cru qu'avec le temps et du travail acharné je m'en sortirais, que je les rejoindrais. Je ne m'étais jamais menti : je savais que Rupert ne m'accordait aucun crédit. Mais j'avais cru m'être montrée utile, valoir quelque chose. Pathétique.

— J'imagine que mon poste va revenir à Angelica ?

Je détestais m'entendre parler ainsi, geignarde, amère.

— Ça ne vous regarde pas. Je vous demande de partir, à présent.

Je l'ai regardé droit dans les yeux, sachant que les miens étaient ravagés par les larmes. J'ai pensé à ce que je ressentirais en me réveillant chez moi sans devoir me lever pour venir jusqu'ici. Le hall frais, le grain rassurant de la rampe sous ma paume. J'avais eu une opportunité, et c'était fini. Je n'avais peut-être pas mis beaucoup plus qu'un pied dans la porte, mais j'avais cru que je progressais peu à peu. Il allait falloir que j'envoie des CV, sans savoir où ça me mènerait. J'avais tout foiré. J'avais perdu le contrôle, j'avais voulu tout, tout de suite, j'avais visé trop haut comme une imbécile. Mais quelle conne. J'avais aussi baissé ma garde, je m'étais promenée, naïve, en pensant qu'un peu de bonne volonté était tout ce qu'il fallait pour gravir les échelons. La colère avait toujours été mon amie, et je l'avais négligée. Elle m'avait aidée à me tenir droite et fière, à surmonter tous les affronts, à me propulser sur les bancs de l'université. C'était ma force, mon salut. L'espace d'un instant, je l'ai sentie, incandescente, et j'ai eu une vision de la tronche pleine de sang de Rupert avachi sur son clavier d'ordinateur. Allez, m'a sifflé ma colère, lâche-toi. Rien qu'une fois. Ma mallette avait beau être usée, elle avait des renforts en laiton aux coins ; je me suis imaginée en train de lui balancer un bon coup sur la tempe. Ça me démangeait. J'avais envie de lui sauter à la gorge, comme un chien. Il me regardait aussi, et j'ai décelé dans ses yeux une lueur d'inquiétude. Il ne m'en fallait pas davantage.

— Vous savez quoi, Rupert, j'ai dit, sur le ton de la conversation, vous n'êtes qu'un connard. Un connard véreux qui a un gros cul, trop de passe-droits et aucun talent.

— Sortez.

Je ne savais plus lequel de nous deux je détestais le plus.

Pour me faire pardonner, j'ai emmené Colère boire un coup. Une bonne copine de picole, elle buvait au même rythme que moi. Le temps que James arrive au club, j'en étais à la moitié de ma deuxième bouteille de Bollinger avec un autre client, et cette fois je ne versais rien dans les plantes vertes. Sans même lui dire au revoir, je l'ai planté là pour aller m'asseoir à côté de James pendant que Carlo répétait sa routine avec le Cristal.

— Je vais peut-être en boire un peu ce soir, si ça ne vous dérange pas.

— Rude journée ?

J'ai hoché la tête. Je sentais que je n'allais pas avoir l'alcool gai. J'étais d'humeur détachée, cruelle, insolente. J'ai levé mon aquarium pour porter un toast un peu amer. Je le trouvais repoussant, mais avec Colère, on buvait dans le saloon de la dernière chance.

— James. Arrêtons de tourner autour du pot. Combien vous seriez prêt à payer pour me baiser ?

Il a eu l'air étonné, puis comme dégoûté.

— Je n'ai pas besoin de payer pour avoir des rapports sexuels.

— Pourquoi ? Pour vous, c'est moins important que l'argent ?

— Lauren, qu'est-ce qui se passe ?

Si on avait été dans un film, ç'aurait été le moment du flash-back. Un tourbillon de souvenirs, la courageuse petite Judith qui obtient son diplôme, Judith qui rentre tard du boulot après une grosse journée, une larme qui coule sur la joue de Judith quand Rupert la vire et, enfin, ses yeux qui s'écarquillent ici dans ce bar lorsqu'elle se rend compte que ce vieux gros dégueulasse est son seul espoir. Cette Judith-là se serait levée poliment pour marcher en direction du fabuleux avenir qui lui tendait les bras car elle n'avait pas besoin de transiger sur son intégrité. Oui, bon... Franchement, les nouveaux départs, c'était fini, très peu pour moi. James était mon dernier recours. Si j'étais née pour faire ça, autant le faire correctement. Colère et moi, on avait des projets.

J'ai laissé les larmes que je refoulais depuis des heures monter et former deux jolis petits lacs au ras de mes cils. Le menton qui tremblote, les dents qui mordent la lèvre inférieure. Je n'avais plus qu'à lever les yeux vers lui.

— James, je suis désolée. C'était vulgaire, pardonnez-moi. Mais c'est cet endroit – je ne supporterais pas que vous me preniez pour une... enfin vous voyez. Je vous testais. Vous êtes tellement généreux et moi je... je...

Malgré son gigantesque ego, il était susceptible de détaler s'il entendait le mot « amour » alors j'ai préféré finir ma phrase dans un sanglot. Qu'est-ce que je pleurais, ces temps-ci. Il m'a passé son mouchoir, un grand carré de tissu blanc qui sentait bon le propre. Ça m'a rappelé la fois où ma mère, dans un de ses bons jours, m'avait donné un bain puis m'avait enveloppée dans une serviette qui avait exactement la même odeur, et alors j'ai pleuré pour de bon. Après quoi on a discuté. Je lui ai confié que j'avais peur, que j'avais perdu mon boulot (d'hôtesse d'accueil dans une galerie), alors il a proposé qu'on parte prendre l'air un week-end, et j'ai dit que je n'étais jamais allée dans le sud de la France, que ce serait le paradis, mais qu'il vaudrait mieux qu'on emmène ma copine, pour montrer que je n'étais pas ce genre de fille. Enfin, pas complètement. Je lui ai susurré à l'oreille qu'il arriverait peut-être à me persuader du contraire. Mais c'est plus l'éventualité de devoir partager un lit avec lui qui m'a poussée à inviter quelqu'un d'autre. Et puis, s'il avait envie d'un plan à trois, autant être équipé. Je n'ai

93

pas eu de mal à lui faire comprendre que je pourrais donc me laisser persuader du contraire en échange d'environ trois mille livres, de quoi me permettre de vivre jusqu'à ce que je retrouve un emploi. En partant, il a laissé mille livres sur la table pour couvrir le prix de deux billets pour Nice ; je me suis précipitée vers Mercedes pour lui annoncer qu'on partait sur la Côte d'Azur.

— Dis donc toi, a-t-elle lâché, pleine d'admiration. Ton cul est un vrai aimant à fric !

8

J'avais dépensé quelques billets de cinquante laissés par James pour m'acheter des accessoires en vue de notre petite virée. Un sac week-end en cuir tressé camel et un fourre-tout assorti dénichés dans une boutique de Marylebone qui pourraient passer pour du Bottega Veneta, un bikini noir Eres, noué sur les côtés, des lunettes de soleil Tom Ford, un foulard Vuitton turquoise et beige. À l'atterrissage, j'ai constaté avec plaisir que je ressemblais à beaucoup d'autres femmes venues pour le week-end : très soignée mais sans en faire des tonnes. De façon inattendue, Mercedes (on était convenues d'utiliser nos noms de club pour ne pas faire de gaffes) avait donné dans la simplicité : jean et chemise blanche. James nous attendait au café près du hall des arrivées. En voyant ses flancs étalés sur ses genoux, les auréoles de sueur sur sa chemise rose pâle, j'ai respiré un grand coup. Certes, il était gros, mais pourquoi négliger à ce point son apparence ? Ça dénotait une espèce d'arrogance, comme si sa fortune l'exonérait de se soucier du regard des autres – et en un sens il avait raison. Soudain, j'ai regretté mon horrible appartement. J'y avais passé tant d'heures à tirer des plans sur la comète, rêver de mon brillant avenir. Mais voilà à quoi ressemblait mon avenir. Ou du moins, en l'absence d'un meilleur plan, les quelques mois à venir. Tu peux le faire, je me suis dit. Plus que jamais, il fallait que je le fasse. Tout était une question de contrôle.

Un jeune homme que j'aurais dit marocain, avec une veste brodée à l'enseigne de l'Hôtel du Cap-Éden-Roc, a mis nos sacs dans le coffre d'une longue voiture noire. James s'est introduit à l'avant comme il a pu et aussitôt, comme un lit, le véhicule a penché de son côté. Impossible de regarder Mercedes.

— S'il vous plaît, mesdemoiselles.

Je me suis glissée sur la banquette arrière en cuir ivoire. L'air était frais, les vitres teintées, le moteur ronronnait tout bas. Voilà donc à quoi ça ressemblait. James tripotait son téléphone, pas la peine de lui faire la conversation. En arrivant à l'hôtel, Mercedes m'a serré la main, excitée comme une gamine.

— James, c'est magnifique, a-t-elle soufflé en me regardant avec insistance.

— Oui, vraiment ravissant, me suis-je empressée d'ajouter.

On a attendu dans le hall carrelé de marbre tandis que James s'enregistrait. Une des réceptionnistes nous a demandé nos passeports, et je lui ai répondu en français, avec un sourire, qu'ils étaient montés avec nos bagages et qu'on les descendrait plus tard. Je ne voulais pas que James puisse voir nos vrais noms, ça gâcherait l'ambiance.

— Mais ton français est impec ! s'est écriée Mercedes.

J'ai haussé les épaules.

— Il vaut mieux pas que James le sache.

On nous a conduits dans une suite au premier étage. Deux chambres séparées par un immense salon avec canapés blancs et un énorme bouquet d'arums. Des doubles portes s'ouvraient sur un balcon qui surplombait une longue bande de gazon s'étirant jusqu'à la fameuse piscine que j'avais vue dans des tas de magazines. Au-delà, vers la droite, en direction de Cannes, une grappe de gigantesques bateaux mouillaient dans la baie. On ne savait apparemment pas faire petit dans le coin.

Ces yachts étaient tous énormes, mais l'un d'eux en particulier se démarquait, avec sa coque pareille à un monstre des mers se cabrant dans l'eau. Ça aussi, je l'avais vu en photo. Mikhail Balensky, « l'homme du Richistan », comme l'appelaient les journaux anglais, était un industriel ouzbek dont le parcours se lisait comme une bande dessinée. Il avait commencé dans les champs de pétrole et s'était rapidement diversifié dans le commerce des armes, mais, jugeant qu'il n'y avait pas assez de guerres en cours pour faire des bénéfices dignes de ce nom, il avait décidé de créer quelques conflits. Il lui suffisait de financer des rebelles un peu remontés dans un petit pays dont personne ne savait rien, d'armer les deux camps, de les regarder s'entretuer puis de racheter les biens durables restant encore aux mains du gouvernement qu'il avait contribué à mettre en place. Très efficace. Ça, c'était il y a vingt ans ; à présent, Balensky se montrait à des galas avec des chefs d'État, passait au Bal du Met, à la fête de la Serpentine Gallery, se faisait prendre en photo signant un chèque de deux millions lors d'une fiesta de mauvais goût en l'honneur de n'importe quelle cause du jour. Dingue, tout ce qu'on apprend en feuilletant régulièrement le magazine *Hello !*.

— Mademoiselle ?

Le groom m'a tirée de ma rêverie. J'avais déjà un billet de dix euros au creux de la main. Je lui ai donné son pourboire et demandé de mettre nos bagages dans la chambre de gauche, et ceux de monsieur dans celle de droite. Quelles qu'aient été les intentions de James, je refusais de partager un lit avec lui. Au cas où il aurait voulu ajouter quelque chose, je suis sortie sur le balcon, tournée vers la vue, dos à lui. Je l'ai senti se rapprocher de moi, et il m'a pris la main.

— Alors, chérie, heureuse ?

Chérie. Oh merde.

— C'est splendide, ai-je dit, mimant l'éblouissement.

— Tiens, je t'ai apporté ça, a-t-il ajouté en me tendant un sac en plastique noir tout froissé avec l'idée qu'il se faisait d'un sourire coquin. Une petite tenue à enfiler. Un peu plus tard.

Je me demandais quelles horreurs pouvait bien contenir ce sac, mais j'ai réussi à déposer un petit bisou sur sa bajoue collante de sueur.

— Merci, chéri. C'est très gentil de ta part.

— J'ai pensé qu'on pouvait déjeuner au bord de la piscine puis aller à Cannes faire un peu les boutiques. Que ça vous plairait.

— Super. Je vais me changer.

Mercedes virevoltait dans la salle de bains, faisant le tour des articles de toilette Bulgari.

— Mon Dieu, tu te rends compte, cette salle de bains est plus grande que tout mon appart' !

— Trouve le minibar, ai-je lâché en serrant les dents. Faut que je boive un coup.

James s'est pointé à l'Éden-Roc, le restaurant de l'hôtel, au bord de la piscine et à flanc de falaise, portant un short de bain Vilebrequin sous un peignoir ouvert, dont les deux pans pendaient de chaque côté de sa panse laiteuse. Du coin de l'œil, j'ai repéré deux petites têtes blondes dans l'eau qui se sont mises à glousser en le montrant du doigt jusqu'à ce que leur nounou les fasse taire. Nous avons tous commandé la salade de homard et de l'eau de Perrier. James a embroché une petite motte de beurre frais qu'il a tartinée sur un petit pain avant d'engloutir le tout. Quelques miettes ont dévalé les plis de son menton pour se loger dans la moquette grise des poils de son torse. Pendant que Mercedes picorait sa salade et jouait avec son téléphone (j'ai failli lui dire d'arrêter de tenir son couteau comme un stylo), j'ai demandé à James de nous reparler de l'époque où il était soi-disant le play-boy de la Côte d'Azur, et fait semblant d'être fascinée par ses anecdotes exagérées – il avait dansé avec Elizabeth Taylor au Jimmy'z et fait la fête avec Dionne Warwick à Golfe-Juan. J'ai compris à ce moment qu'il n'essayait pas de me convaincre qu'il était une sacrée affaire, mais qu'il en était lui-même persuadé.

Après le déjeuner, on nous a conduits sur la Croisette. Sur la plage en dessous du Carlton, un groupe de femmes en burka s'éclaboussaient joyeusement dans l'eau. Le ciel s'était couvert, le temps était très humide et James semblait de mauvaise humeur ; il a insisté auprès du chauffeur pour aller se garer dans un endroit qu'il connaissait puis s'est mis à vociférer en petit nègre quand il a fallu qu'on fasse trois fois le tour du même pâté de maisons. Je ne pensais pas qu'il supporterait un long après-midi de shopping, alors j'ai proposé qu'on s'arrête chez Chanel et que le chauffeur nous attende devant la boutique. Je suis entrée la première et j'ai demandé à la vendeuse si elle pouvait apporter une chaise pendant que je regardais les sacs avec Mercedes. Elle a eu l'air effarée de se voir demander quelque chose d'aussi ingrat, mais s'est éclipsée dès qu'elle a repéré James.

— Tout de suite, madame.

Je savais ce que je voulais : le sac classique en cuir matelassé noir avec bandoulière et attaches dorées. Mercedes hésitait, passait en revue les manteaux en tweed au prix déraisonnable. C'est vrai qu'ils étaient magnifiques ; j'aurais adoré en essayer un, sentir la doublure en soie sur mes bras nus, les minuscules maillons de la chaînette dorée cousue dans l'ourlet, mais James commençait manifestement à en avoir marre de jouer les papas gâteaux.

— Quel sac veux-tu, Mercedes ?

— Le grand, là.

La vendeuse a mis une éternité à emballer les sacs dans du papier de soie, à les glisser dans une pochette en coton frappée du C de Chanel, elle-même insérée dans un sac rigide fermé par un ruban. Je n'avais pas mis longtemps à comprendre que l'impatience de James était due au fait qu'il ne voulait pas admettre que sa fatigue et son inconfort constants n'étaient pas le problème de tout le monde, mais bien le sien, parce que c'était un gros lard hors norme, voilà. Ce qui ne l'a pas empêché de tendre bravement son Amex pendant que je faisais semblant d'admirer les foulards avec Mercedes, le regard tourné à l'opposé de la caisse. C'était dans la poche. Mais quand James a gentiment décliné ma cruelle proposition de faire un petit tour à pied dans les ruelles pavées de la vieille ville parce qu'il préférait rentrer à l'hôtel pour une « petite sieste », j'ai su que d'une manière ou d'une autre, il allait falloir que moi aussi, je paie.

En arrivant dans la suite, j'ai poussé Mercedes dans notre chambre.

— J'arrive, chéri, pourquoi ne prendrais-tu pas une bonne douche pour te détendre, ai-je lancé à James par-dessus mon épaule.

Au moins je n'aurais pas à me vautrer dans toute cette sueur dégoûtante.

— Je te hais, j'ai dit à Mercedes qui se préparait à descendre à la piscine.

— T'en fais pas. Il va vouloir un petit câlin, c'est tout. Tiens, qu'est-ce que tu penses de ça ?

Elle m'a montré deux petits flacons de gélules qui surnageaient dans sa trousse de maquillage pleine à craquer.

— C'est quoi ?

— Pas grand-chose. Du Xanax. Et un peu de Valium.

— T'as raison, ça me fera pas de mal.

— Mais non, pas pour toi, pour lui.

— Je pige pas.

— On va lui faire un petit cocktail spécial. Je compte pas passer la soirée avec ce gros lard. On est dans le sud de la France, Jude !

— Lauren.

— Ouais, comme tu veux. Écoute, a-t-elle poursuivi tout bas, même si on entendait le bruit de la douche de l'autre chambre, quand on ira dîner, j'écraserai quelques pilules et tu glisseras la poudre dans son whisky.

— Il ne boit pas d'alcool.

— Dans son eau gazeuse alors. Une demi-heure plus tard, il tombera de sommeil. Comme ça on pourra sortir en ville et lui, demain matin, il se réveillera comme une fleur. Il se doutera de rien.

— Avec tout le gras qu'il se traîne… c'est pas un peu dangereux ?

— Fais pas ta poule mouillée, le Xanax, c'est pas fort. J'en prends tout le temps. Je vais préparer la mixture dans les toilettes près de la piscine. À moins que tu préfères te le taper encore ce soir ?

— Sois pas vache. Pour toi, c'est vacances tous frais payés.

— Je sais. Ce que je veux dire, c'est qu'on a bien le droit de s'amuser. On pourrait se rapprocher de ces gros yachts… Allez, on va se marrer, quoi.

C'était peut-être la nonchalance de la Côte d'Azur, mais en tout cas, je me sentais de bien meilleure humeur qu'à Londres. Oh et puis rien à foutre. Même si James s'en rendait compte, tout ce qu'on risquait, c'était de rentrer chez nous avec un sac à main à deux mille livres chacune, pas mal pour une seule journée.

— Bon, d'accord, vas-y. Mais fais gaffe quand même. Lis bien les notices.

— Prépare tes habits de lumière, alors. Allez les filles, on tombe la culotte !

102

Une fois Mercedes partie, j'ai regardé ce qu'il y avait dans le sac que James m'avait donné un peu plus tôt. Une culotte en vinyle avec un trou à l'entrejambe, un caraco en résille qui se laçait comme un corset, ouvert au niveau des mamelons, et une paire de bas noirs façon vinyle aussi. De la camelote qu'on trouvait dans les sex-shops à touristes de Soho. J'ai enfilé tout l'attirail, me suis lavé la chatte et j'ai appliqué quelques gouttes d'huile de monoï sur ma bande de poils pubiens et entre mes fesses. Pendant que je mettais mes talons aiguilles et que j'ébouriffais mes cheveux, je me suis regardée dans le miroir, avec tout le faste de la salle de bains en marbre en arrière-plan. S'il voulait de la prostituée bas de gamme, il allait être servi… enfin, ça aurait pu être pire. D'un peu plus loin, ça pouvait presque faire *Cabaret* plutôt que racoleuse. « *Mama thinks I'm living in a convent, a secluded little convent, in the southern part of France[1]* », ai-je chantonné en m'essayant au sourire vorace. Bien. Je tenais le truc.

J'ai ondulé sur mes talons jusqu'à la porte de la chambre de James.

— Toc, toc. Je suis prête, chéri, ai-je ronronné.

— Entre.

La chambre était déserte. J'ai entendu, en provenance de la salle de bains, les éclaboussures d'une chiasse explosive, suivies d'un ricochet de pets foireux. Je me suis arrêtée net. Je devais rêver. Quelques instants plus tard, on a tiré la chasse d'eau

---

1. « Maman croit que je vis dans un couvent, dans un petit couvent reculé dans le sud de la France. » (*N.d.T.*)

et James a émergé, traînant dans son sillage des effluves de merde et d'eau de Cologne Penhaligon's.

— Je suis un peu dérangé, a-t-il dit en se tapotant le ventre.

Quelle infection. Il n'aurait pas pu fermer la porte ? Il était là, nu sous son peignoir ouvert. Il m'a lancé un regard lubrique mais a hésité à s'approcher. J'ai compris que c'était la première fois qu'il osait un truc pareil. En confiance, j'ai fait le premier pas. J'ai fermé les yeux et laissé courir le bout de mes doigts sur ce qui lui tenait lieu de mâchoire, le long de sa gorge, sur ses mamelons.

— Alors, ai-je murmuré, qu'est-ce que tu veux me faire ?

Silence. Je me suis préparée à un baiser. Mais non.

— James a été vilain.

J'ai ouvert les yeux. Avec sa moue boudeuse, toute la graisse de son visage lui donnait soudain l'apparence d'un gamin aux joues énormes.

— James a été vilain et il veut que sa maîtresse le punisse.

J'ai failli éclater de rire.

— Alors je te conseille de t'allonger sur ce lit. Tout de suite !

J'ai bloqué ma respiration pour aller chercher la ceinture de l'autre peignoir dans la salle de bains. James était étendu, mettant le matelas pourtant hyper-technique à rude épreuve. En lui attachant les poignets au-dessus de la tête, j'ai jeté un œil à son énorme ventre marbré. Est-ce que j'allais devoir soulever un pli de chair pour trouver sa queue ? Mon Dieu. Je n'avais pas grand-chose pour improviser, alors je me suis un peu creusé la tête en allant chercher la ceinture de son pantalon, qu'il avait laissé sur un fauteuil. J'ai enroulé trois boucles de cuir autour de ma main. Trois mille livres. Un répit de quelques mois. Je ne m'étais jamais laissé approcher par quelque chose d'aussi monstrueux, mais bon, la nuit, tous les chats sont gris.

— Tourne-toi !

Il a roulé sur le côté, il n'aurait pas pu aller beaucoup plus loin sans faire un trou dans le matelas. Son cul ressemblait à deux pauvres poulets élevés en batterie. Il fallait que je me concentre, sous peine d'éclater de rire ou de gerber. Je lui ai caressé une fesse avec mon fouet de fortune.

— James mérite une bonne fessée. Je l'ai vu regarder les filles au bord de la piscine. Je suis très jalouse. Vilain ! Vilain garçon !

Je lui ai donné une tape, en essayant de sentir s'il voulait que j'y aille plus franchement.

— Oui, maîtresse, j'ai été très très vilain.

— Et tu veux être puni, hein ? Tu le mérites, hein ?

— Oui.

Paf, plus fort cette fois.

— Oui, qui ?

— Oui, maîtresse.

Encore plus fort, assez en tout cas pour lui laisser une marque rouge. Il a soupiré. Moi aussi.

J'ai continué ce petit jeu un moment, mais je n'avais aucun moyen de savoir s'il était excité ou non ; son visage était cramoisi depuis qu'on avait déjeuné au soleil. Je l'ai fait rouler sur le dos, j'ai délacé mon caraco pour qu'il voie mes seins et j'ai manœuvré jusqu'à ce que mon visage se retrouve au-dessus de son entrejambe, le cul en l'air positionné de façon qu'il voie ma chatte par la fente de la petite culotte.

Sa queue était minuscule, un petit bout de chair de cinq centimètres qui dépassait d'un épais coussin poilu. J'avais mis une capote dans ma sandale, mais je ne voyais pas comment j'allais la lui enfiler, ni comment lui pourrait m'enfiler – Dieu merci, mais bon, il allait bien falloir qu'il prenne son pied quand même.

— Est-ce que tu mérites de jouir, vilain garçon ?

— Oui, s'il vous plaît !

Clac.

— S'il vous plaît qui ?

— S'il vous plaît, maîtresse !

— Et qu'est-ce que tu veux ?

Il a encore fait cette moue, puis s'est mis à zozoter, encore plus dégoûtant.

— James veut sa petite gâterie.

Sexuellement parlant, j'avais fait beaucoup de trucs. La plupart m'avaient plu, certains non, mais je m'étais forcée, par curiosité, ou parce que je voulais savoir jusqu'où je pouvais aller. Des filles, des mecs, des plans à trois et même à plus ; je m'étais fait peur, je m'étais fait mal, mais c'était la seule forme de pouvoir que j'avais pu avoir. Et je voulais tester mes limites. Chacun de ces actes avait été une couche supplémentaire sur le vernis de ma force ; celui-ci n'en serait qu'une de plus. Vraiment rien. J'ai écarté mes cheveux pour le prendre dans ma bouche et il a joui en à peine vingt secondes, quelques gouttes un peu épaisses que j'ai fait descendre comme des médicaments. Erk. Une fois dans ma salle de bains, j'ai enlevé toute cette lingerie à deux balles et j'ai pris une douche rapide. Je me suis demandé comment j'aurais dû me sentir. Je ne ressentais, en fait, pas grand-chose, à part l'envie d'aller faire quelques longueurs. Alors je suis descendue à la piscine.

James a tenu à nous emmener chez Tétou pour le dîner. Selon lui, c'était le seul restaurant où manger de la bouillabaisse dans le sud de la France.

— Beurk, de la soupe de poisson, a marmonné Mercedes. Prends surtout pas de bouillie à l'ail, là, sinon on va puer du bec.

Dès qu'on nous a ouvert la porte, je me suis faufilée dans le restaurant, qui ressemblait à une cabane de plage avec des baies vitrées, pour jeter un coup d'œil aux chaises. Je voulais maintenir la bonne humeur de James, retrouvée depuis notre petit rendez-vous.

— Il faudra une chaise différente pour monsieur, ai-je chuchoté en français à un serveur. Il est très… robuste.

Le serveur m'a regardée bizarrement, mais le temps que James arrive, une chaise sans accoudoirs avait été installée à notre table. Mercedes était tout excitée. On avait passé beaucoup de temps à s'habiller, elle en robe imitation Hervé Léger, moi en tunique de soie couleur citron toute simple qui arrivait quelques centimètres en dessous de ma culotte, avec des compensées Vanotti de quinze centimètres en daim. Je me suis réjouie de la seconde de silence qui a régné parmi les clients lorsqu'on s'est assises, mais pour autant je ne me faisais pas d'illusions : personne n'a dû penser que James sortait ses nièces pour fêter leur diplôme de fin d'année. Avec un sourire canaille, James a suggéré du champagne, et une bouteille de krug est apparue.

— Allez, James, lâchez-vous un peu, l'a encouragé Mercedes. Buvez-en une gorgée.

Il s'est laissé convaincre, et ses bajoues ont gloussé entre elles lorsqu'il a levé son verre pour trinquer.

— Pourquoi pas ? Allez, rien qu'un.

La bouillabaisse est arrivée en deux services : d'abord le bouillon de coquillages épicé avec croûtons et rouille, puis le poisson dans une soupière blanche. Le condiment au safran était délicieux, mais Mercedes avait raison au sujet de l'ail. Ç'a été un dîner très agréable. J'avais dit à Mercedes de laisser son téléphone tranquille, et elle a écouté attentivement le troisième tome des aventures de jeunesse de James, riant aux bons moments et s'assurant discrètement que son verre contenait toujours deux doigts de champ'. Une fois les assiettes débarrassées et la carte des desserts distribuée, James s'est excusé.

— J'ai un peu la courante, a-t-il avoué.

Je me suis crispée. Mais qu'est-ce qu'il avait avec ça, bon sang ? On a toutes les deux détourné le regard quand il a fait l'éléphant entre les tables pour demander bruyamment où était « la toilette ».

— Allez vite, vite, a dit Mercedes. Bouge ta serviette. J'ai le truc.

Elle tenait une minuscule enveloppe qu'elle avait fabriquée avec le papier à lettres de l'Hôtel du Cap. Elle a versé le contenu dans le verre de James comme une parfaite empoisonneuse du XVIIe pendant que je commandais de la tarte tropézienne pour trois.

Comme je l'avais prévu, James a refusé qu'on aille faire une petite balade romantique sur la plage, et la voiture qui nous attendait nous a ramenés à l'hôtel. J'ai proposé qu'on prenne un verre sur la terrasse à la place, pour profiter de la vue. Le trajet était court, mais au bout de cinq minutes, la tête de James tanguait sur son épaule comme un chou trop mûr. Il ronflait bruyamment. Mon regard a croisé celui du chauffeur dans le rétroviseur.

— Vous voudriez bien nous attendre pendant que nous aidons monsieur à regagner sa chambre ? Un petit abus de champagne, je pense.

Le crissement des graviers de l'Hôtel du Cap a réveillé James. Bien entendu, il a nié s'être endormi, mais a vite ajouté qu'il allait se coucher. Je l'ai suivi jusque dans la suite, pleine d'attentions, et me suis préparée pour un baiser de bonne nuit, mais il a filé direct vers le lit. Je l'ai entendu faire un peu de bruit deux ou trois minutes, puis le rai de lumière qui filtrait sous la porte a disparu et le silence s'est fait. J'ai compté deux fois jusqu'à soixante, lentement, et les ronflements sont revenus.

Mercedes voulait aller au Jimmy'z, la célèbre boîte sur le port de Cannes, mais il était trop tôt, et puis j'avais peur que ce soit un peu naze. J'ai demandé au chauffeur de nous emmener dans un endroit décontracté et il a pris à droite en direction d'Antibes, une route qui s'éloignait de la côte pour s'enfoncer dans les collines. Au bout d'un quart d'heure, on est arrivés devant un bâtiment en pierre tout en longueur, dans le style Ibiza, blanc et argent, avec une immense terrasse et une grappe de portiers en costume noir. Deux Ferrari se garaient.

— Ça m'a l'air pas mal, dis donc ! a lâché Mercedes et je me suis surprise à glousser.

Je n'avais jamais fait de virée comme ça avec une copine, j'étais contente, et même reconnaissante à Mercedes d'être là. J'ai dit au chauffeur qu'il pouvait partir, on demanderait aux portiers de nous trouver un taxi.

— Bien, allons-y, ai-je lancé d'une voix qui n'avait plus sonné comme ça depuis plus de dix ans. Je sens qu'on va bien se marrer.

Le videur nous a jaugées vite fait avant de décrocher le cordon en velours.

— Bonsoir, mesdames.

On a pris une table sur la terrasse et commandé chacune un kir royal. Il y avait quelques groupes de mecs d'un certain âge – l'Européen friqué classique, chemise blanche ouverte et grosse montre –, un petit troupeau de prostituées russes fatiguées et plusieurs jeunes couples. Je me demandais si Balensky allait se pointer quand on nous a apporté deux coupes de champagne.

— Avec les compliments des deux messieurs, a précisé le serveur.

J'ai suivi son regard et vu deux jeunes Arabes avec des lunettes de soleil grotesques nous faire un signe de tête.

— On ne les prend pas, ai-je murmuré à Mercedes. On n'est pas des putes.

— Parle pour toi, chérie.

On a bu trois kirs pendant que le club se remplissait, puis on est passées à l'intérieur sur la piste de danse. J'ai observé les hommes nous regarder. Je crois que c'est le moment que je préfère, la drague, le choix. Qui ? Toi, toi ou toi ? On s'est trémoussées sans trop d'entrain, le temps de nous décider.

— Et eux, là ?

— Trop vieux.

— Eux, alors ?

— Trop gros. Je me tape pas un obèse.

On a ri comme des folles.

— Ou eux ?

— Prometteurs, ceux-là.

Mercedes avait agité ses faux cils en direction d'une alcôve à l'étage, de toute évidence le carré VIP. Deux hommes étaient assis à une table, bouteille de vodka dans un seau à glace, en train d'envoyer des textos pendant qu'on leur servait un plateau de sushis. Ils étaient jeunes, avaient l'air présentables, mais on était trop loin pour juger de la montre et des chaussures.

— Allez, vas-y.

— OK, je vais leur dire bonjour.

Je l'ai retenue.

— Tu peux pas faire un truc pareil ! J'aurais trop honte !

C'était bien ce qu'on devait ressentir, non, en tant que fille ?

— On va s'asseoir et on va attendre qu'ils viennent nous voir.

— Et s'ils viennent pas ? Si une autre nana leur fait de l'œil ?

— T'inquiète. Regarde bien.

Et donc, une heure plus tard, on était dans une Porsche cabriolet qui roulait deux fois trop vite vers le port d'Antibes direction le quai des Milliardaires, du dom-pérignon en train de sécher sur ma robe jaune et Mercedes qui se faisait peloter par un des mecs à l'arrière. Tout le monde fumait et un petit gars rondouillard dont personne ne connaissait le nom sniffait un rail de coke sur le miroir d'un poudrier Guerlain posé sur la plage arrière.

— Je veux aller à Saint-Tropez, a crié Mercedes en faisant surface une seconde.

— Je veux voir les Picasso ! j'ai crié à mon tour.

Puis on était sur les pavés de la vieille ville, on a failli renverser un paparazzi sur le quai, le gars rondouillard avait disparu et Mercedes se faisait porter telle une princesse le long d'une passerelle, agitant ses jambes comme un scarabée.

— Putain de merde, Lauren, a-t-elle hurlé, viens voir ça !

Le conducteur de la Porsche et propriétaire du bateau, aussi neuf et rutilant que sa fortune, s'appelait Steve, et si j'avais été une pute russe, ç'aurait été le Père Noël. Mais j'avais remarqué qu'il n'avait touché ni à la vodka ni à la coke, alors j'avais fait pareil, et pendant que Mercedes poussait des petits cris dignes d'un porno bas de gamme avec l'autre en coulisse, il m'a préparé un chocolat chaud et on a regardé ses trois Picasso, qui étaient plutôt pas mal, puis il m'a parlé de sa collection d'art contemporain, car bien sûr c'était un collectionneur d'art contemporain. Après quoi Mercedes et Machin sont réapparus et on s'est tous déshabillés pour se plonger dans le jacuzzi sur le pont de cet énorme yacht, boire encore quelques coupes de champ' et pendant tout ce temps, Steve a essayé d'avoir l'air heureux. Il l'était peut-être. Peut-être que le bonheur, pour lui, c'était oublier un peu les ambitions qui le poussaient vers toujours plus d'argent.

On est rentrées à l'hôtel à trois heures passées, en portant nos chaussures à la main non sans mal sur le gravier. Le portier de nuit est resté impassible. Une fois la porte de la suite ouverte sans faire de bruit, on a voulu se faufiler vers notre chambre à ras de terre comme une unité de commando, mais l'épaule de Mercedes s'est cognée dans la table quand elle a roulé sur elle-même et le vase qui contenait les arums s'est brisé dans un fracas qu'on a dû entendre jusqu'à Saint-Tropez. On s'est figées sur place, mais le seul bruit audible était celui de nos respirations, soudain sonores. Pendant quelques secondes, j'ai eu l'impression d'avoir avalé un ballon – heureusement, derrière sa porte, James n'a pas bougé. On ne l'entendait même pas ronfler. Une fois bien en sécurité dans notre lit, on a succombé au fou rire. Je crois bien que c'était la première fois que je m'endormais en riant.

Un rayon de soleil blanc filtrant à travers les épais rideaux m'a réveillée vers neuf heures. Je me suis glissée hors du lit et j'ai jeté un œil dans le salon. Comme par magie, le bouquet avait été remplacé et il y avait le *Times* déplié sur la table, aucun autre signe de vie. James devait dormir. J'ai pris deux Nurofen dans mon sac et me suis traînée sous la douche, laissant l'eau chaude et la vapeur venir à bout du maquillage de la veille. Plus qu'une journée à passer avec lui – je pouvais peut-être le persuader d'aller au musée Picasso à Antibes ? Se sentir cultivé, ça devrait lui plaire. Après ce qu'on avait fait, j'avais presque pitié de lui. Enveloppée dans une immense serviette, je suis allée réveiller Mercedes.

— Viens, il n'est pas encore levé. On lui laisse un mot et on va prendre le petit déjeuner dans le jardin.

On a enfilé un peignoir sur nos deux-pièces, et avec des lunettes de soleil et du jus d'orange frais dans des verres en cristal, on s'est senties fabuleusement bien. J'ai pensé que c'était quand même plus attentionné de commander pour trois, mais malgré tout le temps qu'on a mis à déguster nos croissants chauds et les délicieuses confitures de coings et de figues dans leur petit pot en céramique, James ne s'est pas montré. Occupée à observer les autres clients de l'hôtel et les jardiniers en veste rouge qui ratissaient les allées et ciraient pratiquement le gazon, je l'ai presque oublié, comme si on avait atterri ici par nous-mêmes. Et ça aussi, c'était fabuleux. Mercedes a baissé ses lunettes, grimaçant sous le soleil aveuglant.

— Tu crois qu'il va bien ?

— Mais oui. Il prend peut-être son petit déj en haut.

Bien qu'on lui ait laissé un mot et qu'il soit du genre à vouloir retirer tout le bénéfice de ma compagnie.

— Je monte vérifier vite fait, a proposé Mercedes.

Quand elle est revenue, elle portait deux serviettes monogrammées de l'hôtel.

— J'ai toqué à sa porte, mais il n'a pas répondu. Viens, on va piquer une tête !

9

Ça peut paraître bizarre, mais c'est quand on ne l'a pas vu au déjeuner que j'ai su que quelque chose ne tournait pas rond. Mercedes s'était endormie au soleil, sitôt allongée sur son transat, les liens de son bikini défaits serpentant sur son dos, et j'avais passé le temps en lisant une biographie de Chagall que j'avais apportée au cas où on aurait l'occasion d'aller à Saint-Paul-de-Vence. À midi et demi, j'ai commencé à m'inquiéter, et j'ai eu beau essayer de me concentrer sur ma lecture, je sentais bien qu'il y avait un problème. Et s'il était malade ? Il ne nous avait pas épargné les détails de sa diarrhée. Il lui fallait peut-être l'aide d'un médecin. La dernière chose dont j'avais besoin, c'était des emmerdes. J'ai noué mon peignoir et j'ai gravi la pelouse en pente, trop impatiente une fois à l'intérieur pour attendre l'ascenseur. À l'étage, j'ai longé le couloir à grandes enjambées en m'excusant auprès d'une femme de ménage qui passait l'aspirateur. Je suis allée direct dans la chambre de James et dès que je l'ai vu, j'ai su.

Je n'avais jamais vu de mort avant. Mais il y avait une sorte d'immobilité de la chair, de vide derrière les traits de son visage qui trahissaient l'absence totale de vitalité. On n'aurait pas dit qu'il dormait. Il avait simplement l'air mort. Son énorme corps enroulé dans les draps blancs avec ses pieds aux ongles épais qui dépassaient le faisaient ressembler à un angelot vieilli et grotesque. J'étais sûre de moi, mais j'ai quand même pris la peine de faire les quelques gestes que j'avais vus dans des films – je suis allée chercher un fard à joues dans ma trousse de maquillage, j'ai ouvert le boîtier et tenu le miroir au-dessus de sa bouche. Rien. Impossible de me résoudre à lui ouvrir les yeux, alors à contrecœur j'ai soulevé son bras gros comme un jambon en essayant de trouver son pouls.

— James ? ai-je soufflé en m'efforçant de ne pas paniquer. James !

Rien. J'ai fait le tour du lit pour appeler la réception, mais je me suis ravisée. J'avais le tournis, comme une envie de vomir, mais je ne pouvais pas me permettre de perdre les pédales. Il avait bu – ce qu'il s'interdisait d'habitude, peut-être qu'il n'y avait pas droit. J'ai pris une profonde inspiration et j'ai frissonné. D'un coup, j'ai visualisé le tourbillon du personnel de l'hôtel, l'ambulance, le poste de police. S'ils pratiquaient une autopsie, ils tomberaient sur le cocktail de médocs que lui avait administré Mercedes, et ce serait un homicide involontaire. J'ai vu les journaux, nos noms, le visage de ma mère. La prison – inimaginable. D'un coup, j'ai entendu l'aspirateur se rapprocher. La femme de chambre arrivait pour s'occuper de notre suite. J'ai couru jusqu'à la porte, j'ai jonglé avec les petits panneaux, les ai fait tomber et j'ai enfin trouvé le « Ne pas déranger ». Dans un endroit comme celui-ci, ça nous laissait des heures devant nous. Lentement, je me suis assise sur un des canapés blancs. Respire, Judith. Réfléchis.

Je n'avais jamais descendu nos passeports à l'accueil, ça m'était sorti de la tête. J'avais gribouillé LJ sur la note du petit déjeuner, des initiales imaginaires. On s'était appelées par nos prénoms du club, on avait porté des lunettes noires la plupart du temps. Le personnel nous avait vues aller et venir, mais on était dans le sud de la France – on nous prendrait sûrement pour des putes, louées pour faire un duo le temps d'un week-end. Si on arrivait à se tirer d'ici, ils n'avaient aucun moyen de remonter jusqu'à nous – à part notre physique, mais on était dans un grand hôtel, avec un personnel à qui on demandait de ne pas être trop scrutateur. Et les empreintes ? Je ne savais pas trop comment ça marchait, mais en tout cas, je n'avais pas de casier et, pour autant que je sache, Leanne non plus. Est-ce qu'il existait une sorte d'agence où elles étaient enregistrées ? Comme une base de données internationale hypertechnologique ?

Je ne le pensais pas. Il m'était arrivé de me plonger dans les manuels de médecine de mes colocs mais je ne savais pas trop s'il existait des signes visibles d'arrêt cardiaque soudain. Il était obèse, il faisait chaud, et il s'était envoyé en l'air – voilà quelles seraient les conclusions, non ? Heureusement que les filles sympas avalent toujours : au moins, il n'y aurait pas de trace de mon ADN sur les draps. Le temps que quelqu'un se rende compte qu'il y avait anguille sous roche, on aurait repris le cours de nos vies. Mais si jamais quelqu'un faisait une enquête…

Le portier de nuit nous avait vues rentrer. On pourrait dire qu'on était sorties s'éclater un peu. Deux filles un peu fofolles et un vieux ronchon. On pourrait dire que James s'était mis en pétard en voyant qu'on ne voulait pas se prêter à ses petits jeux sexuels et qu'il nous avait renvoyées : voilà pourquoi on était parties sans lui. On ne lui avait pas dit au revoir, parce qu'on le pensait 1) fâché, 2) endormi. C'était plausible. J'ai sorti mon portable de la poche de mon peignoir et ai envoyé un texto à Leanne pour qu'elle monte tout de suite. Mon pouce un peu gras laissait des traces sur l'écran. Il avait une femme – Veronica. Ils la retrouveraient facilement, via le passeport de James ; peut-être voudrait-elle étouffer l'affaire, éviter le scandale. Et si ça se trouve, elle s'attendait depuis longtemps à ce qu'il fasse une crise cardiaque.

Mon téléphone a vibré. Leanne était à la porte. J'ai ouvert et l'ai chopée par le col pour la faire entrer.

— Assieds-toi. Ne dis rien, et surtout, surtout, ne crie pas. Il est mort. C'est pas une blague, et oui, je suis sûre de moi. Je ne sais pas ce que tu lui as donné, mais c'était trop. Il est là, sur son lit.

Je n'avais jamais vu quelqu'un blêmir à ce point – c'était intéressant de voir soudain le sang refluer d'un visage et la peau prendre cette couleur verdâtre, indépendamment du bronzage. Je suis allée chercher une serviette dans la salle de bains pour en envelopper ma main et lui ai pris une des mignonnettes de cognac dans le minibar, sans verre.

— Bois ça.

Elle a docilement descendu la bouteille cul sec et s'est mise à sangloter, le visage enfoui dans les manches de son peignoir. J'ai repris la bouteille et suis allée la poser sur la table de chevet de James, sans regarder du côté du lit. Il avait déjà de l'alcool dans le sang, donc ça ne changerait pas grand-chose.

J'ai essayé de parler d'une voix aussi douce que possible.

— Leanne, ça craint. Ça craint un max. On ne peut rien dire à personne, c'est bien compris ? Si on en parle, on est bonnes pour un homicide, même si on ne l'a pas fait exprès. On irait en prison. Dis-moi que tu comprends ce que je te dis.

Elle a acquiescé. Elle avait l'air toute jeune.

— Je peux m'occuper de tout ça. Est-ce que tu es d'accord pour que je prenne les choses en main ?

Elle a de nouveau hoché la tête, reconnaissante, désespérée. J'avais du mal à y croire, mais mon instinct était la dernière chose à laquelle on pouvait se raccrocher. Il fallait simplement que j'agisse aussi rapidement que je pensais. Leanne a commencé à respirer bruyamment, un hoquet qui menaçait de virer à la crise d'hystérie. Je l'ai fermement agrippée par les bras.

— Leanne, regarde-moi. Regarde-moi ! Arrête. Respire. Allez, une grande inspiration. Encore. Voilà. Une autre. Là. Ça va mieux ?

Un petit oui de la tête.

— Maintenant, tu n'as plus qu'à faire ce que je te dis. Ils ne savent pas qui on est – tout va bien se passer. Écoute-moi ! Je te dis que tout va bien se passer. Habille-toi, mets un truc élégant. Range toutes tes affaires dans ton sac. Fais gaffe à ne rien laisser dans la salle de bains, maquillage, flacons, rien.

Ce n'était pas si important que ça à mon avis, mais se concentrer sur une tâche l'aiderait à se calmer. Elle s'est mise à évoluer dans l'espace comme une patiente dans sa chambre d'hôpital.

Je suis retournée près de James. Il suffisait que j'évite de le regarder pour que tout se passe bien, mais j'avais peur que d'un coup une main potelée se tende pour m'attraper. J'ai repéré sa veste en lin bleu marine sur un dossier de chaise. Toujours à l'aide de la serviette, j'ai plongé une main à l'intérieur et trouvé son téléphone, éteint. Tant mieux. Il y avait un portefeuille avec des cartes de crédit, un permis de conduire, quelques billets de cinquante euros tenus par une pince à billets en argent de chez Tiffany. Sûrement un cadeau de Veronica. J'ai sorti une liasse. Principalement des billets roses de cinq cents euros, quelques jaunes de deux cents. J'ai tout compté, incrédule, et j'ai recompté. Puis je me suis rappelé. On était à l'Éden-Roc. L'hôtel était célèbre pour n'accepter que les paiements en liquide – j'avais lu en ligne l'avis d'un client qui s'en vantait. Dieu seul savait combien coûtait une suite, mais James avait manifestement retiré de quoi payer la note, plus ce qu'il m'avait promis. Il y avait un peu plus de dix mille euros. J'ai pris deux billets de cinquante du portefeuille, dans lequel j'ai mis une coupure de deux cents et j'ai tout remis dans la pince à billets, dans la veste. L'espace d'une seconde, j'ai pensé prendre son énorme Rolex en or, mais ç'aurait été stupide. J'ai roulé la liasse et l'ai glissée dans la poche de mon peignoir.

Leanne attendait patiemment assise au bord du lit, en jean et tee-shirt gris, les yeux rivés à ses compensées. Je lui ai lancé ma veste en toile beige Alaïa. Un sacrifice, mais du coup j'avais de quoi m'en offrir une autre.

— Enfile ça, et mets tes lunettes. Je n'en ai pas pour longtemps.

Elle a essayé, mais elle s'est mise à trembler. Impossible qu'elle enfile les manches aux coutures étroites.

— Si tu me fais une crise d'hystérie, je vais devoir te frapper. Arrête. Tu ferais mieux de me remercier d'avoir eu la présence d'esprit de ne pas appeler les flics.

J'ai fourré mes affaires dans mon sac week-end, y compris la lingerie à deux balles que j'avais portée la veille. Talons hauts, maquillage, chargeur de téléphone, livres, brosse, ordinateur portable. Puis j'ai sorti nos sacs Chanel de leur emballage et j'ai mis dedans nos autres sacs. Comme ça, on ne donnait pas l'impression de partir pour de bon, mais simplement de se faire une virée shopping. Je me suis demandé à quelle heure on était censés quitter l'hôtel. Si c'était à midi, ou même onze heures le lendemain, avec le panneau « Ne pas déranger », ça nous laissait plein de temps. Je suis retournée dans le salon. Le mot que j'avais laissé, « Partie piquer une tête ! À tout à l'heure, chéri », était encore là. Je l'ai arraché du bloc-notes, ainsi que la feuille du dessous, au cas où le stylo y ait laissé une empreinte. J'ai tout froissé en une boule que j'ai glissée dans ma poche.

— Bon, on s'arrache. Sors ton téléphone. Quand on arrive dans le hall, commence à envoyer un texto, et garde la tête baissée. N'aie pas l'air pressé.

La femme de ménage était toujours dans le couloir. J'ai bien failli vomir quand elle m'a parlé.

— Voulez-vous que je fasse la chambre, madame ?

J'ai réussi à lui faire un sourire. Elle n'était pas beaucoup plus vieille que moi, mais elle avait le teint cireux et la peau grêlée. Elle ne devait pas beaucoup profiter du soleil de la Côte d'Azur.

— Pas pour l'instant, merci.

On a continué, pris l'ascenseur, traversé le hall. Enfin dehors.

— Vous avez besoin d'une voiture, mesdemoiselles ?

Le même portier à qui j'avais filé un pourboire la veille. Et merde.

— Non merci. Nous avons besoin de marcher ! ai-je lancé en espérant qu'il nous prenne pour deux pouffes qui avaient la gueule de bois.

On a descendu l'allée, les chevilles de Leanne en équilibre précaire sur la pente herbeuse. L'hôtel était assez loin du centre d'Antibes, alors on a marché un bon moment le long de la route déserte, bordée de murs blancs et de portails de sécurité. J'ai profité de toute une série de grosses poubelles vertes à roulettes pour jeter les papiers que j'avais dans mes poches. C'était l'heure la plus chaude de la journée et les anses en corde du sac Chanel imprimaient leur relief sur mes doigts. J'avais mal au crâne, et je sentais un filet de sueur couler dans mon dos. Leanne marchait pesamment à côté de moi.

— T'en fais pas, Leanne, tout va bien se passer. Continue à avancer.

La route a fini par déboucher sur le bord de mer. Sur notre gauche, les fenêtres de l'hôtel émergeaient paisiblement au-dessus des palmiers, comme les yeux d'une *showgirl* aux longs cils. Dans la baie se croisaient jet-skis et voiliers, on apercevait au loin le ferry en partance pour Sainte-Marguerite. On a fait un stop au premier bar sur notre chemin, où j'ai commandé deux Orangina et demandé au serveur, poliment et dans un français approximatif, s'il pouvait nous appeler un taxi pour l'aéroport de Nice. Il a ronchonné, mais au moment où je réglais nos boissons, une Mercedes blanche est arrivée pour nous.

L'air morne, Leanne regardait par la fenêtre. Je me suis rappelé ses airs bagarreurs à la National Gallery quand on était au lycée et j'ai pris un malin plaisir à la voir en mauvaise posture. Alors, qui avait besoin de cette bonne vieille Rashers, maintenant, hein ? Peut-être à cause de sa tête penchée, de son air soumis, soudain m'est revenu en mémoire le vendredi où les huissiers de justice étaient venus à la maison.

Ma mère n'était pas une ivrogne. Ce mois-là, elle avait réussi à garder son boulot ; la plupart du temps, elle se levait le matin. Mais parfois, c'était trop pour elle et alors elle buvait. Pas joyeusement, ni pour se démonter la tête, simplement en sirotant gorgée après gorgée en vue d'atteindre le réconfort qu'elle trouvait dans l'oubli. Ce qui aurait pu être une réaction très normale à la vie qu'elle avait eue. Je venais de la mettre au lit quand on a sonné à la porte – bien au chaud sous le dessus-de-lit en laine chenille rose, avec une tasse de thé et une cuvette en plastique sur la table de chevet au cas où la pièce se mettrait à tanguer au moment où elle fermerait les yeux. Je devais avoir dans les onze ans.

— C'est qui, maman ?

Son état lui permettait difficilement de parler, mais j'ai réussi à comprendre que c'était en rapport avec l'achat à crédit de la télévision ; la société l'avait apparemment convaincue d'accepter cette créance irrécouvrable, et elle n'avait pas payé depuis des mois.

— Tu veux que je m'en occupe, maman ? J'y vais si tu veux.

— Merci, ma chérie.

C'est tout ce qu'elle avait réussi à articuler.

J'ai ouvert la porte, encore en uniforme du collège. J'ai essayé de dire que j'étais toute seule à la maison et que je ne pouvais pas les laisser entrer. À part leur look de videurs, ce n'étaient pas des méchants. Ils tentaient de gagner leur vie, comme nous tous. Ils se sont même excusés en sortant la télé de la cuisine. On n'utilisait pas le salon, ce n'était qu'une pièce froide de plus qui coûtait de l'argent. Donc, on n'avait plus que le frigo, la cuisinière, la table et le canapé. Je trouvais les cuisines équipées d'un snob à l'époque – par chance, on n'en avait pas. Ils sont revenus prendre le frigo, mais ils ont d'abord sorti la nourriture. Ils ont délicatement posé le pain, la confiture et la vodka sur le canapé. Y en a même un qui est gentiment venu rapporter un paquet de maïs doux congelé oublié dans le freezer. Je n'ai pas de mots pour dire à quel point cette pièce était désolée. Les voisins étaient dehors ; ça ferait le tour de la résidence dès le lendemain. J'ai soutenu leur regard, grelottante dans ma chemise en polyester, le menton fier. J'étais contente que ma mère ne soit pas en état de voir ça, elle aurait pu faire une crise qui aurait encore davantage alimenté les ragots. Ça n'arrivera plus, je me suis dit à l'époque. Jamais plus un truc pareil ne m'arrivera.

Mais bon, l'heure n'était pas à la nostalgie.

— Allez, parle, j'ai dit à Leanne. Parle-moi d'hier soir.

J'ai réussi à la faire parler, et même à la faire éclater de rire de temps en temps, comme si on revivait nos aventures. Je voulais que le chauffeur se souvienne de deux filles joyeuses, normales. Il n'a même pas pris la peine de se défendre de nous arnaquer quand on est arrivés à l'aéroport ; j'ai payé la somme demandée en le mitraillant du regard.

— Bien…, j'ai fait une fois dans la zone d'enregistrement climatisée.

J'ai glissé un billet de cinq cents euros dans la main de Leanne.

— Prends ça, et va t'acheter un billet pour Londres au comptoir de British Airways. On est samedi, il y aura de la place. Une fois rentrée, ne m'appelle pas, et ne m'envoie pas de textos. C'est moi qui t'enverrai un message pour te dire que tout va bien. Je ne remettrai pas les pieds au club, donc si quelqu'un pose des questions, tu dis que tu crois que j'ai rencontré quelqu'un et que je suis partie en vacances. À Ibiza. Tu penses que je suis à Ibiza. C'est bon ?

— Judy, c'est trop pour moi.

— Ne t'en fais pas, je m'occupe de tout.

Je l'ai serrée contre moi, comme deux amies qui se disent au revoir.

— Tout ira bien.

— Mais, et toi ?

— T'inquiète pas pour moi.

Comme si. Ses yeux avides cherchaient déjà le comptoir de British Airways.

— Quand tu seras rentrée, je veux que tu te comportes normalement. Comme d'habitude. Et tu verras, tu finiras par oublier ce qui s'est passé. OK ?

J'ai tourné les talons avant qu'elle ait le temps d'ajouter quoi que ce soit. J'ai repris un taxi pour le centre-ville de Cannes, me suis fait déposer sur le port et j'ai cherché un plan de la ville pour trouver mon chemin jusqu'à la gare. Une corde du sac Chanel avait pété en route, et j'étais obligée de le porter comme un enfant en colère. Il y avait un train pour Vintimille quarante minutes plus tard. Mes pensées se sont bousculées : les gardes à la frontière, vite trouver le consulat britannique et m'en remettre à la miséricorde d'un gentil jeune homme du corps diplomatique, mais je me suis forcée à penser à James, à son cadavre qui reposait derrière les volets de la chambre dans l'odeur funéraire des arums. J'avais du temps devant moi. J'ai acheté un exemplaire de *Gala*, une bouteille d'Évian et un paquet de Marlboro Light. Je me suis assise, le magazine ouvert sur les genoux, et j'ai fumé clope sur clope cachée derrière mes lunettes noires. Je n'avais pas de plan mais j'avais neuf mille euros, et j'étais en route pour l'Italie.

10

Je me suis interdit de réfléchir jusqu'à ce que le train franchisse la frontière. Je buvais des petites gorgées d'eau en faisant mine de m'intéresser à des stars de téléréalité française qui m'étaient inconnues. Puis j'ai regardé fixement la bio de Chagall, sans oublier de tourner les pages de temps en temps. Dehors, ce qui avait dû être autrefois un paysage enchanteur était désormais envahi d'autoroutes et de villas modernes plantées entre des serres de taille industrielle. À Vintimille, j'ai pris un deuxième train pour Gênes, et d'un coup, j'étais bien en Italie. Ma dernière visite dans ce pays remontait à ma bourse d'études à Rome après mon diplôme de premier cycle, et je me suis rappelé ce que j'avais ressenti – le changement de lumière, le murmure enveloppant de la langue. La voiture était pleine de jeunes hommes qui arboraient des montres énormes et des lunettes de soleil plus grosses encore, qui auraient fait très gay si les Italiens n'avaient cette ineffable assurance ; il y avait aussi des femmes très soignées avec de belles chaussures en cuir et trop de bijoux en or, un couple d'Américains avec sac à dos, guide de voyage et sandales affreuses. Une fois à Gênes, j'ai encore changé de train. J'avais toujours rêvé d'aller à Portofino, mais apparemment la ville n'était pas desservie par le train ; la gare la plus proche était celle de Santa Margherita. Après quoi il fallait prendre un bus ou un taxi. Personne n'avait encore demandé à voir mon passeport, mais je savais qu'il me faudrait le présenter si je descendais dans un hôtel. J'ai refait le parcours dans ma tête : Judith Rashleigh atterrit à Nice – on n'était pas arrivées avec James – et, quelques jours plus tard, elle est à Portofino. Qu'est-ce qui la reliait au cadavre d'un homme qui, pour autant que je sache, attendait encore qu'on le découvre dans sa chambre de l'Éden-Roc ? Rien, de toute évidence. Il fallait que je tente ma chance, ou alors que je dorme sur la plage.

Santa Margherita était un endroit idyllique, le genre de ville où on pourrait imaginer Audrey Hepburn en vacances. De vieilles et hautes maisons aux façades jaunes et ocre surplombant une double baie qui s'achevait par un port de plaisance où de superbes yachts mouillaient à proximité de barques de pêcheurs en bois. L'air embaumait les gardénias et la pureté, même les enfants qui batifolaient sur la plage étaient chics avec leurs tuniques et leurs shorts en lin – aux alentours, pas un seul tee-shirt à paillettes monstrueux. Le temps que je descende les marches en ardoise de la gare jusqu'au front de mer, j'en avais vraiment ma claque du sac Chanel cassé. Portofino attendrait. J'avais besoin d'une douche et de me changer. Il y avait plusieurs hôtels sur la première anse, en face de la plage publique, de la zone de baignade privée avec ses parasols à rayures blanches et rouges et ses chaises longues alignés à l'italienne. Sans réfléchir, je me suis présentée dans le premier établissement venu et j'ai demandé une chambre. J'ai parlé en anglais, pensant que ça attirerait moins l'attention. Quand la femme de la réception m'a demandé ma carte de crédit, j'ai répondu un truc compliqué qu'elle ne comprendrait pas, et j'ai allègrement dégainé deux billets de deux cents euros. Elle m'a laissée payer une avance pour deux nuits et a demandé mon passeport. J'ai été prise de la même angoisse qui m'étreignait au distributeur chaque fin de mois lorsqu'elle a entré les données dans son ordinateur, mais je ne me suis pas départie de mon sourire. Elle a pris le combiné du téléphone. Merde, est-ce qu'elle appelait les *carabinieri* ? Pas de panique, tout va bien. Je pouvais laisser tomber mes sacs et me casser en courant, la liasse de billets bien en sécurité dans ma poche. Il y avait une station de taxis juste devant ; une Audi esseulée avec le chauffeur qui fumait à la fenêtre. J'ai fait un effort surhumain pour respirer calmement et m'empêcher de bondir à l'intérieur.

C'était l'entretien. Elle voyait avec eux si la chambre était faite. Elle m'a tendu une vraie clé à l'ancienne avec une lourde chaîne en laiton et m'a souhaité un agréable séjour. Je lui ai fait comprendre d'un geste que je me chargeais de porter mes sacs. Une fois dans ma chambre, j'ai laissé tomber mes affaires sur le lit, ouvert la fenêtre et ignoré l'écriteau « Défense de fumer ». Le soleil était déjà bas derrière le cap, teintant les vagues de pourpre. J'avais voyagé toute la journée. Enfin, voyagé. Fui, plutôt. J'étais en cavale.

Sous l'effet de la brise marine, les rideaux rose pâle se sont gonflés. J'ai sursauté, et failli crier. J'avais cru voir deux bras enflés cherchant à m'attraper. Mon cœur cognait si fort qu'il couvrait le bruit régulier des vagues. Je me suis moquée de moi. James ressemblait peut-être au Croquemitaine, mais il était mort. J'avais huit mille quatre cent soixante-dix euros en liquide, pas de boulot et un cadavre derrière moi dans un autre pays. J'ai eu envie d'envoyer un texto à Leanne, mais me suis ravisée. J'allais d'abord acheter un nouveau téléphone, transférer tous les numéros, et je jetterais l'ancien dans le port. J'ai tiré sur ma cigarette, craignant que la peur ne revienne me tenailler, mais non. J'étais en Italie, c'était le plein été et j'ai soudain compris que, pour la première fois de ma vie, j'étais libre. L'argent ne serait pas un souci pendant un bon bout de temps. J'ai eu envie de fêter ça, mais me suis intimé de me calmer. Impossible de me débarrasser de mon sourire béat, cela dit. Pour une fois, je n'avais pas besoin de coucher pour me sentir invulnérable.

J'ai pris une douche et me suis changée, fait un petit tour sur le port, bu un verre de blanc en terrasse, lu mon livre et promené le regard autour de moi. J'avais oublié l'effet que l'Italie exerce souvent sur les Anglais. Les gens semblent tous beaux, les serveurs agréables, la nourriture délicieuse. La vie y est vraiment *bella*. Après une assiette de *trofie* au *pesto*, un pesto fait maison d'un vert lumineux, avec une julienne de pommes de terre et des haricots verts, je suis rentrée à l'hôtel. Pas de messages sur mon téléphone. J'ai enlevé mes vêtements et me suis glissée dans les draps rose pastel bien repassés. J'ai dormi comme un bébé.

Le lendemain matin, j'ai déambulé dans la ville jusqu'à la place principale, qui s'étalait de façon irrégulière autour de la façade blanche d'une église baroque. Quelques marchands avaient monté leur étal pour vendre des bouquets de basilic, des tomates juteuses. De vieilles femmes en blouse de nylon, des gens du cru, faisaient leur marché avec leur sac en filet, tandis que des touristes, riches mais discrets, se saluaient poliment entre deux cafés. J'ai acheté *Nice-Matin* et *La Repubblica* en kiosque ; inutile de prendre les journaux anglais qui dataient de la veille. J'ai commandé un *cappuccino* et une brioche *con marmellata*, puis j'ai passé en revue les articles, en quête d'une mention de l'Éden-Roc ou du cadavre d'un Anglais. Rien. La confiture à l'intérieur de la brioche encore tiède était à l'abricot et le barman avait dessiné un cœur en chocolat sur la mousse de mon cappuccino : « *Per la bellissima signorina.* »

J'ai passé la matinée à flâner dans la multitude de petites boutiques de Santa Margherita. C'était une destination pour riches, comme le prouvait l'expression estomaquée des visiteurs débarqués de leur bateau de croisière pour la journée ; si la ville avait un charme désuet, les prix eux, étaient dignes du Milan du XXIe siècle. Mais c'était une si belle journée qu'il aurait été criminel de choisir justement ce matin-là pour commencer à économiser. Je me suis trouvé deux bikinis, un chapeau de paille à large bord avec un ruban de soie noire qui me donnait le sourire rien qu'à le regarder, de belles ballerines couleur caramel achetées à un artisan qui a miraculeusement trouvé ma taille dans le fatras de boîtes de sa boutique pas plus grande qu'un cagibi, et me suis laissé tenter par une robe bustier Miu Miu, irrésistible avec ses fleurs orange sur fond blanc, dont la jupe évasée, très années cinquante, me faisait une taille de guêpe. La Judith italienne, apparemment, était plus réservée que sa cousine anglaise. Je n'avais pas envie de me laisser miner par ce que je devais faire. Après une bonne nuit de sommeil, l'horreur de la veille m'apparaissait comme un rêve. Je n'avais songé qu'à fuir, mais à présent que c'était fait, j'avais quand même besoin d'un plan. La ville était resplendissante, un tableau aux teintes de jasmin et de soleil… L'heure n'était pas à la raison.

Quoique, la raison, c'était peut-être passer deux semaines ici. Il me suffisait de prendre mes quartiers dans un hôtel moins cher, et j'aurais encore de quoi voir venir pendant deux mois à mon retour à Londres. Quelques-uns des billets de ce pauvre vieux James dormaient encore sur mon compte d'épargne. J'ai hésité, puis me suis acheté une carte de téléphone pré-payée dans une *tabaccheria*, et j'ai laissé un message à l'une de mes colocataires. Je ne leur avais pas dit que je partais, et je pensais bien qu'elles s'en foutaient royalement, mais bon, elles remarqueraient peut-être mon absence au bout d'un moment. Je payais mon loyer tous les trimestres, donc pas d'inquiétude de ce côté-là. J'ai dit que j'étais chez des amis à l'étranger et que je serais absente quelques semaines, sans oublier d'ajouter que j'espérais que les examens s'étaient bien passés. Dans une ruelle à l'écart du port, où les restaurants cédaient la place aux agences immobilières et aux quincailleries, j'ai trouvé une boutique de téléphonie où j'ai remplacé mon portable. Avec le mot de passe du wifi de l'hôtel, j'ai surfé sur les éditions en ligne des journaux anglais. Toujours rien. Dans l'après-midi, je suis allée à la plage, bondée d'adolescents qui m'ont un peu reluquée sans m'embêter. Puis j'ai rincé le sel de mes cheveux, enfilé ma nouvelle robe et opté pour un maquillage léger – mascara, gloss, une touche de blush. Enjôleuse, pas racoleuse.

J'ai failli demander au chauffeur de taxi s'il se foutait pas un peu de moi quand il m'a dit que je lui devrais cinquante euros pour une course de cinq kilomètres jusqu'à Portofino, mais avec un flegme pas croyable, il a simplement dit : « *Così.* » Ils devaient avoir une sorte de monopole, je suppose – la clientèle qui pouvait se payer le Splendido aurait préféré mourir plutôt qu'être vue dans un bus. La route serpentait le long de hautes falaises qui se jetaient dans la mer, si étroite que par endroits un seul véhicule pouvait passer à la fois. On s'est retrouvés bloqués dans le trafic de l'heure de pointe de la côte ligure, parmi les 4×4 Porsche et les BMW conduites par des *mammas* agacées, aux lunettes de soleil géantes, les banquettes arrière pleines d'enfants sableux et de nounous philippines rondouillardes et mélancoliques. Le chauffeur a juré en tapotant sur son volant, mais ça m'était égal. Par la fenêtre, je respirais l'odeur des figuiers qui surplombaient les petites criques rocheuses à l'eau émeraude, et à travers les branches, j'apercevais de splendides villas du XIXᵉ. J'avais lu quelques articles sur Portofino : j'étais contente de savoir que pour les gens qui jugent ces choses-là importantes, c'était ici qu'on faisait les meilleurs Bellini du monde, et non au Harry's Bar de Venise. Vraiment pathétique, ce à quoi je me raccrochais.

La place de ce minuscule village de pêcheurs avait abondamment figuré dans les magazines que j'avais feuilletés au Gstaad Club : Beyoncé qui trébuche sur une passerelle, Leonardo Di Caprio qui grimace sous sa casquette, mais sur les clichés, on ne se rendait pas compte à quel point cette place était petite. Une unique rue qui menait à un espace pas plus grand qu'un court de tennis, mais un court de tennis bordé de boutiques Dior et de pulls en cachemire. Je me suis installée dans un café sur la gauche et j'ai commandé un Bellini à un serveur aux cheveux blancs très classique. Très cliché, mais tout Portofino était un cliché, l'idée que tout le monde se fait du *bel paese*. Il est revenu avec un verre épais qui contenait de la purée de pêche blanche, il a ouvert solennellement une demi-bouteille de veuve-clicquot et a délicatement mélangé le champagne au nectar de fruit. Des petites bouchées au saumon fumé, aux câpres, au parmesan entouraient mon verre. J'ai goûté le cocktail. Délicieux. Le genre de truc qu'on pourrait boire jusqu'à oublier son nom, mais je l'ai fait durer en regardant le dernier ferry repartir avec ses touristes dans un crépitement d'appareils photo japonais. Le soleil brillait avec moins d'ardeur et donnait au ciel de doux reflets derrière le promontoire à l'ouest du village, couronné de la pièce montée qu'était son église. J'ai léché le sel et le jus de pêche sur mes lèvres, Instagram sensuel. J'aurais dû avoir de la peine pour James, mais ne serait-ce que parce que sa mort me permettait de vivre ce moment, je n'y arrivais pas.

Un bateau en bois très élégant s'amarrait au ponton, un de ces bateaux de pêche génois traditionnels qu'on appelle *gozzi*, avec de belles banquettes bleu marine et une marquise blanche. Une petite troupe de gens de mon âge se sont extraits de l'embarcation en remerciant leur pilote, qui ne portait qu'un short en jean et une casquette de capitaine d'où s'échappaient des mèches d'un blond improbable. Je me suis rappelé que les Vikings avaient navigué le long de ces côtes il y avait longtemps, et que les Italiens blonds aux yeux bleus n'étaient pas si rares ici, ou en Sicile. Le groupe m'a fascinée. Il y avait quatre hommes et deux femmes. Ils exerçaient une sorte de possessivité sur les lieux, mais en toute décontraction, comme s'il n'y avait rien d'extraordinaire dans le fait d'être à Portofino, comme s'ils ignoraient que c'était le rêve de bien des banlieusards coincés dans les transports en commun. Ils se sont installés à une table proche de la mienne, ont allumé des cigarettes, commandé à boire et commencé à passer des coups de fil pour savoir chez qui ils allaient se retrouver pour dîner plus tard, avec d'autres amis. Je les observais. Les filles n'étaient pas vraiment belles, mais elles avaient ce lustre de poney de compétition que confèrent les générations qui ont baigné dans l'argent, de longues jambes et des chevilles fines, les cheveux brillants, une dentition parfaite, et pas de maquillage. L'une portait ce qui devait être la chemise de son mec sur son haut de maillot de bain, un monogramme discret dans les plis du lin, l'autre avait simplement enfilé une tunique en coton blanc brodée et des sandales Manolo Blahnik en daim vert, plates et égratignées, dont je savais qu'elles avaient coûté au moins cinq cents euros. J'ai été gênée de remarquer un truc pareil parce que, de toute évidence, c'était le genre de chose auquel une fille comme elle ne ferait jamais attention. Les hommes se ressemblaient : cheveux noirs épais qui tombaient dans le cou, épaules larges et minces, comme s'ils avaient passé leur vie à nager, skier et jouer au tennis, ce qui était probablement le cas. Il y avait dans leur comportement quelque chose d'inné. Contrairement à Leanne et moi-même, avec nos atours qui manquaient de simplicité, eux avaient une aisance naturelle qu'aucune carte de crédit ne pourrait acheter. C'est à ça que ressemblent les gens vraiment riches, je me suis dit, jamais ils n'ont fait quoi que ce soit pour que ça se voie.

J'ai fait tourner le fond de mon cocktail dans mon verre en les regardant partir. La fille en chemise est entrée dans un bâtiment de l'autre côté de la place pour réapparaître quelques minutes plus tard sur la terrasse au-dessus de la boutique Dior, donnant des instructions à une domestique en tenue rose clair. Le dîner se ferait peut-être chez elle, sans qu'elle ait quoi que ce soit à aller acheter, cuisiner, ni même à débarrasser. Je m'en voulais d'être amère comme ça. Mais c'était l'habitude d'être en marge, à l'extérieur, et de regarder par la fenêtre. Le bar commençait à se remplir, surtout de couples américains trop habillés, peut-être des clients du Splendido perché sur la colline descendus pour un *aperitivo*. J'ai eu envie d'un autre verre, mais le ticket dans sa petite soucoupe me réclamait déjà quarante euros. Je pouvais peut-être rentrer à pied à Santa Margherita par le chemin de planches qui longeait la côte. J'ai posé deux billets et quelques pièces sur la table, prête à partir.

Trois énormes bateaux étaient amarrés dans le port, à droite, absurdes par leur taille, comme des baleines dans un bocal à poisson rouge. Deux membres d'équipage en bermuda blanc et ceinture en cuir rutilante installaient une passerelle pour l'un d'eux. La ligne agressive et l'aspect mat de la coque, semblable à du charbon caoutchouté, lui donnait des allures militaires, comme s'il pouvait disparaître à travers les vagues pour ramener un ennemi de James Bond au fond de son repaire sous-marin. Il était moche, mais rien à dire, il était impressionnant. Deux paires de grosses Nike ont foulé la passerelle, surmontées de Levi's et de polos de luxe au logo énorme. Les deux hommes avaient leur téléphone greffé à l'oreille, indifférents à leur environnement. Je me suis même demandé s'ils savaient où ils se trouvaient. En y regardant de plus près, j'ai reconnu Steve. Steve, et son bateau, à bord duquel j'étais montée deux jours auparavant, à Antibes.

Et là, quelque chose s'est allumé. La rêverie soporifique dans laquelle je me complaisais a pris une décharge d'adrénaline si brutale que j'ai cru que toute la place l'avait ressentie. Les couleurs tendres du paysage se sont teintées de nuances tropicales à mesure qu'ils approchaient. Je venais d'entrapercevoir ce qui s'offrait à moi et déjà mon cerveau bouillonnait. J'ai respiré un grand coup et, lentement, je me suis levée. C'est bien ce qui arrivait aux riches, non ? Ils n'arrêtaient pas de se croiser, à Saint-Moritz, Megève, sur l'île d'Elbe ou de Pantelleria. Je devais me comporter comme l'une des leurs, avoir l'air détachée. J'ai rangé mes lunettes de soleil dans mon sac. Ils se dirigeaient vers le restaurant qui faisait face au ponton. Au Puny, un autre endroit célèbre que j'avais vu dans des magazines. J'ai réglé mon pas de façon à les croiser en diagonale et laissé un pan de ma robe frôler les jambes de Steve. Il était en plein texto. Je me suis retournée et son regard a croisé le mien.

— Steve !

Il essayait de me remettre. J'ai fait un pas vers lui, confiante, et l'ai embrassé sur les deux joues.

— Lauren. On s'est vus à Antibes !

— Mais oui. Lauren. Salut. Ça va ?

Au moins, il avait vraiment l'air de me reconnaître. J'ai dit bonjour à Machin, le mec que Leanne s'était tapé, et qui s'appelait en fait Tristan, ce que je n'aurais jamais parié.

Quelques secondes de malaise se sont écoulées. Les échanges de courtoisies n'étaient apparemment pas le truc de Steve, mais je ne pouvais pas laisser passer ma chance. Il ne savait pas encore qu'il s'apprêtait à jouer les Lancelot.

— C'était une super soirée, non ?

— Ouais, super.

Mon Dieu, on n'allait pas y passer la nuit.

— Ma copine, enfin, plutôt une connaissance à vrai dire, est repartie à Londres. Moi, j'ai séjourné chez des amis, dans le coin.

J'ai fait un geste en direction des villas nichées dans les collines.

— Mais là, ils sont partis pour la Corse. Du coup je rentre demain.

— Nous, on vient d'arriver. On va longer un peu la côte. Pousser jusqu'en Sardaigne, a répondu Steve.

J'ai fait comme s'il ne m'avait pas déjà dit tout ça autour d'un chocolat chaud.

— Vous avez quelque chose de prévu ce soir ?

Je voulais avoir l'air aguicheur mais pas non plus aux abois – quoique, j'étais prête à me les taper tous les deux, sous les encouragements de l'équipage, si ça m'ouvrait les portes de ce bateau. Un bateau, ça franchit les frontières bien plus facilement qu'un cadavre.

— Juste quelques personnes qu'on doit croiser. Viens dîner avec nous si tu veux ?

Ne t'empresse pas d'accepter, Judith.

— C'est que… toutes mes affaires sont à Santa.

— Tu pourras les prendre plus tard.

Bingo.

— Tu as raison. Merci, j'accepte avec plaisir.

Steve a donc commandé un dom-pérignon 95, ce qui, dans une autre vie, m'aurait impressionnée. Deux types d'un certain âge sont arrivés avec des beautés d'ébène très décolletées et des Estoniennes à la mine boudeuse, et on a commandé des *antipasti* de poulpe, dans lesquels j'ai été la seule à piocher, puis Steve a commandé deux bouteilles de vermentino à la couleur vert citron, après quoi un groupe de banquiers milanais qui arrivaient de Forte dei Marmi est apparu, dont l'un n'a cessé de lécher les bottes de Steve ; le temps de me conduire jusqu'à Santa dans son Alfa vintage afin que je récupère mes bagages, nous avons retrouvé tout le monde sur un bar flottant de Paraggi où les Estoniennes ont fait un peu de danse seins nus autour d'une barre et où tout le monde a commandé des sushis que personne n'a mangés, puis retour au bateau pour fumer des Cohiba et prendre de la coke dans le jacuzzi et pour une démonstration du système stéréo sous-marin de Steve qui permettait d'écouter Rihanna même en nageant dans la piscine du pont supérieur – si c'était pas un truc de dingue. J'ai accepté tous les verres qu'on m'offrait sans en boire une goutte – merci du conseil, Olly – et me suis collée à Steve quand un des vieux morses a tendu une main vers moi comme s'il me possédait ; j'ai fini par me coucher docilement dans l'immense lit de Steve, prête à faire tout ce qu'il me demanderait. Mais il s'est contenté de me tenir la main avant de rouler sur le côté sans un mot, et il m'a laissée dormir, bercée par le remous irrégulier des vagues.

Le lendemain matin, il n'était plus là. Je me suis redressée, contente de ne pas avoir bu, et j'ai collé mon nez contre le hublot. Le ciel et la mer. Merde alors. J'avais réussi. Il y avait un plateau sur le lit : jus d'orange, service à café en argent, œufs brouillés et toast sous une cloche, fruits, yaourt, croissants. Un soliflore en cristal avec une rose blanche. Le *Financial Times*, le *Times* et le *Daily Mail* du jour – parce que tout le monde lit ça. Les milliardaires devaient avoir des contacts spéciaux dans la presse, pas de journaux de la veille pour eux. J'ai feuilleté le tout rapidement, toujours rien. On avait défait mes bagages, aligné mes chaussures et fourré l'intérieur de papier de soie, mis mes quelques robes sur des cintres avec petit sac de pétales de rose. J'ai pris une douche dans la salle de bains, qui, avec sa double douche et son sauna privé n'avait vraiment rien à envier à l'Éden-Roc, me suis attaché les cheveux et ai ajouté un tee-shirt gris au bikini le moins couvrant que j'avais acheté à Santa. Dans sa cabine particulière, Steve buvait un café dans un mug Starbucks, en short, torse nu, les yeux rivés à un ensemble d'écrans clignotants. Des flux d'argent.

Par les portes vitrées qui donnaient sur le ponton, j'ai vu Tristan qui soulevait des haltères.

— Salut bébé.

« Bébé », c'était bon signe. Mais je ne savais pas trop sur quel pied danser. Hors de question que je sois reléguée dans la catégorie des putes estoniennes ; d'un autre côté, j'étais du genre à monter à bord d'un bateau avec un mec que je connaissais à peine. Du genre à prendre une chambre d'hôtel à Santa Margherita pour deux nuits avant de disparaître – pas de passeport, pas de billet, pas de frontière. J'ai posé mes mains sur ses épaules un court instant, le temps de sentir sa peau propre et son parfum, et je lui ai planté un baiser sur le front.

— Salut, toi.

— On mouille à Porto Venere ce soir.

« On », c'était bon signe aussi. Très bon signe.

— Super, ai-je répondu sans m'emballer, comme si tous les étés, je passais d'une station balnéaire ultrachic à une autre. En moi-même, je m'offrais un tour de victoire du bateau à petites foulées, les bras levés. Y a-t-il un type de selfie approprié quand on vient d'échapper à une inculpation pour homicide ? Mais j'apprends vite, très vite même, et je savais que la seule façon de m'en tirer vraiment, c'était de ne jamais montrer que je n'avais pas la moindre idée de ce que j'étais en train de faire. Alors je suis sortie prendre le soleil, remarquant au passage qu'il n'avait même pas levé les yeux de ses écrans pour les poser sur mon postérieur flanqué de ses deux petits nœuds.

Après le déjeuner – poisson grillé, *salsa verde* et fruits, le tout servi dans du cristal ancien et de la porcelaine moderne orange vif frappée au nom du bateau,

« Mandarin » – Steve, plein d'entrain, m'a fait faire le tour du propriétaire. J'ai marché sur l'héliport, entendu beaucoup de choses sur la coque du bateau, digne d'un engin militaire russe, les balcons pliants du solarium, la baie vitrée coulissante de la cabine privée, l'extension télescopique de la passerelle – pas tout compris – et revu les Picasso. Les membres d'équipage évoluaient autour de Steve comme les poissons pilotes d'un requin, avec une sorte de télépathie qui leur permettait d'ouvrir une porte ou d'apporter un verre d'Évian bien fraîche au bon moment, sans que jamais un besoin soit exprimé tout haut. Steve m'a présenté son capitaine, Jan, un Norvégien à l'air sévère qui gardait un sourire professionnel face à l'amicalité un peu forcée de son boss.

— Jan, montre-lui les lumières !

L'avant-bras bronzé de Jan a frôlé le mien lorsqu'il s'est penché pour actionner l'interrupteur. Une sorte de message érotique codé, mais on verrait ça plus tard. Je me suis penchée docilement au-dessus de la proue. Malgré la lumière du soleil, les flots sombres que fendait le yacht se sont teintés de rose électrique. Jan a touché un bouton et la couleur a changé : orange, bleu cobalt, violet, blanc stroboscopique. La nuit, ça devait ressembler à une maison close de Las Vegas.

— Génial, non ? Je viens de le faire installer.

Steve était comme un gamin avec de nouveaux jouets, mais Jan n'avait franchement pas l'air d'aimer la nouvelle déco. On a passé en revue les cabines, qui, à la différence de celle que je semblais désormais partager avec Steve, étaient assez exiguës. On a terminé la visite par le dernier gadget de Steve : un planétarium personnel installé dans la timonerie.

— Il est muni de lasers, comme ça on peut superposer les constellations au vrai ciel.

Ici, même les étoiles se pliaient à votre bon plaisir.

— Dommage, je ne le verrai pas en action, ai-je dit, hésitante. Il vaudrait mieux que tu me déposes ce soir.

— Tu dois être quelque part impérativement ?

Je lui ai fait mon œil de biche.

— Pas spécialement, non.

— Alors reste. On peut passer du temps ensemble.

Aucun indice de drague dans son regard, j'ai donc adapté le mien.

— D'accord, génial. Merci. Mais ça ne te dérange pas que mes affaires soient dans ta chambre ?

— Aucun problème.

C'était réglé.

II
DEDANS

11

J'ai lu quelque part que les gens s'inquiéteraient beaucoup moins de ce qu'on pense d'eux s'ils savaient à quel point il était rare que ça arrive. Trois jours se sont écoulés, puis une semaine, puis deux, simplement sans que je parle de moi. Steve n'était pas quelqu'un de curieux, il ne s'intéressait à rien d'autre qu'à son business et à ce qu'il possédait, même s'il avait certainement parcouru un bon bout de chemin pour passer du grand solitaire qu'il avait dû être à ce mec, tout de même capable d'interagir avec les autres. D'après ce que j'ai pu déduire de ses rares remarques, Tristan était son second couteau, le pote de location, officiellement employé dans un de ses fonds d'investissement, mais globalement présent pour gérer l'équipage, faire les réservations dans les clubs, trouver de la coke et des filles à deux doigts d'être top models, parce que bon, c'était ça la vraie vie, non ? C'était comme ça qu'on s'éclatait, quand on avait assez de fric pour donner envie à Abramovitch de parler d'autre chose.

Mais parfois, à l'autre bout d'une boîte de nuit ou d'une table de restaurant, quand venait le moment pour lui de dégainer son Amex atomique, je le voyais bouger la tête à droite, à gauche, perplexe, comme un ours sur une piste de danse. Sexuellement parlant, impossible de le cerner. Le premier soir, je m'étais dit qu'il devait être fatigué, mais même s'il m'appelait « bébé » ou « chérie », il ne tentait jamais rien, même pas de m'embrasser, à part une petite bise de temps en temps pour dire bonjour. Je dormais dans son lit par défaut ; on s'allongeait l'un à côté de l'autre, comme un frère et une sœur. Il ne tentait jamais rien et je n'étais pas bête au point de faire le premier pas, même si je me couchais chaque soir en essayant d'avoir l'air ouverte à toute proposition qu'il me ferait. Bien sûr, je me suis demandé s'il était gay, si ce bon vieux Tris était plus qu'un simple majordome, mais ça ne semblait pas non plus être le cas ; Tristan se tapait allègrement toutes les filles qui se trouvaient sur son chemin. Au bout d'un certain temps, j'en suis venue à la conclusion que Steve était simplement asexuel, que son désir le plus fou était d'avoir la compagnie d'une jolie fille, qu'il avait pigé que tomber les nanas était ce qu'il était censé faire, comme posséder un bateau gigantesque, un avion, quatre maisons et je ne sais combien de voitures : simplement parce qu'il le pouvait. C'est bien comme ça qu'on comptait les points, non ? Je me suis rendu compte que la plupart des gens commettent une erreur au sujet des riches tels que Steve : ils les pensent intéressés par l'argent, alors qu'il est impossible de s'enrichir à ce point si c'est l'argent qui vous préoccupe. Pour s'amuser à spéculer à ce niveau, si on est un minimum sérieux (et Steve se foutait ouvertement de la gueule de ses collègues qui ne brassaient que cinq ou six milliards sur les marchés), il faut être indifférent à l'argent. Le seul intérêt, c'est celui du jeu. Et ça, je le comprenais.

Plus les jours passaient, plus je m'éloignais de ce cadavre glacial, de ce visage exsangue plein de reproches. J'essayais de ne pas trop penser à Leanne. Notre parenthèse de complicité faisait partie d'un autre monde désormais, même si je savais qu'il s'en était fallu de peu que je ne retourne au Gstaad Club. Ici, il y avait des filles partout, aussi nombreuses que les verres de rosé et les bougainvillées qui nous avaient accompagnés de Saint-Tropez jusqu'aux côtes siciliennes. Je n'avais jamais rencontré de filles qui n'étaient pas prêtes à jeter leur dévolu sur un milliardaire quand elles en croisaient un, alors je n'ai pas tardé à m'apercevoir que dans un sens, ma présence protégeait Steve. En société, je me montrais vaguement possessive, l'appelais « bébé » quand il le faisait et passais un bras autour de ses épaules, ce qui avait le don d'agacer et de fasciner les autres filles, mais au moins ça les tenait à l'écart. Assise à côté de lui à table, je les entendais se plaindre du prix de la vie, comme des femmes au foyer de banlieue chic, et je me demandais parfois pourquoi il ne leur signait pas direct un chèque d'un million, histoire d'avoir un peu la paix.

Les textos assidus de Tristan nous fournissaient un semblant de vie sociale – un verre dans un café, un dîner au resto, puis l'inévitable boîte de nuit, ou parfois une soirée dans une maison qui surplombait une station balnéaire – mais à aucun moment on n'a rencontré de gens qui ressemblaient à la jeunesse dorée que j'avais vue à Portofino. Les hommes étaient dans la finance, la banque ou l'immobilier ; un jour, on s'est enfoncés dans les collines de la Maremme en Toscane, pour déjeuner chez un mec de la télé anglaise, exhibant une horrible permanente, qui avait été un grand nom de la presse dans les années 1990, et il y avait là toute une clique de pseudo-célébrités qui ont passé leur temps à se targuer de côtoyer des VIP qu'elles appelaient par leur prénom. Tous les mecs, qu'ils soient bedonnants, chauves ou affligés d'une haleine de poney mort, avaient une fille à leur bras. Une épouse, ça ne s'emmenait pas sur la Côte d'Azur, et l'éloquence n'était pas la qualité première requise chez ces filles. Elles ne lâchaient jamais leurs hommes, s'asseyaient à côté d'eux, leur coupaient leur nourriture et leur donnaient à manger comme s'ils étaient des bébés, ne parlaient que quand on leur adressait la parole, mais riaient dès que leur bonhomme ouvrait la bouche au cas où ce serait drôle, ce qui créait autour de chaque couple un champ magnétique qu'aucune autre femme ne pouvait pénétrer. La seule à faire exception lors de ce déjeuner était une actrice de télé brillante, une femme avec de l'embonpoint, pas spécialement élégante, qui avait remporté plusieurs récompenses prestigieuses, et qui avait commencé par dominer la conversation, lançant autant de piques que les hommes, mais qui, le rosé aidant, s'était peu à peu murée dans un silence hébété et rageur, évitant ainsi à ses collègues masculins de continuer à faire semblant de l'écouter. Elle m'a fait de la peine, quand j'ai vu les visages rougeauds s'empourprer davantage et le volume sonore monter d'un cran tandis que ses pairs civilisés de la BBC redevenaient des hommes de Neandertal braillards, pelotant leur harem et prenant un malin plaisir à la battre à un jeu auquel elle ne pouvait même pas participer.

Notre job, celui des filles je veux dire, consistait à lacer de délicates sandales K. Jacques autour de nos chevilles bronzées, à agiter nos beaux cheveux, à siroter élégamment notre vin, à jouer avec les jolies Rolex qui ornaient nos délicats poignets hâlés. Nous étions les récompenses, l'or changé en délicieuse chair de bronze, les Galatée qui prenaient vie au contact de l'argent. Pas étonnant qu'elle enrage dans son coin. On l'avait dépouillée de sa crédibilité comme un pickpocket napolitain l'aurait délestée de son sac Mulberry. J'aurais dû dire ou faire quelque chose pour que ces connards ferment leur gueule, mais je me suis contentée de sourire et de laisser mes cheveux jouer avec mes clavicules en donnant à Steve des petites bouchées de soufflé glacé à la noix de coco. Observe et apprends, bébé.

La richesse, ça se répand dans votre système comme un poison. Ça imprègne votre posture, vos gestes, votre façon de marcher. À partir du moment où je suis montée à bord du *Mandarin*, je ne pense pas avoir ouvert la moindre porte. Je n'ai en tout cas rien porté, que ce soit un sac ou une assiette sale. Si le prix à payer est de faire ami-ami avec un vieux goujat qui vous reluque dans le jacuzzi comme un hippopotame en rut, l'avantage est d'être entourée de jeunes hommes en uniforme aux épaules larges et aux ongles impeccables, qui tirent votre chaise pour vous, vous tendent une serviette de table ou vos lunettes de soleil, tapotent les coussins de votre transat, ramassent vos culottes sales et vous remercient de les laisser faire. Ils ne vous

151

regardent pas dans les yeux ; vous n'êtes pas pour eux. Ils vident les cendriers et nettoient les restes de coke des miroirs, remplissent discrètement les tubes d'aspirine qui se vident sur la table de chevet et les flacons de Xanax et de Viagra dans l'armoire à pharmacie, réparent les outrages faits à votre chair de mille façons subtiles et complices, de sorte que vous évoluez parmi eux aussi immaculée qu'une déesse, et en un instant, entre le bord de vos Ray-Ban et la pointe de votre menton altier, ils disparaissent de votre vue. Mais il ne faut pas se laisser distraire par tout l'apparat. Si on ne vous passe pas la bague au doigt fissa, vous êtes foutue. La vraie différence entre les petites bombes de la Côte d'Azur et la clique du Gstaad, c'était que ces filles-là avaient atteint le niveau d'après, ce qui ne faisait que renforcer leur vertige au bord du précipice.

À Porto Vecchio nous ont rejoints Hermann, un collègue allemand de Steve, mince et taiseux, et sa fiancée Carlotta, dont le diamant monté en alliance était aussi spectaculaire que les implants mammaires. Carlotta se pliait aux roucoulements d'usage en présence d'Hermann, jouant avec ses lobes d'oreille et lui donnant du « bébé » toutes les cinq minutes, mais en privé elle ne prenait pas de gants.

— C'est rien qu'un enfoiré, m'a-t-elle confié pendant qu'on bronzait seins nus sur un des immenses matelas orange du pont supérieur.

— Qui ça ?

— Hermann. Genre, j'étais à Saint-Moritz l'hiver dernier, et je devais le rejoindre à Verbier, et il m'a envoyé un chauffeur. J'ai fait le trajet dans une putain de voiture.

Elle avait un accent vaguement européen que je n'arrivais pas trop à situer. Je me suis demandé si elle-même savait encore d'où elle venait.

— Oh, mais c'est horrible.

— Ouais, il a fallu que je fasse mon lit moi-même pendant une semaine dans ce chalet de merde, et il peut même pas m'envoyer l'hélico, franchement. Faut toujours que tu exiges un jet privé, a-t-elle ajouté très sérieusement. Les laisse pas profiter de toi.

— Tu vas l'épouser ?

— Carrément. On s'est fiancés quand je suis tombée enceinte l'année dernière, mais il a déjà six gosses de son ex, alors il m'a fait avorter.

J'ai touché la peau chaude de son épaule avec compassion.

— C'est terrible. Je suis désolée.

Elle a mordu sa lèvre inférieure qui débordait presque de collagène.

— Merci. Mais j'ai eu droit à un appart' à Eaton Place après l'aspiration, donc c'est pas si mal.

Le temps que je retrouve une respiration normale, Carlotta pianotait sur son téléphone.

— Tu as entendu parler de cette Suédoise au Nikki Beach ?

Bien sûr que j'avais entendu parler de la Suédoise du Nikki Beach. D'Antibes à Panarea, tout le monde en avait entendu parler.

— Elle est restée dans la piscine, genre, toute une journée avant qu'on remarque qu'elle était morte.

Une journée, cinq heures, deux jours, les versions différaient.

— Dégoûtant.

— Ouais, carrément. Genre elle était déjà en pleine, euh, décomposition quoi.

Pour l'avoir connue, Carlotta avait la hantise de la précarité, et je la comprenais. Mais je n'étais pas comme elle ; je ne voulais pas me choper un mari riche et passer le reste de ma vie comme un déchet flottant à la surface de l'Eurofric. Jouer ce rôle-là, en revanche, c'était une autre histoire. Steve n'était peut-être pas le roi de la déconne, ce qui ne me dérangeait d'ailleurs pas plus que ça, mais les rares idées préconçues qu'il avait sur les femmes incluaient leur besoin de faire du shopping. L'acquisition de fringues était apparemment la plus grande vocation des femmes, et puisque j'avais la présence d'esprit de ne rien lui demander à part une petite glace de temps en temps, je m'en sortais plutôt pas mal niveau vestiaire.

Tandis que nous fendions les flots étincelants vers le sud et que juillet cédait la place à août, chaque fois qu'on se mettait à quai, Steve me demandait si j'avais besoin de quelque chose et me tendait une liasse de billets époustouflante. Au début, je faisais gaffe à en garder la majeure partie, histoire de payer ma part des bouteilles et des dîners, mais au bout de quelques jours, j'ai pensé que ça ne changerait rien. Alors je me suis acheté des trucs hors de prix, des trucs dont je n'aurais plus jamais les moyens, un arc-en-ciel de pulls en cachemire qui me durerait toute la vie, un imperméable Vuitton en lin enduit, un sac fourre-tout Prada en croco couleur noisette. En voyant mon reflet dans les vitrines des boutiques ou les baies vitrées d'un port, avec mon bronzage, ma chemise blanche toute simple et mon short en jean, les cheveux attachés négligemment à l'aide d'un foulard Dolce & Gabbana, et ces sacs enrubannés qui pendaient à mon bras, je me demandais s'il fallait que je m'étonne de ma métamorphose. Mais non, je n'étais pas surprise. Je me regardais et, enfin, c'était moi que je voyais.

Philip Larkin, un jour de mélancolie, a parlé d'un monde où la beauté était synonyme de consentement. S'envoyer en l'air peut être un plaisir sans complications, aussi ancestral et élémentaire que le goût de sel et de terre d'une olive, ou qu'un verre d'eau fraîche après une longue marche dans la poussière. Alors pourquoi dire non ? La monogamie, c'est bon pour les physiques quelconques.

Après avoir joué la soi-disant petite amie de Steve plusieurs semaines, j'étais prête à grimper aux rideaux. Les gens comme moi apprennent vite à repérer ceux qui sont dans le même état. Quand Jan avait mené la visite du *Mandarin* le premier jour, j'avais réservé toute mon attention à Steve, mais quelques jours plus tard, je l'avais croisé sur le pont et je m'étais retournée pour voir son regard me suivre comme jamais celui de Steve ne l'avait fait.

Mais j'ai laissé les choses reposer un peu. Je ne voulais pas foutre en l'air toutes mes chances, juste pour une partie de baise. Cela dit, je m'étonnais que Tris n'ait pas remarqué les regards que Jan me lançait et ne lui ait pas fait part de son avis de licenciement. Bon Dieu ce qu'il était attirant. Épaules musclées, taille affûtée, regard bleu glacier encadré d'épais cils gris. Avertissement au consommateur : je ne me plaignais pas. Un après-midi, alors qu'on traversait l'archipel de la Maddalena, j'ai demandé à Steve s'il voulait aller faire un pique-nique.

— On peut prendre le ravitailleur, faire un peu de plongée avec un tuba !

— Désolé, bébé, j'ai une tonne de trucs à faire. Demande à Tris de t'emmener.

— Ça marche. Je ne voulais pas te déranger.

J'ai débarqué dans la cabine de Tristan sans frapper. Il matait un film porno sur son ordinateur portable, en sous-vêtements, teint gris sous le bronzage – sûrement la gueule de bois. J'ai juste eu le temps d'apercevoir le fameux cul bien bombé de Jada Stevens avant qu'il rabatte l'écran d'un coup sec.

— Steve demande si tu peux m'emmener faire un peu de plongée ?

J'ai pris un petit air d'enfant gâté rien que pour l'énerver un peu plus.

— Désolé, Lauren, mais je me sens pas très bien.

Sa façon de dire « Va te faire foutre ». Je n'ai pas lâché le morceau.

— Mais j'ai vraiment envie d'y aller, ai-je geint.

— Demande à quelqu'un de l'équipage de t'emmener.

— Bonne idée ! Merci ! ai-je claironné. Remets-toi bien.

— Ouais. À plus.

Je suis tombée sur Jan, il lavait le pont. C'était son côté scandinave, toujours prêt à mettre les mains dans le cambouis pour aider. Enfin, il a quand même eu l'air content d'avoir une excuse pour poser sa serpillière.

— Tris demande si tu peux m'emmener faire un peu de plongée ?

Il a déployé son mètre quatre-vingt-cinq de délices.

— Plongée ?

— Oui, si tu veux bien. Il dit qu'on peut prendre le ravitailleur.

— OK, l'équipage se débrouillera sans moi. Je vais leur dire un mot et chercher mes affaires. Tu seras prête dans dix minutes ?

— Oui, oui. Merci.

Les embruns me fouettaient le visage tandis qu'on s'éloignait du *Mandarin* en direction de la pointe d'une petite île. Jan était au gouvernail, j'étais allongée sur une banquette et laissais ma main traîner dans l'écume. Je portais un short en jean, un haut de maillot de bain blanc et un chapeau de paille mou autour duquel j'avais noué un foulard Pucci en soie à imprimé rétro. Jan avait troqué sa tenue de bord contre un bermuda tout élimé et une chemise bleu marine délavée assortie à ses yeux. Dans la coquerie, j'avais chopé une bouteille de vermentino, un tire-bouchon et quelques figues bien mûres.

— Tu aimes les oursins ? m'a demandé Jan par-dessus le bruit du moteur.

— Je n'en sais rien.

Il a ralenti le bateau pour scruter l'eau par-dessus bord. On a glissé au-dessus de cuvettes de sable blanc, la limpidité de l'eau trahissant la profondeur, jusqu'à ce qu'on arrive à des rochers qui affleuraient à la surface, couverts de lichen irisé.

— Ici, ça ira.

J'aimais sa voix, saccadée, précise, avec un soupçon d'accent norvégien, son économie de mots.

— Ouvre la trappe de mouillage.

J'ai rampé, de façon pas très élégante, sur le bain de soleil pour déverrouiller le panneau qui cachait l'ancre. Jan a enclenché la marche arrière.

— Lance-la quand je te le dirai. Attends, attends, vas-y.

J'ai regardé l'ancre plonger et sa chaîne se dévider tandis que Jan manœuvrait pour stabiliser le bateau.

— Bien. Maintenant, tu peux goûter un oursin.

Il avait un sac à dos tout défoncé à ses pieds, duquel il a sorti un masque, un couteau pliant et un gant en cotte de mailles venu tout droit du Moyen Âge.

— Mets ton masque et ton tuba pour regarder. Tu connais la différence entre les mâles et les femelles ?

Pas la moindre idée.

— On ne peut manger que les femelles. Elles recueillent des petits coquillages, des petites pierres, pour se décorer. Elles se font belles, comme les femmes.

Il a soutenu mon regard plus qu'il n'aurait fallu, a retiré sa chemise et plongé.

J'ai ôté mon short et l'ai rejoint. L'eau m'a paru froide après la chaleur stagnante sur le bateau. Je flottais sur le ventre, en étoile de mer, pendant que Jan s'enfonçait dans les profondeurs à grandes brasses. Il s'est agrippé à la base d'un rocher et s'est servi de son couteau pour retirer un gros truc noir de la roche. Il est remonté à la surface, a posé sa pêche sur le plat-bord, repris son souffle et replongé. J'ai levé la tête. L'oursin était en fait un hérisson marin dont les piquants tressaillaient à l'air libre. Jan en a rapporté deux autres, et on est remontés à bord par la petite échelle.

J'ai ouvert le vin pendant que Jan, à l'aide de son couteau, s'occupait de notre pêche miraculeuse.

— J'ai oublié les verres.

— Pas de problème.

Il m'a pris la bouteille des mains pour boire au goulot. J'ai observé les mouvements de sa gorge pendant qu'il avalait.

— Tiens.

Il m'a tendu un premier oursin dont il avait dégagé le corail. Puis il a délicatement plongé sa lame dans la partie supérieure du second, hérissé et violet, découvrant des langues de chair orange foncé bordée de noir.

— Vas-y, prends avec tes doigts.

— Montre-moi.

Il en a pris un morceau et me l'a tendu. J'ai ouvert la bouche et fermé les yeux.

— Tu aimes ?

— Mmm.

C'était fort, visqueux, iodé, presque faisandé. J'ai bu une gorgée de vin et senti les minéraux fondre sur mon palais. Je me suis allongée sous le soleil, la bouche encore humide de cette chair crue.

— Encore.

Il m'a donné le reste de l'oursin, et on a inversé les rôles. Puis il y a eu ce moment délicieux où son visage était si près du mien que j'ai vu les cristaux de sel étincelants accrochés à ses cils. J'ai mouillé avant même qu'il m'embrasse. Il a pris son temps, a laissé sa langue trouver la mienne, s'y enrouler avec une douce pression. Il s'est rassis derrière la barre sans me quitter des yeux.

— Tu as envie de baiser tout de suite ? m'a-t-il demandé.

— Oui, je veux baiser tout de suite, Jan.

Tant de détours m'avaient amenée jusqu'ici. Il était encore possible que je ne m'en sorte pas, que les bras de James m'enserrent et m'entraînent par les fonds. Mais pour un instant, je pouvais m'affranchir de mes peurs, je pouvais arrêter le temps.

Je me suis rallongée sur les coussins et, mon regard plongé dans le sien, j'ai ôté mon haut de maillot de bain pour le laisser tomber par terre. Un imperceptible mouvement de son menton m'a indiqué qu'il appré-ciait. J'ai défait les nœuds de chaque côté de la culotte et l'ai laissée tomber aussi.

— Montre-moi.

Très lentement, j'ai écarté les cuisses. De là où il était, ses yeux étaient au même niveau que ma chatte. J'ai sucé mon majeur droit goulûment puis l'ai fait descendre entre mes seins, en travers de mon ventre, jusqu'à mon entrejambe. Quand je l'ai tendu vers sa bouche, il était tout mouillé. Il s'est levé, à l'aise malgré le léger tangage. Il avait une belle queue, bien épaisse à la base, la peau du gland tendue, comme de la soie moirée.

— Tourne-toi. Je veux voir ton cul.

J'ai repensé à Jada Stevens et me suis mise à quatre pattes. D'une main, il a appuyé entre mes omoplates et je me suis cambrée, alors il a glissé ses doigts en moi.

— Bouge. Je veux voir tes hanches.

J'ai ondulé contre la raideur de sa main en décrivant des huit au ralenti. C'était tellement bon que j'aurais pu jouir juste comme ça. Je me suis retournée et j'ai pris sa queue à pleine bouche. Je la sentais palpiter. Je l'ai sucé, encore et encore, en faisant jouer mes ongles sur ses couilles bien tendues, puis j'ai reculé la tête et levé les yeux vers lui, lui offrant une vue sur son gland enflé contre mes lèvres.

— Baise-moi. J'ai envie, maintenant.

Il s'est mis à genoux derrière moi, a enfoui sa main dans ma chatte et écarté les doigts vers le haut.

— Bouge. Bouge ton cul. Voilà. Comme ça. Montre-moi. C'est ça qui me fait durcir. Bouge comme ça, oui.

— Prends-moi. Tout de suite.

J'ai saisi sa queue entre les lèvres de ma chatte, l'ai fait entrer en moi et me suis arrêtée pour contracter mes muscles.

— Ne bouge pas, je lui ai demandé.

Je me suis avancée rien qu'un peu pour que sa queue ressorte, puis je l'ai à nouveau introduite en moi en levant bien le cul, et, chaque fois, je le laissais s'enfoncer davantage, jusqu'à ce que je sente ses couilles taper contre mes lèvres trempées.

— Plus vite.

Il m'a empoignée par les hanches, m'a tirée contre lui, haletante, et s'est mis à me bourrer à fond.

— Putain. C'est bon. T'arrête pas.

— T'aimes ça ? Fort comme ça ?

— Oui, baise-moi fort. Vas-y. T'arrête surtout pas.

Le bateau tanguait sérieusement, une vague nous a éclaboussés. Il a empoigné mes cheveux mouillés et m'a tiré la tête en arrière de sorte que je me cambre davantage. Sa queue est allée si profond que je voulais jouir ; je lui ai demandé de me baiser encore plus fort.

— Avec moi, jouis avec moi, inonde-moi.

Il m'a fessée en jouissant, et j'ai joui aussi, sous les derniers coups rapprochés de sa grosse queue qui a éjaculé en moi, trois fois. J'ai gémi et frotté mon sexe contre lui, puis on s'est laissés retomber, lui pesant sur mon dos de tout son poids, et on est restés comme ça jusqu'à ce que le bateau se stabilise. Après quoi on a dévoré les figues et rebu du vin. Il m'a demandé si j'avais encore envie, j'ai dit oui, et cette fois, c'était moi au-dessus. Ses mains agrippées de chaque côté de ma taille m'ont fait aller et venir sur sa queue, encore et encore, pendant que je me caressais le clitoris. J'ai joui et me suis allongée sur lui, et il a continué à me pénétrer jusqu'à ce qu'il soit sur le point de venir, alors il m'a redressée pour venir s'agenouiller entre mes cuisses alanguies et a éjaculé en travers de ma bouche. J'ai léché mes lèvres humides de son sperme. Iodé, visqueux, minéral. Puis on a fait une petite sieste au soleil, main dans la main, et il a été temps qu'on retourne au bateau.

La représentation en matinée avait été parfaite, mais on savait tous les deux, sans avoir besoin de le dire, qu'on ne rejouerait pas la pièce le soir. Je savais aussi que Jan ne vendrait pas la mèche. On s'est d'ailleurs à peine parlé le reste du temps que j'ai passé à bord du *Mandarin*, et c'était aussi bien comme ça.

12

Les migrations estivales en Méditerranée obéissent à un rythme aussi mystérieux qu'un vol d'oies sauvages. Une célébrité, une Kate ou un Kanye, soi-disant aperçue sur telle plage ou à tel bar, et tous les rafiots impossibles à manœuvrer pointaient leur proue dans la même direction ; sur place, les ardoises affichaient soudain des prix multipliés par trois, et l'espace de quelques jours les clients baignaient dans la poussière d'étoiles d'une gloire fantasmée, persuadés que cet endroit, et lui seul, était celui où il fallait être. Puis la rumeur enjambait quelques vagues, alors les bateaux reprenaient le large à sa poursuite, laissant les locaux faire avec leurs restes un festin de hyènes.

Cette année-là, il s'agissait de Chez Giacomo, près de Gaète, une ville côtière baroque au sud de Rome. Au XIXe siècle, le pape Pie IX y avait proclamé le dogme de l'Immaculée Conception après avoir médité dans la grotte dorée de l'église de la Santissima Annunziata, et Tris nous a annoncé qu'une table nous y attendait, avec la même admiration mêlée de gravité. Dans la ruelle pavée qui montait du port vers le restaurant, il y avait indéniablement du mystère dans l'air.

Avant la fin de la nuit, quelqu'un danserait sûrement sur une table. De Chez Giacomo, on avait bien une vue splendide sur la baie : la terrasse surplombait magistralement la ville, au bord d'une falaise couverte de jasmin blanc crème qui embaumait l'air.

Après avoir picoré le tartare de thon et le bar grillé au fenouil (j'étais prête à me planter une fourchette dans l'œil si je voyais encore un filet de bar dans un avenir prochain), Steve m'a attirée à l'écart pour admirer le port et l'imposante forteresse des rois d'Aragon.

— Tu t'amuses bien ? m'a-t-il demandé, concerné.

— Bien sûr, chéri. C'est magnifique. Et toi ?

— Oui, oui, a-t-il répondu, sans conviction.

Steve ne s'intéressait peut-être pas aux autres, mais c'était une attitude que je ne pouvais pas me permettre. Moi je devais protéger le peu d'avantages que j'avais, ce qui signifiait faire gaffe aux moindres changements de cet étrange nouvel environnement, afin de trouver un moyen de m'y implanter. J'ai scruté le paysage en quête de quelque chose qui mettrait Steve de bonne humeur.

— Tiens, c'est le bateau de Balensky, là.

Je n'aurais pas mieux fait si j'avais annoncé une ruée sur le rouble.

— Il est là ?

— J'imagine. Il y a son bateau en tout cas. Je l'avais vu à Cannes aussi.

Je n'avais jamais vu Steve s'agiter ; d'un coup, il avait l'air nerveux, il tripotait son téléphone sans but.

— Il faut que je le rencontre.

— Pourquoi ?

164

— Je veux pas te le dire ici. Plus tard, quand on sera sur le bateau.

J'étais intriguée, quelque chose de nouveau en sa compagnie, mais je n'ai pas posé de question jusqu'à ce qu'on se retrouve dans sa chambre. Alors que je me penchais pour ôter mes compensées Lanvin, en petite culotte, je me suis aperçue que je n'accordais plus d'importance au regard de Steve, ou plutôt à son absence de regard. On aurait aussi bien pu être mariés. J'ai enfilé une tunique brodée Antik Batik et tapoté le lit à côté de moi.

— Alors, tu me racontes ?

— J'ai besoin de recueillir des informations.

— Et tu veux que je m'en charge ?

Bien sûr que c'était ce qu'il voulait et, bien sûr, c'était franchement déplacé. C'est alors que dans le même accès de lucidité qui m'avait saisie sur le ponton à Portofino, j'ai compris que, pendant tout ce temps, j'avais été à la dérive, laissant les jours s'enchaîner sans y prêter attention. Un psy aurait peut-être parlé de choc à retardement, mais je préférais l'expression « se glisser dans la peau d'un personnage ». Steve ne m'avait jamais rien demandé. Or si je lui rendais service, il pourrait m'être redevable. J'étais à un tournant, je tenais l'occasion de changer la donne. Jusqu'ici, j'avais été une simple passagère, mais je pouvais devenir une actrice de cette croisière.

— Steve, t'es dingue, ce que tu me demandes est complètement illégal.

— M'en parle pas.

— Si, justement, je préférerais en parler. Parce que, au bout du compte, faudra peut-être que je m'explique devant un juge. Pourquoi tu as besoin de ça ?

Il avait l'air fatigué.

— C'est juste que… Il est ici, en Italie. Je voulais m'assurer de quelque chose, une rumeur que j'ai entendue, c'est tout.

— Quelle rumeur ?

— Je te le dirai quand j'en serai sûr.

— Hmm, ai-je fait prudemment. Pour commencer, il faudrait qu'il sache que tu es là, toi aussi. Mets-le sur Twitter.

— Je ne tweete pas.

— OK. Demande à Tris d'appeler son assistante, alors.

— Pour dire quoi ?

Mon Dieu. J'ai pris mon téléphone et lancé une recherche sur Balensky.

— Il est collectionneur d'art, ai-je dit en lui mettant mon téléphone sous le nez. Comme toi, ai-je ajouté sur un ton encourageant. Demande à Tris de lui dire que tu aurais besoin de ses lumières, ça le flattera.

— Génial !

Sans déc, Sherlock. J'ai respiré profondément et suggéré quelques améliorations à Steve pour son plan. Pour rentabiliser notre marché, j'allais avoir besoin de renseignements, sans parler d'un leurre. Steve a eu l'air très impressionné par mon idée.

Le subterfuge était simple, mais Balensky a mordu à l'hameçon. Le lendemain après-midi, Steve est venu me retrouver dans le bassin d'eau froide près du sauna.

— Lauren, est-ce que tu as une robe du soir ? Tu sais, une robe longue ?

J'étais sur ce bateau depuis un mois, et je m'étais presque tout acheté sauf une robe de soirée.

— Non, pas avec moi, chéri. Pourquoi ?

— On est invités à un dîner.

Comme toujours, Steve gardait un œil rivé sur Bloomberg TV grâce à l'écran plat installé au ras de l'eau.

— Tenue de soirée exigée, a-t-il ajouté, l'air maussade.

— Où ça ?

— Sur le bateau de Balensky.

Il a vaguement arqué un sourcil, signe d'extrême satisfaction chez lui.

Bingo.

— On le retrouve demain, près de l'île de Ponza.

— Super.

Au-dessus de nous, sur le solarium, j'ai senti Carlotta tendre l'oreille – ou peut-être les seins. Ses mamelons devaient avoir un détecteur de milliardaires intégré. J'ai fait deux brasses coulées pour me rapprocher de lui.

— Je pourrais peut-être acheter quelque chose.

— Ouais, trouve-toi quelque chose d'élégant. Vois avec Tris.

Le visage de Carlotta a surgi au-dessus de la balustrade.

— Je te déteste, a-t-elle articulé en silence, se croyant condamnée à dîner en tête à tête avec son cher et tendre.

— Déprime pas, Cendrillon, lui ai-je lancé. C'est ton jour de chance. On part en virée shopping.

Comme tous les charmants villages de pêcheurs qu'on avait vus en longeant la côte, le port de Ponza, cette toute petite île qui était la cour de récré des Romains, ne prenait plus la pêche au pied de la lettre.

La plupart des façades délabrées jaune et ocre qui tombaient à pic dans la mer abritaient des pied-à-terre de plusieurs millions d'euros, même si certaines avaient encore du linge pendu aux fenêtres et quelques petites vieilles assises devant leur porte. C'étaient peut-être des actrices payées par le gouvernement pour faire couleur locale. Même la place la plus endormie abritait une boutique ou deux dans lesquelles les femmes de la richissime tribu flottante pouvaient aller déposer une offrande. J'ai emmené Carlotta dans le premier magasin trouvé, avec des bikinis La Perla à plus de mille euros en vitrine.

— Il te faut une robe. Tu seras la compagne de Steve ce soir.

— Euh, c'est-à-dire ? Un plan à trois ?

Ça n'avait pas l'air de la déranger. J'ai fait ce que j'ai pu pour ne pas lever les yeux au ciel.

— Mais non. C'est juste pour la soirée. Tout ce que tu as à faire, c'est d'être à ses pieds. Bon, qu'est-ce que tu dis de celle-ci ?

— Et Hermann ? Ça ne va pas lui plaire, cette histoire.

— Tris s'occupe de tout. Il ne va pas s'ennuyer, t'en fais pas.

Carlotta a opté pour une robe longue Marc Jacobs, blanche avec de très fines bretelles qui donnait plus que jamais l'impression que ses seins étaient un défi à la gravité. Avec les cheveux lâchés et des bijoux tout simples, elle ressemblerait à une déesse digne de Fellini. Moi, j'ai jeté mon dévolu sur une robe vintage en lurex doré à manches longues, avec un décolleté plongeant jusqu'au coccyx dans le dos. On a pris des sandales en python Giambattista Valli – je supposais qu'une tenue de soirée excluait la mode débile des soirées pieds nus – et deux minaudières Fendi en python aussi, vert émeraude et argent pour Carlotta, rose et or pour moi. Carlotta a regardé d'un œil approbateur les billets de cinq cents que j'ai posés sur le comptoir pour payer ce qu'on devait, une note de sept mille euros et quelques.

— Steve, il t'aime vraiment beaucoup.

— Peut-être.

— Enfin bref. C'est mieux d'acheter de la qualité que tu garderas longtemps.

Avant de rentrer sur le *Mandarin*, on s'est arrêtées dans un café engloutir des *pizzette* et un *gelato affogato*, une boule de glace nageant dans une mer de Baileys et de café. Carlotta a pincé un pli de chair au-dessus de son coude.

— Je crève toujours de faim. Hermann déteste que je mange, mais bon, deux crevettes et une tranche de pastèque, je suis désolée, c'est pas un déjeuner. Quand je serai vieille, je vais me lâcher et devenir une putain de grosse vache.

Quand on est montés à bord du ravitailleur dans la soirée, Carlotta était à fond dans son rôle, tenant le bras de Steve, jouant avec son col. Il était très beau en veste de costume, bien qu'il ait ôté sa cravate au dernier moment. J'ai glissé à Carlotta d'enlever son alliance, et elle l'a mise dans sa pochette. Je suis sûre qu'elle l'aurait allègrement jetée par-dessus bord si le scénario de la soirée avait pu devenir réalité. Hermann avait astucieusement été exfiltré par Tristan pour une excursion de plongée sous-marine nocturne dans des grottes réputées inaccessibles, à laquelle la pauvre

Carlotta ne pouvait pas participer car elle n'avait pas de diplôme de plongée délivré par une ligue de moniteurs professionnels. Ce qui me faisait penser qu'il fallait peut-être que je m'en procure un.

— Et t'as entendu parler de ce père et de son fils qui plongeaient l'an dernier dans les grottes de Capri ? Genre ils se sont retrouvés coincés, et le père a dû décider entre sauver sa peau et laisser son fils, ou alors rester mourir avec lui, et donc…

— Mais merde, Carlotta, j'ai l'impression de passer mes vacances avec Edgar Allan Poe.

Elle m'a regardée, interdite.

— Laisse tomber. Écoute, tu es superbe. On va passer une bonne soirée.

Il nous a fallu un certain temps pour atteindre le yacht ; Balensky avait jeté l'ancre dans des eaux plus profondes. À l'arrivée, cinq pontons nous toisaient ; c'était un bateau de la taille d'un centre commercial, tellement immense qu'on y est entrés en ravitailleur et qu'après avoir débarqué, on nous a orientés vers un ascenseur entièrement bordé de cuivre qui nous a conduits dans les étages. Depuis que j'avais grimpé à bord du *Mandarin*, j'avais vécu quelques instants magiques que j'aurais voulu figer, encadrer, pour pouvoir les ressortir en songeant à ce que je ressentais à l'époque où je me traînais ma mallette en cuir sur la ligne de Piccadilly. Celui-ci en faisait assurément partie.

Le ponton principal était décoré de guirlandes d'orchidées roses, enroulées autour des balustrades et des escaliers. Des globes de fleurs roses au parfum sucré formaient une allée le long de laquelle des serveurs se tenaient, avec des bouteilles de krug rosé.

Carlotta et moi avons refusé les toasts grillés au caviar de truffe et aux tomates confites, ainsi que les bouchées à la bolognaise de homard. Au bout de l'allée, Balensky attendait, vêtu d'une veste de soie bleu-noir à épaulettes qui essayait de masquer le fait qu'il était pratiquement nain. Comme les cous de dindon, sa peau pendait de chaque côté de son visage et, au sommet de son front botoxé, se battaient quelques mèches d'implants capillaires couleur henné. C'était peut-être l'unique chose à laquelle la fortune ne pouvait pas remédier. Quelle que soit la quantité d'argent investie, un cuir chevelu retouché ressemblerait toujours à une catastrophe nucléaire. Balensky devait avoir dans les quatre-vingts ans, mais de son visage émanait une malveillance sans âge. Il avait soi-disant une femme et des enfants planqués quelque part, cependant une rumeur plus hardie courait sur Internet, selon laquelle il organisait des fêtes exclusivement masculines dans sa villa romaine, un peu à l'écart de Tanger. Balensky a serré la main à Steve avec l'entrain d'un homme politique en campagne, puis s'est incliné au-dessus du poignet de Carlotta tandis que Steve faisait les présentations. J'étais un peu la cinquième roue du carrosse, mais j'ai pris soin de me déhancher de façon qu'il voie bien mon dos nu en me saluant.

— Merci d'être venue. Ravi de vous rencontrer.

— Merci de votre invitation. Quelles fleurs magnifiques !

Mais déjà son regard avait dévié. J'ai fait un pas de côté pour laisser la place aux invités suivants. Derrière Balensky, dans l'ombre de la cage d'escalier, se tenaient deux mecs balèzes, le physique du joueur de foot américain standard, en costume noir mal coupé (mais pourquoi les milliardaires sont-ils si près de leurs sous quand il s'agit des fringues de leurs gardes du corps ? Un bon couturier devait pouvoir s'accommoder des flingues à planquer, non ?), bras croisés et oreillettes. En les voyant, j'ai senti la montée d'adrénaline, glaciale et aussi délicieuse que la première gorgée d'un martini parfaitement dosé.

Je me suis mêlée à la foule en faisant semblant de saluer quelqu'un et, une fois hors de leur champ de vision, j'ai discrètement demandé à un serveur où étaient les toilettes. Il m'a escortée en bas d'une volée de marches et jusqu'au bout d'un couloir orné de la réplique d'une fresque de Cocteau – celle de la chapelle Saint-Pierre-des-Pêcheurs de Villefranche. Il m'a ouvert la porte d'une salle de bains. Je m'y suis enfermée et j'ai attendu que ses pas s'éloignent. En vain. J'ai compté jusqu'à soixante, j'ai tiré la chasse et fait couler l'eau dans le lavabo, puis l'ai laissé me raccompagner parmi les convives, sans oublier de compter le nombre de portes en chemin.

On n'avait eu aucun mal à obtenir le plan du bateau de Balensky. Il avait suffi d'un mail du bureau de Steve au constructeur nautique suggérant qu'il cherchait à passer au modèle supérieur et demandant un agencement similaire à celui de Balensky ; les designers, salivant d'avance, nous l'avaient envoyé en moins de deux heures. Puisque tout le yacht de Balensky avait été réalisé sur mesure, on pouvait être sûrs que les plans seraient conformes à la réalité. La cabine principale était derrière la troisième porte à droite après les toilettes où j'étais allée, dans le premier couloir quand on descendait les escaliers.

Sur le ponton, Carlotta était lovée sous l'épaule de Steve pendant qu'il parlait avec un homme trapu dont le plastron de chemise était clouté de diamants, et qui tirait une adolescente blonde à l'air pincé du bout des doigts, comme s'il s'agissait d'un caniche de concours. J'ai réussi à engager la conversation avec une des filles présentes, un mannequin pour maillots de bain sud-africain déjà croisé à Marina di Massa, un échange de banalités à propos de nos destinations respectives, des fêtes auxquelles on avait assisté. J'aimais ses boucles d'oreilles, elle admirait mes chaussures.

On a tenu bon jusqu'à ce qu'on nous fasse monter sur le ponton supérieur pour dîner. On n'était pas si nombreux ; malgré une débauche de moyens digne d'un bal de débutantes au Crillon, on n'était qu'une vingtaine à table, et c'est Balensky lui-même qui nous a placés. Je me suis retrouvée à deux sièges de lui sur sa droite, face à Steve et Carlotta. Diamants-Cloutés était situé à ma gauche et, à côté de lui, à la place d'honneur près de notre hôte était assise une actrice-top model italienne en robe à sequins décolletée jusqu'au nombril que j'avais vue dans les pages de *Gente*. Elle dirigeait sa ligne de lingerie et avait été vue pendant un temps au bras de George Clooney. On avait dû la payer pour venir : Balensky et elle s'ignoraient totalement.

Une autre fille était placée à ma droite, seuls les hommes lançaient quelques remarques ici et là ; on nous a servi des huîtres pochées au caviar, des cailles laquées farcies au foie gras, du *vitello tonnato* à la crème de truffe. Chaque plat était décoré de pensées roses et de copeaux de feuille d'or. De longs silences s'installaient pendant que les serveurs débarrassaient solennellement les plats et en apportaient de nouveaux, à peine ponctués de réponses masculines aux remarques de Balensky. Au moins, on avait la chance d'avoir des chaises, pas comme ces pauvres aristocrates de Versailles qui n'avaient pas le droit de s'asseoir en présence du roi. Au dessert, le parfait en gelée couleur cerise électrique, sculpté en forme de fleur, était si réaliste qu'on avait l'impression de manger les décorations. C'était peut-être le cas. Le fait qu'on attende peu de moi sur le front de la repartie éblouissante me convenait très bien ; les frottements discrets de ma cuillère contre mon assiette faisaient le compte à rebours des minutes avant que j'entre en scène. Je savourais ce moment bien plus que le gâteau.

Tandis que les serveurs apportaient le café et ses pyramides de macarons Ladurée, et que les hommes allumaient leur cigare, je me suis excusée pour aller aux toilettes, portant mes sandales et faisant un nœud à ma robe longue sitôt arrivée à l'escalier pour bouger avec plus d'aisance.

En descendant, j'ai cherché du regard les gardes du corps, que j'avais laissés derrière la chaise de Balensky. Ils ne m'avaient pas suivie. Je me suis figée pour tendre l'oreille, sur la pointe des pieds, comme un athlète se prépare au saut en hauteur, puis me suis lancée dans une course à pas feutrés, le long des marches puis du couloir. Les portes ont défilé, une, deux, trois, je fonçais en direction de la cabine comme un missile, tout en souplesse et précision, dopée par l'interdit. Le cœur battant, je me suis arrêtée à nouveau, devant la bonne porte. Derrière moi, le couloir était toujours vide. Doucement, j'ai tourné la poignée, et j'étais à l'intérieur.

La cabine était tapissée de blanc, avec tout un tas d'étoles en renard blanches sur le lit. Je veux bien croire que le vieux en avait besoin, on se gelait ici. Avec la clim au maximum, on se serait cru dans une morgue de luxe. Une porte à côté du lit menait à la salle de bains, une autre au dressing, avec une rangée de mini-chaussures de farfadet, bien alignées, dans lesquelles on avait soigneusement glissé des talonnettes pour gagner en hauteur. Au fond du dressing se trouvait la pièce que j'avais vue sur les plans. Soit un bureau, soit un cachot privatif. Une fois encore, j'ai doucement poussé la porte, m'attendant à moitié à ce qu'un pic à glace jaillisse de l'œilleton. C'était un petit bureau, avec une table encastrée et une série d'écrans, comme celui de Steve sur le *Mandarin*. Le Nokia jetable était prêt, mais j'avais les mains tellement moites que j'avais peur de le faire tomber. J'ai bougé la souris et les écrans ont pris vie.

Du football. Un putain de match de foot. Steve allait faire la tronche. J'ai quand même pris des photos des écrans, et aussi des objets étalés sur le bureau – une pile de reçus, une boîte à cigares posée sur des papiers gribouillés, un exemplaire du *Spectator* ouvert à la rubrique des vins. Devais-je ouvrir les tiroirs ? Ils étaient peut-être reliés à une alarme, et Balensky devait bien avoir quelque part un bassin avec un requin réservé aux invités trop curieux. Quelque chose a crissé sous mon pied nu, une feuille manifestement arrachée à un bloc-notes. Je l'ai enroulée et l'ai glissée sous l'élastique de ma culotte Fifi Chachnil. Comme j'étais en train de remettre ma robe longue en place, j'ai entendu une voix, masculine – du russe. Merde. Mais qu'est-ce que je foutais là ? Jouer à l'espionne avec le Stubbs ne m'avait pas servi de leçon ?

Tout un tas d'images se sont bousculées dans ma tête – une vieille vidéo de Balensky avec une mitraillette plaquée or, son regard méchant alors qu'il recevait un prix de charité, des cadavres entassés sur le bord d'une route dans des conflits obscurs. Balensky, ce n'était pas un personnage de BD : il était on ne peut plus réel. Je n'étais pas en train de faire semblant. Il ne faudrait pas plus d'une minute à ses sbires pour me briser la nuque et me faire passer par-dessus bord, et si le quart des rumeurs que j'avais entendues était vrai, ce ne serait pas la première fois. Après tout, les filles un peu bourrées, ça se noie à tout bout de champ. Je me suis immobilisée, tâchant de retenir mon souffle, mais je tremblais comme si on m'avait donné un coup de poing dans le ventre. J'ai serré mes bras autour de mon corps et clos mes paupières, en les plissant fort. Pour chasser la peur.

Réfléchis. À part le réduit sous le bureau, je n'avais nulle part où me cacher. J'ai regardé partout en quête de caméras de surveillance. La moquette de la chambre étouffait les bruits, mais j'ai entendu la porte de la salle de bains s'ouvrir. Merde merde merde. Mieux valait le dressing que le bureau. J'ai tenté ma chance. On allait me trouver dans quelques secondes. J'ai enlevé ma culotte et l'ai fourrée dans mon sac, essayant tant bien que mal d'enfoncer le papier que j'avais trouvé dans mon paquet de clopes à moitié vide.

Quand le premier garde du corps a ouvert la porte, il m'a trouvée nue, perchée sur mes sandales Valli.

— Chéri ! ai-je soufflé en me jetant dans ses bras. J'ai cru que jamais tu n'allais... oh ! Mon Dieu ! Je suis désolée.

On s'est regardés un long moment. J'ai fait un effort pour ne pas baisser les yeux. Si la situation l'amusait, j'avais la vie sauve. Dans le cas contraire, j'étais prête à déployer toute une palette d'arguments pour le supplier. Il a dit quelque chose, et un autre homme est arrivé, avec la même expression d'ennui mêlée de menace.

— Que faites-vous dans la chambre de M. Balensky ?

— J'attends M. Balensky, ai-je répondu aussi dignement que possible – pas facile, avec des talons de quinze centimètres et rien d'autre.

— Lui a dit de venir ?

— Pas exactement. Je... euh... je voulais lui faire une surprise.

Le second a traduit pour le premier. Ils se sont marrés. Pour la première fois depuis des heures, j'ai respiré.

— S'il vous plaît, mademoiselle. Pas le droit d'être dans la chambre de M. Balensky.

Dieu merci, ils se montraient courtois. J'imagine que ce genre de chose devait arriver souvent.

— Vous avez téléphone ?

J'ai ouvert ma pochette Fendi et leur ai tendu mon iPhone, tout innocente.

— Bien sûr.

Un échange en russe, puis le second garde du corps a repris la parole.

— Je vérifie téléphone. Vous restez ici avec lui. Si téléphone OK, nous dirons rien à M. Balensky. OK, mademoiselle ? Ouvrez téléphone maintenant.

J'ai tapé mon code et il a fermé la porte. L'espace était cruellement réduit dans le dressing mais pas besoin de beaucoup de place pour ce qu'on attendait de moi.

Une fois que j'ai eu fini, je me suis relevée en m'essuyant la bouche à la manche d'une chemise bien repassée de Balensky, j'ai enfilé ma robe et on s'est assis côte à côte sur le lit. Après avoir écouté le ronron de la clim pendant quelques minutes, il a articulé :

— Vous aimez fête ?

— Oui, oui, merci. C'est une très belle fête.

Numéro deux est revenu, il m'a lancé mon sac et mon téléphone. Une autre réplique en russe, contenant le mot *shlyukha* – quelque chose comme « salope » ou « pute ».

— Téléphone OK.

— Bien. OK !

Mais pourquoi on parlait comme dans un épisode des Soprano ?

— Vous retournez à la fête maintenant. Vilaine fille ! a-t-il dit en agitant son index sous mon nez.

Deux minutes plus tard, j'étais de retour sur le ponton supérieur, les cheveux en ordre, le cœur calme. J'ai demandé un brandy Alexander à un serveur pour faire disparaître le goût. Verre à la main, je suis allée m'appuyer contre le bastingage et j'ai regardé les vagues. Il y a tant à dire sur les personnes maltraitées pendant l'enfance. Après tout, comme le confirment la plupart des récits, si on était la cible de quelqu'un, c'est parce qu'on avait quelque chose de spécial. On devient solitaire, isolé, mais aussi inflexible. J'avais appris à me tenir d'une certaine façon, à prendre les moqueries de haut, voire à les apprécier parce que je me disais que j'étais différente. Et j'avais fini par y croire. Une thérapie m'aurait peut-être aidée à accoucher de tout ça, or je n'avais jamais eu assez d'argent, ni d'intérêt, pour la chose. Cette familiarité avec la souffrance était devenue, avec le temps, une source de fierté, une source – même si la seule évocation du mot me gênait – de force. Je pouvais encaisser des choses trop dures à supporter pour d'autres, et ça voulait dire que je pouvais les commettre, aussi. J'avais agi ainsi, et en avais retiré un soulagement intense.

Et puis, ça aurait pu être pire. Le garde du corps aurait pu vouloir me baiser. Même s'il avait une aussi petite bite que son patron, j'aurais réussi à prendre mon pied. Avec le deuxième téléphone que j'avais bien dû cacher quelque part.

13

L'humour, comme l'émotion, n'était pas franchement le truc de Steve, mais même lui a trouvé ça drôle. Je n'ai rien pu lui dire avant que Carlotta ait rejoint Hermann à contrecœur, après quoi on s'est mis au lit et on a tellement ri que j'ai bien failli faire pipi.

— Je tiens à souligner qu'on ne peut pas m'accuser de ne pas me donner à fond pour l'équipe, ai-je dit, à bout de souffle.

— Tu l'as lavé ?

— Erk. Évidemment !

Je lui ai lancé le téléphone.

— Tu m'es hautement redevable.

— Tu sais que t'en as là-dedans, toi. L'idée des deux téléphones. Il ne s'est rendu compte de rien.

— S'ils étaient tombés sur ce portable, je n'imagine même pas ce que Balensky m'aurait fait, ou nous aurait fait, à tous. Ces mecs ne sont pas du genre à prendre des gants.

— Crois-moi, je te suis très reconnaissant.

Menteur. Il était simplement impatient.

Pendant que Steve connectait le téléphone, je suis allée prendre une douche. À mon retour, la photo des notes que j'avais vues sous la boîte à cigares figurait à l'écran, il la faisait pivoter, zoomait.

— Alors, ça donne quelque chose ?

— Non.

Il avait l'air agacé, ce qui m'a inquiétée.

— J'ai tout pris, j'en suis sûre et certaine. Le seul truc ouvert sur son ordinateur, c'étaient les transferts de Premier League.

— Y a rien du tout.

— Ce n'est pas toi qui as failli te faire briser la nuque par Lenny, je te signale.

— Qui ça ?

— Un personnage de roman, laisse tomber.

— Bref, Lauren. Fait chier.

Il a pris son téléphone.

— J'ai des coups de fil à passer.

Jamais je ne l'avais entendu durcir le ton à ce point ; en fait, jamais je ne l'avais vu aussi expressif. Ces flux abstraits d'argent avaient beau n'être qu'un jeu, il avait l'air fermement résolu à le gagner.

— Ah, attends, il y avait autre chose, un bout de papier. Je vais le chercher.

J'ai fait glisser le contenu de la pochette Fendi sur la couette. Clopes, briquet, gloss, peigne, bonbons à la menthe, une petite culotte en soie noire froissée et le bout de papier que j'avais fourré dans mon paquet de cigarettes.

— Tiens, c'est ça.

Steve l'a scruté lentement, et son visage s'est peu à peu radouci.

— Lauren, putain, mais tu es un génie. Où est-ce que t'as chopé ça ?

— C'était par terre, près du bureau. Je me suis dit qu'il y ferait pas gaffe. Une femme de ménage aurait très bien pu le mettre à la poubelle. C'est quoi ?

Bien sûr, j'y avais déjà jeté un œil. Un nom, la date du surlendemain et un point d'interrogation, le tout gribouillé au stylo à bille.

— Rivoli. Un groupe hôtelier. Il va faire une offre. Bon, du coup, il faut vraiment que je passe des coups de fil. Merci, poupée.

Il est sorti en gueulant le nom de Tris.

Tout ce délire d'espionnage pour un petit délit d'initié. Si je ne m'étais pas renseignée sur ce qu'il encourait pour ce genre de truc, je n'aurais pas compris pourquoi il était tellement enthousiaste. Mais s'il échappait à la prison, il allait se faire un paquet de fric ; tout en supposant que je puisse lui demander un petit pourcentage, je me disais qu'il pouvait faire autre chose pour moi dans l'immédiat. Et il était toujours bon de savoir que même les maîtres de la finance mondiale étaient aussi accommodants lorsqu'il s'agissait de leurs vilains petits secrets.

J'ai découvert autre chose tandis que le *Mandarin* voguait au large de Ponza : la notice nécrologique de James. Dans le *Times* en ligne, sans photo, sûrement par respect pour la famille, mais on mentionnait sa femme, Veronica. Rhodes, comme Cecil. Je n'avais jamais prêté attention à son nom, ni à ses initiales. JR, comme moi. J'aurais pu y voir un signe. L'article évoquait les œuvres de bienfaisance auxquelles il avait contribué, la banque pour laquelle il travaillait, le fait qu'il avait joué dans l'équipe de cricket de Harrow, ce que j'avais du mal à imaginer, qu'il laissait derrière lui une fille, Flora, qu'une commémoration aurait lieu un mois plus tard. Il était mort à soixante-trois ans, ce qui n'était pas si mal, vu son état. On disait simplement qu'il avait eu une crise cardiaque alors qu'il était en déplacement pour affaires, mais je n'étais pas rassurée. Je me suis enfermée dans la salle de bains et j'ai sorti le grand sac cartonné dans lequel je gardais mes affaires. Tout mon fric était dans un sac en papier. Il me restait environ huit mille euros du cash de James, en plus de ce que j'avais mis à gauche après mes virées shopping, soit quelques milliers d'euros. J'avais fait quelques retraits sur mon compte anglais, des petites sommes, pour donner l'illusion que j'étais en voyage, mais bon, je ne pouvais pas demeurer sur ce bateau pour le reste de ma vie. Steve commençait de toute évidence à revenir de l'idée des vacances vingt-quatre heures sur vingt-quatre et mourait d'envie d'aller brasser d'énormes sommes d'argent. La banque me ficherait la paix quelques mois, jusqu'à ce que je trouve un boulot, mais le liquide ne durerait pas éternellement, pas à Londres. Il fallait aussi que je me mette dans le crâne que je n'allais peut-être pas retrouver un travail dans le monde de l'art si facilement que ça, étant donné que j'avais quand même traité l'un des experts majeurs de la place londonienne de « connard véreux ».

La question immédiate à régler était : où mettre l'argent ? Je ne voulais pas déposer une telle somme sur mon compte en Angleterre, ça faisait louche. Je pouvais le garder sur moi, mais ça me mettait mal à l'aise aussi. C'était peut-être bête, mais je voulais donner un sens à ce fric. J'ai toujours pensé que les gens qui croient à l'horoscope ne devraient pas avoir le droit de vote, cependant, quand l'univers essaie de vous dire quelque chose, c'est bête de ne pas l'écouter. Et je supportais difficilement l'idée de retourner à l'appartement, avec ses manuels de médecine, ses miettes de pain et ses collants qui séchaient sur la tringle de la douche.

Rentrer à Londres avec une coquette somme d'argent de poche qui finirait au compte-gouttes dans le loyer et les factures me faisait l'effet d'une défaite. C'était retour à Sky News et à un petit tour au pub le vendredi soir, au ventre qui enfle à cause de l'ingestion massive de sucre, aux bourrasques de vent à l'arrêt de bus de College Road, au crépi moche, aux courses à Tesco, aux mares de vomi devant les bars, aux bouteilles stockées dans le micro-ondes et aux toc-toc à la porte qu'on n'ouvrait pas, à l'odeur de graisse froide mêlée à celle des Rothman et du curry – pour moi, le parfum du désespoir. Je savais qu'il était indécent de mépriser tout ça, parce que ces choses constituaient le quotidien de la plupart des gens, mais les dédaigner me permettait de me sentir propre comme un sou neuf à l'intérieur.

J'avais besoin de réfléchir, alors je suis montée sur le pont. On avait jeté l'ancre à quelques kilomètres de la côte et du port principal ; en vue, le seul autre navire était un magnifique voilier de course en teck, dont les propriétaires devaient appeler les bateaux comme le *Mandarin* un « Tupperware ». Tout était très calme, on n'entendait que le grincement de la coque dans la houle et l'écho des grillons qui nous parvenait depuis les collines. Carlotta faisait une sieste avec Hermann, comme toujours écœurée ; Steve se consacrait à ses écrans, aussi concentré qu'un alchimiste. L'eau était couleur plume de paon, irisée d'or, de turquoise et de vert, si transparente que j'apercevais des bancs de minuscules poissons argentés ondoyant sous la surface. J'ai enlevé mon caftan Heidi Klein, mon deux-pièces Eres blanc et j'ai enjambé le bastingage de la proue, la peau chauffée par le soleil de l'après-midi. D'un coup, ça me semblait très haut. J'aurais pu sauter simplement, me laisser tomber dans ce bleu délicieux, mais même si personne ne me regardait, je ne pouvais pas bâcler mon plongeon. Bras écartés jusqu'à ce que mon sternum s'ouvre, genoux pliés, abdos tenus, tête rentrée, un plongeon droit parfait ; j'ai ouvert les yeux une fois dans l'eau pour sentir l'iode contre mes pupilles et voir les bulles au bout de mes doigts tandis que je remontais à la surface. J'ai rejeté mes cheveux en arrière et nagé sur place. La mer me berçait, de minuscules cristaux de sel brouillaient ma vision et m'offraient un paysage étincelant de bleu, blanc et or. Le *Mandarin* projetait sur les douces vagues une ombre géométrique bien nette, un îlot d'argent rassurant. Ma place était ici. Il fallait simplement que je trouve un moyen d'y rester.

Ce soir-là, nous sommes sortis au Billionaire. Même si le club avait été racheté par des Chinois, on était partis pour faire la fête comme au temps de Briatore. Quand on s'est installés à notre table VIP, j'ai senti le regard des filles qui faisaient semblant de danser, avec leurs pompes et leurs robes à petites bretelles de poules de luxe. Depuis quand toutes les boîtes de nuit ressemblaient-elles à des clubs de strip-tease ? Elles étaient sur les banquettes, sur les tables, c'était tout juste s'il n'y en avait pas pendues aux lustres. Il y avait assez de culs qui se déhanchaient pour provoquer un tremblement de terre. Carlotta a grogné lorsqu'un fessier un peu canaille a manqué faire tomber les lunettes noires Oliver Peoples d'Hermann. Steve s'ennuyait ; il tripotait son BlackBerry et n'a même pas levé la tête quand on nous a apporté le champagne. Tris avait l'air à cran, ce serait bientôt la fin des vacances. Il a touché l'épaule de Steve pour lui montrer deux Blacks splendides à la taille incroyablement fine, avec un cul remontant jusque sous leurs omoplates, qui ondulaient tout près. Steve a secoué la tête, l'air agacé. Impossible de se parler à cause de la musique, alors je me suis penchée pour lui gueuler dans l'oreille.

— Chéri, je suis désolée, j'ai un mal de crâne terrible. Tu veux bien me ramener ?

Steve n'était pas un gentleman dans l'âme, mais je voyais bien que l'endroit ne l'intéressait absolument pas ; et puis Tris m'a lancé un regard plein de gratitude. Steve m'a pris la main, l'a tenue dans sa paume lisse jusqu'à la voiture, et je n'ai pas pu m'empêcher d'éprouver un sentiment de victoire en partant avec ma proie.

Je lui ai préparé un Tanqueray tonic avec une rondelle de citron sur le bord du verre et le lui ai apporté devant l'immense écran plasma.

— Et ta tête, ça va ?

— Oui, en fait ça va. Cet endroit, c'était vraiment *too much*.

— Ouais, entièrement d'accord.

On a regardé CNN un moment. Difficile d'amener le sujet subtilement, mais bon, la subtilité n'était pas forcément son truc.

— Steve ?

— Quoi ?

— Tu sais, j'ai réfléchi. Tu t'es montré hypergénéreux avec moi, le voyage, le shopping, tout ça. Je voudrais te remercier.

Je le pensais vraiment. D'un coup, il a paru nerveux. J'ai posé une main sur son épaule.

— Non, pas comme ça. Je me disais… on est amis, non ? On peut le dire ?

— Oui, bien sûr.

— Donc j'ai eu une idée…

J'avais suffisamment entendu parler des plus-values dans mon boulot à Londres pour lui présenter les choses de manière alléchante. Je lui ai expliqué que je voulais ouvrir ma propre galerie, un endroit privé. J'avais de l'argent de côté mais c'était du liquide, pas très pratique. Est-ce qu'il pouvait m'aider à me lancer ? Si ça marchait, je pourrais ensuite acheter des choses pour lui ; on avait suffisamment parlé de sa collection pour qu'il pense que je partageais ses goûts, j'avais l'œil, et je savais comment lui épargner l'impôt sur les plus-values. Et s'il y a bien une chose que les riches adorent, c'est économiser des montants ridicules sur leurs impôts.

— Et où tu voudrais mettre cet argent ?

J'ai hésité.

— Oh, c'est trois fois rien tu sais, environ dix mille euros. Je pensais peut-être à Genève ?

Dix mille euros, c'était apparemment le dépôt minimum qu'exigeait une petite banque privée qui s'appelait Osprey. J'avais regardé sur mon ordinateur portable dans un café du port.

— J'ai un appartement à Genève.

— Super. Alors on pourra y aller ?

— D'accord.

— C'est aussi simple que ça ?

— Mais oui. Je demanderai à Tris de nous organiser ça demain matin. Je commence à en avoir ras le cul de tout ce bordel, de toute façon.

Je me suis mise à califourchon sur ses genoux et je me suis blottie contre son visage.

— Steve, je t'adore. Tu ne le regretteras pas, promis !

Il m'a tenue par les épaules, en me regardant droit dans les yeux.

— Mais bien sûr, Lauren.

Évidemment, il avait entendu cette rengaine mille fois. Et jamais il ne saurait si une femme le pensait vraiment. J'ai soutenu son regard. Il se peut que, l'espace d'une seconde, on se soit sentis tous les deux humains.

— Oups, désolée les tourtereaux !

Carlotta.

— Y a pas de mal.

J'ai senti que Steve s'en fichait qu'elle ait mal interprété la situation. Je l'ai laissé regarder la deuxième moitié de *Matrix* tranquille et je suis allée me payer une bonne séance de ragots sur la piètre qualité des putes au Billionaire.

Ce vol Sardaigne-Suisse en classe affaires a été pour moi l'occasion de tourner à gauche en montant à bord d'un avion, et non à droite. C'était d'ailleurs pratiquement la première fois que je prenais l'avion – j'avais pris le train lors de la plupart de mes voyages

188

en Europe. Steve poursuivait ensuite vers les États-Unis tandis que Tris ramenait le bateau à Gênes. S'il m'en voulait d'avoir mis un terme à sa croisière de rêve, il n'en a rien montré, et puis, pendant quelques jours, il pourrait faire comme si le *Mandarin* lui appartenait. J'ai laissé un mot de remerciement et trois cents euros pour l'équipage, fourré toutes mes affaires dans des sacs et dit au revoir à Carlotta et Hermann qui ont répondu, par pure politesse, qu'on se reverrait à leur mariage. J'avais demandé un billet retour pour Rome ; ça me semblait dommage de ne pas y retourner alors que j'en avais l'occasion.

On n'a pas beaucoup parlé pendant le vol. Quand le sujet ne tournait pas autour de ce qu'il possédait, la conversation demandait beaucoup d'efforts à Steve ; j'imagine que c'est pour ça qu'il continuait à acheter tout un tas de trucs. J'appréciais l'espace, les sièges en cuir et le sourire éblouissant des hôtesses Alitalia aux chignons lustrés. Steve, non. Mais bon, le lendemain, il volerait à bord de son jet privé. Si l'appareil ressemblait à son appartement, difficile de l'envier. Tout ce que je me suis dit en entrant chez lui, c'est que Dieu ne ratait jamais une occasion de montrer à quel point Il méprisait l'argent.

— Je me suis acheté cet appart' l'an dernier. J'avais une maison avec vue sur le lac, mais un appartement, ça me ressemblait plus. C'est Alberto Pinto qui l'a fait.

Je me suis demandé s'il restait encore du marbre à Carrare au moment où Alberto avait fini. J'ai fait quelques pas en regardant autour de moi. Tout ce qui n'était pas du marbre noir, blanc ou doré était en galuchat laqué : la salle de bains ressemblait à l'étui à cigarettes d'Oscar Wilde.

— Très impressionnant, ai-je réussi à articuler sans perdre mon sérieux, tout en m'interrogeant : mais pourquoi les nouveaux riches avaient-ils un goût si douteux ?

C'était peut-être une question d'époque – l'écœurante opulence actuelle sera l'inestimable baroque du siècle prochain.

— La plupart des œuvres sont dans le bureau, a dit Steve en appuyant sur un bouton qui a ouvert une porte coulissante secrète cachée dans un paravent de nacre.

La pièce était plus grande que mon appartement dans son intégralité, avec un mur vitré qui donnait sur le spectacle assez lugubre de la ville de Genève. On savait que c'était le bureau à cause des livres – au moins trois, des romans français des années soixante posés sur une table de toilette du XIXe, par ailleurs la seule jolie chose que contenait cet appartement. Combien avait pris Alberto pour qu'un de ses assistants patine le dos des livres ? Côté collection d'art, on avait là Emin, Hirst, un énorme Pollock, Schnabel. Tellement prévisible.

— Qu'est-ce que tu penses de ça ?

Un moulage en béton de pierre tombale, comme une stèle de l'âge du bronze, où était gravé un jeune homme à la dégaine de voyou, costume voyant, Rolex au poignet et mitraillette pendant aussi nonchalamment de sa main droite qu'une cravache – si on avait été à un autre siècle.

— Assez intelligent. On est dans la définition même du portrait d'apparat. C'est de qui ?

— De personne, c'est une vraie pierre tombale. La famille de ce type l'a vendue à l'artiste. Lev Kravchenko ?

Pas si intelligent que ça, alors. Juste triste, sarcastique et sans mérite.

— Tu as de belles pièces. Ça, ai-je dit en désignant la pierre tombale, c'est le genre de chose dans lequel tu pourrais te lancer. Je pense au bloc de l'Est, peut-être à la Chine. Risqué du point de vue de l'investissement, mais bien plus intéressant, du coup. Amusant, ambitieux. Tout comme toi, Steve.

Son regard dérivait déjà vers les écrans du salon. L'art, c'est bien joli, mais j'ai du boulot.

— Ouais, ce serait super, une fois que tu auras ouvert ta galerie, a-t-il répondu vaguement.

J'ai répliqué qu'il avait sûrement plein de choses à faire et proposé de le retrouver après le déjeuner. J'avais envie de voir un peu la ville. Il s'était installé dans son fauteuil de bureau, prêt à ouvrir les veines de la finance mondiale, mais il n'a pas oublié de me glisser une petite liasse extraite de sa poche arrière. Je suis partie d'un pas léger prendre un taxi qui m'a fait faire le tour de la ville, puis j'ai fait un peu de shopping et j'ai déjeuné d'un croque-monsieur dans un café avec vue sur le lac, entourée de femmes du Moyen-Orient camouflées, de leur progéniture obèse et de leurs maris scotchés au téléphone, dans l'ombre verte des Alpes magnifiques.

Je me suis dit que je n'y connaissais pas grand-chose en art contemporain – ce n'était pas ça qui allait m'arrêter. D'abord parce qu'il n'y avait pas grand-chose à savoir, et deuxièmement parce que les acheteurs eux-mêmes n'y connaissaient rien. L'expertise résidait dans le repérage des tendances : que s'arrachera-t-on au moment où le client vendra ? L'idée d'un mécène qui achetait pour des raisons purement esthétiques avait disparu avec le Grand Tour, et jusqu'ici j'avais eu beaucoup de chance de pouvoir convaincre Steve que je savais acheter, même si ses goûts restaient assez traditionnels. Après tout le boulot que j'avais abattu pour Rupert en trois ans, ça faisait un peu arriviste, mais j'avais surmonté pire. Comme, par exemple, ma vie entière. Et si jamais j'y arrivais, si vraiment ça marchait, alors j'aurais la chance d'être quelqu'un, d'être la personne que je devais devenir depuis le début.

De retour à l'appartement, j'ai enfilé quelques-uns de mes achats – une robe chemisier beige Stella McCartney et un foulard Hermès imprimé de pendules orange et rose. J'avais aussi pris une pochette en cuir brun clair toute simple pour y ranger les billets, que je me voyais mal sortir d'un sac en papier une fois à la banque. Steve était dans sa tenue habituelle : jean, polo et chaussures Nike. Dans le taxi qui nous emmenait à la banque, il m'a tenu la main – même si l'autre n'a pas cessé de pianoter sur son BlackBerry.

On m'avait envoyée une fois chez C. Hoare & Co, sur Fleet Street, afin d'encaisser un chèque pour Rupert, et du coup je m'attendais à un établissement du même genre – piliers imposants, vieux tableaux, portiers en gants blancs. Mais Osprey ressemblait au premier immeuble de bureaux venu, pas à un grand hôtel. Une entrée toute simple avec un ascenseur et une plaque discrète près de la sonnette, un canapé, une fontaine à eau et un fax antique. Steve a expliqué vite fait, et, surprise ! dans un français parfait, qu'il voulait ouvrir un compte personnel pour une nouvelle employée. Dès qu'il a donné son nom, j'ai vu le directeur se mettre à saliver. On nous a fait entrer dans une pièce encore plus petite, un réduit avec une table et trois chaises apportées à la va-vite. J'ai montré mon passeport et ils ont apporté la paperasse à remplir.

— Vous n'avez qu'à signer ici, mademoiselle Rashleigh, ici, et ici.

J'ai glissé la pochette en cuir sur la table et le directeur l'a prise avec un sourire contrit, comme s'il s'agissait d'une couche pleine. Les liquidités n'étaient d'évidence pas bien vues à Genève, même si la ville s'est bâtie sur l'argent sale. Il a appuyé sur un bouton sous la table et une jeune fille mince en tailleur-pantalon noir est venue prendre la pochette, se servant de ses mains comme si c'étaient des pincettes en argent. J'ai vu son regard se poser sur Steve et j'ai laissé exprès ma main sur son poignet. Quelques minutes ont passé, au cours desquelles le directeur s'est inquiété de savoir si Genève me plaisait, puis la fille est revenue avec ma pochette toute dégonflée et un livret sur lequel était imprimé mon nom, comme par magie.

— Et où mademoiselle souhaite-t-elle que nous lui envoyions nos courriers ?

Merde. Je n'avais pas pensé à ça. Impossible que des relevés de compte d'une banque suisse arrivent sur la table du petit déj des Coréennes.

— C'est que je suis à la recherche d'un endroit actuellement, ai-je bredouillé.

— Bien sûr, mademoiselle. Mais vous passerez par Genève ?

Il m'aidait gentiment, sans perdre de vue le potentiel que Steve représentait.

— Oui, bien sûr. Pour Art Basel, notamment.

— Nous avons une méthode qui fonctionne très bien chez Osprey. Une boîte numérotée et une clé personnelle. Pour la correspondance. Nos clients trouvent ça très pratique lorsqu'ils… voyagent.

Ça me bottait. Je « voyageais », un peu comme Holly Golightly.

— Ce serait très commode, en effet, merci.

— Alors un dernier formulaire à remplir, mademoiselle.

Tailleur-Noir est revenue, j'ai signé. Steve avait à peine levé les yeux de son téléphone.

J'ai encore eu la chance de tourner à gauche dans l'avion qui m'emmenait à Rome en début de soirée. J'ai refusé la coupe de champagne qu'on me proposait, avec l'air un rien las des familiers de la classe affaires, ce qui m'a mise en joie. Mon au revoir à Steve avait été légèrement maladroit, bien que je doute qu'il s'en soit rendu compte. Même s'il ignorait au fond ce qu'il avait fait pour moi, il s'était montré d'une extrême générosité, et s'il s'était agi d'un autre homme, je lui aurais au moins offert en guise d'adieu la totale entre ses draps haute couture, mais j'ai eu l'intelligence de ne pas le lui proposer. Cela dit, un simple merci ne me semblait pas assez, et je ne pouvais rien lui donner d'autre, en tout cas rien que je puisse expliquer en m'attendant à ce qu'il comprenne. Savoir que quelqu'un vous voit tel que vous êtes est un cadeau, c'est même une sorte d'amour. Mais si une partie de Steve se souvenait encore de ce qu'était la vie d'un geek asocial, bien des couches de vernis avaient fini par le transformer. Lui dire que je voyais ce qu'il n'était pas, et que je ne l'en aimais que davantage, n'aurait pu que le déconcerter. Alors j'ai opté pour une embrassade et une promesse, qu'il a dû prendre à la légère, comme toutes les accolades et les promesses auxquelles il avait droit, et je l'ai laissé aux sortilèges des marchés.

J'ai rêvé de ce que je pourrais faire avec l'argent, mais je n'ai pas tardé à déchanter. Dix mille euros, ça ne payait pas beaucoup plus qu'un dîner pour six au Billionaire. Avec la réserve que je m'étais constituée grâce à Steve, je pouvais passer deux belles journées à Rome, voir des tableaux, me régaler. De retour à Londres, je pourrais envoyer deux mille livres à ma mère, rester dans l'appart' jusqu'à ce que je trouve un boulot dans une galerie d'art contemporain, acheter quelques œuvres pour mon compte et voir. Qui sait, j'aurais peut-être ensuite les moyens de me prendre un petit studio toute seule, une fois que j'aurais remboursé l'emprunt. C'était un commencement timide, certes, mais un départ à zéro. Je ne serais pas aux abois et, d'une certaine façon, ça me donnait le courage d'affronter l'éventualité de me faire griller dans le milieu par Rupert. Je m'en sortirais. En réalité, j'allais même faire bien mieux que ça.

Tandis que l'avion s'arrêtait sur le tarmac de Fiumicino, tous les Italiens à bord ont dégainé leur téléphone. J'ai fait pareil et envoyé un texto à Dave. Je n'avais pas osé le contacter jusqu'alors, au cas où il y aurait des remous autour du décès de James, mais ça me semblait être le bon moment.

« Salut, c'est Judith. Je rentre à Londres dans quelques jours. Je te paie un verre ? Désolée pour l'autre fois, c'était horrible. J'espère que tout va bien, bises. »

Il a répondu aussitôt. « J'ai perdu mon boulot à cause de toi. Prends le temps d'y réfléchir. D. »

D'un coup, je me suis retrouvée au Gstaad Club, en pleine analyse de textos d'amants. Est-ce qu'un « bisou » valait mieux qu'une « bise » ? Je savais en tout cas ce que signifiait leur absence : la colère. Mais pourquoi Rupert avait viré Dave ? Le pauvre avait agi sur mes ordres, il y avait à peine de quoi lui coller un blâme. J'ai appuyé sur l'icône d'appel.

— Judith, qu'est-ce que tu veux ?

J'entendais le bruit de la télé en fond sonore, mais ça ne masquait pas son écœurement.

— Dave, je suis désolée, je n'étais absolument pas au courant. Je vais appeler Rupert pour lui expliquer que tout est de ma faute. Jamais je ne t'aurais demandé quoi que ce soit si j'avais imaginé que tu risquais ta place, jamais, tu m'entends ? Je sais trop bien à quel point tu y tenais. Rupert n'a aucun droit de te virer.

— C'est pourtant ce qu'il a fait.

— Je m'en veux terriblement.

— T'en fais pas. On va s'en sortir.

J'ai pensé à la femme de Dave et me suis sentie encore plus mal, si c'était possible.

— Dave, je vais me rattraper. Promis juré. Est-ce que ton copain Mike peut t'aider en attendant ? Je peux peut-être…

— Judith, laisse tomber. Occupe-toi de tes fesses.

Et il a raccroché. Je me suis sentie encore plus malade que lorsque j'avais découvert que James était mort. Je savais combien gagnaient les manutentionnaires, et j'imaginais que la retraite que Dave touchait de l'armée était ridicule. J'ai enfoui mon visage dans mes mains. Tout ça, c'était à cause de moi, de cette manie d'aller fouiner, de mon arrogance. Quelle conne. J'allais lui donner la moitié du fric, dès mon retour. Mais j'ai repensé à la banque, au loyer, à ce que j'avais ressenti en me baignant en Sardaigne, au goût âcre du foutre de James dans ma bouche, à ce que je venais d'accomplir à Genève, et j'ai su que je ne pourrais pas. C'était impossible.

III
DEHORS

14

La deuxième fois, ça n'avait plus grand-chose d'un accident. Je voulais prendre une chambre au Hassler, avec vue sur l'escalier de la Piazza di Spagna, pour mon dernier petit plaisir, mais comme on pouvait s'y attendre, et malgré ma tentative de corrompre le concierge avec un billet de cent euros et un beau sourire, toutes leurs chambres avec vue étaient prises. Je ne voyais pas quel intérêt il y avait à payer aussi cher si ma fenêtre ouvrait sur un mur banal, mais alors que le réceptionniste vérifiait le fichier des réservations, j'ai aperçu un nom que je connaissais : Cameron Fitzpatrick. La dernière fois que je l'avais croisé, c'était à cette horrible soirée Tentis, en compagnie de Rupert. Fitzpatrick était un marchand que j'avais contacté à plusieurs reprises pour le département ; il possédait une galerie exiguë au charme désuet au bout d'un des culs-de-sac oubliés du XVIIIe siècle, près des Adelphi, à Londres. Son air débraillé pouvait laisser penser que seul son baratin permettait de tenir à distance les huissiers de justice, mais il ne faut jamais se fier aux apparences : en vérité, il avait le chic pour dénicher des œuvres de second rang originales, tel cet autoportrait de la mère d'Oscar Wilde vendu à un prix intéressant, au sujet duquel j'avais lu un article de presse un an auparavant. La pendule de l'accueil indiquait midi cinq, pile l'heure de l'*aperitivo*. Ça valait peut-être le coup de traîner dans le coin pour tomber sur lui, par hasard ? J'avais envie de savoir si mon fiasco avec Rupert avait causé des rumeurs ; vu l'insignifiance de ma présence chez British Pictures, je n'y croyais pas trop, mais de toute façon, il représentait un contact potentiel maintenant que je me lançais dans le business de l'art. Il aurait peut-être même un boulot à me proposer. J'ai demandé au réceptionniste de me faire savoir si le *signor* Fitzpatrick rentrait, et je suis allée m'installer sur la terrasse de l'hôtel pour un verre de *prosecco* en observant les passants. Au bout d'une demi-heure, j'avais fait une croix sur lui et me dirigeais vers la sortie lorsque j'ai entendu mon nom.

— Judith Rashleigh ?

Un accent irlandais cordial, doux à mes oreilles. Cameron était grand et du genre à traîner les pieds, avec une épaisse tignasse couleur café, plutôt attirant pour un mec hétéro qui travaillait dans le monde de l'art.

— Cameron... ça alors, quelle surprise !

Inutile de mentionner que je rôdais ici depuis une heure ou presque, dans l'espoir de tomber sur lui. J'ai tendu la joue pour le bisou de rigueur dans toutes les grandes villes européennes, et on a pivoté la tête à droite à gauche, empotés, comme les Londoniens le sont toujours avec ça.

— Je viens de prendre une chambre. Vous êtes descendue ici ?

— Malheureusement, non. Mais Rome en plein mois d'août ? Vous devez être là pour affaires. Comment ça va, votre galerie ?

On a bavardé un moment, le temps qu'il donne son passeport et sa carte de crédit. C'était un rendez-vous avec un client qui l'amenait ici. J'ai discrètement glissé que j'avais quitté British Pictures – je ne pensais pas que Rupert et compagnie aient pris la peine d'évoquer le sujet, mais je ne voulais pas cacher quoi que ce soit.

— Vous êtes dans quel hôtel ?

— En fait, je séjourne chez des amis. Les De Greci.

Mon ton sous-entendait qu'il devait les connaître. Il y avait un Francesco De Greci dans mon lycée, on avait baisé une fois. Sa famille avait une rue à leur nom à Florence.

— Formidable.

J'ai fait mine de partir.

— Je passais simplement récupérer quelque chose. Bon… ravie de vous avoir croisé.

Je savais qu'il allait m'inviter à déjeuner. Quand il s'est décidé, j'ai feint la surprise et regardé ma montre. J'ai accepté, avec plaisir. Le temps qu'il monte dans sa chambre, j'ai fouré mes sacs dans un taxi que j'ai payé pour qu'il les apporte jusqu'à un petit hôtel du Trastevere. Les De Greci, ai-je décidé, habitaient une jolie villa ancienne derrière la villa Borghese.

— Vous connaissez bien Rome ?

Il avait gardé son costume bleu marine, mais troqué son col et sa cravate contre une chemise blanche en lin froissé. Même avec un début d'embonpoint, il était plutôt bel homme, pour qui savait apprécier les grands gabarits.

— Très peu, pour être honnête.

Mieux valait toujours jouer les novices.

On a évoqué les autres villes italiennes qu'on connaissait pendant qu'il me guidait à travers la foule qui coulait parfois un regard dans notre direction. Après l'épaisse chape dorée de chaleur poussiéreuse qui nimbait les espaces ouverts, les petites rues sombres semblaient pleines de vice et de mystère. On a débouché sur une petite place dont l'aspect défraîchi laissait présager un très bon restaurant. Les hommes qui déjeunaient par petits groupes sous le Tivoli avaient l'accent romain – probablement des avocats d'hommes politiques, pressés de toutes parts, coincés là tandis que le reste des Romains s'étalait sur les plages de la péninsule. Un touriste solitaire avec une casquette et une chemise auréolée de sueur lisait un guide de voyage en français. J'ai laissé Cameron passer commande, me contentant d'un *grazie* reconnaissant. J'avais envie de le charmer, de le flatter. Il a bu un *Negroni sbagliato*, on a mangé des couteaux et de délicieuses pâtes fraîches au lapin et au zeste d'orange confit. À peine finie la bouteille de vermentino de Ligurie, il en a commandé une autre, alors que j'en étais encore à mon premier verre, coupé d'eau gazeuse. Je devais admettre qu'il savait parler aux femmes, pas avare de compliments, porté sur les ragots et prenant la peine de vous demander votre avis et de faire mine de s'y intéresser. Quand j'ai estimé que nous avions atteint un certain niveau d'intimité, je lui ai demandé qui était son client mystère.

— Me croiriez-vous, a-t-il dit en se penchant avec un air de conspirateur, si je vous disais que j'ai un Stubbs à vendre ?

— Un Stubbs ?

J'ai failli m'étrangler avec mon vin blanc coupé. Pourquoi Stubbs s'acharnait-il sur moi ? Je l'avais toujours défendu, lui le petit gars du Nord repoussé par les snobs de Londres. Était-il ma chimère personnelle, une sorte d'albatros à tête de cheval ?

Puis Cameron a sorti un catalogue plié de sa poche de poitrine et j'ai bien cru que les couteaux allaient me remonter dans la gorge. Pas la peine de le regarder pour le reconnaître, ni pour deviner immédiatement ce qu'avait manigancé Rupert, et les raisons pour lesquelles il nous avait virés, Dave et moi. Le seul truc qui m'a surprise en fait, c'est à quel point j'avais pu être bête, à bosser à fond, à jouer l'employée modèle, alors que n'importe qui ayant un minimum d'expérience aurait pigé direct que Rupert avait monté une arnaque.

Cameron ne m'avait pas demandé quand j'avais quitté British Pictures, et je ne le lui avais pas précisé, donc je pouvais faire semblant de voir le Stubbs pour la première fois. J'ai parcouru les pages, hochant la tête par-ci par-là ; au moins, Rupert avait ajouté mes recherches sur la vente de la maison Ursford & Sweet à la rubrique « Provenance ». Cameron l'avait déniché grâce à un tuyau, n'était pas sûr qu'il s'agisse d'un vrai jusqu'à ce que le tableau soit nettoyé, et l'avait mis aux enchères avant de finalement se rétracter pour le proposer à un acheteur privé. Qu'est-ce que je pouvais être bête. Évidemment, ils étaient de mèche – c'est sûrement de ça qu'ils avaient parlé à la soirée Tentis. Ils avaient mis chacun un peu de pognon pour acheter le tableau aux Tiger, l'avaient enregistré chez British Pictures pour garantir un vernis d'authenticité, puis l'avaient retiré des enchères afin de le vendre loin des yeux des experts.

Depuis le début, j'avais raison. Ce n'était pas un Stubbs, et Rupert n'y avait jamais cru. Il avait dû appeler les Tiger pour leur confirmer à regret qu'il s'agissait de l'œuvre d'un artiste mineur, d'une simple imitation de la même période. D'où les difficultés qu'on avait eues à se comprendre au téléphone, avec Mme Tiger. À la suite de quoi, Cameron devait avoir acquis le tableau, de manière indépendante. Une fois propriétaire légal, Cameron avait fait nettoyer le tableau par un restaurateur de Florence ou d'Amsterdam qui travaillait dans un atelier industriel de l'East End, et là, attention les yeux, il s'agit bel et bien d'un vrai Stubbs. Les « Oh ! » et les « Ah ! » d'admiration à l'annonce de la vente par la plus prestigieuse maison de ventes aux enchères du monde lavent l'œuvre de tout soupçon quant à sa provenance et achèvent même de convaincre l'acheteur qu'il fait une affaire. Ces deux-là n'avaient jamais eu l'intention de vendre ce tableau aux enchères publiques. Ce qui expliquait pourquoi le prix de réserve était aussi bas – lorsqu'un vendeur retire une œuvre à une date trop proche de la vente, il doit s'acquitter de ce montant auprès de la maison en guise d'amende. Les huit cent mille livres à payer n'étaient pas si terribles que ça, au vu de la somme qu'ils espéraient en retirer ultérieurement. Combien avaient-ils payé les Tiger ? Mme T. m'avait semblé très satisfaite quand je l'avais eue au téléphone. Disons deux cent mille, ce qui faisait donc un million en tout. C'était déjà pas mal : ils devaient attendre une sacrée somme de l'acheteur.

La combine était géniale, et parfaitement légale, si le tableau était un vrai. M. et Mme Tiger auraient pu voir leur tableau proposé à la vente comme un Stubbs et se plaindre, mais hop, on le retire à temps, fausse alarme. Si on l'inquiétait, Rupert n'aurait qu'à dire qu'ils avaient cru à un coup de chance, mais qu'après vérification, il s'agissait probablement d'une erreur de la stagiaire. Et même si c'était un faux, ce dont j'étais convaincue, le propriétaire pouvait toujours le remiser dans un coffre pendant un an puis le proposer à un acheteur naïf, disons à un nouveau riche de Chine ou du Golfe, et, grâce à la légitimation du catalogue que je tenais dans mes mains, empocher le pactole.

S'il y a bien une chose que ma condition de femme m'a apprise, c'est celle-ci : dans le doute, joue les ingénues.

— Mais c'est formidable, Cameron. Allez, dites-moi, combien ?

— Judith !

— Oh, allez. Ça restera entre nous. À qui voudriez-vous que j'en parle ?

Il a tendu sa paume, les doigts écartés, souriant de toutes ses dents. Cinq millions. Mouais. Un Stubbs pouvait facilement atteindre les dix millions. La toile *Gimcrack on Newmarket Heath*, de 1765, s'était vendue à plus de vingt millions de livres deux ans auparavant à New York. Mais bon, cinq millions, c'était quand même une jolie somme. Un prix assez important pour faire croire à un vrai, et assez bas pour que le client ait l'impression de remporter l'affaire du siècle. Bien vu.

L'espace d'un instant, je me suis sentie hors du temps. Je me suis revue dix ans auparavant, à la

Galerie des Offices à Florence, devant *Judith décapitant Holopherne* d'Artemisia. C'est un sujet qui a été repris plusieurs fois, l'héroïne juive qui assassine le général ennemi, mais Artemisia l'exécute de manière très crue, presque à l'encontre des codes de l'époque. Si l'on s'attarde sur l'épée aux émaux délicats, on se rend compte qu'elle n'est pas posée là en pur symbole, mais bien en pleine action, dans la chair, selon un angle qui se moque de l'équilibre pictural. La main qui la tient a tranché des têtes de volaille dans la cuisine, tordu des cous de lapin pour les manger. Judith massacre Holopherne, tranche dans les tendons, ses bras musclés en tension dans l'effort. La scène a quelque chose de domestique ; la vulgarité du drap, les coulées de sang disgracieuses, l'étrange impression de calme. Artemisia nous dit : Ceci est un travail de femmes. C'est ce que nous faisons. J'ai vu mes poignets posés sur le bord de la table à côté de ma tasse d'*espresso* et de son zeste de citron avec une impression de distance, et pourtant j'étais étonnée que mon pouls ne fasse pas trembler la porcelaine tant, autour de nous, tout était paisible. J'avais fait de si ferventes promesses à cette jeune fille dans ce musée. L'heure était venue de les tenir. C'est à cet instant que j'ai compris que j'allais voler le tableau.

— J'imagine que ce serait abuser de votre gentillesse de demander à le voir ? J'aimerais tellement.

— Mais pas du tout. Pourquoi pas maintenant ?

Je me suis rétractée. Mes amis m'attendaient. Peut-être plus tard dans la soirée – à l'occasion d'un verre ? Suivi d'un dîner et de plein d'autres choses, ai-je insinué, si c'était son jour de chance. J'ai regardé ses yeux irlandais rieurs bien en face et me suis rappelée que c'était à cause d'eux que j'avais perdu mon boulot, et Dave aussi. J'avais raison, en fin de compte : Rupert était bel et bien un connard véreux. Tout comme Fitzpatrick.

J'ai dit à Cameron que je devais me sauver, mais je lui ai laissé le temps d'enregistrer mon numéro dans son smartphone à reconnaissance digitale, très classe, et me suis penchée pour l'embrasser sur la joue, en laissant ma bouche s'attarder une seconde de trop à la commissure de la sienne et mes cheveux frôler délicatement son visage.

J'étais à peine partie que déjà j'échafaudais un plan. Ça pouvait marcher. J'y croyais. Il fallait juste que je reste calme, que je me concentre sur l'étape suivante et rien d'autre. Que je sois sûre, aussi, de la complicité de Cameron et de Rupert. Cameron avait évoqué un tuyau, mais ça ne prouvait pas que Rupert soit impliqué. Il fallait que je démasque l'acheteur mystère dont Mme Tiger avait oublié le nom. Un taxi m'a ramenée de l'autre côté du Tibre, à mon hôtel moderne sans charme. Une fois dans ma chambre, comme la connexion internet était lente, j'ai fait une liste de courses au dos d'une serviette en papier. J'ai d'abord lancé une recherche sur Cameron, puis sur deux œuvres qu'il avait vendues auparavant, et enfin sur le tableau de Stubbs, le faux Goodwood. Si jamais j'avais droit à un entretien d'embauche, mieux valait être préparée. La vente du Goodwood avait en effet été annulée. J'ai regardé ma montre ; il était quatre heures passées, heure italienne, il y avait donc de grandes chances pour que Frankie soit encore au département. J'avais toujours son numéro de portable.

On a échangé quelques remarques maladroites sur nos étés respectifs avant que j'entre dans le vif du sujet.

— Écoute, j'aurais besoin d'un service. Le Stubbs... celui qui a été retiré de la vente. Tu pourrais me trouver le nom du vendeur ? Celui qui l'a acheté aux vendeurs d'origine ?

— Je ne sais pas trop, Judith. Vu comme tu es partie, et tout. Rupert a dit que...

— Je ne veux pas te créer d'ennuis, Frankie. Je comprends. Je me débrouillerai autrement si ça te pose problème.

Un silence.

— Bon, d'accord, a-t-elle répondu, hésitante.

J'ai entendu un bruissement de papier puis sa voix, qui lisait apparemment le catalogue :

— Ça dit simplement « Bien personnel ».

— Oui, je sais. Il faudrait que tu regardes dans les comptes. Le nom y figurera forcément parce qu'on a dû émettre un titre de vente, puis des frais de retrait. Ça ne te prendra qu'une minute.

— Judith, je n'ai vraiment pas le droit de faire un truc pareil.

Je me suis sentie atrocement coupable. Dave avait déjà perdu son boulot à cause de moi. Mais j'étais convaincue que je pouvais me racheter. La crainte des retombées peut nous pousser vers la lâcheté. J'avais fait preuve de lâcheté face à Rupert, mais après tout ce qui s'était passé, je savais que je n'étais plus comme ça. Pendant que Frankie réfléchissait, j'ai parcouru en esprit la trajectoire qui m'avait menée jusqu'ici. Tout ce dont j'avais besoin, c'était un dernier coup de pouce, après quoi je serais prête à déployer mes nouvelles ailes irisées au soleil. Que c'était poétique !

— Je sais, mais ce serait un tel service…

J'essayais d'avoir l'air à la fois gênée et désespérée.

— Je voudrais bien t'aider, mais ça m'embête de faire quelque chose de mal.

Cette bonne vieille Frankie. Elle au moins n'était pas véreuse. Enfin, vu son pedigree, elle pouvait se le permettre.

— Je vais passer un entretien d'embauche, et je ne veux pas dire de conneries. Tu sais, Frankie… les temps commencent à être durs de mon côté.

Évoquer la pauvreté à quelqu'un comme elle a eu le même effet que le mot « règles » sur le prof de sport au lycée. Je l'ai pratiquement entendue prendre sa décision.

— Bon, d'accord. Je vais voir ce que je peux faire. Je te l'envoie par texto. Promets-moi seulement de ne jamais le dire à qui que ce soit.

— Croix de bois, croix de fer.

J'ai regardé un plan détaillé de Rome et acheté un aller simple pour Côme sur le site Trenitalia. Juste au cas où. Je n'en aurais peut-être pas besoin. Mon téléphone a sonné.

« Cameron Fitzpatrick. Bises », m'a écrit Frankie.

« Mille mercis !! Bisous », ai-je répondu. Ou plutôt : cinq millions de mercis.

15

Plus tard, j'ai eu tout le loisir de me demander quand au juste j'avais pris ma décision. Est-ce qu'elle s'était développée en moi depuis le début, tapie, telle une tumeur ? Est-ce que c'était quand Rupert m'avait virée comme une domestique sans références, ou lorsque j'avais senti tout l'abattement dans la voix de Dave ? Quand j'avais accepté de travailler au Gstaad Club, ou de me rallier au stupide stratagème de Leanne pour passer une soirée entre filles, ou encore lorsque j'avais refermé la porte sur le cadavre de James et pris un train pour Vintimille ? Si j'étais du genre romantique, je dirais que la décision s'était imposée longtemps auparavant, par le biais d'Artemisia, une autre jeune femme qui comprenait la haine, qui avait quitté son bon à rien de mari pour venir à deux pas d'ici gagner sa vie en peignant. Mais aucune de ces réponses n'était la bonne. Tout s'est décidé lorsque je suis montée dans ma chambre et que, très calmement, j'ai troqué mes compensées à semelles de liège contre des sandales plates. J'ai fermé chaque boucle les mains tremblantes. Lentement, je me suis relevée et je me suis dirigée droit vers le Corso Italia.

Chez Zara, j'ai acheté une robe en coton toute simple, courte, forme trapèze, avec des poches profondes. De près, on voyait que la confection n'était pas terrible, mais avec de bons accessoires, elle pouvait paraître chère. J'en ai pris deux en fait, une noire et une bleu marine. Dans un magasin de sport, j'ai choisi un short deux fois trop grand et une paire de tennis blanches assez mastoc. J'ai ajouté un tee-shirt « I ❤ Rome », trouvé dans un kiosque à touristes. J'ai fait deux autres boutiques un peu kitsch, puis direction la Via Veneto, où j'ai trouvé un imper Kenzo léger à imprimé flashy, blanc et fuchsia. Un vêtement qu'on ne pouvait pas rater. Dans un *tabaccaio* très chic, le genre qui vendait des cadres photo argentés et des caves à cigares, j'ai acheté un coupe-cigare et un de ces tubes en cuir que les mecs du bateau utilisaient pour transporter leurs Cohiba. J'ai aussi pris un sac à dos en nylon noir assez grand pour y loger mon fourre-tout en cuir, et fait un stop dans une *farmacia* pour un paquet de serviettes hygiéniques ultra-absorbantes et des lingettes. Le temps que je finisse, il était six heures. J'ai eu un pincement au cœur en songeant aux Pinturicchio du Vatican que je ne pourrais pas voir, mais tant pis, je voulais prendre le temps d'un bain et d'un brushing avant mon rencard avec Cameron.

Je l'ai retrouvé au Hassler vers vingt heures. Il m'attendait dans le hall et a proposé qu'on prenne un verre, mais j'ai répondu que ce serait avec plaisir après dîner. Dans l'ascenseur qui nous menait au troisième étage, je lui ai laissé entendre sans grande subtilité que j'étais impatiente de travailler pour une galerie privée à mon retour à Londres. Les De Greci, comme c'était pratique, avaient un dîner de famille ce soir-là. Dès que nous sommes entrés dans sa chambre, j'ai enlevé mon manteau Kenzo et l'ai glissé sur le dossier d'une chaise. J'ai senti son regard remonter le long de mes jambes et le lui ai fait savoir par un regard langoureux accompagné d'un petit sourire. L'espace était trop intime, comme dans toutes les chambres d'hôtel. Derrière les triples rideaux, la fenêtre ouverte donnait sur un conduit d'aération miteux. Une petite valise à roulettes était juchée sur le banc à bagages, fermée, et une pile de papiers ainsi que des clés encombraient un coin du bureau. Sur le lit était posé un carton à dessins en plastique noir bon marché, du même genre que ceux qu'utilisent les étudiants en arts plastiques, mais lorsque Cameron s'est penché pour l'ouvrir, j'ai remarqué qu'il était doté d'une doublure matelassée très pro. Avec une excessive précaution, il a sorti le tableau dans son cadre métallique tout simple.

— Vous n'avez pas fait de caisse spéciale ?

— Trop de bazar, la paperasserie italienne.

Donc personne ne savait que le tableau était ici, à part Rupert et le client.

Ils étaient là, le duc et la duchesse, à leur éternel pique-nique, le trio de chevaux au galop. Les couleurs avaient l'air plus criardes dans le crépuscule bleuâtre de Rome – peut-être les Chinois aimaient-ils le vernis bien brillant. Je l'ai senti approcher derrière moi pendant que je contemplais le tableau, mais il n'était pas le colonel Morris ; il attendrait son dessert bien gentiment.

— Dites donc, ai-je dit, je suis très impressionnée par votre professionnalisme. Sinon, vous vous verriez bien en Marcello Mastroianni ?

— *La Dolce Vita* à votre service, *signorina*.

Je lui ai dit que j'avais déniché le restaurant dans mon guide touristique, alors que je le connaissais depuis mon voyage d'études. C'était un édifice au charme désuet, avec une loggia couverte qui permettait de dîner dehors, situé en marge de la Piazza Cavour, face au Castel Sant'Angelo. On finissait le poisson grillé et ses fleurs de courgette farcies et Cameron commandait une troisième bouteille. Malgré leur délicatesse, les mets me faisaient l'effet de bouchées de paille ; j'avais une telle boule dans la gorge que j'avais un mal fou à avaler quoi que ce soit. Cameron n'était pas évident à cerner – bien sûr, il vous décrocherait la lune du ciel d'Irlande si vous le lui demandiez, mais au-delà du charme qu'il me faisait, je cherchais après quoi il courait, la petite chose qui à coup sûr le mettrait dans ma poche. Tous les hommes ont ce petit désir en eux ; il suffit de le trouver puis de devenir ce qu'ils voudraient que vous soyez sans oser tout à fait l'avouer. Tandis que les lueurs du crépuscule donnaient une teinte viride à ce qu'il restait de vin dans la bouteille, Cameron m'a pris la main. J'ai tourné le poignet et il l'a porté à ses lèvres.

— C'est étrange, Judith. J'ai l'impression que nous sommes pareils, vous et moi.

— Comment ça ?

— Nous sommes… des solitaires. Nous vivons en marge des choses.

Pitié, non, pas le couplet sur l'enfance. Quelle souffrance à moitié enfouie faisait de nous des êtres à part ? Misère. Le grand épanchement n'était pas au programme de la soirée. J'ai retiré ma main et caressé pensivement la base de mon cou.

— Cameron. Vous avez raison, vous et moi, on est pareils. Je crois qu'on devrait baiser.

— Je demande l'addition.

Dès que nous sommes sortis du restaurant, il m'a pressée contre le mur pour m'embrasser à pleine bouche. C'était bon de se sentir enveloppée, protégée par ce torse large. J'entendais son sang battre à mes oreilles. Je l'ai pris par la main et me suis arrêtée pour défaire la bride de mes sandales et l'espace de quelques minutes il a couru dans les rues de Rome avec une fille aux pieds nus à la tombée de la nuit. On a traversé le pont au niveau du Castello et descendu les marches, en bas desquelles on s'est à nouveau embrassés. On a marché sur le quai, main dans la main. Un pont, deux ponts. Le Tibre est différent de la Seine, qui est tout apprêtée pour l'œil des touristes. Ici, de mauvaises herbes poussaient entre les pavés et des tas d'ordures jonchaient les rives. Sous le deuxième pont, on est passés devant un groupe d'alcoolos, et j'ai senti Cameron se tendre et redresser les épaules, mais ils nous ont à peine jeté un regard.

— J'ai froid.

— Prenez ma veste, ma douce.

Il l'a posée sur mes épaules et je me suis remise à courir en riant, le pavé doux et tiède sous mes pas. Il avait du mal à garder la cadence. Je le voulais à bout de souffle. Sous le troisième pont, je l'ai attiré contre moi, me suis débarrassée de sa veste et l'ai embrassé avec fougue, faisant courir mes mains jusqu'en haut de ses cuisses, où sa queue enflait déjà.

— Putain ce que j'ai envie de toi, ai-je murmuré. Prends-moi ici, tout de suite.

Il était dos au fleuve. Je me suis mise à genoux et j'ai saisi sa ceinture entre mes dents. J'ai sorti une extrémité de la boucle et d'un coup de langue fait sauter le crochet. Rien de fantastique, mais ça avait le mérite de piéger l'attention de l'intéressé. Ses mains étaient déjà dans mes cheveux.

— Oh Judith. Doux Jésus.

Toujours du bout de la langue, j'ai extirpé de son caleçon le bout de sa queue et l'ai prise dans ma bouche. J'ai failli rire en me revoyant soudain à l'Éden-Roc, en train de chanter dans la salle de bains pendant que James m'attendait, les bras en croix sur le lit. « Eh bien Judith, une fois n'est pas coutume », a murmuré une petite voix sarcastique dans ma tête. « Allez, suce, concentre-toi. » J'ai fermé les yeux. Penser à l'étape suivante et à rien d'autre.

Cameron n'a rien dit lorsque j'ai ouvert mon cran d'arrêt pour le planter dans la chair au creux de sa cheville, juste au-dessus du tendon d'Achille. Le souffle coupé, il a vacillé avant de tomber en vrac, comme une marionnette. Je me suis agrippée à son pantalon pour le suivre dans sa chute et extirper la lame. Il a crié. J'ai sorti une serviette hygiénique de ma poche gauche, déjà enroulée sur elle-même du côté autocollant, et la lui ai enfoncée entre les dents en appuyant sur sa langue, tout en gardant ma main contre sa bouche pour empêcher le réflexe vomitif. Il y a une astuce pour l'éviter aussi quand on suce un mec. Il faut ouvrir la gorge petit à petit et bien rétracter les amygdales. Cameron apprenait vite.

La concentration des nerfs autour du tendon d'Achille est telle qu'une blessure à cet endroit entraîne une panne dans tout le corps. Cameron serait incapable de réagir pendant quelques précieuses secondes. Je me suis levée et j'ai posé mon sac à main et mes chaussures à l'écart. Recroquevillé, il inspirait à fond pour lutter contre la douleur ; il ne pouvait rien faire d'autre. À califourchon sur lui, j'ai empoigné sa tignasse pour lui faire tourner la tête sur le côté sans ménagement. Tandis que je dégageais son oreille, ses yeux se sont écarquillés encore davantage. J'ai compris qu'il pensait que j'essayais de l'aider.

Il devait avoir un regard fou, mais je n'ai pas voulu m'y attarder. J'ai enfoncé la lame du couteau juste en dessous de son lobe, jusqu'au manche. Elle n'a pas franchement plongé comme dans une pastèque, plutôt comme dans une citrouille un peu rétive. J'ai pensé au lapin qu'on avait mangé à midi. Toujours pas de bruit, mais une seconde plus tard, j'ai vu une auréole sombre s'étendre sur sa chemise et senti quelque chose de chaud et humide contre ma cuisse. Son corps massif se crispait par à-coups, et soudain, son bras gauche m'a décoché un direct dans la mâchoire. Le choc a résonné jusque dans ma trachée et m'a envoyée valser en arrière. Ça faisait longtemps que je n'avais pas encaissé une volée pareille. Est-ce que j'allais avoir un bleu ? Pas le temps d'y songer ; il fallait que j'achève ce que j'avais commencé. Avec l'agilité d'un monstre, il s'est tortillé et hissé sur ses bras dans ma direction, la tête tombant sur le côté, ses mains puissantes cherchant à m'attraper. J'étais encore sonnée. J'ai essayé de me réfugier dans l'ombre du pont, mais je n'ai pas été assez rapide et le poids de son corps contre mes genoux m'a fait chuter à nouveau. Ses mains comme des griffes progressaient vers mon visage. J'ai essayé de me dégager avec des coups de pied, mais il était trop lourd et gagnait du terrain centimètre par centimètre, au son des gargouillis qui s'échappaient de sa gorge. Ses mains ont atteint mon cou et se sont mises à serrer. J'avais oublié la force que peuvent avoir les hommes. Je me suis agrippée à ses doigts, sans résultat, et je n'ai pas tardé à manquer d'air. Mes jambes coincées sous lui étaient incapables de quoi que ce soit ; j'essayais de le renverser, mais il était lourd, si lourd, et à mesure que l'étau se resserrait autour de ma gorge, d'étranges spots lumineux sont apparus devant mes yeux. D'un coup, l'étreinte s'est pourtant relâchée. Il ne bougeait plus. J'ai résisté à l'envie de le dégager et j'ai pris une inspiration, puis deux, puis trois, jusqu'à ce que je retrouve un souffle normal. Il était affalé comme une masse sur moi, ses bras pareils à des branches mortes en travers de ma poitrine. J'ai respiré à fond, contracté mes muscles, et en soufflant, j'ai donné un grand coup de bassin vers l'avant, et me suis retrouvée à quatre pattes au-dessus de lui pendant qu'il roulait sur le côté.

Ce n'était pas la posture la plus digne qui soit. J'ai levé les yeux et scruté les abords du fleuve. Si quelqu'un se pointait, il faudrait que je mime une partie de jambes en l'air, mais les quais étaient déserts. Je me suis éloignée en rampant – ma robe me remontait le long du corps et les pavés m'éraflaient la peau du ventre –, jusqu'à ce que je ne puisse plus aller plus loin. Seuls mes doigts sur le couteau nous reliaient, tel un horrible cordon ombilical inversé. J'ai tiré la lame. Je n'ai pas regardé le résultat. J'ai tourné la tête et sorti le sac à dos de mon fourre-tout pour prendre les affaires dont j'allais avoir besoin, en comptant les secondes aussi calmement que possible. Ça allait lui prendre quelques minutes. J'ai serré mes jambes contre moi et enfoui ma tête au creux de mes genoux, à moitié couverts de gravier. Le sifflement qui s'échappait de ses narines s'est fait plus faible et plus rapide. Hypovolémie. Si je le touchais, déjà, je le trouverais plus froid.

J'avais lu un jour un article à propos de soldats de la Première Guerre mondiale qui sortaient de leur tranchée puis s'allongeaient dans le no man's land et, très rapidement, s'endormaient. Toute la chaleur de mon corps s'était concentrée dans ma poitrine, et la sensation de mon souffle contre ma peau m'a bercée. Ce n'est qu'en entendant le bruit d'un moteur que je suis revenue à moi. Merde, merde, merde. Le blanc de sa chemise… J'ai passé en revue les possibilités qui s'offraient à moi. On avait été agressés, j'avais retiré le couteau de sa blessure… Je me suis balancée doucement d'avant en arrière, pour m'entraîner à avoir l'air traumatisée, mais quand j'ai jeté un coup d'œil entre mes doigts, j'ai vu un petit bateau avec une proue massive qui remontait le fleuve comme un requin maladroit, une silhouette trapue à l'arrière. Un pêcheur. Il y avait encore des anguilles dans le Tibre. Ce n'est qu'une fois le bateau parti et la surface de l'eau redevenue lisse que je me suis rendu compte que le halètement avait cessé.

Maintenant, le pouce. Il s'était servi du gauche pour déverrouiller son téléphone. J'ai posé sa paume contre un pavé, doigts écartés, pressé le couteau contre son pouce et pesé avec mon genou sur le manche. Après une bonne incision, le coupe-cigare s'est occupé de l'os. J'ai jeté l'instrument par-dessus mon épaule et l'ai entendu tomber dans l'eau alors que je glissais le pouce dans le tube à cigare. Je craignais d'avoir du mal à me débarrasser du corps dans la flotte, et j'avais bien raison. Il pesait un âne mort. J'ai dû mettre les pieds de part et d'autre de la mare de sang qui s'étalait autour de lui pour le prendre par les épaules. L'adrénaline aidant, j'ai réussi à tirer son torse d'un seul coup dans le vide, au-delà du quai. Soudain, son bras gauche a tressauté, un réflexe de zombie. Tout son dos s'est cambré, avec la souplesse d'un gymnaste, et son crâne est venu se briser contre la pierre de la berge. Ça ne pouvait pas faire de mal. J'ai posé un genou sur sa poitrine pour retirer ce que je lui avais fourré dans la bouche puis j'ai poussé de toutes mes forces sur sa cuisse jusqu'à ce qu'il tombe enfin à l'eau. Un de ses mocassins est resté sur le quai. Je l'ai ramassé, en ai caressé le cuir. Gucci. Je l'ai balancé aussi.

Dans le silence qui a suivi le *plouf*, j'ai entendu un gémissement aigu et aperçu du coin de l'œil une silhouette noire, mouvante. J'ai frissonné et chancelé, tellement effrayée que j'ai failli sauter dans la flotte pour rejoindre Cameron. Mais ce n'était qu'un rat. J'étais quand même hors d'haleine, et je tremblais comme une feuille. Je m'attendais à moitié à ce qu'une présence émerge de l'ombre, tant j'avais l'impression d'être observée. Rien qu'un rat. Sûrement attiré par l'odeur du sang frais. Quelle horreur.

En me forçant à respirer calmement par la bouche, je me suis déshabillée, j'ai fait une toilette rapide avec les lingettes et une demi-bouteille d'eau d'Évian. J'ai fourré les lingettes dans la bouteille, que j'ai enfouie parmi les tas d'ordures qui macéraient dans l'urine au pied du pont. J'ai plié et replié la robe bleu marine que je portais pour l'enrouler dans une autre énorme serviette hygiénique et j'ai mis le tout dans un sac en plastique dont je me débarrasserais plus tard. Aucun éboueur n'aurait envie d'ouvrir un machin pareil. J'ai sorti la robe noire de mon sac et l'ai enroulée autour de ma taille pour me faire paraître plus grosse, après quoi j'ai enfilé le short et le tee-shirt de touriste. J'ai mis un temps fou à passer ma tête dans ce foutu truc. Cheveux attachés, sandales dans mon sac à main, lui-même dans le sac à dos en nylon avec le tube à cigare et le téléphone. J'ai fait les poches de la veste avant de la jeter à l'eau, mis la clé de la chambre d'hôtel dans mon soutien-gorge. L'absence de passeport et de portefeuille ralentirait le processus d'identification. L'obscurité ambiante ne me facilitait pas la tâche, mais c'était mieux ainsi – pas de lampadaires romantiques, pas de promenades en amoureux. J'ai attendu que les jeux de lumière du Castello m'éclairent un peu, et j'ai observé la lueur de la lame lorsque je l'ai léchée des deux côtés, aspirant entre mes dents le liquide au goût de fer. C'était peut-être de la superstition, mais j'ai eu l'impression d'effacer mon reflet à coups de langue. J'ai fini par balancer le couteau, qui n'a produit qu'une petite éclaboussure.

Lorsque les Borgia voulaient marquer les esprits, les assassins à leur botte égorgeaient leurs victimes et enveloppaient leurs dépouilles dans un sac qu'ils jetaient dans le Tibre, où elles dérivaient jusqu'au Castello. Ils allaient parfois jusqu'à installer un barrage de roseaux pour être sûrs que le corps soit retrouvé. À quelle vitesse s'écoulait le fleuve ? Je pensais avoir au moins une heure, peut-être jusqu'au matin, avant qu'on le découvre. Écouteurs sur les oreilles, téléphone clipé à mon col, j'ai rebroussé chemin à petites foulées sur le quai, frissonnant au son d'AC/DC.

Au bout d'un quart d'heure, j'étais de retour au Hassler – j'avais monté deux à deux les marches de la Piazza di Spagna. En apercevant mon reflet à bout de souffle dans le hall, j'ai presque cru que j'étais ce à quoi je ressemblais : une touriste américaine cherchant à se débarrasser de tout ce *gelato*, tombé direct sur ses hanches. J'ai trotté jusque dans l'ascenseur et personne ne m'a regardée. On avait tiré les rideaux, allumé la clim, déposé des chocolats sur l'oreiller et glissé des petits tapis de chaque côté du lit. Je me suis aspergé le visage avec de l'eau et j'ai vérifié que le coup de poing n'avait pas laissé de marque. Une fois en robe noire, j'ai enfilé mes sandales et l'imper voyant qui m'attendait sagement sur le dossier de la chaise. Si on m'avait vue monter, on ne reconnaîtrait pas la femme qui s'apprêtait à descendre. J'ai jeté un coup d'œil dans la grande chemise plastifiée au cas où une femme de chambre aurait touché quoi que ce soit, mais le tableau se trouvait toujours là.

Maintenant, le téléphone. J'ai étendu une serviette de bain sur la moquette et dévissé le tube à cigare. Le pouce est tombé, blanc et gris aux endroits où il n'était plus irrigué, semblable à un asticot obèse. J'ai fait glisser mon doigt sur l'écran puis apposé le pouce sur le clavier. Une vibration, et un message : « Essayez à nouveau. » Bordel de merde. Et si le dispositif était également sensible à la chaleur ? J'ai rincé le pouce sous l'eau chaude et tenté de nouveau ma chance. Bingo. Le pouce a roulé sur mes genoux – le flip. Je l'ai posé soigneusement sur un coin de serviette.

J'aurais voulu lire les mails et les messages de Cameron, mais je n'avais pas le temps. J'ai fait défiler les applications jusqu'à tomber sur le calendrier. J'espérais y trouver les détails de son rendez-vous avec son client, mais il n'y avait que ceux de son vol retour pour Londres, au départ de Fiumicino le surlendemain. Bien. Donc il rencontrait sûrement l'acheteur le lendemain. Quoi d'autre ? Le compte bancaire. J'avais besoin de tous les codes d'accès au compte où il prévoyait de faire transférer l'argent. British Airways, Heathrow Express, Boots, le tout-venant. L'intitulé HSBC était plein de promesses, mais le compte était au nom de Cameron et il fallait de toute façon un identifiant et un mot de passe. Est-ce qu'il aurait sérieusement envisagé de foutre cinq millions sur un compte à son nom ? Réfléchis, Judith, réfléchis. Le pouce me regardait d'un air guilleret. Cameron avait dû prendre un deuxième téléphone. Rome est célèbre pour ses pickpockets et ce téléphone était presque neuf. Pourquoi garder dessus des infos sensibles ?

En me levant, j'ai emporté la serviette avec moi et le pouce a encore roulé.

— Oh toi, fous-moi la paix.

Mais il avait l'air de pointer en direction de la valise. Il y avait peut-être un livret bancaire à l'intérieur, en papier cette fois ? Ces codes d'accès étaient absolument cruciaux pour moi, sans ça, tous mes efforts seraient vains. Il y avait deux chemises pliées, des chaussettes, des sous-vêtements, un livre de poche. Je l'ai feuilleté au cas où il y aurait glissé un pense-bête. Rien, si ce n'est la pensée qu'on se sent moins coupable d'avoir tué un homme qui lit Jeffrey Archer pour le plaisir. Il devait y avoir quelque chose d'écrit, quelque part. Je ne voulais même pas imaginer avoir eu tort depuis le début. Où était cette saloperie de livret ? J'ai vérifié dans le rabat intérieur en quête du moindre bout de papier, puis j'ai repensé à la trousse de toilette que j'avais vue dans la salle de bains.

Et, oui, il y avait un petit carnet Moleskine rouge, glissé dans la pochette de la trousse. La serviette-éponge n'avait qu'une petite tache de sang – le sien –, alors je l'ai laissée sur le bord du lavabo et ai ajouté un peu de mousse à raser par-dessus. Le pouce, je l'ai jeté dans les toilettes enveloppé de papier et j'ai tiré la chasse d'eau. J'ai plié le sac à dos, enfoncé toutes mes affaires dans mon fourre-tout, pris la pochette et, après un rapide coup d'œil dans le couloir, j'ai accroché à la poignée le panneau « Ne pas déranger » – un petit hommage à James.

J'ai toujours trouvé que l'expression « caché en pleine lumière » était très juste. J'ai repris l'ascenseur pour descendre, en espérant que mes joues n'étaient pas trop rouges après mon jogging. Je me suis présentée à la réception et j'ai demandé si M. Fitzpatrick avait laissé un message pour moi. Non, *signora*. Pouvait-on appeler sa chambre ? Pas de réponse, *signora*. J'ai remercié le concierge et suis sortie lentement par l'entrée secondaire. Sous une porte cochère, j'ai ôté mon imper et l'ai roulé en boule dans mon sac. J'ai marché calmement jusqu'à la Piazza Navona, jeté la robe tachée de sang dans une poubelle, l'étui à cigare dans une autre, et en posant un genou à terre pour ajuster la bride de ma sandale, j'ai glissé le passeport à travers la grille des égouts. J'ai pris le liquide et les cartes de crédit qu'il y avait dans le portefeuille, rangé les billets avec les miens et me suis débarrassée des cartes dans une poubelle plus loin. Il y avait deux photos et ce qui ressemblait à une lettre, abîmée à force d'avoir été dépliée et repliée. Je me suis interdit de les regarder. L'Holopherne du tableau d'Artemisia avait dû avoir une famille, lui aussi. Le portefeuille et le téléphone pourraient finir à la flotte sur le chemin qui me ramènerait à mon hôtel. J'ai choisi le café le plus proche de la fontaine Bernini et j'ai commandé un cognac avec un *caffè shakerato*, *amaro*. Là, j'ai ouvert le carnet. J'ai fait exprès de tourner les pages lentement. Liste de courses, penser à acheter une carte, le nom d'un restaurant avec un point d'interrogation… Allez, allez… J'ai trouvé ce que je cherchais écrit sur la dernière page. Un nom et une adresse, onze heures, souligné. Sur la page d'en face, les numéros d'un compte et les codes. Joie. J'ai bu le café glacé et siroté le cognac le temps de trois cigarettes, observant les touristes qui jetaient des pièces et prenaient des photos. J'ai senti la chaleur de l'alcool se répandre dans mon corps. J'ai posé le revers de ma main contre ma joue et découvert avec surprise que mon visage était frais malgré la température agréable. J'ai laissé un pourboire généreux et adressé un au revoir appuyé au serveur dans l'espoir qu'il se souvienne de moi si quiconque lui posait la question, puis j'ai traversé le fleuve en sens inverse.

Une fois dans ma chambre, je me suis déshabillée, j'ai disposé mes vêtements sur une chaise, bien pliés, j'ai levé la lunette des toilettes et j'ai vomi tout ce que j'ai pu, jusqu'à ce que je ne crache plus que des filets de bile. J'ai pris une longue douche, aussi chaude que ma peau le supportait, me suis enveloppée dans une grande serviette et me suis assise en tailleur sur le lit avec le carnet. J'ai entré les données du compte bancaire sur mon ordinateur portable. Ils n'étaient pas bêtes, mon petit duo de faussaires. Le compte était aux îles Cook, manifestement ouvert récemment puisque y figurait le minimum international, soit dix mille dollars, tout comme mon compte en Suisse. J'avais l'IBAN, le code SWIFT, le nom du bénéficiaire – moins rusé sur ce coup-là : Goodwood Patrimoine. Quant au mot de passe, on frisait la débilité profonde : Cheval1905. Je me suis déconnectée. Je supposais que Rupert avait accès au compte aussi et l'imaginais attendre avec angoisse que les chiffres apparaissent le lendemain. Le rendez-vous. La personne que devait rencontrer Cameron s'appelait Moncada. Fitzpatrick avait peut-être simplement rencard avec un coiffeur romain très chic, mais je n'y croyais pas trop.

Mon corps tressautait de fatigue ; regarder la pendule me démoralisait. Enfin, ce ne serait pas ma première nuit blanche. Grâce à la petite bouilloire de l'hôtel, je me suis préparé un café instantané dégueu que j'ai bu à la fenêtre, puis suis retournée à l'ordi. Mes recherches sur Moncada n'ont rien donné. J'ai tenté les galeries d'art, les marchands plus confidentiels, les rapports de ventes, les noms du gotha international, les commissaires d'exposition, les journalistes – que dalle. J'ai tenté ma chance avec l'adresse : j'ai d'abord cherché une boutique ou un bureau à proximité, vaguement lié à l'art, puis je me suis aperçue, via Google Earth, que c'était dans un quartier de banlieue assez crade. Pourquoi Cameron procéderait-il à un échange aussi lucratif dans un endroit pareil ? Soit Moncada était un collectionneur privé extrêmement secret, soit il était du genre louche, et je penchais plutôt pour la seconde option.

Dans Google Books, j'ai consulté l'index de *Money Laundering Through Art: A Criminal Justice Perspective*. J'y avais jeté un œil au cours de mon master, mais le nom de Moncada n'y figurait pas. J'ai tenté quelques recherches, au hasard, et la combinaison art + escroc + Italie a abouti au mot auquel je m'attendais : la mafia. Elle trempait dans le monde de l'art, mais bon, ça ne voulait pas dire grand-chose – la mafia est un élément courant de la vie italienne, au même titre que les hôtesses dénudées des jeux télévisés. Ce que j'aime entre autres chez les Italiens, c'est qu'ils prennent la culture très au sérieux. Le fait que l'art soit si important pour les mafieux n'allait pas de soi : on pense plus spontanément aux pots-de-vin filés aux membres du gouvernement ou aux arnaques au goudron, mais ces gangs étaient de vrais professionnels. Ici, à Rome, un groupe avait réussi à substituer de fausses toiles de la Renaissance à une vingtaine d'œuvres authentiques dans l'un des musées du Vatican, et ils avaient vendu les vrais tableaux au marché noir afin de financer l'acquisition de toute une artillerie pour une guerre de territoires en Calabre. Il avait fallu des dizaines d'années avant que le pot aux roses soit découvert et que soient retrouvées certaines toiles authentiques. Plus récemment, la police avait procédé à des arrestations dans le cadre d'une affaire de blanchiment d'argent lié à des objets de la Grèce antique, prétendument mis au jour lors de fouilles sur un minuscule îlot au large des côtes siciliennes – la péninsule du Magne, par ailleurs célèbre pour ses fleurs sauvages et pour avoir abrité la captivité d'Ulysse, retenu prisonnier par la nymphe Calypso pendant sept ans, dans l'*Odyssée* d'Homère. Les personnes impliquées dans l'arnaque n'ont manifestement pas apprécié le traitement que leur a réservé la police romaine et ont réagi en dézinguant quelques flics alors qu'ils prenaient un cappuccino sur le front de mer. Si l'homme de Cameron avait des liens avec ce genre de types, ce n'était pas très encourageant. De gros titres tapageurs n'arrêtaient pas d'apparaître, détaillant le sort qu'avaient connu ceux qui mettaient les gangsters en pétard. Le béton et les explosifs semblaient être des accessoires récurrents, ce qui aurait pu être drôle si ce n'était pas vrai. Le genre de truc qui aurait bien plu à Dave.

Mes recherches et ma vision ont commencé à tourner en rond, alors j'ai abandonné. Si ce Moncada était du genre à se balader avec une valise de couteaux, moins j'en savais, mieux je me portais. L'aube naissante filtrait à travers les persiennes de l'hôtel, mais même après une journée épuisante, il faut faire attention à sa peau. Alors j'ai bu les deux bouteilles d'eau du minibar et me suis pelotonnée dans le lit pour deux heures d'inconscience bienfaitrices.

16

Le lendemain matin, j'étais dans le hall du Hassler à neuf heures et demie. Je me suis installée dans le bar, j'ai commandé un cappuccino et feuilleté *La Repubblica*. Rien dans la première édition. Au bout d'une dizaine de minutes, j'ai fait semblant de passer un appel, avant de recommencer dix minutes plus tard. J'ai demandé un verre d'eau. Je suis retournée à la réception et j'ai joué la même scène que la veille. Non, *signor* Fitzpatrick n'avait pas laissé de message, et non, il n'était pas dans sa chambre. J'ai attendu un peu plus ; l'air agitée, je tortillais mes cheveux, lissais ma jupe camel sur mes genoux. Au bout de trois quarts d'heure, j'ai fini par demander si je pouvais laisser un mot. Sur une feuille de papier à en-tête de l'hôtel, j'ai écrit : « Cher Cameron, je vous ai attendu ce matin comme convenu, mais vous deviez être occupé. N'hésitez pas à me contacter à votre retour à Londres. J'espère que la fin de votre séjour à Rome vous a plu. Merci beaucoup pour le dîner. Bien à vous, JR. » Les lettres auraient tout aussi bien pu être GP, ou SH. Une autre façon de gagner du temps.

À onze heures, je suis descendue d'un tram à proximité de l'adresse que j'avais trouvée dans le carnet. C'était un quartier résidentiel un peu excentré, délabré, avec des immeubles de huit étages perchés sur des îlots d'herbe jaunie et d'étrons. Grâce à mon plan, j'ai trouvé l'endroit facilement, entre l'échoppe d'un cordonnier et une pizzéria. C'était une boutique d'encadreur, avec des ornements dorés en vitrine et une série de photos modernes, de jeunes mariées asiatiques pour la plupart, en robes de location en nylon, dans un cadre imitation baroque. Une Chinoise en jogging regardait la télévision derrière le comptoir. Il y avait derrière elle une porte qui devait mener à l'atelier, j'ai senti une odeur de résine et de colle.

— *Buongiorno, signora. Ho un appuntamento con il signor Moncada. C'è ?*

— *Di fronte.*

Elle s'est replongée dans son programme. Une émission politique, à en croire les voix énervées. De l'autre côté de la rue, il y avait un petit bar avec, sous un store vert à rayures, des tables en aluminium. Une seule était occupée, par un homme en costume gris clair aux cheveux mi-longs grisonnants. Sa Rolex a étincelé lorsqu'il a pris sa tasse de café.

— *Grazie.*

Des gouttes de sueur me picotaient sous les bras et entre les épaules, et mes mains étaient si crispées sur le carton à dessins que c'en était douloureux. Tu n'es pas obligée de faire ça, je me suis dit. Je pouvais prendre un tram, puis un train, et encore un autre, et je serais à Londres dans la soirée. Tous mes préparatifs s'étaient focalisés sur ce moment. J'avais refusé l'énormité de ce que j'avais commis. Il me restait dix mètres pour me trouver une raison de ne pas prendre mes jambes à mon cou, et impossible d'en trouver une, si ce n'est le simple fait que c'était possible. Je m'étais prouvé que je pouvais y arriver, et je me sentais obligée d'aller jusqu'au bout.

— *Signor Moncada ?*

— *Si ?*

Il portait des lunettes de soleil Bulgari et une très jolie cravate en soie bleu clair. Pourquoi tous les hommes ne pouvaient-ils avoir la classe des Italiens ? Je lui ai tendu une des cartes que j'avais récupérées dans la veste de Cameron, et mon passeport.

— *Sono l'assistente del signor Fitzpatrick.*

Il a laissé tomber l'italien.

— L'assistante ? Et où est le *signor* Fitzpatrick ?

J'ai mimé l'embarras.

— Impossible de le trouver ce matin. Il m'a envoyé un message hier soir.

Je lui ai montré mon téléphone. Avant de jeter le pouce dans les toilettes, je m'étais envoyé un texto à vingt-trois heures trente qui me demandait, avec quelques fautes censées trahir son ivresse, d'aller au rendez-vous sans lui. Personne d'autre ne le lirait – le téléphone, sans sa carte SIM, était en train de se fossiliser dans la boue du Tibre. J'ai haussé les épaules, l'air désolée.

— Mais rassurez-vous, j'ai le tableau. Et tout ce qui nous sera nécessaire.

— Je veux le voir.

— Vous avez sûrement prévu un endroit à cet effet, *signor* Moncada.

Il a désigné la boutique d'encadrement et posé quelques pièces sur la table pour son café. On est passés devant la Chinoise sans la saluer pour entrer directement dans l'atelier. Le plafond était bas ; on devait se trouver dans l'extension récente d'un édifice bien plus ancien. Moncada devait fléchir légèrement la nuque, et il flottait dans l'air cette odeur humide de pierre froide restée dans l'obscurité. L'établi était dégagé, comme si ça avait été prévu. J'ai ouvert la pochette et doucement sorti *Le Duc et la Duchesse*, à côté desquels j'ai posé le catalogue et les provenances, avant de reculer d'un pas. Il a pris son temps, pour me montrer qu'il savait ce qu'il faisait.

— Je dois parler au *signor* Fitzpatrick.

— Je vous en prie, appelez-le.

Il est sorti pour passer son coup de fil et j'ai attendu les yeux fermés, pesant de tout mon poids sur le bout de mes doigts contre le plateau de verre de l'établi.

— Je n'arrive pas à le joindre.

— Je suis désolée. Mais si vous êtes satisfait, j'ai sa permission pour conclure notre marché.

Un autre appel, une nouvelle attente seule dans le noir, derrière mes paupières closes.

— *Va bene*. Je le prends maintenant.

— Bien sûr. Mais je ne peux pas vous le donner avant que nous ayons procédé au transfert, *signor* Moncada. Ce serait contraire au souhait de M. Fitzpatrick.

J'aurais pu ajouter : parce que M. Fitzpatrick sait que vous êtes un escroc et vous savez qu'il le sait – enfin, savait. Mais c'était inutile.

— Comment ?

J'ai carré mes épaules et suis repassée à l'italien.

— Vous avez un ordinateur portable ? Bien. Trouvons un endroit avec le wifi, vous passez l'ordre de virement, je vérifie que l'argent apparaît sur le compte, et je vous laisse le tableau. Très clair, non ?

Avant qu'il ait le temps de répondre, j'ai passé une tête par la porte et demandé à la femme si le restaurant d'à côté avait le haut débit.

Direction la pizzéria, où on a commandé deux Coca Light et deux margaritas avant de se connecter. J'ai écrit les codes sur une serviette en papier que j'ai glissée vers Moncada pour qu'il les recopie. J'avais l'impression qu'un élastique me serrait le cœur. J'ai accédé au compte de Cameron sur mon ordi. Pendant que la petite roue multicolore tournait sur l'écran, j'ai versé du Coca dans mon verre pour empêcher ma main de trembler. La page s'est ouverte. J'ai tapé le mot de passe. Rien n'avait changé depuis la veille. Je n'avais plus qu'à attendre les chiffres. Moncada tapait lentement sur son propre clavier, laissant ses mains planer avant de s'abattre sur une touche. Pour une fois, je me suis sentie jeune.

— *Ecco fatto.*

On est restés assis en silence tandis que je fixais mon écran.

Ta-da – 6,4 millions d'euros.

— Je dois joindre le *signor* Fitzpatrick. Vous permettez ?

— *Certo, signorina. Prego.*

Sa courtoisie m'a donné de l'espoir. Si j'avais été un homme, il aurait peut-être eu un doute sur le bénéficiaire, exigé une preuve que je n'avais pas déjà fait ce que je m'apprêtais à faire. Heureusement, les Italiens n'ont pas une haute estime du cerveau des jeunes femmes. Voire les hommes en général, d'ailleurs.

Dehors, il a allumé une cigarette. J'ai coincé mon téléphone contre mon oreille, fait semblant de laisser un message, les mains pianotant sur le clavier. Me connecter au compte que Steve m'avait ouvert, le garder en bas de l'écran, sélectionner l'option de virement du compte Goodwood. Envoyer. J'ai consulté mon propre compte. SWIFT, IBAN, mot de passe. Jour de fête à Osprey. Ça y était. J'ai laissé la pochette plastifiée sur la table, à côté de la pizza réchauffée au micro-ondes à laquelle je n'avais pas touché. Une vraie tragédie, ce qui arrivait à la nourriture italienne.

— Je suis tombée sur son répondeur. J'ai laissé un message, et soyez assuré que le *signor* Fitzpatrick vous rappellera. Je suis désolée qu'il n'ait pas pu venir, *signor* Moncada, mais j'espère que vous et votre client serez satisfaits. C'est un tableau ravissant.

Je suis rentrée à mon hôtel en taxi, où j'ai expressément demandé si un certain *signor* Fitzpatrick avait laissé un message pour moi. En réglant ma note, j'ai laissé mon numéro à la réceptionniste en lui disant de le transmettre si jamais le *signor* appelait. Je partais dans la région des lacs, ai-je laissé entendre. La juste dose de détails pour qu'elle se souvienne de moi. Il y avait un resto près du Campo dei Fiori qui servait de la pizza blanche, de l'authentique, agrémentée de romarin. Je pensais en déguster une avant de récupérer mes bagages et de prendre le train pour Côme. Je n'avais jamais vu le lac. Je pourrais profiter du soleil, prendre le ferry jusqu'à Bellagio, le temps que la police vienne me trouver.

17

Ce n'est pas un hasard si le baroque a été inventé en Italie. Il y a tout simplement trop de beauté dans ce pays, trop de paysages parfaits, trop de couleurs délicatement mêlées à l'éblouissante lumière méditerranéenne. L'abondance même y apparaît en excès, au point que c'en est presque gênant. Après avoir quitté la caverne à l'élégance inquiétante de la *Stazione Centrale* de Milan et traversé les banlieues, avec leurs tours d'immeubles maussades, leurs rues vides en cette période de vacances, le train a franchi une série de tunnels dans les premiers contreforts des Alpes, entre lesquels on apercevait des éclairs de pentes verdoyantes et d'étendues d'eau, aussi chatoyantes que le contenu soudain révélé d'une boîte à bijoux. Et comme on n'échappe jamais au rythme saccadé des voitures sur les rails, j'entendais ce refrain : « Tu es riche – tu es riche – tu es riche. »

Ce qui ne m'a pas empêchée, lorsque je suis arrivée à Côme, de prendre une chambre dans la *pensione* la plus modeste que j'aie pu trouver, un endroit si désuet que je m'étonnais qu'il soit encore ouvert, avec son lino vert et ses sanitaires à partager avec des Hollandais et des Allemands pleins de vigueur qui partaient à vélo ou en randonnée tous les matins – en ayant pris soin de glisser un petit pain garni, chipé au maigre buffet du petit déjeuner, dans leur combi en Lycra. J'ai trié mes vêtements pour mettre les plus chers de côté et acheté un grand sac en plastique tissé à carreaux dans lequel je les ai rangés, avant de cacher le tout sous une couverture couleur bile en bas de l'armoire bancale.

Le premier soir, je me suis installée dans un snack. J'ai commandé un Coca auquel je n'ai pas touché et une eau minérale que j'ai bue. Dans un cahier d'écolier, j'ai écrit une liste de noms.

Cameron. Affaire réglée. De toute évidence, il ne parlerait jamais plus à quiconque.

Mais combien de temps restait-il avant que le meurtre ne fasse les gros titres de la presse ? Ce qui me menait à Rupert. Il devait essayer de joindre Cameron par tous les moyens, paniqué à l'idée que le marché ait foiré.

J'éprouvais un certain plaisir à imaginer la journée gâchée de l'autre ivrogne, parti chasser le coq de bruyère. Rupert devait avoir accès au compte des îles Cook, il avait dû voir l'argent apparaître et disparaître, et qui plus est, voir où il était parti. Une fois qu'il aurait eu vent de la mort de Cameron, ce qui arriverait obligatoirement, il penserait que ce dernier avait trempé dans une affaire louche, essayé de doubler quelqu'un, pris un risque. Et il pourrait difficilement se présenter chez les flics pour essayer de récupérer son Stubbs. Et si les journaux crachaient mon nom ? Il était parfaitement légitime d'imaginer que Judith Rashleigh ait passé quelques jours à Rome, et cherché à obtenir un job de Cameron. Rupert savait que Dave et moi on avait rôdé autour du Stubbs, mais même s'il me soupçonnait d'avoir été assez intelligente pour tout manigancer, et s'il imaginait Cameron assez crétin pour m'avoir tout révélé, le tableau avait disparu. Il ne pouvait rien y faire. Ou pas grand-chose.

Ce qui me laissait avec deux noms : Leanne et Moncada. Leanne n'était pas du genre à faire attention à ce qui se disait dans la presse, mais elle n'était pas non plus complètement bouchée. Si mon nom était cité, elle n'aurait aucun mal à l'associer à deux cadavres. D'un autre côté, je la connaissais suffisamment pour savoir que son seul intérêt dans la vie concernait sa petite personne, alors pourquoi irait-elle mettre son nez là où elle ne risquait que des ennuis ?

Donc, Moncada. Il ne m'a pas paru du style à entretenir des relations très amicales avec la police. Aucune loi n'interdisait de vendre de l'art à titre particulier, mais il était trop bien habillé pour être honnête, même pour un Italien. Je ne l'avais pas arnaqué ; ses clients seraient satisfaits et le paieraient. Ma performance en tant qu'assistante de Cameron avait dû être convaincante puisqu'il m'avait transféré l'argent ; à ses yeux, j'avais pris la relève et agi avec responsabilité : au moment de notre rencontre, j'ignorais moi-même que mon chef était un poids mort sanguinolent, à la dérive dans le Tibre. S'il craignait quelque chose, ce serait éventuellement que la gentille petite Judith Rashleigh aille parler aux flics. L'espace de quelques secondes, j'ai eu extrêmement froid. Est-ce qu'il me traquerait ? Est-ce qu'il se souviendrait de mon nom, aperçu sur mon passeport ? Il avait fallu que je le sorte, pour être crédible. Si Moncada entretenait des liens avec le crime organisé, ce que je soupçonnais fortement, il n'aurait aucun mal à me retrouver tant que je serais en Italie. Il était peut-être en ce moment même dans ces tunnels de pierre lui aussi, tel un rat féroce, suivant à la trace l'odeur nauséabonde de ma peur. Mon cœur battait à tout rompre et mes mains se sont mises à trembler. Arrête, bon sang, respire. Moncada savait qu'il n'avait rien à voir avec la mort de Cameron. Il ne pouvait pas se douter que moi, si. Dans son esprit, c'est Cameron qu'il avait payé, pas moi. Quel était le pire des scénarios ? Moncada se découvre un esprit civique insoupçonné et va trouver les flics. Il n'y a aucune preuve à charge contre moi, seulement un concours de circonstances. Putain de merde, je ne faisais quand même pas partie de ces débiles qui croient tout connaître à la loi rien que parce qu'ils regardent *Les Experts*. Réfléchis. Pour le moment, Judith Rashleigh n'est qu'une ancienne marchande d'art fauchée qui s'est, par malchance, retrouvée mêlée à un horrible incident – enfin, deux, si on listait les vols sur lesquels je m'étais enregistrée et qu'on me reliait à James. Il existait une trace des retraits d'argent effectués sur son compte anglais, qui prouvaient comment elle avait financé ses modestes déplacements avant de rentrer à Londres chercher du travail.

La seule brèche possible était le lien éventuel entre Rupert, Cameron et Moncada. Si Rupert réussissait à joindre Moncada, il découvrirait que c'était moi qui avais procédé à l'échange du tableau, et, à partir de là, il pouvait me dénoncer. Un coup de fil anonyme à la police italienne… La seule preuve résidait dans mes comptes bancaires, et il faudrait l'ordonnance d'un juge pour y avoir accès. S'il voulait me voir poursuivie pour meurtre, Rupert se ruinerait, et ça ne lui rendrait pas son argent. Un tressaillement à la base de mon poignet droit, j'arrivais à peine à tenir mon stylo. Combien de temps me restait-il ?

Inspire par le nez, expire par la bouche. Calme-toi. Je ne pouvais pas contrôler tout les événements susceptibles d'arriver, mais Rupert non plus. Il retiendrait ses coups jusqu'à ce qu'il ait vent du meurtre, au moins. Il fallait donc simplement que je retire l'argent de Suisse pour le mettre plus près de moi, de ce côté-ci de la montagne. Après quoi je pourrais aller n'importe où, être n'importe qui. Je n'aurais qu'à attendre la police et lui livrer ma version des faits. J'ai froissé la feuille sur laquelle j'avais gribouillé et j'ai marché jusqu'au bord du lac ; j'ai trempé le papier dans l'eau jusqu'à ce qu'il se dissolve en petits morceaux. J'ai compris que c'était l'attente qui allait être le plus difficile.

Les trois jours qui ont suivi ont eu une saveur particulière, comparable au côté insoutenable que peut avoir le désir. Le bruit blanc qu'émet l'absence de l'être aimé, un bourdonnement, un murmure continu dans l'oreille, dans les veines. J'attendais comme une amoureuse, comme une maîtresse cachée, que seul le pas de son amant dans le couloir d'un hôtel miteux délivrera du supplice du manque. Tous les matins, je sortais courir sur les pistes de randonnée vertigineuses jusqu'à ce que mes cuisses tremblent et que j'aie les mollets en feu. Je commandais un plat au déjeuner et au dîner mais je pouvais à peine y toucher. Je fumais et fumais, au point d'en avoir des haut-le-cœur et de pouvoir quasiment allumer des cigarettes grâce à l'amertume métallique qu'exhalaient mes entrailles. J'ai acheté une bouteille d'eau-de-vie bon marché et un tube de somnifères avec lesquels, chaque soir, j'essayais de m'assommer, mais je me réveillais avant l'aube, avec une douleur tout autour du crâne, et je regardais mon cœur battre sous le drap mince teinté du bleu de l'aube. Je sentais mes joues se creuser, mes hanches se faire plus saillantes. J'essayais de lire, assise sur des bancs d'où on avait une vue de carte postale, recroquevillée sur le rebord de ma fenêtre, allongée sur la petite plage de galets, mais je n'étais capable que de regarder dans le vide et de vérifier mon téléphone, encore et encore. Je me livrais à des jeux, comme une ado qui a un béguin : si l'homme à la casquette bleue achète une glace au chocolat, ils m'appelleront ; si la corne du ferry retentit deux fois, ils m'appelleront. Dès que mon portable vibrait, je le saisissais comme une gourde d'eau dans le désert, mes doigts laissant des traces moites sur les touches, mais à part un message de Steve – « Salut toi » – je n'ai eu droit qu'à des pubs de Telecom Italia. Je n'ai pas acheté un seul journal ; j'avais peur de ne pas réagir avec naturel si j'apprenais quoi que ce soit, ce qui était probablement stupide. J'avais connu le désir, la convoitise, mais je crois que jamais dans ma vie je ne m'étais autant languie que de la voix de l'inspecteur Da Silva, laquelle s'est enfin déversée comme un sirop guérisseur dans mon oreille, après ces jours qui s'étaient écoulés aussi lentement que la résine suinte du pin.

Il parlait un anglais hésitant.

— Puis-je parler à Judith Rashleigh ?

— C'est moi-même. Je suis Judith Rashleigh.

— *Signora*, je m'appelle Da Silva, Romero Da Silva.

De façon inexplicable, j'ai eu envie de rire. On y était.

— *Signora*, je fais partie des forces de police italiennes. Je travaille avec les *carabinieri* de Rome.

Je m'étais entraînée.

— Qu'est-ce qui se passe ? Il est arrivé quelque chose ? Quelqu'un de ma famille ? Dites-moi, je vous en prie !

Inutile de jouer un rôle, j'étais déjà au bord de l'évanouissement.

— Non, *signora*, non. Mais j'ai de mauvaises nouvelles. Votre collègue a été assassiné.

J'ai émis un petit bruit étranglé avant de répondre.

— Je ne comprends pas.

— Votre collègue, le *signor* Cameron Fitzpatrick.

J'ai respiré un grand coup.

— Mon Dieu.

— *Si, signora.*

Je m'étais dit qu'ils feraient attention à ma réaction, il se pouvait même qu'ils enregistrent cet appel. Je ne devais pas en faire des tonnes. Je lui – leur ? – ai laissé l'occasion d'entendre une respiration avant de reprendre la parole.

— Je l'ai vu à Rome. Je ne comprends pas.

— Oui, *signora*, vous avez laissé votre numéro à son hôtel.

— Mais que s'est-il passé ? Je…

— Je suis désolé de vous causer un choc, *signora*. Dites-moi, vous séjournez toujours en Italie ?

— Oui, toujours oui, je suis à Côme.

— Dans ce cas, si vous le permettez, j'aurai quelques questions. C'est possible ?

— Oui bien sûr, bien sûr. Il faut que je vienne à Rome ? Que s'est-il passé ?

— Ce ne sera pas nécessaire, *signora*. Si vous voulez bien me donner votre adresse…

— Est-ce que je dois appeler le consulat ? Sa famille, je ne sais pas, est-ce qu'on les a…

— Une procédure est en cours, *signora*. On ne prendra qu'un peu de votre temps. Je vous présente toutes mes condoléances.

Ils sont arrivés cinq heures plus tard. Ils m'avaient tenue au courant de leur progression ; j'attendais dans le hall confiné de la *pensione*, le visage rougi, la robe noire que j'avais achetée à Rome ceinturée par un lien de cuir. Des idées folles me traversaient l'esprit au sujet de l'ADN, le pouce avait peut-être laissé des éclaboussures de sang sur la robe – si je portais les preuves sur moi, ils pourraient difficilement me les extorquer. La réceptionniste a levé le nez de son émission criarde lorsqu'elle a vu s'arrêter la voiture de la Guardia di Finanza avec ses plaques romaines. J'ai senti son regard quand je me suis levée pour aller à leur rencontre dans la chaleur de cette soirée de fin d'été. Je pensais que Da Silva serait le plus vieux des deux, mais il avait la trentaine, une allure assez massive avec des muscles travaillés à la salle de sport et des cheveux bruns coupés court. Ongles propres, alliance. Pas mal, en fait. Son collègue, Mosoni, avait dans les cinquante ans ; moins entretenu, les épaules tombantes. Les deux portaient des vêtements ordinaires, jean élégant et repassé, polo sport. Difficile de dire si c'était bon ou mauvais signe – seraient-ils venus en uniforme s'ils voulaient m'arrêter ? Je leur ai serré la main, puis j'ai attendu.

— Peut-on parler quelque part, *signora* ?

J'ai répondu en italien et un sourire a fendu leur visage, ils étaient manifestement soulagés de ne pas devoir batailler avec l'anglais. J'ai proposé de monter dans ma chambre ; c'était plus intime et ça montrerait que je n'avais rien à cacher. La réceptionniste avait l'air de vouloir nous poser une question, mais j'ai ouvert la marche vers l'escalier sans la regarder ni répondre à son « *Signora ?* » hésitant. Nous sommes montés au deuxième étage. J'ai pris la seule chaise disponible et leur ai fait signe de s'asseoir sur le lit fatigué, en m'excusant du regard. J'ai lissé le tissu de ma robe sur mes jambes et leur ai demandé, d'un ton calme, en quoi je pouvais les aider. C'est Da Silva qui a parlé en premier.

— Eh bien, *signora*, comme je vous l'ai dit, votre collègue…

— Je pense qu'il faut que je vous dise que M. Fitzpatrick n'était pas mon collègue. Je travaillais chez British Pictures – j'ai vu à leur visage qu'ils connaissaient cette célèbre maison –, donc je le connaissais un peu, professionnellement. Je suis tombée sur lui dans Rome et on a évoqué l'éventualité qu'il m'embauche dans sa galerie, à Londres. J'espérais qu'il m'appellerait, or de toute évidence…

J'ai laissé ma phrase en suspens. J'essayais d'avoir l'air sous le choc, mais des larmes auraient été de trop.

— *Signora*, il faut que je vous demande si vous aviez une relation avec le *signor* Fitzpatrick ?

— Je comprends. Non, rien de tel. Comme je vous l'ai dit, je ne le connais pas si bien que ça, en fait.

J'espérais qu'ils noteraient l'emploi du présent, mais ils ont peut-être pris ça pour une faute d'italien.

Ils m'ont fait raconter ma rencontre avec Cameron au Hassler. Je leur ai dit qu'on avait déjeuné et dîné ensemble, puis que Cameron était parti en disant qu'il avait un rendez-vous et que je devais le retrouver dans le hall de l'hôtel le lendemain matin. Après avoir attendu environ une heure, j'avais laissé un message. J'envisageais de continuer mes vacances, comme ils le voyaient. En leur lançant un petit regard par en dessous, l'air humble, j'ai admis qu'à bien y réfléchir, peut-être que Cameron n'avait jamais eu l'intention de m'offrir un poste, qu'il avait simplement voulu un peu de compagnie pendant qu'il attendait son client à Rome. J'ai précisé que j'étais venue à Rome seule, pour y visiter quelques musées. Je leur ai donné le nom de l'hôtel dans lequel j'étais descendue. J'imaginais qu'à force de demander si j'avais un message de Cameron, la réceptionniste avait été marquée et leur avait donné mon nom et mon numéro, comme je l'avais prévu. Si je n'avais pas été aussi terrorisée, si mes tentatives pour ralentir mes battements de cœur ne m'avaient pas demandé autant d'efforts, j'aurais ressenti une petite pointe de fierté.

— Son client ?

Da Silva en revenait aux faits.

— Oui, il a dit qu'il était à Rome pour rencontrer un client. Il avait l'air très enthousiaste à cette idée. Mais il ne m'en a pas dit beaucoup plus.

— Est-ce que c'est… habituel ?

— Oui. Les marchands d'art sont d'un naturel discret.

J'essayais de la jouer professionnelle.

— Est-ce que le *signor* Fitzpatrick avait l'air perturbé ? *agitato ?*

— Non, je n'ai pas trouvé.

— Vous savez avec qui il avait rendez-vous ? Est-ce qu'il faisait allusion au client ?

— Je n'en sais rien. Je ne peux pas vous le dire.

— Ça aurait pu être une femme ?

La femme du Hassler avec son manteau voyant, que j'avais jeté dans une poubelle de la splendide et austère architecture fasciste de la gare de Milan.

— Je n'en ai aucune idée.

— Un membre du personnel du Hassler a dit qu'une femme avait demandé le *signor* Fitzpatrick, le soir où il a été tué.

Allaient-ils dégainer une photo de moi à l'accueil prise grâce aux caméras de surveillance ? Est-ce que c'était le moment où ils allaient m'attraper la main dans le sac et sortir les menottes ? Le souvenir très inapproprié d'Helene et Stanley à Chester Square m'est revenu en mémoire. Mosoni m'observait attentivement. Pas de pitié, Judith.

— Non, ce n'était pas moi. On s'est dit au revoir au restaurant. J'ai bien peur de ne pas me souvenir du nom. Il y avait un balcon… Je suis allée sur la Piazza Navona, j'ai pris un café, je crois. Est-ce que j'ai besoin de vous fournir un alibi ?

J'ai à moitié ri, puis baissé les yeux honteusement, rien qu'une blague de mauvais goût. Da Silva a repris la main.

— Est-ce que le *signor* Fitzpatrick a mentionné une femme ?

— Non, rien de ce genre.

Mosoni a ajouté :

— *No, signora*, pas d'alibi. Mais vous prévoyez de rester en Italie ? Il se peut qu'on ait besoin de vous contacter à nouveau.

— Rien que quelques jours. Je pensais continuer mon voyage. Bien sûr, je vous aiderai du mieux que je pourrai. Pauvre Cameron. Je n'arrive pas à y croire.

— C'est un choc terrible, a dit Da Silva avec gravité.

— Oui, un choc terrible.

Un silence s'est installé, le temps que nous soyons tous terriblement choqués. Puis les deux hommes se sont levés et nous avons échangé les politesses d'usage. J'ai ouvert la porte et les ai entendus descendre l'escalier. Ils ont poliment salué la réceptionniste curieuse. Je suis restée quelques pas en retrait de ma fenêtre, attendant que la voiture démarre. Parfaitement immobile le temps qu'elle s'éloigne. Se pouvait-il qu'ils aient planqué une caméra dans ma chambre ? Mosoni, pendant que Da Silva me tenait avec ses questions ? Est-ce que c'était bien légal ? Je ne pouvais pas chercher, parce que alors, ils me verraient en train de fouiller, ce qui était un comportement douteux. Putain. Au moins, pas de question sur le couteau. Je me suis rassise prudemment sur la chaise, j'ai fumé une cigarette et me suis relevée pour commencer à faire mes valises. J'avais toujours une jolie petite somme héritée de Steve dans ma trousse de toilette. J'allais rester en Italie deux ou trois jours maximum, puis je prendrais le train pour Genève. Je paierais tout en liquide jusqu'à ce que je décide de combien j'aurais besoin, une fois là-bas.

Appuyée contre la fenêtre, j'ai laissé ma main errer entre mes jambes. Ce que c'était bon de voir ce que j'étais capable d'encaisser. Extrêmement bon. J'ai senti les lèvres de mon sexe enfler contre le tissu de ma culotte. J'avais subi, et je m'en étais sortie. Enfin, presque. En attendant, je me suis dit que j'allais me trouver un hôtel plus chic et faire ce dont je mourais d'envie depuis des semaines. M'envoyer en l'air.

18

Je ne cherche pas à ce qu'on me fasse la cour. Qu'on me drague, qu'on me file un rencard, qu'on me mente – tout ça ne m'intéresse pas. Ce que j'aime, c'est choisir. C'est pour ça que j'aime bien aller dans des soirées privées, parce que tout l'aspect fastidieux est évacué. Chacun sait pourquoi il est là ; personne n'est en quête d'une âme sœur, miroir dans lequel se mirer. Quand on navigue en solo, en terre inconnue, c'est plus compliqué. Après avoir écarté les pères de famille – oh, ils ne seraient pas contre, mais le boulot, les tracas, le dérangement –, puis les adolescents du coin – probablement peu doués –, il ne me restait presque plus que le personnel de l'hôtel bien plus confortable où j'étais descendue, dans Bellagio. La question n'était pas d'être fière ou non de se taper un domestique – je gardais un excellent souvenir de Jan –, mais ils étaient un peu déprimants. J'étais tendue après cet entretien avec la police, j'avais besoin de relâcher la pression.

Matteo m'a semblé parfait. Je me suis laissé draguer dans un bar minable au bord du lac, un endroit que j'avais choisi pour la rangée de motos qui étaient garées devant, même si j'avais remarqué que les motards de la région avaient en général une petite amie dont la silhouette s'intégrait pile poil entre les top cases sur le siège arrière. Matteo était seul ; il m'a expliqué qu'il était de Milan, qu'il séjournait chez sa grand-mère. Il venait de finir son cycle universitaire ; vu le système italien, il avait donc quelques années de plus que moi. Son visage n'avait rien de spécial, mais il avait sous son tee-shirt noir délavé de larges épaules aux muscles compacts. Il m'a offert un verre de mauvais *prosecco*, puis je m'en suis payé un autre, avec une bière pour lui. J'ai enfourché l'arrière de sa Vespa, qui nous a ballottés jusque chez Mamie (après avoir eu confirmation que la *nonna* était en vacances, au bord de la mer). J'étais redevenue Lauren, je m'offrais un tour d'Italie entre deux boulots. L'espace d'un instant, alors que l'engin gravissait avec peine la pente qui nous éloignait de la petite ville, avec le lac en contrebas tout rose dans le coucher de soleil, j'ai posé ma joue contre sa veste, mes mains sur ses hanches, et je me suis sentie un peu seule. À partir de maintenant, ce sera comme ça, ai-je pensé. Si j'allais jusqu'au bout, je ne pourrais plus redevenir moi-même. Enfin, je n'avais jamais été aussi près du but.

L'idée d'aller dans le cottage d'une vieille dame ne m'avait pas emballée, mais la maison de Matteo était plutôt pas mal – années soixante-dix, à l'italienne, sans rien d'écœurant, avec beaucoup de murs blancs et de bois sombre, et une immense terrasse avec une vue spectaculaire sur le lac. Comme il commençait à faire frais, Matteo m'a prêté un pull en cachemire et on s'est installés avec une bouteille de vin rouge pétillant un peu bizarre pour contempler les guirlandes de lumière du dernier ferry qui repartait vers Côme. Il a allumé un joint, j'ai fait semblant de tirer dessus, et il m'a dit que bien qu'il ait étudié l'architecture, il pensait écrire un roman. Après quoi il m'a demandé si je voulais qu'il me joue un peu de guitare, mais j'ai vite vu où ça pouvait nous mener, alors j'ai murmuré « Peut-être plus tard » et j'ai fourré ma langue dans sa bouche. Il a paru surpris, mais comme les Italiens pensent que toutes les Anglaises sont des salopes, il a vite compris. Tout en lui donnant un baiser bien profond, je me suis assise sur ses genoux de façon qu'il sente mes seins contre son torse ; ma langue s'est enfoncée dans sa bouche au goût de beuh jusqu'à ce que je le sente durcir sous son jean.

— On va dans ta chambre ?

Ce n'est qu'à la vue du tableau dans l'escalier, en suivant Matteo à l'étage, que j'ai mesuré l'ampleur de ce que j'avais fait à Rome. Je déteste quand l'univers nous rejoue son petit tour du thème récurrent. C'était une reproduction à l'huile du *Campo Vaccino* de Turner, l'ultime portrait de la Ville éternelle par l'artiste. Certaines personnes perçoivent des nuances de regrets dans ce tableau, la douce errance de la lumière sur le Forum, l'adieu élégant du grand homme. Un souvenir de touriste, le genre de chose qu'on pourrait voir pendu à une grille sur les rives du Tibre – où je m'étais trouvée, il n'y a pas si longtemps.

Matteo m'a plaquée contre le mur pour un autre baiser, avec plus d'insistance cette fois. J'ai enlevé mes boots et mon jean en vitesse, roulé ma culotte en boule dans ma main, et me suis allongée pendant qu'il ôtait son pull et son tee-shirt. Je l'ai attiré sur le lit et l'ai chevauché, j'ai fait courir ma langue sur le galbe

251

de son torse et léché âprement ses mamelons. Sentir l'odeur d'un mâle après tant de temps a suffi à me faire mouiller – j'ai pressé mon visage contre son aisselle pour aspirer le musc de sa sueur, comme un colibri avide de nectar. Puis, du bout de la langue, j'ai suivi l'étroite bande de poils qui parcourait son ventre plat, marqué une pause au premier bouton de son Levi's et ouvert sa braguette pour le prendre dans ma bouche. Sa queue était un peu décevante – longue, et pourtant étroite, avec un prépuce trop épais – mais dure à fendre du bois. À en juger par le rythme de sa respiration, ça ne devait pas être le genre de chose qui arrivait souvent à Côme par une soirée tranquille, et je voulais qu'il me baise avant de jouir.

— Tu as un préservatif ?

Il s'est levé pour allumer dans la salle de bains, m'offrant au passage une vue de ses fesses minces. Je me suis caressé la chatte, m'ouvrant peu à peu, humectant ma bouche avec mes doigts mouillés. J'étais tellement excitée que j'aurais pu jouir là, comme ça. Il a mis un temps fou à enfiler cette capote et à venir caler ses hanches entre mes cuisses écartées. Je l'ai guidé en moi, j'ai laissé sa tête tomber à côté de la mienne et l'ai serré fort pour qu'il ralentisse la cadence.

— *Aspetta*. Attends. Prends ton temps.

Ses mouvements se sont faits plus lents, plus profonds, un rythme agréable et régulier. J'ai glissé ma main droite entre nous pour atteindre mon clitoris.

— Plus fort. *Vai*. Plus fort.

Et puis, l'espace d'une seconde, en proie à ce délicieux moment d'ouverture et de pénétration, j'ai perdu le fil. Son souffle dans mon oreille était une caresse vampirique, le poème d'amour d'un démon. Il faisait sombre dans la chambre, mon regard s'est promené sur quelques objets posés sur le bureau à côté du lit – un livre de poche, un cendrier, et, chose attendrissante, un trophée sportif rutilant. Tu pourrais l'attraper, me suis-je dit, tu pourrais l'attraper et le lui fracasser sur le crâne. Le sang coulerait autour de son oreille, goutterait sur ton visage. Il ne saurait même pas ce qui lui arrive. Il s'effondrerait doucement sur ta poitrine, comme une marionnette, sa vie le quitterait par la queue dans une dernière saccade, comme un pendu. J'ai fermé les yeux. J'étais sur le point de jouir, mais derrière mes paupières se jouait un film : une paire d'yeux implorants, les coins en laiton d'une mallette, le rouge écarlate d'une serviette hygiénique, un visage boursouflé virant au gris. J'avais peur d'être en train de me taper un autre cadavre, et ces pensées, bizarrement, me plaisaient. Mon souffle résonnait au plus profond de ma gorge, c'était presque un râle, le halètement de Matteo s'est mis au diapason du mien et l'espace de quelques secondes extatiques je ne savais plus où j'étais, puis on s'est retrouvés pareils à deux vrais amants, hors d'haleine sur le rivage où a échoué notre navire. Je n'arrivais pas à parler, ni à le regarder. On est restés muets quelques instants, et il s'est blotti contre moi pour embrasser mon épaule, mes cheveux.

Il existe un procédé appelé l'anamorphose. On peint un objet de biais, de façon que sa véritable identité ne se révèle à nous que lorsqu'on voit le tableau du bon point de vue. L'exemple le plus célèbre est sans doute le tableau d'Holbein *Les Ambassadeurs*, dans lequel une tache blanche qui figure au premier plan devient un crâne humain. Il y a un endroit à la National Gallery, à droite du tableau, où l'usure du sol est visible, là où il faut se tenir pour voir le procédé à l'œuvre. Mais je trouve que tous les grands peintres créent une forme d'anamorphose. Il suffit de se tenir au bon endroit, et d'un coup c'est comme si on avait basculé dans le tableau. Un bref instant, on existe sur deux plans, à l'intérieur et à l'extérieur, un tour de passe-passe quantique. Aucun plan ne peut exister indépendamment de l'autre. J'étais à la fois à Rome et dans le lit de Matteo, dédoublée.

— *Ciao, cara. Ciao bellissima.*

— *Ciao*, ai-je murmuré contre sa gorge.

J'ai essayé de mettre un peu de chaleur dans ma voix, j'ai passé une main dans ses cheveux. Ce n'était pas de sa faute, c'était un mec gentil. Il m'a tendu un verre d'eau mais j'ai secoué la tête et me suis emmitouflée dans la couette, faisant mine de m'assoupir. Je portais encore son pull, ça a accentué l'impression de nudité quand il s'est blotti en cuillère contre mes cuisses nues. J'ai attendu que sa respiration s'apaise, et mes yeux se sont ouverts d'un coup, comme dans un film d'horreur. J'ai compté à rebours à partir de mille en italien, puis en français, puis en anglais, j'ai soulevé doucement le bras qu'il avait passé autour de moi et lentement, très lentement, je suis sortie du lit. J'ai enlevé le pull, attrapé mon jean et mes boots. J'avais prévu de plaquer ma culotte contre son visage au moment où il jouirait, pour qu'il respire l'odeur de mon sexe tandis qu'il déchargeait en moi, mais, trop occupée à m'exciter sur la façon dont j'aurais pu l'assassiner, j'avais oublié mon coup fourré. J'ai descendu l'escalier à moitié nue le talon calé contre chaque marche et fini de m'habiller dans l'entrée, sous l'éclat vaporeux du Turner. Je voyais les lumières de Bellagio en contrebas, j'y suis allée à petites foulées. La clé de ma chambre était à la réception de l'hôtel. Matteo ne m'avait pas demandé où j'étais descendue. Et même s'il voulait me retrouver, je serais déjà loin au moment où il se réveillerait. Non, ça ne serait plus comme ça, je me suis dit. C'est moi qui décidais à présent. J'étais à bout de nerfs, mon cerveau me jouait des tours, une hallucination en technicolor induite par le stress. Rien de grave, pas de quoi s'inquiéter. Pas de lune dans le ciel, il n'était pas tard et je savais que je ne dormirais pas. J'allais faire mes bagages, régler ma note, commander un taxi pour cinq heures du matin dans lequel je longerais le lac jusqu'à la gare. Il fallait que je sois plus forte que jamais ; encore quelques jours à tenir, c'était tout. J'avais commis une erreur avec Matteo, me suis-je rendu compte, agacée. J'étais une accro du cul ou quoi ? J'aurais tout le temps pour ça. Je devais me concentrer sur l'étape suivante, et ainsi de suite, jusqu'à ce que j'en aie terminé à Genève.

19

En 1612 environ, à Rome, Artemisia Gentileschi a fait un petit dessin de Danaé, la princesse d'Argos, à qui Zeus a fait l'amour dans une pluie d'or. Un choix étonnant pour une apprentie, qui plus est une femme qui était surveillée de près dès qu'elle quittait la maison de son père. La Danaé d'Artemisia n'aurait rien d'une beauté au sens où on l'entend aujourd'hui : chair trop pâle, ventre trop proéminent. Même allongée, exposant sa nudité effrontément, on devine le double menton malgré la tête inclinée en arrière. J'adore ce tableau, parce qu'à la différence des autres représentations de Danaé – un choix populaire du porno soft du XVIIIe siècle –, il est plein d'esprit. Les yeux de Danaé, d'extase, se ferment, mais pas complètement. Sous ses paupières alanguies, elle se livre à sa petite évaluation, comptant en douce le nombre de pépites qui tombent en cascade sur sa chair consentante. Enroulée dans ses cheveux couleur de marmelade dorée, sa main droite est posée sur sa cuisse imposante, mais les muscles de son avant-bras sont contractés, son poing renferme son butin. Danaé ridiculise le dieu qui pense l'avoir éblouie ; derrière ses cils savamment baissés, elle se moque du spectateur, de l'homme qui se drape dans la respectabilité d'un sujet classique pour assouvir son besoin de contempler ce corps nu. Voilà ce que nous sommes, dit Danaé ; même si nous jouons les nymphes, vous devez nous remplir la chatte avec de l'or. Mais la moquerie de l'artiste n'a rien de cruel ; elle nous invite à rire avec elle, à voir à quel point nous sommes des handicapés de l'érotisme. Si Danaé avait une bulle de bande dessinée reliée à sa moue couleur pêche, on pourrait y lire : « Alors d'accord, mon grand. Combien ? »

Une bonne chose à laquelle se raccrocher, ce tableau, tandis que j'étais assise dans le bar de l'Hôtel des Bergues. À la différence des autres grandes villes européennes, Genève ne s'était pas transformée en nécropole au mois d'août. À l'intérieur, la climatisation ronronnait discrètement, mais dehors, sous le ciel suisse boudeur, toute la ville palpitait, animée par les reflets cachés de l'argent. Je me suis rappelé avoir parcouru les Mémoires d'une call-girl célèbre qui disait que si vous vouliez trouver une prostituée dans un hôtel chic, il suffisait de chercher la femme qui portait un tailleur classique. Je me suis rappelé mon ensemble Sandro en tweed, il y avait de ça une éternité, au Ritz, avec Leanne. De toute évidence, ai-je songé ironiquement, le destin avait attendu son heure. Celui que je portais, offert par Steve, était un investissement dans la précollection d'automne de Valentino effectué lors de ma dernière visite : en laine bleu marine extralégère, à la coupe douce mais rigoureuse, porté avec de simples sandales Jimmy Choo noires à talons. Cheveux attachés, pas de bijoux, manucure et pédicure coordonnées en beige nacré.

Je ressemblais tellement à une banquière que je devais être une pute.

J'ai commandé un chenin blanc et j'ai scruté la salle. Deux Arabes à la table d'à côté qui me reluquaient, un vieux croulant du type dictateur en exil avec une blonde improbable, un groupe d'Allemandes avec des ordinateurs portables qui la regardaient d'un mauvais œil, deux hommes plutôt jeunes en jean et montre IWC qui buvaient une vodka tonic. Pas ce qu'il me fallait. Les traders portent des jeans. Moi, je voulais quelqu'un habillé comme moi, j'avais besoin d'un banquier. Donc j'ai emporté mon exemplaire de *The Economist* au Quirinale pour le dîner, où j'ai commandé du foie gras frais pour la beauté du geste, et parcouru un article sur la Corée du Nord en attendant que la musique démarre dans le bar adjacent, cette house agressive dont la jeunesse *Eurotrash* a besoin pour savoir qu'elle passe une bonne soirée. J'ai commandé une mousse au chocolat au sirop de jasmin, également pour le décorum, puis je me suis glissée au bar et j'ai arrêté de faire semblant de lire. L'endroit se remplissait. Deux femmes en tailleur noir occupaient les tabourets à côté de moi. Le duo classique blonde et brune – quoique, à en juger par les grosses paluches et la mâchoire carrée de la brune, il y avait quelqu'un qui risquait d'avoir une petite surprise avec elle, en fin de soirée. En quelques minutes, elles avaient annexé deux costumes et la bouteille de champagne était déjà à moitié vide ; elles riaient et agitaient leur balayage, comme si elles étaient absolument ravies d'être dans ce bar bondé, avec son DJ minable et ses bougies flottant dans des seaux à glace plus minables encore, en compagnie de ces hommes incroyablement drôles et spirituels, tandis que leurs collègues plus chanceuses se tapaient de la mauvaise coke russe sur la Côte d'Azur. J'ai tenu dix minutes et j'ai demandé au portier de m'appeler un taxi pour le Leopard Lounge.

Une fois arrivée, j'ai pris un bourbon. Ici, personne ne faisait semblant d'être venu pour autre chose que mater la chair fraîche. Une troupe de mannequins lingerie de bas étage, avec un mac gay en jean blanc Dolce & Gabbana et deux acteurs sur le retour dont la chevelure ressemblait sans doute à la moumoute des sièges de leur bateau tout pourri. Encore des blondes, toutes aux seins refaits, à différents degrés, des cols amidonnés de dix centimètres, des Rolex, des dents blanchies au laser et des yeux de morts vivants. Les deux traders aperçus au Bergues que la vodka commençait à échauffer, une fille en cuir moulant à chaque bras. Des filles partout, comme dans un exemplaire de *Grazia*, prêtes à tout. Nourrissant l'espoir que ce soir, c'était le bon, leur tremplin, le moment qui ferait que les frayeurs du petit matin et les pipes dégueu en valaient la peine. Des filles comme moi, autrefois.

Genève est une petite ville, pleine de jeunes loups célibataires pleins aux as, et deux et demi pour cent de sa population sont impliqués dans le commerce du sexe. Je n'étais pas très inquiète de la concurrence, mais vers onze heures et demie, j'ai commencé à désespérer un peu. Boire un autre bourbon était trop risqué. La liste que j'avais faite à Côme tourbillonnait devant mes yeux : Rupert, Cameron, Leanne, Moncada. Combien de temps me restait-il ? Si ça ne marchait pas, il faudrait que je retire autant que possible de mon compte et que je prenne la fuite. Avec quelle somme en liquide pouvait-on se balader sans être inquiété ? Il ne me restait sûrement pas plus de deux ou trois jours, et à ce rythme, j'aurais de la chance si je réussissais à tirer mon cash de chez Osprey et mes fesses d'Europe avant qu'un collègue de Da Silva me tombe dessus.

Et là, parce que parfois – mais pas souvent – si on ferme les yeux et qu'on fait un vœu, la vie peut se passer comme au cinéma, il est entré. La cinquantaine, grisonnant, pas d'une beauté à tomber mais avec un éclat qui sentait le fric, alliance, fringué à Savile Row, boutons de manchettes Bulgari (parfait, rien d'aristocratique, un léger manque d'assurance), chaussures et montre impeccables. Surtout les chaussures. Si ce petit tour d'Europe finissait un jour, il y avait bien une chose que je ne voulais plus jamais voir : un putain de mocassin à gland. Il était seul, ce qui signifiait que les choses avaient mal tourné et qu'il avait besoin d'un verre, ou que les choses avaient bien tourné et qu'il avait besoin d'un verre. Dans tous les cas, il le prendrait avec moi.

20

Ce n'est qu'une fois dans ma chambre d'hôtel, alors que je lui avais servi un verre sans demander d'argent avant de monter, que Jean-Christophe a compris que je n'étais pas une pute. Et même après avoir passé un quart d'heure le visage enfoui dans ma chatte puis quelques minutes supplémentaires à me prendre par-derrière avec une bonne dose d'encouragements – au terme desquelles j'avais frémi dans ses bras étonnamment poilus –, il avait toujours un peu de mal à y croire.

— Euh, je ne m'attendais pas tout à fait à ça.

Il parlait français.

— C'est là que je suis censée te dire qu'en général je ne suis pas aussi directe mais que je n'ai pas pu m'en empêcher ?

Je me suis libérée de son étreinte et suis sortie nue du lit pour aller me chercher un verre d'eau, faisant en sorte qu'il puisse admirer la vue.

— Tu me plais, ai-je poursuivi, mais je suis une grande fille et les jeux m'ennuient.

— Je vois.

— Et je ne suis pas du genre pot de colle. Tu peux rester si ça te dit, ai-je lancé en me remettant au lit avant de tirer la couette sur mon épaule. Ou pas.

Il a glissé ses bras autour de moi par-derrière, pris mes seins dans ses mains et mordillé la naissance de mon cou. Ce ne serait peut-être pas la corvée après tout.

— Il faut que je sois au bureau demain matin.

— C'est quoi ton tour de cou ?

— Pourquoi ?

— Je vais appeler le concierge pour qu'il te trouve une chemise. Un petit défi ne lui fera pas de mal.

Jean-Christophe est donc resté, cette nuit-là et celle d'après. Puis il m'a demandé si ça me plairait de l'accompagner à Courchevel pour le week-end. Je me suis dit que la saison jouait en ma faveur. Non seulement les épouses étaient gentiment tenues à l'écart, en vacances (je me demandais si Mme Jean-Christophe prenait du bon temps avec le prof de tennis à Cap d'Antibes ou si elle s'imposait une stricte abstinence à Biarritz), mais en plus, en dépit de mes nombreux talents, il se trouvait que je ne savais pas skier, ce qui aurait pu être un peu gênant pour Lauren, la gentille marchande d'art anglaise, si on avait été en hiver. Lauren était du genre à s'exclamer comme une gamine sans toutefois se montrer trop impressionnée, comme par exemple au moment où la Jaguar de Jean-Christophe est entrée dans la zone d'aviation générale de l'aéroport de Genève. Je n'étais jamais montée à bord d'un appareil privé, mais j'ai tout de suite compris ce que Carlotta avait voulu dire. Vingt minutes en hélicoptère Sikorsky, à peine le temps de s'émerveiller de la beauté des Alpes qui étincellent en dessous de nous, qu'on atterrit tout en haut, à Courchevel 1850. Le genre de chose qui peut corrompre une personne à vie, vraiment.

On séjournait dans un chalet prêté par un ami d'enfance de Jean-Christophe. Son propre chalet était à Verbier ; ce devait être un vieil arrangement qui leur convenait à tous les deux. J'ai fait un petit tour des lieux pendant qu'il finissait de passer ses coups de fil pour le travail. Il ne s'agissait pas d'un de ces palais de verre à je ne sais combien de millions d'euros que les Russes font construire au pied des pistes, mais d'une maison de famille solide, trois chambres, tout en bois, décorée avec un mélange de chic alpin un peu moche et de quelques pièces d'art oriental sans valeur mais jolies. Les lits étaient garnis de linge à rayures colorées du Pays basque. L'unique touche glamour : un jacuzzi en cèdre encastré dans une terrasse en bois, avec vue sur la vallée. Il y avait des livres de poche abîmés, des photos de famille, l'ami en question avec sa femme aux cheveux balayés, leurs trois têtes blondes en pleine santé, sur les pentes neigeuses et ce qui ressemblait à des plages tropicales. La fille devait avoir dix ans de moins que moi. Je me demandais à quoi ressemblait sa vie, son pensionnat, ses fringues et ses vacances, ce que ça faisait de grandir dans un cocon, en sécurité. Elle passait sans doute ses journées à fumer des clopes et à se plaindre de sa vie de merde à des copines sur Facebook.

Jean-Christophe s'est excusé de ne pas pouvoir m'emmener à La Mangeoire, le restaurant qui devenait le night-club le plus cher de Courchevel à dix heures et demie, mais je lui ai assuré avec le sourire que j'aimais autant passer une soirée sans chichis. On a enfilé un jean et un pull en cachemire et on a déambulé dans la ville main dans la main. On s'est arrêtés devant un petit bistro dont le propriétaire a manifestement reconnu monsieur. Prévenant, Jean-Christophe m'a demandé si une raclette ne serait pas trop lourde, et j'ai répondu poliment qu'il faisait juste assez froid en altitude pour que ce soit un régal. On s'est donc retrouvés à tailler des tranches de fromage fondant sur ce qui ressemblait à un instrument de torture, qu'on a déposées sur une chiffonnade de jambon cru et de viande séchée, le tout accompagné d'une bouteille de bourgogne. J'aimais beaucoup Jean-Christophe, même si ce n'était pas aussi passionnément que je le laissais croire. À la différence de James, il avait de bonnes manières et une conversation facile, qui tournait principalement autour de ses voyages. Il ne me posait pas beaucoup de questions, j'ai toutefois mis un point d'honneur à glisser que j'envisageais d'ouvrir ma propre galerie. Vers la fin de la bouteille, il a pris ma main et l'a embrassée.

— Mais que tu es belle.

J'ai eu envie de rire. Dans une autre vie, ç'aurait été tout ce dont je rêvais. Un homme d'âge mûr, distingué, un endroit très huppé. À peine croyable. Or, en l'état actuel des choses, je n'attendais que le moment où il serait gentiment installé dans le jacuzzi. On est donc rentrés doucement, j'ai poussé quelques « Oh ! » et « Ah ! » sous les étoiles, qui étaient vraiment extraordinaires, et une fois au chalet je l'ai devancé pour choper une bouteille de champagne et deux flûtes. J'ai tripatouillé les boutons, de sorte que quand il est arrivé sur la terrasse, j'étais déjà nue dans l'eau délicieusement fumante, les cheveux mouillés lissés en arrière. Il m'a rejointe, s'est allumé un cigare et a laissé sa tête glisser en arrière. On est restés muets quelques minutes, à siroter et regarder le ciel. Ses doigts ont nagé en direction de mes seins, mais je me suis redressée.

— Chéri, il y a une question que je veux te poser.

Aussitôt, il s'est crispé. Si le moment de la vente forcée était venu, il serait prêt, et sans aucun doute très courtois, mais profondément déçu, voire légèrement triste. Je pouvais le laisser mariner un peu.

— Tu vois, j'aurais besoin de ton aide.

— Oui.

Il employait un ton plat et décourageant. Qu'est-ce qu'elle va me pondre, se demandait-il – le proprio intraitable, les frais d'inscription à l'université exorbitants ? La mère malade ? Non, quand même pas la mère malade ?

— Je te paierai, bien sûr. Une sorte de dédommagement. Disons, cent mille euros ?

— Toi, tu me paieras ?

— Mais oui. Je réfléchissais… tu te rappelles que je t'ai parlé de ma galerie ?

— Oui.

— J'étais à Genève parce que j'ai un investisseur. C'est quelqu'un de sérieux, il est prêt à assurer mes arrières. Je m'occupais des détails pratiques. Les fonds sont chez Osprey.

J'avais capté son attention, il pensait comme un homme d'argent, plus comme un pigeon.

— Osprey ? Oui, je connais quelqu'un là-bas.

— Je voudrais déplacer cet argent. Mon client est très… exigeant. Il veut se constituer une collection de grande envergure et j'ai parfaitement conscience qu'il mise gros sur moi. Mais il a également besoin de rester discret – tu comprends ? Il n'a pas forcément envie que le monde entier soit au courant de ce qu'il achète. Et je ne pense pas que la Suisse soit l'endroit le plus sûr pour ça. En tout cas pas après le scandale UBS de l'année dernière.

— Et donc ?

— Et donc je veux mettre cet argent ailleurs. Mais il faut que j'agisse vite, parce que mon client a une capacité de concentration assez courte, et si je ne lui présente pas d'œuvres rapidement, il risque de perdre patience. La foire d'art contemporain de Shanghai commence début septembre et il faut que je sois prête. Sans compter qu'il y a des expos à la Art Basel de Hong Kong au printemps ; bref, je n'ai pas de temps à perdre avec la paperasse. Donc j'ai pensé que tu pourrais m'aider, ai-je conclu simplement, le regardant droit dans les yeux – enfin, autant que le permettaient les bougies chauffe-plat et les volutes de vapeur.

— De quelle façon ?

— Jean-Christophe, on ne se connaît pas très bien. Mais je sens que je peux te faire confiance. Ce n'est pas une petite somme – dans les six millions d'euros. Je voudrais que tu les transfères sur un compte de société au Panamá, dès que possible. Il faut que je puisse retirer des fonds et mon propre salaire en tant que salariée de cette société. Je te paie cent mille euros, quel que soit l'endroit où tu souhaites que cet argent soit crédité. C'est tout.

— Six millions ?

— Un piètre Rothko. Ce n'est pas tant que ça, au final.

— Tu es une jeune femme pleine de surprises.

— Oui, pleine de surprises, ai-je répondu avant de plonger sous l'eau.

J'étais bien contente d'avoir mon diplôme de secourisme. C'était vrai, ce qu'avait dit le moniteur : il y a toujours un moment où ces gestes serviront.

J'ai donc passé un week-end assez fatigant, pour que Jean-Christophe en passe un très reposant, après quoi on a repris l'hélico en direction de Genève le lundi matin, puis un taxi jusqu'aux bureaux d'Osprey. J'ai dit à Jean-Christophe que je ne voulais pas entrer, mais il a répondu qu'il fallait que je l'accompagne, faute de quoi ils refuseraient de fermer le compte. Mais il semblait que la bénédiction des milliards de Steve m'auréolait encore, comme une fée marraine. Le contact de Jean-Christophe s'est montré plus conciliant encore que ne l'avait été le directeur. J'ai donné les codes et décidé de laisser à leur place les dix mille euros de départ – on ne savait jamais. J'envisageais d'envoyer à Steve environ la même somme dès que je serais installée, comme ça on serait quittes. Si le contact de Jean-Christophe était surpris, il n'en a rien montré, mais bon, c'est tout l'intérêt de la Suisse. Si vous avez de l'argent, vous pouvez y cacher ce que vous voulez. Donc, quand on est sortis, Jean-Christophe était plus riche de cent mille euros, et j'étais la fière et unique employée de Gentileschi Ltd, avec un compte domicilié à la Klein Fenyves, au Panamá, rémunérée cent mille euros par an avec possibilité de retraits à volonté et de transferts d'argent vers le compte de mon choix. Le tout imposable, ouvert, bien sûr, à mon nom. Plus de liens avec le virement de Moncada ou ce compte des îles Cook. Il était trop tôt pour fêter ça en trinquant, alors on s'est serré la main sur le perron de la banque et j'ai dit que je le rappellerais quand je serais de passage à Genève, ce qui, nous le savions parfaitement, était un mensonge. Son chauffeur a avancé la voiture et il a disparu, mais j'ai quand même été touchée qu'il prenne la peine de passer la tête par la fenêtre pour me faire un signe avant que la voiture change de direction. Je me suis demandé s'il avait l'impression d'avoir été pris pour une bonne poire, ce qui était sûrement le cas, même si, en général, les imbéciles n'étaient pas aussi bien dédommagés – dans tous les sens du terme.

Je suis rentrée au Bergues sous une bruine maussade. J'avais apparemment amassé pas mal de fringues, à en juger par la pile entassée pêle-mêle dans la penderie. Je pouvais d'ailleurs m'offrir des bagages dignes de ce nom, maintenant. Un ensemble assorti, plus chic tu meurs. Mais cette perspective ne m'a pas réjouie autant que je l'aurais cru. Un peu lasse, je suis descendue au bar boire un café. Je me suis connectée au site du *Corriere della Sera*. On y était : « Meurtre d'un homme d'affaires anglais ». Je me suis forcée à lire l'article jusqu'au bout, lentement, trois fois. Mon nom ne figurait nulle part. Seulement : « La police a interrogé une collègue de la victime, qui a confirmé qu'il avait rendez-vous avec un client inconnu. » Si c'était dans l'édition italienne d'aujourd'hui, ça sortirait dans la presse anglaise le lendemain, surtout qu'en août les journaux n'avaient pas grand-chose à se mettre sous la dent. Mais j'étais hors de danger, non ? Rupert devait être dans tous ses états après avoir vu l'argent transiter sur le compte suisse, puis simplement disparaître. Osprey ne donnerait pas les coordonnées du nouveau bénéficiaire, quelles que soient les ficelles que ce gros lard essaierait de tirer. J'avais ma petite histoire. Même s'il apprenait que j'avais rencontré Moncada, même s'il me retrouvait, je pourrais dire que j'avais deviné l'arnaque qu'ils avaient montée autour du Stubbs et que j'avais persuadé Cameron d'acheter mon silence pour dix mille dollars. Le genre de somme ridicule que demanderait quelqu'un comme Judith Rashleigh. Mais Cameron ne s'était pas pointé, et j'avais vu que l'argent avait été viré là où Cameron m'avait expliqué, et c'était tout ce que je savais. Rupert pourrait en vouloir à Moncada, à Cameron, à qui il voulait, ils n'avaient rien contre moi. Et pourquoi je n'avais pas dit à la police italienne que Rupert trempait dans cette affaire ? Un reste de loyauté, de fair-play, de solidarité. Là encore, la fidélité à leurs valeurs, comme celle d'un toutou pour son maître, fidélité avec laquelle j'avais cru, à une époque, les impressionner.

J'ai fermé les yeux. Quand avais-je respiré normalement pour la dernière fois ? J'aurais dû être sur le départ, en train de faire ces putain de bagages, de commander un taxi pour m'emmener à la gare, me concentrer sur l'étape suivante, puis la suivante. Mais non. Je suis restée plantée là, à regarder la pluie.

IV
DEHORS

21

Le Stubbs a surgi dans une vente aux enchères cet hiver-là. Adjugé dix millions de livres à un marchand de Pékin pour le compte d'un particulier. Cinq millions de bénéfices pour le vendeur invisible de Moncada, et une tarte à la crème dans la gueule de Rupert. De toute évidence, M. et Mme Tiger ne suivaient pas les fluctuations du milieu ou, si c'était le cas, ils ont été trop contents de ne pas l'ouvrir. Moi, en revanche, j'ai essayé de suivre le tableau – histoire de voir s'il y avait une personne à éviter –, mais il a disparu de la circulation. Rangé dans un coffre, quelque part, peut-être avec des Chagall volés par les nazis, prêt à refaire surface dans quelques dizaines d'années.

Voici quelques-unes des choses qui arrivent quand vous avez assassiné quelqu'un. Vous sursautez au son de la radio. Vous n'entrez jamais dans une pièce déserte. Le bruit blanc de votre conscience ne cesse plus, et des monstres s'invitent parfois dans vos rêves. Pourtant, avec la disparition du Stubbs, le dernier lien avec mon ancienne vie s'est rompu. Jusqu'à Rome, j'avais réagi, trop stressée pour ne rien faire ; j'avais cru avoir un plan, lequel avait tout juste consisté à me tirer au plus vite de ce pays, par n'importe quel moyen. Je n'étais plus dans cet état d'esprit. L'incident avec Cameron était certes regrettable, et Da Silva était un peu le cheveu qui tombe dans la nage de homard, mais au fil du temps, je me suis rendu compte que je ne pensais quasiment plus à eux. Cent doutes ne font pas une preuve, après tout. J'avais une nouvelle vie à présent.

Au moment où le tableau se vendait, j'avais pris toutes les dispositions. En quittant la Suisse, je n'ai pas longtemps hésité sur la direction à suivre. Puisque je n'avais jamais considéré *Sex and the City* comme un documentaire, je ne voyais pas trop l'intérêt d'aller à New York, sans compter que l'Amérique, ça voulait dire paperasse et histoires sans fin de carte verte. J'avais envisagé la destination classique d'Amérique du Sud, Buenos Aires, mais mon espagnol restait scolaire ; l'Asie me semblait trop lointaine. Je ne vois pas ma mère très souvent, mais je n'aimais pas l'idée d'être si loin. Je lui avais envoyé une carte postale avant de quitter Côme, disant que j'allais voyager un peu. Ça m'a rendue un peu triste de me dire qu'elle ne s'attendait pas à grand-chose de plus. Puisque j'étais en situation régulière, l'Europe était un choix bien plus sensé, et il n'y avait qu'une ville dans laquelle je voulais vivre – Paris. J'y avais passé mon année sabbatique après mes études, bien qu'elle n'ait pas ressemblé aux expériences dont j'avais entendu parler à la fac. Des petits boulots de merde, à la chaîne, pour louer un studio atroce de l'autre côté du périph, étudier tant bien que mal la grammaire française à deux heures du matin, les sorties du dimanche au Louvre alors que j'aurais préféré rester dans mon lit.

Pauvre petite fille. Mais j'avais cette ville dans la peau, bien plus que n'importe quelle autre, et dès que j'ai pu me faire plaisir, pour la première fois de ma vie, c'est là que j'ai décidé de me rendre.

Le temps de m'organiser, j'ai passé environ une semaine à l'Holiday Inn du boulevard Haussmann, dans le coin de la ville que j'aimais le moins. Ces larges avenues qui semblaient toujours poussiéreuses, battues par les vents, bordées d'immeubles de bureaux et de touristes déçus. J'ai ouvert deux comptes bancaires, un personnel et un professionnel, et rempli les formalités pour obtenir une carte de séjour. Pas besoin d'un plan de Paris pour savoir où je voulais habiter. De l'autre côté du fleuve, dans le 5e, au-dessus du Panthéon, dans ces petites rues qui descendent vers le Luxembourg. Après avoir assidûment traîné mes basques dans les musées, j'avais l'habitude d'aller y regarder les riches jouer au tennis, dans le jardin de Marie de Médicis, ou de m'asseoir près de la fontaine où s'étaient rencontrés Sartre et Beauvoir. J'avais adoré ce quartier à l'époque, et il m'attirait encore, avec ses odeurs familières de cacahuètes grillées et de platanes. L'appartement que j'ai trouvé se situait dans un immeuble du XVIIIe siècle, rue de l'Abbé-de-l'Épée, perpendiculaire à la rue Saint-Jacques, au deuxième étage, donnant sur une cour pavée, avec une concierge digne de ce nom, trapue, se dandinant en pantalon décontracté et corsage lavallière, permanente empesée jaune vif et air de martyre. Je crois que je l'ai choisi à cause de la concierge, en fait, mais il y avait un vieux parquet doré comme dans le célèbre tableau de Caillebotte, une immense salle de bains, des murs blancs et des poutres peintes au-dessus du lit, des moulures rudimentaires soulignées en rouge et turquoise. Rilke avait vécu dans cette rue, ai-je appris grâce à mon guide.

Mon premier choix s'est porté sur un Ule Andresson hideux, acquis auprès de Paradise Galleries à New York – une toile verte terne avec une trace fécale dans un coin. Je l'ai fait livrer au bureau de Steve à Guernesey, et j'ai envoyé un texto avec un smiley qui disait : « Merci de m'avoir aidée à démarrer. » J'avais suivi dans le *Financial Times* les résultats de ma petite incursion sur le bateau de Balensky. Steve s'en était bien sorti. Il avait camouflé son action de façon classique : l'intérêt croissant de son fonds pour l'hôtellerie générale s'était manifesté par un investissement dans le groupe Rivoli, et il n'avait eu qu'à regarder ses actions faire un bond lorsque l'homme du Richistan l'avait racheté. Impeccable, et totalement illégal. Mais Steve n'a pas répondu à mon message ; il était en déplacement, à New York, Dubaï ou Sydney, et je me suis surprise à être un peu déçue. Je voulais aussi envoyer de l'argent à Dave, mon seul ami masculin non atteint d'autisme, mais je n'arrivais pas à trouver un moyen qui ne soit pas trop louche. Sans compter qu'il me faisait la gueule.

Il fallait pourtant que j'agisse. J'appréhendais, mais je lui ai envoyé un message pour lui demander comment il allait. Il m'a renvoyé le mot « Bonhams », avec un point d'exclamation et un smiley. Pas de bisous, mais qu'est-ce que j'étais soulagée. Bonhams ne figurait pas parmi les deux maisons de ventes aux enchères majeures de Londres, mais c'était un établissement très honorable, et Dave avait retrouvé du travail. Lorsque je lui ai demandé si je pouvais l'aider d'une façon ou d'une autre, il a répondu : « Commission sur activités mercenaires exclusivement. Bises. » Il disait souvent en plaisantant qu'il aurait dû finir dans la protection particulière, dans un endroit tel que la Somalie, comme nombre de ses copains d'armée, que sa jambe en moins lui avait évité ça. J'étais ravie et, je dois dire, pas si surprise que ça qu'il m'ait pardonné. Dave était intelligent, il savait que la rancœur était une perte de temps.

Après ça, je me suis offert une virée shopping. D'abord à l'hôtel Drouot pour un secrétaire du XVIIIe, un vrai bonheur-du-jour avec compartiment secret et sous-main en cuir rouge fraise, ensuite à la Maison du Kilim dans le Marais pour un tapis d'Anatolie carré dans les tons bronze, émeraude et turquoise, chez Artemide pour les luminaires et chez Thonet pour un canapé, et enfin au marché aux puces pour une crédence en bois de rose du XVIIe et une table de salle à manger Art déco. Gentileschi a claqué un demi-million pour un Lucio Fontana, mais j'en avais les moyens. Avec le temps, je vendrais, et mon appartement deviendrait ma galerie. J'ai déniché un tableau intitulé *Suzanne et les Vieillards*, qui évoquait l'œuvre d'Orazio Gentileschi. Rien de spécial, le travail d'un apprenti, mais il me plaisait, avec la tension muette entre les bras de la jeune femme terrifiée, l'amas funeste des deux vieux pervers qui chuchotent au-dessus de son épaule. Je l'ai accroché sur mon mur blanc, à côté du Fontana et d'un dessin de Cocteau représentant une silhouette africaine avec un poisson à la place de l'œil. Je les ai même assurés.

J'envisageais de faire profil bas pendant un an, m'entraîner à vivre comme je l'avais toujours rêvé. Seulement alors, si ça semblait sans danger, j'achèterais sérieusement. Certes, Londres et Paris étaient très proches, mais les jolies filles qui ont un petit ami riche et compréhensif jouent les galeristes tout le temps. Ce serait l'histoire que je servirais à ceux de British Pictures qui s'étonneraient éventuellement que Judith Rashleigh soit de retour dans la course. Et j'avais bien l'intention de me remettre en selle. Je voulais d'abord réunir quelques pièces un peu moins chères à exposer avec le Fontana, faire le tour des foires européennes pour engranger les contacts, puis me lancer dans les affaires. Je savais comment il fallait s'y prendre, et si je réussissais à ne pas dépenser mon argent comme une bleue, à terme je pourrais louer un espace pour y monter ma galerie, voyager, trouver des artistes par moi-même. Pour cela, il fallait que j'attende, que je prenne le temps d'apprendre, histoire de vérifier que les vieillards restaient bien sagement dans leur cadre.

J'étais loin de m'ennuyer. Déjà, pas une seconde je n'ai cessé d'aimer mon appartement. Il m'arrivait de passer dix minutes, un peu bizarres je l'avoue, à le caresser, paumes contre les contours du bois, le doigt suivant la ligne d'ombre contre le relief du kilim. J'aimais l'odeur qui y régnait, mêlée d'encaustique, de bougies Trudon et de tabac. J'adorais m'ouvrir une bouteille et me verser du vin dans un des lourds verres Art nouveau couleur jade que j'avais trouvés dans une brocante près du marché aux fleurs. J'aimais le bruit métallique de la porte qui se refermait, et le silence à l'intérieur. Parfois, j'étais si heureuse que je faisais des

278

pirouettes, toute nue, dans le large couloir qui menait de la salle de bains à la chambre. Je ne recevais personne chez moi. Pour ça, il y avait ce que les Parisiens appellent « la nuit ».

Le vrai Paris est une petite ville, retranchée à l'intérieur de sa petite ceinture. Les banlieues, pleines de fonctionnaires las et de types violents, ne comptent pas. Comme toutes les villes, Paris a différentes tribus, toutes bien emboîtées les unes dans les autres, comme des poupées russes avec, au centre, ceux que les magazines nomment les *happy few*. Mais le milieu de la mode et les gosses de riches de Paris ouest ne m'intéressaient pas, j'étais à la recherche de quelque chose de plus singulier. Je ne faisais pas cas non plus des publicités dans les dernières pages du *Pariscope*. J'en avais fait les frais lors de mon année sabbatique, ces bars où, dans des caves, quelques quinquagénaires onanistes côtoyaient des touristes sortis s'amuser. Sur le principe, je ne suis pas contre baiser avec des gens moches – je suis quelqu'un de très démocratique –, mais j'avais maintenant les moyens de mettre la barre un peu plus haut. Donc, je me suis orientée vers les lieux les plus évidents d'abord, Le Baron et la Maison Blanche, même dans ce pauvre vieux Queen sur les Champs et au Cab place du Palais-Royal, avec assiduité, jusqu'à ce que les videurs m'accueillent d'un « Salut, chérie » et ouvrent le cordon dès qu'ils me voyaient. Je m'asseyais, bavardais et buvais, j'achetais de la coke pour la distribuer et de la mauvaise vodka à plusieurs centaines d'euros la bouteille pour la partager avec des DJ lesbiennes et des play-boys italiens. Je me concentrais sur les femmes, toujours les femmes, jusqu'à ce que la boîte de réception de mon téléphone explose de messages absurdes et de bisous – que toute autre personne que moi aurait appréhendés comme ceux d'amies.

J'ai rencontré Yvette lors d'une soirée privée chez Castel, pleine de garçons maigres en veste en velours et de top models ostensiblement non maquillées. Elle portait un Stetson blanc, dansait sur une banquette – parce que si on est vraiment crazy, on ne danse pas par terre –, buvait du Jack Daniel's au goulot, faisait tournoyer un lasso avec arrogance au-dessus d'une foule d'éphèbes gays, dreadlocks couleur platine s'agitant au son de Daft Punk. J'ai tout de suite aimé son style, comme c'est le cas avec les gens qui sont le fruit de leur imagination. Je lui ai offert une ligne et, à quatre heures du matin – l'heure blanche –, c'était ma meilleure amie. Elle m'a présentée aux membres de sa faune nocturne : Stéphane, un dealer qui ressemblait à un étudiant en philo, deux mannequins d'un mètre quatre-vingts originaires du Midwest, qui n'étaient clairement plus au Kansas, un vicomte en combi de motard, venu de nulle part, qui prétendait être producteur de cinéma. Tout le monde brillait, tout le monde était beau.

Encore plus tard, Yvette m'a emmenée en after dans un appartement de luxe avec terrasse dans le 7e arrondissement, murs de cuivre oxydé en trompe l'œil et volets tirés pour se protéger de l'aube, des corps blottis autour d'une table couverte de livres d'art, les mâchoires qui grinçaient, les nez qui coulaient, on redescendait en matant une monographie de Marc Quinn, dans une atmosphère triste, saturée de nicotine et de baratin. Une fille s'est levée pour se lancer dans un strip-tease impressionniste, tenant d'une main lâche un poteau imaginaire et tirant de l'autre sur une robe Chloé, en mousseline de soie couleur pêche, dans un piteux état. Quelques mains, tout aussi indolentes, se sont agrippées à ses seins plats, tripotant les mamelons bruns comme les boutons d'une vieille radio.

— Je pars, ai-je glissé à Yvette.

— Qu'est-ce qui se passe, chérie ? C'est pas ton truc ?

— J'aime bien ça – j'ai fait signe en direction de la fille paumée qui ouvrait grand la bouche en direction de l'entrejambe du mec le plus proche, aussi impuissante qu'un bébé vampire – mais pas comme ça. Tu comprends ?

Yvette comprenait.

— Je vois. T'es pas amateur ?

— Voilà.

— Appelle-moi demain. Je t'emmènerai ailleurs.

Ailleurs, c'était une soirée organisée par Julien, que j'ai appris à connaître plus tard à son club, La Lumière. J'ai retrouvé Yvette au bar du Lutetia. Elle était à jeun, peut-être un peu agitée. Les dreads étaient en fait des extensions ; ses cheveux étaient coupés court, couleur platine, tout à fait spectaculaires avec sa peau violine et son fourreau Lanvin orange, agrémenté de Louboutin en python. Pas de bijoux. J'ai regardé de plus près.

— Jolie robe.

— Mango. Ne le dis à personne.

— Promis. Ça va ?

— Ça ira mieux dans une minute. Tu veux un petit cachet ? Bêtabloquant. Ça détend un peu, ça calme.

— Avec plaisir.

J'ai avalé la petite pilule couleur café avec une gorgée de kir framboise. Je lui ai demandé sans transition comment s'était passée sa journée. Elle a dit être styliste. J'ai dit que je travaillais dans les tableaux. À présent que la coke ne faisait plus effet, ni elle ni moi n'étions franchement intéressées, mais il semblait important de faire comme si.

— Alors, où est-ce que tu m'emmènes ?

— Je t'ai parlé de Julien ? Il a un club dans le centre, mais il organise aussi des soirées – d'un genre un peu particulier.

— Ça m'a l'air parfait.

À dix heures, on a pris un taxi en direction de Montmartre. J'ai remarqué qu'elle regardait le compteur.

— Chez mon ami, chez Julien, a-t-elle murmuré, inquiète, les soirées sont pas données, tu sais.

— Ne t'en fais pas, je t'invite.

Son visage s'est aussitôt détendu. Parasite.

Julien nous a accueillies devant la porte d'une maison de ville du XIXᵉ siècle. Un homme mince qui compensait un physique peu avantageux par un costume italien coupé près du corps et une paire d'Aubercy à bout golf lustrées, trop élégantes pour être des imitations. Yvette a fait les présentations, j'ai plongé une main dans mon sac, mais il nous a invitées à entrer dans la cour en disant : « Plus tard, chérie, plus tard. » À l'intérieur, des lanternes en verre coloré et de discrets convecteurs électriques adoucissaient l'atmosphère malgré la fraîcheur d'avril. Mes talons ont accroché quelque chose ; j'ai découvert en baissant les yeux que je marchais sur un tapis persan. De lourds fauteuils et méridiennes en ébène, des sellettes en laiton et des consoles en similor avaient été assemblés pour créer un salon d'extérieur. Une jeune femme impassible en longue robe noire jouait de la harpe. On se serait cru dans le décor bourgeois d'un roman de l'époque victorienne, à ceci près que les serveuses qui offraient sur un plateau du sauternes frappé et des tranches de foie gras suintant ne portaient que des bottines noires, de longs gants de satin noir et des canotiers à épais ruban noir en gros-grain. Il y avait là une trentaine de personnes qui bavardaient et fumaient dans la douce lueur des lampes Fortuny, les femmes élégamment vêtues en robe du soir, les hommes en costume sombre.

— Waouh, j'ai dit à Yvette, et je le pensais.

Son sourire était tout ce qu'il y a de sincère.

— Ça te plaît ?

— Beaucoup. Merci de m'avoir fait entrer.

— Bon… on ne va pas tarder à dîner, et puis…

— Et puis, ai-je dit en lui rendant son sourire.

Yvette a salué quelques personnes qu'elle connaissait et m'a présentée. Les femmes nous vouvoyaient, les hommes nous arrêtaient pour le baisemain. À la différence de la soirée sur le bateau de Balensky, la question du statut ne se posait pas ici, il n'y avait pas de compétition – si la carrière d'Yvette n'était pas tout à fait ce qu'elle prétendait, ce dont je me doutais, ça n'avait pas d'importance. La beauté était suffisante, et encore, on devait en grande partie cette beauté à la pénombre. On aurait pu être à un mariage de la haute un peu vieux jeu, jonglant avec les canapés et les banalités, sauf qu'il y avait ces regards confiants et calculés qu'échangeaient les invités, ce bourdonnement de l'antenne radar du sexe. L'une des serveuses a fait retentir un petit gong et nous nous sommes docilement rassemblés à l'intérieur, dans un vestibule, avant d'emprunter un escalier. Julien est réapparu : « Les dames en haut, s'il vous plaît, les messieurs à droite, ici. Voilà, comme ça. Le dîner sera servi dans un quart d'heure. » J'ai suivi les talons d'Yvette à l'étage, jusque dans une pièce spacieuse et très lumineuse meublée de coiffeuses, présidée par une femme vêtue de noir, le physique dense, l'air grave, la bouche pleine d'épingles.

— C'est une petite main chez Chanel, a chuchoté Yvette – les mains, ces artisans qui cousent les perles et autres plumes dans les ateliers haute couture.

Autour de nous, les femmes se déshabillaient, pliaient leurs vêtements, pour dévoiler une lingerie très luxe de dentelle couleur café ou de soie fuchsia, avant d'enfiler des kimonos lourds aux broderies délicates. L'air était saturé du mélange de nos parfums. Tandis qu'elles ceinturaient leurs peignoirs, la petite main s'affairait autour d'un panier. Allongeant le cou au-dessus de ses épaules carrées, perchées sur leurs talons hauts, les femmes ressemblaient à des créatures d'un autre monde, ce qui, je suppose, était le but. Jaugeant avec force marmonnements les allures et les silhouettes, la couturière épinglait une faveur sur un kimono, une fleur dans un chignon ou à un ras-de-cou, enroulait une chaîne ornée de pierres et de plumes autour d'un poignet. Après m'avoir dévisagée, elle a fouillé dans son panier et en a sorti une magnifique fleur de gardénia en soie blanche, si parfaite que j'ai eu envie de la sentir.

J'ai penché la tête et senti ses doigts défaire et refaire ma simple queue-de-cheval.

— Rien de trop chargé pour vous, mademoiselle. Très simple. Oui, comme ça.

Elle a reculé d'un pas, ajouté une pince pour voir, l'a retirée.

— Très bien.

Tandis qu'elle poursuivait, je me suis assise à une coiffeuse. J'avais les cheveux relevés et enroulés, avec la fleur au cœur de la spirale. On m'avait donné un kimono bronze foncé, brodé de blanc et bleu cobalt, les coutures rappelant l'éclat des pétales. La coiffeuse ressemblait à un comptoir de chez Sephora, il y avait toutes sortes de cosmétiques et de fards. À l'aide d'un coton, je me suis débarrassée de mon maquillage, trop moderne pour le décor, et j'ai simplement estompé du rouge sombre sur mes lèvres. Mon reflet était bizarre, comme si j'avais été redessinée par Ingres, et en regardant autour de moi j'ai trouvé que les autres femmes paraissaient changées, elles aussi. Yvette portait un peignoir rouge écarlate, avec de larges manches trois quarts, les deux bras reliés par une chaîne dorée mêlée de cuir et de plumes de paon, semblable à une longe de faucon. La couturière a tapé dans ses mains, bien qu'un silence étonnamment concentré ait régné, exempt des rires ou des exclamations qui accompagnent en général les séances d'habillage entre femmes.

— *Allez, mesdames.*

Sa voix était très posée, comme si on n'était qu'un troupeau d'écolières guidé à travers un musée.

Le claquement de la soie et de nos talons féroces a retenti dans le couloir. Un brouhaha sourd indiquait que les hommes étaient déjà de l'autre côté de la double porte. La pièce, meublée de petites tables, de canapés et de fauteuils, était éclairée aux chandelles. Les hommes portaient d'épais pyjamas de satin noir sous des vestes à brandebourgs, dont la trame lustrée rehaussait le blanc empesé de leurs chemises. L'or des boutons de manchettes et des montres étincelait à la lueur des bougies, un monogramme brodé scintillait sous les plis chatoyants d'un mouchoir de soie. La mise en scène frôlait le ridicule, mais le moindre détail était parfait, et j'étais comme hypnotisée, le pouls lent et profond. Alors qu'Yvette se faisait emmener par un homme avec une plume de paon au poignet, un autre s'est approché de moi, un gardénia pareil au mien à la boutonnière.

— Alors ça marche comme ça ?

— Pour le dîner, oui. Après, vous pouvez choisir. Bonsoir.

— Bonsoir.

Il était grand et mince, bien que son corps m'ait semblé plus jeune que son visage, aux traits durs et marqués ; ses cheveux grisonnants coiffés en arrière dégageaient un front haut et large, des yeux légèrement tombants – une icône byzantine. Il m'a guidée jusqu'à un sofa, a attendu que je m'asseye et m'a tendu un verre de vin blanc cristallin. Trop de cérémonie, mais j'appréciais la chorégraphie. De toute évidence, Julien aimait le plaisir de l'anticipation. Les serveuses quasi nues, sont réapparues avec des bouchées au homard, puis des tranches de magret au miel et au gingembre, et enfin des tuiles aux framboises et aux fraises. Des velléités de nourriture, rien qui vous rassasie vraiment.

— Les fruits rouges donnent un goût exquis au sexe d'une femme, a commenté mon compagnon de table.

286

— Je sais.

Quelques personnes parlaient à voix basse, mais la plupart épiaient et buvaient, leur regard passant des convives aux mouvements vifs des serveuses, à leurs corps de danseuses, minces et musclés, leurs mollets bien pleins au-dessus des bottines. Travail au noir pour le corps de ballet ? J'ai aperçu Yvette au fond de la salle, sa bouche offerte à une figue fourrée à l'amande, le corps alangui comme celui d'un serpent, un soupçon de sa cuisse noire dévoilé entre deux pans de soie rouge. Tout à leur rituel, les serveuses ont circulé dans la salle avec des éteignoirs, tamisant l'atmosphère dans un nuage de cire. Caressante et sans hâte, la main de l'homme s'est aventurée entre mes cuisses, qui n'ont pas tardé à frémir en retour. Les filles ont posé çà et là des plateaux laqués couverts de préservatifs, avec des petits flacons d'huile de monoï, du lubrifiant versé dans de petites bonbonnières. Certains couples s'embrassaient, satisfaits de leur partenaire, d'autres se levaient poliment et traversaient la pièce en direction de la proie qu'ils s'étaient choisie plus tôt. Le peignoir d'Yvette était retroussé sur ses jambes écartées, le visage de son cavalier enfoui dans son sexe. J'ai croisé son regard, elle a souri, avec délices, avant de laisser sa tête retomber parmi les coussins, dans le même mouvement d'extase qu'une toxico en pleine montée.

Les mains de mon icône avaient atteint mon sexe. Il s'est arrêté, a défait mon kimono et fait courir ses doigts sur mes seins, en tortillant doucement les mamelons. J'ai repensé à cette pauvre fille de la veille, gémissante et cokée à bloc, dans le grand appart'.

— Tu aimes ça ?

— Oui. J'aime.

C'était vrai. J'aimais le glissement de ses mains sur mon corps, fluide comme de l'eau. J'aimais sa bouche, lorsqu'il s'est mis à donner des coups de langue dans mon cou, sur mon ventre, sur les lèvres de mon sexe, puis son lapement s'est fait plus ferme, plus humide, plus pénétrant. J'ai entrouvert mes cuisses.

— Plus profond.

Il s'est agenouillé à terre, sans cesser de me caresser d'une main, les yeux à hauteur de ma chatte offerte. Il m'a glissé un doigt, puis deux, puis trois, m'ouvrant complètement, sa langue toujours sur mon clitoris. J'ai fermé les yeux, mais ça n'a servi à rien, j'en voulais plus.

— Tu as un ami ici ?

— Bien sûr. Viens avec moi.

On s'est levés, il m'a prise par la main et a scruté la pièce. Partout, des corps emmêlés, en fusion, des soupirs de plaisir et des « encore » étouffés contre la peau. Il a fait un signe de tête à un homme chevauché par une brune à la peau vanille ; il l'a soulevée, et la bouche de la fille a cherché celle de la femme à côté d'elle, une blonde, leurs cheveux qui s'emmêlaient tandis qu'elles s'embrassaient, leurs mains s'aventurant sur un autre homme, qui a laissé sa veste tomber à terre avant de se couler entre elles.

Même dans cette pénombre flatteuse, l'ami de mon icône avait l'air fatigué, jeune mais blême, la chemise cousue de ses initiales un peu tendue sur son début de bedaine.

— Mademoiselle a besoin d'assistance.

Si je n'avais pas été aussi excitée, je crois que j'aurais éclaté de rire. Mais quand allaient-ils se résigner à abandonner leurs manières fin de siècle ?

Il a saisi mon autre main et j'ai marché en prenant soin de ne pas prendre mes talons dans mon kimono alors qu'ils me conduisaient jusqu'à un petit boudoir sombre où trônait un divan, éclairé d'un unique candélabre. Un brûleur d'encens diffusait un parfum dense de cannelle et de musc, des brides de cuir pendaient du plafond comme des vrilles de vigne. J'en ai agrippé une à deux mains, sentant toute la longueur de mes jambes, mes seins érigés contre la soie fraîche, parfaitement consciente de ma beauté, de mon pouvoir. J'ai fait signe à mon icône, qui s'est mis en position derrière moi. Après avoir enfilé le préservatif, il me prenait avec assurance, fermement, profondément, les mains à plat sur mes fesses.

— Tu aimes ça ?

J'ai acquiescé, tendu les mains jusqu'à mon clitoris, fermé les yeux et me suis abandonnée à ses coups de boutoir. Les mains de l'autre homme me caressaient le dos, l'intérieur des cuisses. J'ai contracté les muscles de mon sexe, aplati mon pouce contre mon clitoris, parcourue de vagues rouge sombre et noires, de plus en plus denses, de plus en plus violentes. J'ai joui, engloutissant sa queue entière en moi d'un coup de hanches, et senti l'onde de son orgasme avant qu'il abandonne la place à son complice.

— Tu as encore envie de baiser ?

— Oui.

— Comment tu t'appelles ?

— Je n'ai pas de nom.

— J'ai envie de te prendre le cul. Tu permets ?

Icône s'était allongé sur un coude. Il nous a tendu une petite coupe en porcelaine remplie de lubrifiant et s'est calé sur ses coudes pour nous mater.

— Mais je t'en prie.

J'ai respiré un grand coup et me suis mordu la lèvre pour me préparer à la première salve de douleur. Il avait un beau sexe et était fier, manifestement, de ce trésor inattendu. Il s'est introduit en moi avec beaucoup de maîtrise et ne s'est retiré qu'après m'avoir pénétrée tout entière ; puis il a rentré ses doigts dans ma chatte jusqu'à atteindre la paroi contre laquelle frottait sa queue. J'ai gémi tout bas et j'ai initié le va-et-vient pour qu'il me pile, à grands coups de reins. J'étais saturée, pleine à craquer. Je voulais qu'il me fasse jouir avant d'éjaculer. Je prenais mon pied. J'adore me faire défoncer par une queue bien dure et je préfère me faire baiser sans préservatif dans le cul, quand le baume du sperme suit la brûlure de la première saillie. Il m'a fessée, fort, du plat de la main.

— Encore.

J'ai senti le sang affluer, l'exquise sensibilité accrue de toutes mes terminaisons nerveuses. Il savait ce que je voulais, l'a refait, en y mettant un coup de reins supplémentaire, de sorte que j'ai chancelé, et vrillé sur ma bride.

— Comme ça ?

— Oui. C'est comme ça que…

Le coup suivant est venu de nulle part, un revers de boxeur en plein dans la mâchoire. Mes paupières ont tressauté.

— Et ça ?

— Merci.

— Écarte encore les jambes, c'est bon, comme ça.

Mes cheveux se détachaient ; il les a enroulés autour de son poing et m'a tiré la tête vers l'arrière tout en me martelant avec son sexe, au point que j'avais l'impression que son membre allait jusque dans ma gorge. Il était incroyable. J'ai glissé deux doigts dans mon sexe pour sentir son gland enflé contre cette fine paroi de chair. Il m'a pilonnée jusqu'à ce que je jouisse, une fois, deux fois, trois fois. En nage, je me suis effondrée sur le cuir du divan comme une marionnette désarticulée. Il m'a poussée un peu en avant pour passer les brides sous mes bras, me harnacher, sans cesser de me baiser. Il a soulevé mes cuisses autour de sa taille épaisse, passé un bras ferme autour de mes côtes, de sorte que j'étais en suspension contre lui, et à cet angle de pénétration, il allait encore plus loin en moi. Mes doigts étaient comme aimantés à mon clitoris ; j'avais cessé de compter les orgasmes. À bout de souffle, je sentais un râle au fond de ma gorge, je voulais qu'il jouisse, qu'il m'inonde, mais ses mains ont libéré mes poignets de leurs entraves en cuir et m'ont descendue bras et jambes écartés sur le divan, où Icône attendait sur le dos, à nouveau prêt. Il s'est retiré. J'étais trempée, tellement mouillée qu'au premier coup de reins, Icône m'a pénétrée très profond, tellement que j'ai gémi, après quoi je me suis assise et j'ai trouvé la position idéale ; pendant que je le chevauchais, tête baissée derrière mes cheveux, la voix de son ami me susurrait en rythme au creux de l'oreille, « Oui, comme ça, comme ça chérie, prends cette queue, prends-la », et j'ai joui, encore, au moment où Icône se cambrait et s'abandonnait en moi. J'ai roulé sur le côté, luisante de sueur sous mon peignoir. L'ami a tendu le bras au-dessus de nous pour prendre un verre, a empli sa bouche de vin et m'a attirée contre lui pour que je boive directement de ses lèvres. La fraîcheur du liquide s'est répandue jusque dans mes poumons. J'ai pris trois cigarettes dans un boîtier qui était apparu sur la table d'appoint et nous en ai allumé une chacun. L'ami a pris ma main, a tourné mon poignet pour y déposer un baiser, puis s'est éloigné en direction du salon. Je me suis reposée contre le torse d'Icône pendant qu'on fumait, sa main jouant doucement le long de ma nuque. Je me sentais splendide, j'avais de l'or en fusion en moi. Il a pris les mégots et s'est penché pour les écraser, me libérant. Je l'ai embrassé délicatement au coin de la bouche, dans les effluves de tabac, j'ai arrangé mes cheveux et y ai épinglé la fleur tombée.

— Ça a été ?

Je me suis penchée vers lui, la bouche près de son oreille.

— Merci. Tu as été super. Mais j'ai des trucs à faire maintenant.

— Je ne te retiens pas, chérie. Amuse-toi.

Ce que j'ai fait. Jusqu'à ce que je me sente – quel était le mot juste ? – exaucée. Quand Yvette et moi sommes sorties main dans la main quelques heures plus tard et plus légères de mille euros, j'ai eu un élan d'affection envers elle, de gratitude, pour m'avoir donné exactement ce dont j'avais besoin. La carte de Julien était dans mon sac, avec la fleur en soie chiffonnée.

— On peut descendre chercher un taxi sur le boulevard.

— Non, laisse, je vais prendre le métro…

Elle savait comme moi qu'il n'y en avait plus. On était sobres et étonnamment polies, comme si ce que chacune avait vu de l'autre avait eu lieu dans un rêve, à distance de nous. J'avais envie de faire un geste envers elle.

— Je t'avance la course. Désolée, je n'ai rien de plus petit. Tu me donneras la monnaie un autre jour.

J'ai mis un billet de cinq cents euros tout froissé dans sa main. Les cloches du Sacré-Cœur ont sonné trois heures. On passait alors devant une boulangerie, d'où filtraient une lumière jaune et une bonne odeur de beurre et de farine.

— Enlève tes chaussures.

— Quoi ?

J'ai jeté un coup d'œil derrière la porte, chopé quelques pains au chocolat tout chauds et les ai fourrés dans mon sac, dans un tourbillon de miettes.

— C'est le petit déj. Cours !

On a détalé en direction de Rochechouart pieds nus, emportées par la pente, incapables de nous arrêter ; Yvette s'est mise à rire et moi aussi, les pans de nos robes claquaient autour de nos genoux, et puis la course et le rire n'ont fait qu'un, et quelque part au-dessus de nous une voix d'homme a demandé en criant ce qui se passait, ce qui a redoublé notre allure et nos rires, jusqu'à ce qu'on s'agrippe l'une à l'autre pour s'arrêter au bord de la route, hors d'haleine, des larmes au coin des yeux. De l'eau violette gargouillait dans le caniveau ; on s'est assises au bord du trottoir, nos pieds endoloris dans le ruisseau aussi crade que salvateur, et on a englouti tous ces pains au chocolat encore brûlants, postillons et miettes sur le menton, léchant nos doigts graissés par le beurre.

22

C'est quelques mois plus tard que je l'ai remarqué pour la première fois, dans un café à deux pas du Panthéon. Au moment où j'ai posé les yeux sur lui, j'ai senti qu'il y avait quelque chose de bizarre. Sans raison apparente : ce n'était qu'un client lambda dans un agréable quartier de Paris, un parmi tant d'autres. Au cours de l'été moite qu'on avait eu ici, j'avais pris l'habitude de commencer ma journée dans ce café, après mes tours du Luxembourg et ma douche ; c'était à deux pas de la rue de l'Abbé-de-l'Épée, et on avait une vue superbe sur l'austère monument à droite et sur les jardins à gauche. Il y avait toujours plein d'étudiants, blottis dans la brume de Marlboro Light qui flottait sur la terrasse fumeurs assez confinée. Pas des hipsters, plutôt des bobos du 6e et du 7e arrondissement, dont on pouvait deviner la fortune à la fraîcheur de leur teint, la façon dont ils relevaient leurs cols, aux cheveux des filles bien brillants et retenus par des foulards Hermès vintage. La perfection avec laquelle je cadrais dans ce tableau n'a jamais cessé de me réjouir, même si je ne leur ai jamais parlé. Il arrivait qu'un des types me fasse un signe de tête, et que j'échange un « salut » avec certaines des filles, mais ça n'a jamais été plus loin. Je ne pouvais pas avoir ce genre d'amis, même si je le voulais.

Quand on n'est personne, qu'on vient de nulle part, il vaut mieux connaître ses limites. Les gosses de riches ont beau la jouer bohème, la fortune a de longues ramifications, qui peuvent aussi bien tisser un filet de sécurité qu'un piège, pour ceux qui n'y sont pas préparés. Les gosses de riches ont une famille, un milieu, des connexions, ils posent des questions, parce que leur monde fonctionne sur leur capacité à situer les gens. Et je ne pouvais pas m'exposer à ça. Quoi qu'il en soit, je commandais un grand crème et une orange pressée, et au bout d'un moment le serveur me les a apportés avant même que j'ouvre la bouche, avec cette cordiale efficacité toute parisienne qui me donnait l'impression que j'étais chez moi. J'apportais en général un ou deux catalogues de ventes aux enchères, le *Pariscope*, pour me tenir au courant des spectacles et des expositions privées, et *Le Monde* pour la conversation. Enfin, au cas où j'aurais besoin de faire la conversation. Bien sûr, tous les jours, je passais en revue la presse en ligne par mesure de sécurité.

Il ne sortait pas spécialement du lot de la clientèle matinale ; il est possible que plusieurs jours se soient écoulés avant que je remarque sa présence. Mais une fois que j'en ai eu conscience, mon corps a manifesté une espèce de tension qui, je m'en suis rendu compte, était là depuis un moment déjà. Ce n'était pas un avocat ou un banquier impeccable, mais un de ces hommes d'affaires français aux vestes trop carrées et aux cravates criardes – un comble pour le pays du chic. Un fonctionnaire ou un cadre moyen quelconque. Sa chemise bleue monogrammée se tendait sur un bourrelet probablement récent, le gras d'un homme actif trop occupé ou pas assez aimé pour s'en soucier, mais ses chemises en soie étaient de piètre qualité, sans boutons de manchettes, et ces initiales : rien que du chiqué cousu à coup sûr au pressing. J'ai commencé à l'observer. Pas d'alliance, chaussures moches, *Le Figaro* pour lecture, en général. Il commandait des doubles « espressos » servis avec un verre d'eau qu'il ne buvait jamais. Il devait avoir l'haleine sèche, un peu pâteuse. Combien de temps ai-je mis à m'apercevoir qu'il m'observait ?

Au début, j'ai simplement cru que je lui plaisais. Je ne lui ai jamais répondu, ni un regard ni un signe de tête poli – il n'était vraiment pas mon genre. Après, je me suis dit qu'il devait être un peu accro – il était là quand j'arrivais et restais à sa table jusqu'à ce que j'aie fumé avec délectation ma cigarette post-petit déjeuner, ramassé mes affaires et déposé six euros cinquante dans la soucoupe. J'ai commencé à jeter un coup d'œil en arrière quand je me dirigeais vers la porte et prenais la direction de la place. Son regard était toujours posé sur moi, au-dessus de la ligne d'horizon de son journal. Et donc je me suis mise à flipper. J'ai pris une photo de lui avec mon téléphone, en faisant semblant de passer un coup de fil, puis je l'ai examinée avec soin. J'en étais encore à me dire que c'était juste par précaution. Rien du tout. Visage inexpressif, personne que je reconnaisse. Rien qu'un quinqua un peu taré, sentimental, qui avait un béguin secret pour cette fille aux cheveux souples et au bon goût en matière de presse quotidienne.

J'ai compris qu'il me suivait quand je suis sortie, un soir, à l'épicerie arabe à l'angle de ma rue pour acheter des clopes et que je l'ai vu à l'arrêt de bus un peu plus bas vers le boulevard, toujours en train de lire le même putain de journal. J'ai essayé de me convaincre qu'il s'agissait d'une coïncidence – après tout, on était à Paris, où il arrivait qu'on reconnaisse les gens de son quartier. Il était tout à fait possible qu'il habite un studio de vingt-trois mètres carrés dans le coin, avec un immense écran plat et des photos de ses enfants, d'avant le divorce, sur une étagère Ikea. Mais tout au fond de moi, je savais. La prise de conscience a été à la fois très brève et grouillante de monstres, qui se gaussaient et bredouillaient, griffaient ma peau aux poils hérissés avec leurs pouces sectionnés. Il m'a regardée, et dans sa ligne de mire, j'ai vu les murs que j'avais si soigneusement érigés autour de ma vie se désintégrer d'un coup, leur densité soudain réduite à néant.

Je me suis sentie comme un animal traqué. J'ai eu une envie folle de courir jusqu'à lui pour le pousser sous les roues d'une bagnole. Bien sûr, je n'ai rien fait de tel. Je suis entrée dans le magasin et j'ai traîné, acheté des choses dont je n'avais pas besoin, détergents, chewing-gums, lingettes, mis du temps à trouver l'appoint, échangé des politesses avec le fils au blouson de cuir du couple de gérants. Lorsque je suis sortie du magasin, j'ai regardé en contrebas de la rue : un bus quittait l'arrêt, lui était toujours là. Il avait peut-être rendez-vous avec quelqu'un ? Non. C'était moi qu'il attendait. J'ai essayé de respirer calmement, mais je n'ai pas pu m'empêcher de surveiller mes arrières au moment de composer mon code d'entrée. J'ai lancé un bonsoir à la concierge, bien que je l'aie déjà fait en descendant, afin de laisser entendre que je n'étais pas seule – au cas où il serait en train de rôder derrière moi, dans le soir qui tombait. Je me suis glissée dans mon appartement, j'ai lâché le sac en plastique et me suis adossée contre le mur. Je n'ai pas allumé la lumière. Qui était cet homme exactement n'avait pas la moindre importance. Je pouvais parfaitement appeler un taxi pour l'aéroport en moins de deux.

Tous les jours, après avoir passé en revue la presse internationale sur mon ordinateur portable, je vérifiais le contenu du sac fourre-tout en cuir que j'avais acheté à un marchand ambulant tunisien. Cinq mille euros en liquide, le même montant en dollars, des petites coupures obtenues dans les bureaux de change du Quartier latin, roulées dans des chaussettes de sport en éponge. Quelques vêtements de rechange, des affaires de toilette, deux livres de poche, une Rolex en acier dans sa boîte et des boucles d'oreilles en or bien tape-à-l'œil, au cas où j'atterrirais dans un endroit où l'argent ne marchait pas, des photocopies de mes papiers et les documents concernant les œuvres. Pas tout à fait le nécessaire d'une pro de la cavale, mais je me disais que ça suffirait.

Et pourtant, j'avais l'impression que quel que soit l'avion que je prendrais, au moment où s'éteindrait le voyant de ceinture obligatoire, je me retournerais, et il serait là. Ça me rendait malade. Stop. C'était insensé, et débile. S'il me suivait, c'est parce qu'il voulait quelque chose. Toujours, le désir et le manque. Trouve l'entre-deux, Judith. J'ai sorti mon téléphone et fait défiler les photos jusqu'à la sienne, voyant se dérouler mes souvenirs en même temps – je suis très physionomiste.

Mais toujours rien. Je me suis versé un énorme cognac, j'ai allumé une cigarette. Mon téléphone me faisait bêtement de l'œil, ça m'agaçait. Qui tu appelleras, hein, quand tu seras toute seule au cœur de la nuit ? Personne, voilà.

La sonnerie de la porte cochère était si forte que le fil aurait pu être relié direct à mes tympans. J'ai écrasé la clope, posé doucement le verre par terre et rampé jusqu'à ma fenêtre. Un détail que j'adorais dans mon appart', c'étaient ces banquettes de fenêtre en alcôve, aménagées dans les épais murs du XVIIIe ; à ras du coussin, je regardais dans la cour, essayant de voir sans être vue. La sonnerie a retenti à nouveau. J'ai eu le temps de compter jusqu'à dix avant de sentir, plutôt que d'entendre, la pulsation électrique du bouton de la loge. Un clic, et la porte s'est ouverte. C'était lui. J'ai vu sa silhouette se dessiner dans l'entrée de la loge, soulignée par la lumière de l'écran de télé. Impossible de savoir ce qu'il était en train de dire. Avec un mécontentement tout français, la concierge s'est extraite de son confortable fauteuil, est sortie de la loge et a traversé la cour en direction de l'escalier. J'ai retenu mon souffle. Elle a gravi pesamment les marches ; je l'entendais marmonner en portugais. Elle a sonné chez moi. J'étais aussi crispée qu'un chat avant qu'il bondisse sur sa proie. Une autre sonnerie, puis son poids a pivoté sur ses Scholl vulgaires, la rampe a grincé, et elle est réapparue en bas, où l'homme attendait. Je l'ai vue balayer l'air de sa main, secouer la tête. Il a reculé d'un pas dans la cour, en prenant soin de se tenir pile en dessous de l'éclairage extérieur pour que son visage demeure invisible. Mais je savais qu'il observait. Il a lancé un « Merci, madame » à la concierge, il a appuyé sur le bouton de la porte rétro-éclairé dans son boîtier plastique, et il a disparu.

Il m'a fallu un bon moment pour me relever. J'avais l'impression d'être une petite vieille. J'ai fermé la porte de la salle de bains avant d'allumer la lumière, et j'ai pris une longue douche, aussi chaude que possible, enchaînant machinalement savon, gommage, huile lavante, nettoyant visage, exfoliant, shampooing, après-shampooing. Je me suis rasé les jambes et les aisselles, fait un masque hydratant, j'ai pris quelques minutes pour me masser le corps avec de la crème, appliquer du monoï aux endroits stratégiques, du déo, du parfum. Je me suis maquillée – base, fond de teint, anticernes, poudre bronzante, blush, gel pour sourcils, eyeliner, mascara ; je me suis séché les cheveux la tête en bas. Rien de tout ça n'a empêché mes mains de trembler, mais ça m'a au moins laissé le temps de réfléchir. J'ai choisi une robe trapèze grise de chez APC, des bas noirs, des bottines, un foulard, des puces d'oreilles en diamant et mon imper Vuitton. J'ai composé le numéro des Taxis Bleus et bu un verre d'eau pendant qu'ils me faisaient patienter, commandé une voiture à mon adresse, verrouillé la porte derrière moi, perdu mes clés dans mon sac, fait demi-tour pour vérifier la serrure.

La concierge était toujours scotchée devant sa *tele-novela* brésilienne. Une femme à la poitrine impro-bable, le fessier enchâssé dans un tailleur ridicule, gueulait en portugais sur un moustachu à l'air cou-pable. À chaque cri qu'elle poussait, on voyait le décor trembler.

— Excusez-moi, madame ? Je suis désolée de vous déranger, mais est-ce qu'on a laissé un message pour moi ?

Oui, quelqu'un était passé, un homme, il n'avait pas donné son nom, mais à quoi servaient les portables de nos jours, hein, elle aurait bien aimé savoir, déranger les gens comme ça le soir, non, non, il n'avait pas laissé de message, mais il avait demandé à voir Mlle Rashleigh, non qu'une concierge ait eu mieux à faire que de monter et descendre l'escalier à la nuit tombée, non, sûre et certaine, pas de message, il n'avait pas dit s'il repasserait, mais si c'était le cas, qu'il sonne directement chez mademoiselle, je vous prierai, c'est comme ça de nos jours, que voulez-vous, on a oublié les bonnes manières. Et ainsi de suite, jusqu'à ce que je m'excuse et m'accorde avec elle, oui, les gens étaient vraiment sans-gêne, surtout avec les étages et sa patte folle, sur quoi le taxi a klaxonné dans la rue et j'ai réussi à la quitter avec force politesses compatissantes.

Il était encore tôt, minuit juste passé, quand je suis arrivée rue Thérèse. J'étais venue au club plusieurs fois depuis la soirée privée chez Julien, et j'aimais la façon dont il fonctionnait. En termes de clientèle, la politique de Julien était égalitaire, bien que changeante : elle se situait à un point d'équilibre entre les deux pouvoirs qui comptent dans le monde de la nuit – l'argent et la beauté. Plus vous étiez jolie, moins vous payiez, même si la note discrètement glissée aux clients avant leur départ avait de quoi vous arracher une larme. L'argent achetait le secret : La Lumière avait la réputation d'accueillir des figures hautement respectables, même si, malgré sa notoriété ou peut-être justement grâce à elle, il n'y avait jamais dans la rue de journalistes postés en embuscade, à côté de la porte noire toute simple. À l'intérieur, c'était différent. En déambulant en direction du bar, où je me suis commandé un cognac dégueulasse (le cognac est toujours dégueu dans ce genre d'endroit), j'ai remarqué que les banquettes avaient été recouvertes en peau de zèbre et je me suis demandé, comme souvent, ce qui venait en premier, le décor ou l'instinct. Est-ce que le fait d'associer les peaux animales, la peinture rouge et le cuir noir au sexe était inscrit dans les gènes européens, ou est-ce seulement une habitude ? D'un autre côté, bien sûr, difficile d'imaginer un club à partouzes décoré dans des tons neutres de bon goût.

Pas de Julien au bar, alors je suis descendue de mon tabouret et j'ai traversé la piste de danse en direction des *backrooms*. Il y avait déjà plusieurs groupes formés sur les divans. Une brune mince était le maillon d'une guirlande complexe avec trois hommes, un dans sa bouche, un derrière elle, un en dessous, ses soupirs de plaisir résonnant entre les murs brillants. Les murmures et les râles restaient cela dit bienséants, discrets ; la clientèle venait plus pour l'action que pour la performance. Un jeune homme, vraiment très jeune, a levé les yeux vers moi avec espoir, cheveux couleur café tombant sur sa mâchoire serrée. D'Amérique du Sud, peut-être ? Je n'aurais pas dit non, mais je n'avais pas le temps. À contrecœur, j'ai secoué la tête et longé le couloir où se trouvaient les vestiaires individuels, dont les portes laquées de noir cachaient une douche, un miroir et des articles de toilette Acqua di Parma, délicate attention. Je suis tombée sur Julien une fois de retour au bar. Il m'a fait un signe de tête quand il m'a vue approcher.

— Je ne reste pas en bas, lui ai-je expliqué. Vous avez un moment ? J'aimerais vous parler.

Il a eu l'air dérouté, et légèrement vexé. Ce n'était pas le protocole. J'ai remarqué qu'il n'avait pas l'air spécialement surpris. Je l'ai suivi à l'étage, dans le petit vestibule aux tentures de velours. Je me suis légèrement penchée au-dessus du comptoir pour qu'il voie les billets de cinq cents euros au creux de ma main gantée de noir.

— Je suis désolée de vous déranger – c'était apparemment la soirée des excuses –, mais j'ai besoin de savoir une chose : est-ce que quelqu'un est venu ici à ma recherche ? Un homme ? C'est très important.

Julien a pris son temps, savourant mon attention.

— Oui, mademoiselle Lauren. Un homme est bien passé. Il vous cherchait. Il avait une photo.

— Une photo ?

— Oui, une photo de mademoiselle avec une autre jeune femme.

— À quoi elle ressemblait ? L'autre femme ?

— Difficile à dire, mademoiselle.

Je lui ai filé un billet.

— Elle avait peut-être des cheveux qu'on ne voit pas tous les jours. Une rousse ?

Leanne. Merde. Ça ne pouvait être qu'elle.

— Et l'homme ? Vous lui avez dit que vous me connaissiez ?

Julien lorgnait déjà sur le deuxième billet. J'ai légèrement refermé mes doigts.

— Naturellement, mademoiselle, je lui ai dit que je ne vous avais jamais vue de ma vie.

— Est-ce qu'il a dit autre chose ? N'importe quoi ?

— Non, rien d'autre. Il a été très courtois.

J'ai lâché l'argent, qu'il a empoché sans me quitter des yeux.

— Est-ce que vous souhaitez me laisser un numéro ? Je pourrai vous appeler s'il repasse.

Il me prenait pour une truffe ou quoi ? Je me suis demandé combien le type lui avait filé. Quelques notes de musique sont montées du sous-sol, puis un bruit de talons hauts. En bas, on laissait les autres nous voir tels qu'on était, c'est ce qui rendait les choses si faciles et si douces, curieusement. Julien et moi, on le savait. Il faisait son beurre sur les différences qui existaient entre ces deux mondes. Je pouvais difficilement lui reprocher sa cupidité.

— Non, mais c'est gentil. Peut-être à une prochaine fois.

— C'est toujours un plaisir, mademoiselle.

J'ai marché lentement en direction du fleuve, traversé le parvis du Louvre pour rejoindre les quais. Paris, toujours belle jusqu'à l'absurde. Je n'avais pas mangé, pourtant je n'avais pas faim. J'ai appelé Yvette, qui n'a pas répondu, parce que plus personne ne répond au téléphone maintenant, mais elle m'a rappelée quelques minutes plus tard.

— Salut, chérie.

On ne s'était pas vues depuis des lustres, depuis la soirée privée chez Julien, mais tout un chacun est un chéri dans le monde de la nuit. J'entendais de la musique et des bruits de conversation en fond sonore. Elle devait être dehors, sortie pour fumer, serrée comme une sardine sous une guirlande de lampions à côté de la clim vrombissante.

— J'aurais besoin d'un service. Tu peux m'envoyer le numéro de Stéphane, s'il te plaît ?

— Stéphane ? Tu fais une fête ?

— Oui, si on veut. Un truc privé.

— Je vois. Amuse-toi bien. Appelle-moi, chérie !

J'ai attendu le numéro, auquel j'ai ensuite envoyé un message : « Je suis une amie d'Yvette. J'aurais besoin d'un petit service. Merci de me rappeler à ce numéro. »

Je n'étais pas prête à affronter mon appart', alors j'ai tourné à gauche pour aller au Fumoir. Stéphane a mis environ une heure à appeler, laps de temps au bout duquel je m'étais envoyé trois Grasshopper et me sentais d'égal à égal avec le monde.

— Vous êtes l'amie d'Yvette ?

— Oui.

Je doutais qu'il se souvienne de moi, depuis le temps qu'on s'était croisés chez Castel, mais autant être quelqu'un d'autre, garder de la distance.

— Je m'appelle Carlotta. Merci de m'appeler.

— Donc, vous avez besoin de quelque chose ?

— Oui. Pour une amie. Mais pas le truc habituel. Plutôt… de la brune ?

Mon français n'était pas tout à fait à la hauteur, j'avais l'impression de dire des bêtises. Il a hésité.

— Je vois. Hmm, je peux vous avoir ça. Mais pas ce soir.

— Pour demain soir, ce sera très bien.

On a convenu qu'il retrouverait « l'amie de Carlotta » à huit heures, le lendemain soir au café, à côté du Panthéon. Je ne m'inquiétais pas de la présence de mon pote au *Figaro*. Il aurait fait ses bagages et pris le premier Eurostar pour Londres, impatient de faire son rapport à son employeur. Il m'avait observée à loisir, s'était fait confirmer mes nom et adresse. Avec la photo qu'il avait de moi et Leanne, ça ne pouvait être que Londres. Quelqu'un à Londres essayait de me retrouver. Je regrettais les Grasshopper. Il fallait que j'aie les idées claires.

Je me suis forcée à me réveiller à six heures, nerveuse et pas assez reposée. Ma tenue de footing était à côté du lit, alors pas d'excuses. Il avait commencé à pleuvoir au moment où je rentrais à la maison, mais à présent, sous le soleil d'automne jaune jonquille, la ville avait l'air lavée, rutilante. Je me suis sentie mieux dès mon deuxième tour du jardin, j'ai fait quelques sprints, une série d'abdos dans l'herbe mouillée, des étirements. Je suis rentrée rue de l'Abbé-de-l'Épée à petites foulées, revoyant dans ma tête le programme de la journée. Direction le 10e arrondissement, où on trouvait des magasins spécialisés dans les produits capillaires pour Africaines, puis Belleville dans une pharmacie, une halte dans un café pour une recherche, le Nicolas de mon quartier pour une bouteille, un rendez-vous chez le médecin à prendre. Ce qui m'occuperait une bonne partie de la journée. Je me laissais une heure pour me faire couler un bain et changer de tenue avant de retrouver Stéphane.

Le commerce de la drogue avait bien changé depuis mes derniers achats à Liverpool. Déjà, Stéphane était blanc. Malgré l'humidité ambiante après cette magnifique journée d'automne et le gros risque de pluie, je m'étais installée à l'extérieur, mais lorsqu'il s'est pointé sur son Lambretta très chic, je ne l'ai pas tout de suite repéré parmi la faune intello. Mince, l'air honnête, une coupe de cheveux très années quatre-vingt, faussement ringarde et grosses lunettes carrées, il faisait de son mieux pour ne pas avoir l'air d'un dealer. Je l'ai vu scruter la foule sous le store et me suis redressée pour que mes cheveux attrapent la lumière. Cette perruque n'était vraiment pas terrible, mais je l'avais arrangée en un chignon négligé pour que ça ait l'air plus naturel et, pour cacher ma nuque, j'avais noué un foulard Sprouse autour de mon cou. J'étais habillée simplement mais délibérément trop maquillée, et on a parlé en anglais. Je me demandais si mon ancienne voix était encore convaincante après tant de temps, mais Stéphane ne pouvait pas se faire une idée très précise sur la question. Il s'est assis et a attendu d'avoir commandé son expresso pour poser son paquet de Camel Light sur la table, à côté de mes Marlboro Gold. Il m'a fait un sourire avenant – il ne me trouvait pas jolie, quand même ?

— Alors, tu connais Yvette ?

Je me suis détendue. Il ne m'avait pas reconnue.

— Un peu. Je suis plus amie avec Carlotta.

On s'est tus un instant.

— Bon, amuse-toi bien. Tu veux mon numéro ?

— Carrément.

Je l'ai enregistré dans mon téléphone.

— Je ne suis pas à Paris pour très longtemps, mais on ne sait jamais.

— Bon, à plus alors.

— Bye.

Il a démarré son scooter en regardant son téléphone, sûrement pour vérifier le lieu de sa prochaine livraison. Si ça se trouve, il avait même une application. J'ai attendu qu'il soit parti pour aller aux toilettes retirer

307

la perruque. Elle foutait un peu les jetons en vrac dans mon sac, on aurait dit un truc vaudou, mais si jamais je croisais Leanne en rentrant chez moi, je ne voulais pas prendre de risque.

Si vous me demandiez comment je savais que Leanne allait faire son apparition, je ne pourrais pas vous répondre. D'une certaine façon, dans ma tête, c'était dans l'ordre des choses. Si Da Silva avait eu l'intention de m'arrêter, il l'aurait fait, sans me laisser le temps de m'éclipser. Si mon nouveau copain avait un lien avec Londres, et compte tenu des cheveux roux qu'avait mentionnés Julien, Londres voulait dire Leanne. Elle ne s'est pointée qu'après dix heures du soir, heure à laquelle j'avais commencé à douter de ma théorie. Je commençais même à me sentir mal ; et si j'avais eu tort de traiter Da Silva par-dessus la jambe ? Je m'étais douchée et j'avais enfilé un pyjama d'homme, blanc, de chez Charvet. La concierge s'était déjà vue gratifier de chrysanthèmes sous cellophane pour atténuer les désagréments de devoir faire monter des invités tardifs chez moi. J'avais allumé des bougies et m'étais versé un verre de rouge contemplatif, au son du concerto pour piano nᵒ 21 de Mozart, le dernier roman de Philippe Claudel ouvert sur l'accoudoir du canapé. Quelle agréable soirée douillette. Sonnette, clic, re-sonnette. Voix, bruit de ventouse des Scholl, clic, ventouse, clac-clac de talons sur les pavés, « Montez par là », *clac clac clac* dans l'escalier, sonnette.

— Ça alors ! Leanne ! Quelle surprise ! Entre, entre. Ça fait quoi, un an ? Une éternité ! Tu as l'air en forme ! Entre.

En fait, j'ai remarqué avec plaisir qu'elle n'avait pas l'air si en forme que ça. Elle était mince, mais son visage était blême et bouffi, et elle avait tenté de camoufler les boutons le long de sa mâchoire avec un correcteur de teint trop crayeux. Ses cheveux étaient toujours d'un roux flamboyant, mais les reflets dorés avaient disparu et son visage n'en paraissait que plus terne. Elle avait le sac Chanel qu'on s'était fait offrir à Cannes, mais il en avait bavé, son trench venait d'une enseigne franchisée et ses boots pointues avaient le bout élimé.

— Ben dis donc, super appart'.

— Oh je loue, tu sais.

J'ai suivi son regard. Elle ne détecterait pas que le canapé noir tout simple venait de chez Thonet, ni que le dessin de Cocteau était un vrai, si tant est qu'elle ait un jour entendu parler de Cocteau, mais je me suis réjouie de constater que mon appartement fleurait le bon goût, et l'argent qui allait avec.

— Quand même, on dirait que tu t'en es bien tirée…

J'ai baissé les yeux.

— Tu te souviens du mec qui avait ce bateau ? Steve ? On continue à se voir, assez régulièrement. Il m'aide. Et puis j'ai un nouveau boulot, je suis une vraie marchande d'art. Donc oui… je m'en sors.

Elle m'a donné une accolade parfumée à Prada Candy.

— Tant mieux pour toi, Jude. Tant mieux pour toi.

Elle semblait sincère.

— Trinquons. Si j'avais su que tu venais, j'aurais acheté du roederer, ai-je dit en souriant.

J'ai attrapé mon verre en allant lui en chercher un dans le placard. Elle a bu une longue gorgée et fouillé dans son sac à la recherche de ses cigarettes. Je l'ai rejointe sur le canapé et on s'est allumé une clope.

— Et toi, comment ça va ? Toujours au club ?

— Ouais. J'en suis un peu revenue, cela dit.

Sa voix était moins pittoresque, plus neutre, et d'une certaine façon, avec cette étincelle en moins, elle semblait plus vieille.

— Tu es arrivée quand ? Qu'est-ce que tu fais à Paris, d'ailleurs ?

— Un type du club. Il m'a proposé de partir en week-end.

— Cool ! Tu as eu droit à un super hôtel ?

— Ouais, vraiment super. Le je-sais-plus-quoi de la Reine ? Sur cette place, là ?

Parfait, elle pensait que je mordais à l'hameçon.

— Et donc, euh, j'ai entendu dire que tu étais ici et j'ai voulu venir te voir.

— Tu as entendu dire que j'étais ici. Mais bien sûr.

J'ai laissé le silence s'installer jusqu'à ce qu'elle se tourne vers moi, empêtrée, implorante.

— Je suis très contente de te revoir, a-t-elle bafouillé. On s'est bien marrées, hein ? À Cannes ?

— Ça, c'est sûr.

Le concerto nº 21 est un peu évident pour les vrais amateurs, mais il y a quelque chose dans sa tension, dans ce temps suspendu entre les notes, qui m'emplit de mélancolie. J'ai traversé le salon pieds nus, débranché mon téléphone qui était en charge, et lui ai montré que je l'éteignais. Sans un mot, elle a pris le sien et fait pareil. J'ai tendu la main et elle me l'a

confié, comme hypnotisée. J'ai posé les deux téléphones côte à côte sur la table. Je me suis assise à
l'autre bout du canapé, j'ai bu une gorgée de vin,
coincé mes jambes sous mes fesses et me suis penchée
en avant.

— Leanne. J'aimerais que tu me dises ce que tu fais
ici. De toute évidence, ce n'est pas une coïncidence.
Comment tu savais que j'étais à Paris ? Comment tu
connais mon adresse ? Tu as des problèmes ? Est-ce
que je peux t'aider ?

Je la voyais clairement en train de se demander quoi
me révéler, quelle était la part de ce que je savais déjà.
Ce qui, pour l'instant, n'était pas grand-chose.

— Leanne. Qu'est-ce qui se passe ? Je ne pourrai
pas t'aider si tu ne me parles pas.

Je n'ai pas prononcé un mot de plus. On est restées
assises sur le canapé comme un thérapeute et son
patient, jusqu'à ce que la musique atteigne son finale
prolongé, tout en retenue.

— Un type est venu me poser des questions au
club. Il avait une photo. Celle qu'il y avait sur le badge
de ton ancien boulot.

J'ai durci un peu le ton.

— Et qu'est-ce que tu lui as dit ?

— Rien. Je te jure. J'avais les jetons. C'est Olly qui
t'a reconnue, il a dit que tu ne ressemblais pas à une
Judith. Mais tout ce que j'ai répondu, c'est que tu étais
partie. Rien d'autre, juré.

— Mais pourquoi tu jures, comme ça, à tout bout
de champ ? C'est quoi le problème ?

— Je ne savais pas. Je pensais que c'était en rapport
avec… tu sais… James. Donc je me la suis bouclée.
Mais il y avait une autre fille, elle était au club depuis

quinze jours, elle a commencé après ton départ. Ashley. Une blonde, très grande. Elle a dit au type qu'elle te connaissait.

Ashley. L'escort de la soirée de Lawrence, à Chester Square. Surprise. Merde alors. Mes yeux se sont posés sur Leanne, qui en était à son deuxième verre et fumait clope sur clope. J'ai eu de la peine pour elle. Je la croyais, elle n'avait pas parlé. Et j'avais été balancée par une salope de Svetlana qui, la dernière fois que je l'avais vue, avait la bite d'un inconnu dans la bouche.

— Et après, qu'est-ce qui s'est passé ?

— Ils se sont isolés pour discuter. Le type est parti. J'ai essayé de savoir ce qu'ils s'étaient dit, mais c'était rien qu'une petite pute prétentieuse. Une Russe. Et de toute façon, elle a quitté le club quelques soirs plus tard. Virée. Elle s'est fait pincer avec un client.

— Rien d'étonnant. Et ce type, comment il s'appelle ?

— Cleret. Renaud Cleret. Il est français.

Si Ashley m'avait causé un choc, ça, ça m'a fait l'effet d'un coup en plein plexus. J'ai ri, d'un rire de folle.

— Qu'est-ce qu'il y a de si drôle ?

— Rien, Leanne, rien. Désolée. C'est un nom… tellement français. Renaud Cleret. Comme dans un mauvais film. Bref.

Elle m'a raconté la suite. Prise de panique, elle était convaincue que tout le monde allait savoir pour James. Elle avait essayé de me contacter par texto, mais, bien sûr, j'avais changé de numéro. Après quoi elle s'était pointée chez British Pictures, où elle avait tenu tête aux hôtesses d'accueil jusqu'à ce qu'elles la laissent entrer pour voir Rupert.

— Ton ancien patron, celui que tu nous mimais. Tes imitations étaient parfaites, je l'ai tout de suite remis.

Et donc Rupert lui avait raconté qu'il me croyait mêlée à une escroquerie au faux tableau, qu'il fallait qu'ils me retrouvent, en partie au cas où je serais en train de profiter de la réputation de British Pictures, mais aussi parce qu'il s'inquiétait. Comme c'était touchant. Il avait insinué que les choses pouvaient vraiment mal tourner pour moi, que je ne savais probablement pas que je jouais avec le feu. Et donc, ils avaient fait appel à Cleret pour me mettre le grappin dessus. Et voilà que Leanne, ma vieille copine, venait se jeter dans la gueule du loup. Est-ce qu'elle serait d'accord pour me parler ? Cleret lui dirait où j'habitais ; elle n'aurait qu'à me rendre une petite visite. Ils lui paieraient le déplacement jusqu'à Paris, et rallongeraient un peu l'enveloppe. Il avait insisté sur le caractère urgent de l'affaire, il craignait pour ma vie. Ce serait un grand service que Leanne rendrait à son amie.

— De combien ils ont rallongé ton enveloppe ? Tu peux me le dire, ça va.

Deux mille livres. Trente pièces d'argent, ai-je noté, mais elle était encore dans son histoire.

— Mais je ne les ai pas crus. J'ai fait semblant comme souvent, je leur ai laissé entendre que j'étais aussi bête qu'ils le pensaient. Ce Cleret Machintruc m'a donné ton adresse hier soir, et il m'a dit d'y aller tout de suite.

— Et il est où, maintenant ?

— À Londres. C'est un Français qui vit à Londres.

— Et donc tu es venue.

— Ouais.

J'ai bu une autre gorgée de vin, lui en ai versé encore. Elle s'est redressée, plus confiante à présent qu'elle s'était livrée, ses petits yeux malins m'envoyant des étincelles.

— Bon, moi je t'ai tout raconté. Et toi, alors ?

— Comment ça ?

— Allez, je suis pas débile. Rupert a dit que tu trempais dans un truc. Qu'un mec s'était fait tuer à Rome, et que c'était pour ça qu'il était si inquiet.

— Quel mec ?

— Hmm, Cameron Fitzpatrick, d'après lui. J'ai regardé dans la presse en ligne. Le mec s'est fait assassiner. À Rome. Un certain Cameron Fitzpatrick. Peu de temps après que tu as quitté le sud de la France. C'était un marchand d'art. Comme toi, Jude. Et Cleret, il a dit que tu étais passée par Rome. Que tu y étais. Quand ça a eu lieu.

Merde. Bordel de merde. Comment Cleret pouvait-il être au courant ? Attends. Respire. Mon nom avait dû figurer dans le rapport de Da Silva, même si les journaux avaient été discrets. C'était sur la place publique, et ce Cleret était a priori une sorte de détective privé. Concentre-toi sur ce qui est devant toi, pour l'instant.

Leanne était peut-être ignare, mais elle n'était pas idiote. Dès qu'il y avait du blé à se faire, elle était au taquet. J'étais très impressionnée qu'elle ait réussi à déduire autant d'éléments toute seule, mais franchement, à quoi elle s'attendait ? À ce que j'avoue tout et lui permette de me faire chanter ?

— Et alors ? Oui, j'y étais. Il a fallu que je parle à la police italienne. C'était atroce. J'espérais que Cameron allait m'offrir un poste. Atroce pour lui, je

314

veux dire, le pauvre. J'imagine que Rupert savait que j'étais à Rome, même s'il ne t'en a pas parlé. C'est peut-être pour ça qu'il a des doutes, mais qu'est-ce que j'y peux ? Il aurait pu me contacter directement, me poser la question, tout simplement. Au lieu de jouer au chat et à la souris, comme un gamin. Bref. Où veux-tu en venir ?

— Pourquoi Rupert cherche à tout prix à te retrouver ? Pourquoi il était si content de me voir ?

— Comment veux-tu que je le sache, bordel ? Il s'est peut-être dit qu'il pourrait s'envoyer en l'air pour pas cher ?

Ça lui a fait l'effet d'une gifle, mais elle n'a pas relevé.

— Je ne suis pas venue ici pour me disputer avec toi, Jude. Tu trempes dans un truc louche, pas vrai ? C'est pour ça que ces types veulent que je te parle. Pour savoir de quoi il retourne. Mais on n'a pas de comptes à rendre à ces connards de snobs. On l'a bien fait à Cannes, non ? Nous deux, ensemble ? Donc je me suis dit que je pouvais peut-être te filer un coup de main. À deux, c'est toujours mieux que tout seul, pas vrai ?

— Qu'est-ce qu'on a fait à Cannes ? Ensemble ? Je ne vois pas de quoi tu parles.

— Oh allez, Jude…

J'ai essayé de juguler le mépris que je sentais monter et m'en suis tirée avec un sourire en coin, très cartes sur table.

— Arrête ton char, Leanne. Tu n'es là ni pour Rupert, ni parce que tu veux lui en remontrer. Combien tu veux ? Pour te taire à propos de James, pour retourner voir Rupert et lui raconter que tu ne m'as pas trouvée, parce que tu crois que c'est ce qui m'effraie, n'est-ce pas ? Allez, dis combien ?

Je n'ai pas eu l'occasion de savoir combien voulait cette pauvre petite conne parce que la demi-douzaine de comprimés de benzodiazépine que j'avais écrasés et versés dans une assez bonne bouteille de madiran venait de faire effet, et que sa tête s'était renversée contre les coussins, son verre à moitié vide tombant de sa main molle sur ses genoux. Sédatifs et gélules amaigrissantes : les médecins français sont si serviables. C'est pour ça que les Françaises ne grossissent pas. Par chance, j'avais choisi mon canapé en noir.

Si seulement les taxis français étaient aussi aimables que leurs toubibs. Il m'a fallu une éternité avant de réussir à la réveiller, à peu près, et à lui faire boire de l'eau. Puis des lustres pour descendre l'escalier en la portant à moitié et arriver sur le boulevard. Des siècles avant qu'un taxi se pointe, refuse de nous prendre parce qu'elle avait l'air franchement bourrée et qu'il avait peur qu'elle vomisse sur sa belle banquette synthétique. J'espérais d'ailleurs qu'elle n'allait pas gerber, je n'allais pas en plus me farcir ça. Je l'encourageais tout bas : « T'en fais pas, ça va aller, tu as un peu trop bu, rien de grave. » Je l'ai fait monter dans le deuxième taxi, où elle s'est écroulée sitôt assise, lourde contre mon épaule. Le trajet était court jusqu'à la place des Vosges, une fois la Seine franchie. Le temps de chercher le pass de sa chambre et de filer un billet de vingt au chauffeur, on était arrivées. La traîner dans le hall a été encore pire, avec son poids et nos deux sacs sur mes épaules, sans parler du grand parapluie que j'avais ouvert pour la protéger des averses. Mais, avec mon bras droit passé derrière son dos, j'ai réussi à chanceler jusqu'à l'ascenseur. Si quelqu'un arquait un sourcil, je dirais d'un air d'excuse qu'elle était anglaise, mais un troupeau de touristes japonais venait d'arriver, et la réceptionniste comme le bagagiste étaient occupés. Sa chambre était au troisième étage ; j'ai posé le pébroc dans le couloir pour glisser la carte dans la serrure et Leanne s'est à moitié effondrée au sol, les jambes écartées, comme une marionnette exécutant un plié.

Je lui ai ôté son manteau et l'ai allongée sur le lit avec deux oreillers derrière la tête, à moitié assise. J'ai sorti le bon vieux panneau « Prière de ne pas déranger », verrouillé la porte, allumé la télé, zappé jusqu'à ce que je trouve MTV, baissé un peu le son. Quand je me suis retournée vers le lit, elle a marmonné, ses paupières ont papilloté, j'ai sursauté, mais elle a sombré à nouveau en moins de deux. J'ai enfilé une paire de gants en caoutchouc antiseptiques et sorti le matos que j'avais acheté à Belleville, ainsi qu'une ceinture noire à paillettes trouvée chez H&M. Puis le paquet de Camel que j'avais pris au café, où j'avais aussi subtilisé une petite cuillère. J'espérais vivement que Stéphane ne m'avait pas arnaquée – je n'avais pas eu le temps de tester la marchandise, même si j'aurais eu envie de passer deux heures perchée, mais bon, c'était le dealer d'Yvette, ce devait être quelqu'un de confiance. J'avais vu comment il fallait procéder, la dernière fois c'était Lawrence, à cette putain de soirée de Chester Square. J'ai enlevé ses boots à Leanne, pris une bouteille d'Évian et une mignonnette de Johnnie Walker dans le minibar et versé un peu de whisky dans sa bouche. Tout ou presque a coulé sur son menton, mais peu importait.

Je n'aime vraiment, vraiment pas les aiguilles. Rihanna chantait « Diamonds ». J'avais mon briquet Cartier et un carré de coton. La came avait la couleur d'un thé fort. En serrant la ceinture entre mes dents, je lui ai fait un shoot au creux du coude, la moitié de ce que j'avais acheté à Stéphane, largement plus que nécessaire. Elle a eu un petit sursaut quand j'ai touché la veine, mais j'appuyais sur son épaule, et j'avais de la force. J'avais lu qu'au bout de quelques minutes, le corps oubliait de respirer. Une des plus belles façons de s'en aller.

C'était la deuxième fois que je regardais quelqu'un mourir. J'aurais pu faire défiler un petit montage dans ma tête – Leanne et ses cheveux encore châtains au lycée, jupe plissée bleu marine remontée à mi-cuisse, Leanne qui faisait tournoyer son cocktail dans son verre au Ritz, Leanne et moi sur la piste de danse d'une boîte de nuit de la Côte d'Azur. Un film tourbillonnant, plein d'allégresse, poignant. Si j'avais été ce genre de personne. Ou j'aurais pu penser au bruit que fait le crâne d'une fille de treize ans quand il heurte la brique rouge d'une salle de sport, pendant qu'une silhouette mince, aux cheveux soigneusement ondulés au fer, reste plantée là à ne rien faire. Mais je n'étais pas non plus du genre revanchard. Alors j'ai attendu que le corps de Leanne oublie, puis j'ai attendu encore un peu, et pendant ce temps, j'ai ouvert son téléphone. Je me suis souvenue de son anniversaire ; c'est tout moi, cette gentillesse. Elle avait vingt-sept ans, elle aussi. J'ai appelé Stéphane et raccroché avant qu'il réponde. J'ai copié dans mon téléphone un numéro de portable français de son répertoire, puis je me suis levée doucement, la laissant tomber sur le côté, et j'ai passé en revue ses affaires sans enlever les gants ; son sac à roulettes, les cosmétiques dans la salle de bains. Il y avait une ribambelle de cartes de visite dans la poche intérieure de son sac Chanel, probablement des prétendants du Gstaad. Celle de Rupert y figurait. Je ne voyais aucune utilité à la prendre. Dans son porte-feuille, quelques centaines d'euros et un billet de train sans date de retour. J'ai empoché le tout, ainsi que son passeport, sa carte bancaire, tout ce qui portait son nom, et une brosse et un tube de rouge à lèvres, le genre de trucs qui auraient pu tomber si la propriétaire du sac était défoncée. J'imaginais que Cleret avait dû prendre une chambre lui aussi, puisque c'est lui qui payait, et qu'il devait l'escorter à Londres plus tard. Un coup d'œil à la chambre, et le personnel de l'hôtel aurait tôt fait d'étouffer l'affaire : après tout on était à Paris, et le Pavillon est un hôtel chic. Pas de photos, pas de livre ni de magazine sur la table de chevet, les vêtements froissés bas de gamme, parlant d'eux-mêmes. Quelqu'un d'insignifiant, en somme. J'ignorais où elle vivait, ou ce qu'étaient devenus ses parents, elle n'était rien pour moi. Rihanna chantait sa chanson du parapluie. J'ai pris le mien et je suis partie. Comme on se l'imagine, c'est vrai, ça devient plus facile au fil du temps. Je n'avais peut-être pas besoin de la tuer. Voilà. Je ne l'avais pas tuée par nécessité. C'était la troisième fois, et ça n'avait rien d'un accident.

23

Deux semaines. En comparaison, les jours d'attente à Côme avaient filé à toute allure. Deux semaines à faire les cent pas, fumer, me perdre en conjectures, à me repasser la scène dans la tête. Quand enfin j'ai vu Cleret rôder au bout de ma rue un soir, j'ai bien failli courir entre les voitures pour aller lui rouler un patin.

Mais bon, la bienséance veut qu'on ne soit jamais trop empressée d'aller saluer un visiteur. Je suis rentrée chez moi et me suis forcée à lire attentivement deux longs articles dans le *Art Newspaper*. Un peu plus tard, j'ai regardé l'heure à ma montre, une Aronde 1954 plate en or rose, de chez Vacheron : vingt et une heures quarante-cinq. Je me suis brossé les cheveux et j'ai troqué mon pull contre une tunique froncée Isabel Marant, puis mes boots contre des escarpins Saint Laurent en cuir verni bordeaux sublimes, et pas trop hauts. C'était l'heure de sortir s'amuser. J'ai descendu le boulevard et traversé après l'arrêt de bus, en passant suffisamment près de lui pour qu'il sente mon parfum (Tubéreuse de Gantier, un délice capiteux). J'ai poursuivi jusqu'au carrefour, consciente des regards qu'attiraient mon jean moulant et mes talons, et j'ai tourné à gauche sur la rue de Vaugirard, puis coupé à l'emplacement des taxis vers la place Saint-Sulpice. Il y avait un bar que j'adorais rue Mazarine, avec la même déco que le club de Julien pour faire salon bourgeois, très calme en semaine. Ils faisaient de bons cocktails, mais ce soir-là j'ai commandé un bourbon pur, que j'ai siroté en regardant la rue à travers les rideaux en voile. Il lui a fallu vingt minutes pour venir se poster sous une porte cochère, sur le trottoir d'en face. Seuls quelques mètres nous séparaient quand je suis sortie du bar pour tourner encore à gauche, en direction de la Seine. Aucun bruit de pas derrière moi ; les semelles de ses chaussures, aussi épaisses et marron qu'une pâtisserie industrielle, devaient être en caoutchouc. Pas mal, l'étranger.

Je m'amusais. J'ai débouché sur le quai et j'ai attendu au passage piéton dans une foule de touristes en pleine balade romantique nocturne. J'ai traversé l'île de la Cité, contourné Notre-Dame et me suis retrouvée sur l'île Saint-Louis. Un sacré périple pour lui, ça ne ferait pas de mal à ses kilos superflus. Il faisait exceptionnellement doux pour un mois de novembre, et les cafés de la pointe de l'île étaient bondés, la file d'attente pour une glace de chez Berthillon s'étendait le long de leurs terrasses. Je me sentais électrique, alerte, sémillante, les muscles de mes cuisses et de mon cul sensibles à son regard qui m'épiait. J'ai pris la rue Saint-Louis-en-l'Île, traversé le pont Marie en direction de la rive droite. Il était vingt-trois heures quinze. Comme d'habitude, une bande d'ivrognes faisaient la bringue sous le pont. J'ai senti leur odeur crasseuse sous l'alcool bon marché, les sens en éveil à la manière d'un animal. Je me suis assise sur l'épais garde-fou et j'ai allumé une cigarette pour l'attendre. Il ne devait pas être bien loin. J'aurais presque eu de la peine pour lui si je l'avais perdu aussi facilement. Mais non, il est apparu, en chemin vers moi, le visage ombré, sous le lampadaire ouvragé. J'aurais parié qu'il était en pétard. J'avais le numéro affiché sur mon portable, celui que j'avais pris dans le téléphone de Leanne. J'ai appuyé sur « Appel ». Il s'est arrêté pour répondre, sans cesser de scruter le pont pour me voir.

— Allô ?

— Monsieur Cleret, c'est Judith Rashleigh. Ça faisait longtemps.

— Bonsoir, mademoiselle.

— Je suis au bout du pont, ai-je dit avant de raccrocher.

Je suis descendue de mon perchoir, j'ai marché vers la station de taxis qui desservait l'Hôtel de Ville, attendu à nouveau. J'ai entendu son pas s'accélérer lorsque j'ai ouvert la portière pour demander au chauffeur s'il était libre – il ne pouvait pas courir le risque de me perdre dans la circulation, il n'avait peut-être pas de quoi prendre un taxi d'ailleurs. J'ai reculé d'un pas et lui ai tenu la porte, le temps qu'il arrive.

— Je me disais que vous aimeriez peut-être prendre un verre.

Sans répondre, il s'est glissé à côté de moi sur la large banquette de la Mercedes. Je me suis penchée vers le chauffeur pour lui demander de nous emmener au Ritz.

— Rue Cambon ? J'ai une tendresse pour le bar Hemingway.

Il était resté muet tout le long de la rue de Rivoli, à présent il se tournait vers moi. Il avait l'air las, mais légèrement amusé.

— Comme vous voulez.

On a laissé le barman s'affairer autour de nous, poser sur des sous-verres volantés les verres d'eau où flottaient une rondelle de concombre et des groseilles, puis un martini à la rose pour moi et un gin tonic pour lui. Quand il a tendu la main pour prendre son verre, sa veste miteuse s'est ouverte sur son début de bedaine et l'absurde monogramme. J'ai éprouvé un vif désir, impromptu.

— Bien. On commence ?

— Par où ?

— Puisque vous m'avez déjà baisée, on peut peut-être se dispenser des politesses d'usage.

Il a arqué un sourcil, de façon assez convaincante.

— Le monogramme. Sur votre chemise. La soirée privée à Montmartre. Vous connaissez Julien, si je ne m'abuse ? En tout cas, vous êtes passé à son club, La Lumière, pour vous renseigner sur moi. Rue Sainte-Thérèse ?

Il a incliné la tête, imperceptiblement courtois.

— En effet.

Un silence s'est installé. J'avais compris la façon dont les événements s'étaient déroulés quelques semaines auparavant. On s'était rencontrés au club, ce soir où on avait fait des choses peu avouables dans la *backroom*. Ce que j'avais encore du mal à voir, c'était la combine qu'il me faudrait échafauder. Je ne pouvais pas me lancer avant de savoir ce qu'il voulait précisément. Mais déjà, on se connaissait bien, lui et moi.

Ce boudoir sombre et saturé d'encens, la brûlure du cuir sur mes paumes, ses dents dans mon cou...

Je me suis ressaisie et j'ai bu un long trait de martini. Je mourais d'envie d'une cigarette, je voulais souffler une volute de fumée dans ses yeux.

— Vous vous rappelez ?

— Comment l'oublier ?

Il y avait quelque chose d'absurde, de surréaliste dans le petit jeu auquel on était en train de se livrer, à la Bogart et Bacall. Ne t'égare pas, Judith. Qu'est-ce que ça peut faire qu'il t'ait baisée l'autre jour dans un club échangiste tout pourri ? Je me suis redressée, m'essayant à un ton plus dur, monocorde.

— Vous me suiviez déjà, ce jour-là ? Parce que c'est manifestement le cas en ce moment.

— Non, pas ce jour-là. Enfin pas exactement. Mais ç'a été une agréable coïncidence.

— Dites-moi pourquoi.

— Il me semble que c'est pourtant évident.

— Gros malin. Pourquoi vous me suivez ?

— Parce que vous avez tué Cameron Fitzpatrick.

Là il fallait vraiment que je m'allume une clope.

— Absurde.

Il s'est adossé à son siège, a avalé une gorgée d'eau et repris sur le ton de la conversation :

— Je sais que vous avez tué Cameron Fitzpatrick parce que je vous ai vue le faire.

L'espace de quelques secondes, j'ai bien cru m'évanouir. J'ai fixé la pique en bois enfoncée dans la rose pâle, en équilibre au bord de mon verre. J'aurais bien voulu m'évanouir en fait. Mon instinct ne s'était pas trompé, ce frisson d'effroi, l'impression d'avoir été observée, là, sous le pont. Un rat, mon cul. Un rat qui avait flairé le sang.

— Je ne sais absolument pas de quoi vous parlez. Maintenant, si vous le voulez bien, dites-moi pourquoi vous me suivez.

Le bras tendu, il a effleuré ma main.

— Ne vous inquiétez pas. Je n'ai pas un commando de flics qui attend dehors. Finissez votre verre. Ensuite, on pourrait aller dans un endroit plus intime.

— Je n'ai aucun ordre à recevoir de vous. Vous n'avez aucun droit de…

— C'est juste, aucun ordre, aucun droit. Mais je pense malgré tout que vous allez m'écouter. À présent finissez votre verre.

Je l'ai laissé régler la note et m'escorter au bout des longs couloirs, aux lueurs rosées semblables à l'intérieur d'un coquillage, avec leurs vitrines un peu ringardes de bijoux et de foulards, leurs portiers méprisants. On est sortis place Vendôme. Je l'ai suivi sans dire un mot quand il en a fait le tour, s'est engagé sous les arcades de la rue de Castiglione, droit vers la Concorde. La température avait chuté, et même si mes talons n'étaient pas si hauts, je commençais à avoir mal aux pieds. J'ai été soulagée quand il s'est assis sur un banc devant l'entrée principale des Tuileries.

— Prenez ça.

Il m'a donné sa veste, je grelottais. Sans quitter des yeux les phares d'un bus qui remontait les Champs, je lui ai laissé le soin d'en recouvrir mes épaules, les narines aussitôt chatouillées par l'odeur de sueur de la doublure synthétique. J'ai essayé de m'allumer une cigarette, mis le filtre entre mes lèvres. Enfin.

— Bien, mademoiselle Je-N'Ai-Pas-De-Nom, vous pouvez m'appeler Renaud. Je vous appellerai Judith, à moins que vous ne préfériez Lauren ?

— Lauren, c'est mon deuxième prénom. Ma mère admirait Lauren Bacall. Cool, hein ?

— Bien, va pour Judith. Maintenant, c'est moi qui parle, et c'est vous qui écoutez.

Il m'a pris mon briquet des mains et a allumé ma clope.

— D'accord ?

— Vous parlez très bien anglais.

— Merci. Maintenant, je vais vous montrer une photo. Là, c'est bien Cameron, non ?

J'étais à moitié aveuglée par les phares de voitures. Il a éclairé la photo avec mon briquet. C'était bien Cameron. Renaud l'avait pris en photo avec son téléphone au moment où il descendait les marches de la Piazza di Spagna, le visage incliné pour s'abriter du soleil. J'avais réussi à ne pas penser à son visage pendant si longtemps.

— Vous savez très bien que c'est lui, ai-je répondu.

— Oui, mais ce que vous, vous ne savez pas, c'est qu'il ne s'appelait pas Cameron Fitzpatrick. Mais Tommaso Bianchetti.

Tout ce charme typiquement irlandais, pourtant.

— Je n'y ai vu que du feu, ai-je simplement dit.

— Oui, il était très bon. Sa mère était irlandaise, femme de chambre dans un hôtel de Rome. Bref, ce qu'il faut que je vous dise, c'est que Bianchetti blanchissait de l'argent pour… des associés, en Italie. Depuis des années.

— Pour la mafia ?

Renaud m'a lancé un regard apitoyé.

— N'drangheta, la Camorra… Il n'y a que les amateurs qui utilisent le mot de mafia.

L'impression que m'avait faite Moncada était justifiée elle aussi.

— Excusez-moi.

Bizarrement, je commençais à me sentir mieux.

— Votre ancien collègue, Rupert, n'a pas appelé Fitzpatrick. C'est Fitzpatrick qui a appelé Rupert. Une belle petite combine, qu'il a montée des centaines de fois. Autour de vrais tableaux, la plupart du temps, sans s'embêter avec des contrefaçons. Mais les temps commençaient à être durs en Italie, et la plus-value sur un faux est tellement supérieure… Nettoyez le tableau, et blanchissez l'argent. C'est comme ça que je me suis retrouvé impliqué.

— Je croyais que vous travailliez pour Rupert.

— Je me demande bien qui a pu vous dire ça. Mais gardons cette question pour tout à l'heure. C'est un banquier américain qui m'a recruté. Un mec très remonté. De chez Goldman Sachs. Il s'est aperçu que le Rothko qu'il exhibait dans la piaule de sa résidence secondaire aux Hamptons n'était qu'une copie. Il a voulu récupérer son fric. Ce qui m'a mené jusqu'à Alonso Moncada.

— Moncada vend des faux, donc ?

— Des fois oui, des fois non.

— Pourquoi vous ?

— Vous me preniez pour quoi, un détective privé à l'ancienne ? Je cours après l'argent des gens qui veulent le récupérer en vitesse.

Je n'ai pas pu m'empêcher de regarder son horrible chemise, ses chaussures atroces.

— Vous ne ressemblez pas à quelqu'un qui court après l'argent.

— Peut-être. Alors que vous, si.

J'ai encaissé.

— Bianchetti était un des types qui travaillent pour Moncada. Moncada paie l'œuvre en liquide, fourni par une petite banque de Rome sous le contrôle… d'associés. Ils font passer ça pour un prêt commercial. Le tableau est vendu, ils encaissent le bénéfice, et soit le client garde le bien, soit il le met en vente aux enchères. Moncada fournissait les fonds, Bianchetti assurait la provenance. Tout le monde se faisait de l'argent. Très propre.

— Et ?

— Et donc je suis allé à la galerie où mon banquier a acheté son Rothko, je les ai persuadés de me donner le nom du propriétaire précédent, ou plutôt de la propriétaire – une gentille mère de trois enfants que j'ai réussi à convaincre de balancer Moncada. Elle ignorait complètement qu'elle s'était fait avoir, elle aussi. Il m'a fallu un paquet de temps avant de trouver sa trace, et au fil de mes recherches, je suis tombé sur le nom de Bianchetti, sous le pseudo de Fitzpatrick. Je suis allé à Londres pour le pister – Bianchetti, toujours lui –, l'ai suivi jusqu'à Rome, où vous avez fait votre petit numéro – ne m'interrompez pas – et je vous ai filée jusqu'à Moncada. C'était la première fois que je réussissais à le voir. De toute évidence, j'étais aussi très intrigué par votre petite personne. Mais je ne savais pas avec quoi vous étiez partie, quelle que soit la manière dont vous vous en soyez sortie.

— Je n'ai pas…

— Fermez-la.

Il a fait défiler des photos sur son téléphone et m'en a montré une autre, moi et Moncada autour d'une pizza. Mon calme apparent m'a étonnée.

— Et donc, le Stubbs a refait surface l'hiver dernier, et c'est Fitzpatrick – à présent tragiquement décédé – qui figure au chapitre des provenances. C'est là que j'ai compris ce que vous aviez vendu à Moncada.

— Mais, et Rupert ?

— Eh bien, à ce moment-là, j'étais bien plus qu'intrigué par votre personne. Et donc, j'ai jeté un œil au rapport de police, où j'ai vu votre nom. Je m'étais dit que vous deviez être dans le monde de l'art. Je savais que vous étiez anglaise. J'ai commencé par le haut. Deux coups de fil à passer.

Il n'y avait en effet à Londres que deux maisons de ventes aux enchères qui comptaient...

— Les gentilles filles de l'accueil n'avaient jamais entendu parler de vous, alors j'ai demandé à ce qu'on me passe les chefs de département, et je suis tombé sur votre ancien patron.

— Continuez.

— Je suis allé à Londres et on a eu une petite discussion, a-t-il dit avec un demi-sourire.

Je ne m'étais pas rendu compte que je tremblais à nouveau, mais lui si. Il a gentiment resserré les pans de sa veste autour de moi.

— Rupert a accusé le coup quand j'ai mentionné Fitzpatrick. Je lui ai dit que j'avais vu le nom de British Pictures à côté de celui de Fitzpatrick dans les provenances du tableau. Ensuite, je l'ai interrogé sur vous. Quand il a su que vous étiez en Italie à cette époque, il a pratiquement explosé. Il était très pressé de faire appel à mes services, en extra, comme on dit, pour vous retrouver. Alors il m'a montré votre photo. Il fallait que je sois sûr que c'était bien vous que j'avais vue. Et, oui, c'était vous. La jolie fille de Rome. Vous avez vraiment un visage inoubliable.

— Merci, vous êtes romantique. Et la soirée ? Qu'est-ce que vous faisiez chez Julien ?

— Pur hasard. Beaucoup de gens connaissent Julien, beaucoup de gens importants. J'aime bien lui rendre visite quand je suis de passage, et il faut bien s'amuser de temps en temps, non ? On est à Paris, après tout, *chérie*. J'avais essayé de vous retrouver à Londres, sans succès. Votre mère ne savait pas où vous étiez.

— Ma mère ?

— Facile à trouver. Services sociaux.

J'ai dégluti, sous le choc.

— Est-ce que… est-ce qu'elle allait bien ?

— Est-ce qu'elle était bourrée, vous voulez dire ? Non. Ça allait. Je n'ai rien dit qui puisse l'inquiéter. Mais après ça, j'étais de retour au point mort. Vos colocataires m'ont dit que vous envoyiez un chèque pour le loyer, que vous étiez à l'étranger. Soo et Pai, des filles sympas, un peu effacées, ces étudiantes en médecine. Elles m'ont laissé entendre que vous aimiez vous rendre à des fêtes particulières. Pas franchement leur truc. Mais carrément le mien. Et voilà, j'étais là le temps d'un week-end chez des amis, et je suis tombé sur vous.

— Comme vous dites, quelle coïncidence.

— Il faudrait peut-être que vous soyez un peu plus discrète. Dans vos… loisirs.

— Et Leanne ?

330

— Ah, Leanne. Comme je l'ai dit, vous avez un visage mémorable. J'avais vu votre photo à Londres, quelqu'un qui vous ressemblait énormément à Paris, mais l'éclairage dans les soirées de Julien est toujours très… *flatteur.*

Il est passé au français.

— Encore une fois, il fallait que je sois sûr qu'il s'agissait de la même fille. Julien vous connaissait sous le nom de Lauren, sans nom de famille, mais il m'a donné les coordonnées de professionnelles qui ont les mêmes, euh, inclinations que vous. Des filles à la réputation internationale, pour dire les choses à l'ancienne. Il m'a fallu un moment, j'ai dû pister chacune de ces filles individuellement, mais l'une d'elles a fini par vous reconnaître. Je suis tombé sur votre amie Ashley à votre autre ancien boulot.

— Le Gstaad Club.

— Précisément. Et Rupert a apparemment trouvé Leanne au même moment, au même endroit. Il n'avait aucun scrupule à se servir d'elle – il voulait à tout prix éviter que vos liens avec British Pictures ne s'ébruitent plus que nécessaire. Je suis venu à Paris avec Leanne. Elle m'a donné une photo du Gstaad pour que je la montre à Julien, histoire de vérifier. À peine une trahison – on était tous les deux à votre recherche. Elle ignorait tout simplement mes raisons.

Je n'ai pas osé prononcer un mot de plus. Putain de selfies de merde : une photo de nous en pleine grimace, prise avec son téléphone un soir calme.

— Inutile de vous en faire, Judith. Laissez tomber Rupert. Il a trop à perdre ; il a pris un risque stupide, il n'était pas à la hauteur. Et puis Leanne n'était qu'une pseudo-pute toxicomane, pas vrai ?

— Était ?

— Oh, Judith, je vous en prie. Ce n'était pas très poli de laisser un cadavre dans une chambre d'hôtel que je payais. Mais bien pensé, le coup du numéro de téléphone du dealer. La police a été ravie de le cueillir.

— La police ? Mais je croyais que…

— J'ai dit que je n'étais pas flic. Ce qui ne veut pas dire que je n'ai pas d'amis à la préfecture. J'en ai besoin, vu mon boulot. Comment j'ai eu votre adresse, d'après vous ?

— Je croyais que vous me suiviez.

— Pure formalité. Pour ne rien laisser au hasard. Ils avaient tout un questionnaire pour votre Stéphane. J'ai dit à mon pote que Leanne était juste une fille que j'avais emballée, que je ne savais pas qu'elle se camait. Ils finiront par l'identifier via le consulat, puis par la rapatrier. Ne vous en faites pas. Bref, revenons-en à Rupert. Tout ce qu'il voulait, c'était vous avoir à l'œil, s'assurer que vous ne parleriez à personne. Vous trouveriez même quelques portes ouvertes profession-nellement parlant, si vous vouliez rentrer à Londres.

J'ai secoué la tête, hébétée. Tout ce temps. Tout ce temps, je m'étais crue tellement intelligente, alors que Cleret n'attendait qu'une chose, que je tombe dans ses filets. Je me suis forcée à parler.

— Qu'est-ce que vous voulez ?

— Je veux Moncada. Je veux l'argent de mon client et ma part. C'est tout.

— Vous savez qui c'est, où il vit. Pourquoi vous n'allez pas le trouver ?

— Je veux le faire venir à Paris. À Rome, il est trop dangereux.

— Et qu'est-ce que je peux faire ?

— Lui vendre un tableau, bien sûr.

— Et après ?

— Si vous me livrez Moncada, vous êtes tranquille. On peut même partager le bénéfice de la vente.

J'ai réfléchi un instant.

— Mais si j'accepte, je risque d'avoir ses « associés » aux trousses, non ? Ils refuseront de payer pour le Rothko, celui que votre banquier a acheté. En plus vous dites qu'il est dangereux.

Je détestais me sentir comme ça : sans défense, comme une gamine, prête à tout.

— Vous préférez avoir qui aux trousses ? Eux ou la police ? Quel que soit le cas de figure, je peux m'arranger. Je connais un type à Amsterdam qui est très doué en passeports. Il faudra que vous disparaissiez quelque temps, que vous quittiez Paris. Mais je ne crois pas que vous ayez le choix, si ?

J'ai réfléchi à nouveau. Je pouvais protester, nier ce que je n'avais même pas avoué, m'enfuir. Comme je l'ai dit, je n'aime pas jouer, à moins d'être sûre de gagner. Il semblait se ficher pas mal de Cameron et de Leanne, du moment que je lui donnais ce qu'il voulait.

— Vous voulez Moncada à Paris ? C'est tout ? Et je suis libre ?

— J'ai besoin de trouver un moyen de lui parler en privé. Ces gens-là sont méfiants. Mais vous commencez à prendre le coup de main, Judith.

Il a repris sa veste en se levant. Il avait l'air différent, plus retenu, puissant même.

— On va chez vous.

— Chez moi ?

— Parce que vous croyez que je vais vous quitter d'une semelle ? Je peux même faire des tours du jardin du Luxembourg s'il le faut. Tout ce qu'il faudra.

Renaud avait une chambre dans un hôtel à touristes du Quartier latin. On a essayé d'arrêter deux ou trois taxis tout en marchant, mais, fidèles à l'étiquette parisienne, aucun ne voulait apparemment gagner d'argent. J'avais l'impression d'avoir deux moignons en sang à la place des pieds lorsqu'on est arrivés dans sa ruelle, qui empestait le kebab. Il m'a fait monter les quatre étages à la moquette toute miteuse pendant qu'il récupérait ses affaires. J'ai observé par la fenêtre une sortie de secours et ses antennes satellites très pittoresques ; il farfouillait dans la salle de bains.

— Les toits de Paris, ai-je soupiré, juste pour dire quelque chose.

Il n'a pas réagi, mais au moment où j'ai commencé à hoqueter, j'ai senti sa main dans mon dos. Je me suis retournée et j'ai enfoui mon visage dans cette maudite chemise, et il m'a gentiment tapoté le dos, avec cette tendresse à la fois maladroite et nécessaire que les hommes témoignent aux femmes qui pleurent. Et j'ai pleuré longtemps, comme il faut, ruisselante de larmes et de morve, jusqu'à ce que j'entende un drôle de bruit. Ça venait de dehors apparemment, une lamentation, peut-être un bébé, ou une chatte en chaleur. Mais je me suis rendu compte que c'était moi. Moi qui chialais. J'ai pleuré tout ce que je refoulais depuis ce jour où Rupert m'avait envoyée chez le colonel Morris, et j'étais intriguée, alors même que je sanglotais, le souffle entrecoupé, le corps meurtri, par la sensation étrangère qui m'avait enfin permis de lâcher prise. C'était le soulagement. Pour une fois, quelqu'un d'autre était aux commandes. L'espace de quelques instants, j'ai même cru que ça pourrait s'arrêter là, comme ça : moi dans ses bras, dissoute et reconnaissante. Plus tard, il m'arriverait même de regretter que ça n'ait pas été le cas. Parce que bien sûr, rien ne s'est arrêté.

24

Je ne m'étais pour ainsi dire jamais réveillée à côté d'un homme. Rares étaient les têtes à avoir reposé sous mon bras infidèle jusqu'au matin. En ouvrant les yeux à cinq heures, dans ma chambre, j'ai éprouvé un sentiment de panique en voyant la forme sous la couette à côté de moi. Steve ? Jean-Christophe ? Jan ? Pas Matteo. Renaud. Ma peau exhalait l'odeur de l'alcool de la veille mais, pour une fois, je ne me suis pas extirpée du lit sitôt réveillée ; j'ai roulé sur le dos et je suis restée là à écouter sa respiration encombrée. J'étais tout endolorie, et moite, et j'avais un peu mal sous l'oreille droite, à l'endroit où il m'avait giflée pendant qu'on baisait. Parce que bien entendu, on avait baisé. Pas avant qu'il m'ait soulagée de mon passeport et de mes cartes de crédit pour s'assurer que je n'irais nulle part, mais juste après – contre la porte d'entrée, trébuchant sur ses sacs, une fois que je m'étais débarrassée de mon jean, lui à genoux, le visage contre ma chatte déjà trempée et ouverte, sa main en moi, puis par terre, ses dents enfoncées dans mon cou. D'une manière ou d'une autre, on avait rampé jusqu'au lit, nus, où il avait enduit sa belle queue – et mon cul offert – d'une huile pour le corps hors de prix, avant de me prendre, encore et encore, une main agrippée sur ma nuque, l'autre qui caressait mon clitoris en rythme avec ses coups de reins, jusqu'à ce que ma bouche trouve le creux moelleux de sa paume et que je goûte le fer de son sang, pendant qu'il me déchirait et m'inondait. Sympa, sauf que je pouvais jeter les draps.

Il a roulé sur le côté, j'ai senti son ventre contre ma hanche. C'était bizarre, vu que je préférais les beaux mecs, mais il y avait quelque chose dans ce corps massif, dans sa fermeté inattendue, que je trouvais érotique. Les gras du bide et moi. Allongée sur le dos, je tendais l'oreille. Où était Colère ? Où était cette petite voix qui me titillait, qui me disait : « Vas-y, fais-le, maintenant » ? Partie. Tout était calme. J'ai coulé un regard sur le côté et j'ai croisé le sien, plissé de sommeil et de sourires.

— Écarte les jambes.

Son haleine était amère au creux de mon oreille, mais étrangement, ça ne me dérangeait pas non plus.

— Je ne suis pas très présentable.

— Ouvre. Bien. Encore.

J'ai écarté les cuisses autant que j'ai pu. Il s'est hissé sur moi, sa tête sur mon épaule, s'est introduit doucement. Ma chatte, gourmande, a émis un bruit de succion, mais il ne s'y est pas engouffré, il a pris le temps d'enfoncer, centimètre par centimètre, toute la longueur de son sexe. Il a brusquement glissé un doigt dans mon cul ; j'en ai eu le souffle coupé, mais mes muscles, déjà habitués, se sont détendus. Il pesait de tout son corps sur moi, j'étais comme une feuille sous un buvard, les membres secoués de palpitations qui allaient crescendo. J'ai glissé une main entre nous, serré sa queue à l'endroit où elle me pénétrait, ma paume contre mon clitoris et mes lèvres enflées. Des vagues de chaleur déferlaient en moi.

— Plus fort.

— Non.

— S'il te plaît ?

— Non.

Il a relevé la tête au moment où je contractais mes muscles pour le retenir.

— Détends-toi, je vais te faire jouir. Lèche-moi le visage.

Doucement, ma langue s'est frottée contre sa mâchoire, ses joues, bientôt humides de salive.

— Oui, comme ça. Comme ça, petite chienne.

Je mouillais tellement que mes cuisses, toujours plus avides, ruisselaient. Ça a commencé, comme un souffle de vent à la surface de l'eau, tout mon corps caressé par une onde scintillante dont le point central était ce désir urgent entre mes jambes. Je n'étais plus rien, je me résumais soudain à ce bout de chair en contact avec sa queue. Entre mes paupières qui ne cessaient de cligner, j'ai vu son propre orgasme secouer son torse pâle, ses mains emmêlées dans mes cheveux. Un grondement s'est échappé des profondeurs de sa poitrine, il s'est cambré, les bras parcourus de veines bleu électrique, et je me suis enfoncée dans ma propre extase, noyée dans les jets de son sperme.

Il s'est effondré sur moi, frissonnant, à bout de souffle. Je l'ai serré contre moi tandis que sa sueur refroidissait entre les poils de son dos.

— Pourquoi tu ris ?

J'ai laissé ma tête retomber sur l'oreiller.

— Parce que… Je ne sais pas… Waouh !

— Waouh ? Comment ça ?

— Ben. Tu as un talent exceptionnel. C'est… surprenant.

— Cochonne. Quelle heure il est ? Putain, c'est tout ?

— Oui, je me réveille tôt.

Mais il se rendormait déjà. Une façon intelligente de me tester. Sans un mot, il me laissait l'occasion de filer, mais où aurais-je bien pu aller ? Il me retrouverait, et on le savait tous les deux. Si je m'échappais maintenant, il n'aurait qu'à me balancer. Alors j'ai sauté dans la douche pour rincer ses traces, j'ai enfilé un jean et un pull et attrapé mon sac à main avant de dévaler l'escalier pour débouler dans un Paris lavé par la pluie. La boulangerie en haut de la rue venait d'ouvrir. J'ai acheté des croissants au beurre, un pot de confiture de lait et du jus d'orange. Les ronchonnements de la concierge annonçaient le réveil de la loge ; elle a levé les yeux quand je l'ai saluée, en passant avec le sourire. J'ai fait du café, mis en équilibre couteaux et cuillères sur des assiettes que j'ai posées sur le lit et me suis pelotonnée contre mon oreiller pour le regarder. Il y avait quelque chose de si apaisant dans les mouvements de respiration de sa poitrine que j'ai dû me rendormir ; en tout cas, quand on a ouvert les yeux, la cour était ensoleillée et le café était froid.

C'est la seule fois où nous avons été séparés au cours des trois semaines suivantes. Renaud ne plaisantait pas quand il avait dit qu'il ne me lâcherait pas d'une semelle – il me demandait même de lui laisser mon téléphone quand j'allais aux toilettes, et il le prenait avec lui quand lui y allait. Il mettait les clés de l'appartement sous son oreiller chaque soir, même si elles valsaient souvent à terre. Il arrivait que je les remette à leur place avant son réveil pour qu'il ne panique pas. J'ai songé à lui demander pourquoi il ne me faisait pas confiance, mais, de toute évidence, c'était une question stupide. Les premiers matins, j'avais du travail. Après avoir couru autour du Luco avec moi, dans un pantalon de jogging de ma garde-robe et un tee-shirt Nike hors d'âge, il lisait la presse pendant que je passais en revue les lots en vente, les prix d'adjudication sur Internet. Je m'intéressais à Urs Fischer et à Alan Gussow, mais Renaud pensait que je ferais mieux d'opter pour des valeurs plus sûres. Je ne pouvais pas viser un Bacon, mais Twombly et Calder avaient tous deux des œuvres qui tournaient autour du million, valeur spécifiée par Renaud. Finalement, je suis tombée sur un Gerhard Richter – ou plutôt une Richterette, une petite toile carmin et anthracite de 1988 – dans le catalogue d'automne de l'hôtel des ventes concurrent de mon ancien employeur. À part le Fontana, ce serait la première acquisition majeure de Gentileschi. J'hésitais. Moncada avait peut-être des goûts plus classiques.

J'ai expliqué à Renaud que j'avais besoin de conseils, lui ai parlé de Dave et de sa passion pour le XVIIIe siècle.

— Est-ce que je peux lui demander de m'envoyer d'autres informations, les catalogues des ventes récentes ?

— Pourquoi ?

— Parce que je veux être au courant du marché. En théorie, je suis censée faire un bénéfice sur cette vente.

— On est censés faire un bénef. Moitié-moitié.

— Bien sûr. Bref, je voudrais juste vérifier, avant d'enchérir sur le Richter.

Il m'a lancé mon téléphone.

— D'accord.

— Frankie ? Judith à l'appareil.

— Judith ! Ça alors, comment ça va ?

— Super, merci. Et toi ?

— C'est marrant que tu appelles aujourd'hui. Je viens de me fiancer !

— Génial ! Je suis très heureuse pour toi, Frankie, félicitations. Qui est l'heureux élu ?

— Il s'appelle Henry. Il est dans l'armée. On part vivre au Kenya. Femme de soldat, incroyable, non ?

— Alors, c'est l'homme idéal ?

— Disons qu'il fait le bonheur de ma mère !

Renaud me regardait, l'air de ne rien comprendre. Il était temps de couper court à cet échange digne d'un roman de Jane Austen.

— Frankie, tu te souviens du service que je t'avais demandé il y a de ça une éternité ?

— Mais oui, quelle horreur. Pauvre Cameron Fitzpatrick. C'était dans tous les journaux.

— Oui, je sais, atroce. Et tout ça alors que tu avais été si gentille de m'aider pour que je puisse travailler avec lui. Enfin je ne voudrais pas que ça sonne…

— Non, non, je comprends.

— Dis-moi Frankie, je me demandais si je pouvais te demander un autre service.

— Dis toujours.

341

— Tu te rappelles Dave, qui bossait à la réserve ?

— Oui, il est parti il y a hyper longtemps.

— Est-ce que tu aurais une adresse où le contacter ?

— Oh je peux te trouver ça, oui.

— Tu pourrais me l'envoyer par texto, s'il te plaît ? Je suis désolée de te déranger à nouveau, je ne voudrais vraiment pas te causer d'ennuis, mais…

— Aucun souci. Et puis je m'en fiche, je pars pour l'Afrique.

Elle a baissé d'un ton.

— C'est rien que des connards ici de toute façon.

Connards. Ils m'avaient changé ma Frankie.

J'ai surfé un peu en ligne en attendant son texto ; j'ai commandé un livre qui plairait sûrement à Dave en deux exemplaires sur Amazon, un pour lui et un pour moi. Ils sont arrivés le lendemain, vive l'abonnement Premium. Puis Renaud m'a escortée à la banque, où il m'a donné ma carte. J'ai fait exprès de me tromper en tapant le code.

— Les catalogues vont me coûter dans les deux cents euros, mais le distributeur est en panne. Je peux aller à l'intérieur ?

Il a attendu dehors, clope au bec, et moi je suis allée au guichet me signer un chèque de dix mille euros. J'ai donné ma carte de séjour comme pièce d'identité. Ils ont un peu tiré la tronche en voyant la somme, mais j'ai fait valoir que c'était mon argent, et j'ai accepté des coupures de cinq cents, que j'ai en majeure partie casées dans mon soutien-gorge. Puis on est allés rue de Sèvres ; j'ai expliqué à Renaud que je voulais envoyer un cadeau d'anniversaire à la femme de mon ex-collègue. Plausible. Ne sachant pas trop ce qu'aimait la femme de Dave, j'ai opté pour Chanel N° 5, un coffret du Bon Marché qui rassemblait le parfum, le lait pour le corps et le savon. Je suis passée aux toilettes pour glisser les billets sous les moulages en plastique des flacons. J'ai ajouté un mot gribouillé à la va-vite avec mon adresse parisienne et des références de pages concernant les livres. En bas, j'ai ajouté : « Avance sur frais mercenaires. » Renaud m'a accompagnée au bureau de poste, où j'ai fait mettre le tout dans un colis à bulles en partance pour Londres. Dave vivait à Finsbury. Il ne me restait plus qu'à espérer qu'il comprenne.

Le soir, on dînait ensemble – une autre grande première, en ce qui me concerne. Parfois on sortait rue Mouffetard ; Renaud, l'air sérieux, avait un panier en osier à la main, et achetait de quoi cuisiner. Il faisait par exemple un excellent risotto. Je lui ai offert une paire de couteaux japonais à lame en céramique pour qu'il prépare un *osso bucco* fondant à souhait. Il me versait un verre de vin pendant qu'on s'affairait à nos planches à découper en pyjama, puis on finissait la bouteille en écoutant de la musique. Il arrivait qu'on dîne dehors, mais dans des endroits intimes, qu'on préférait tous les deux. J'ai découvert que j'appréciais avoir de la compagnie, peut-être était-ce le cas pour lui aussi. Il m'a parlé un peu de son travail, des appels qu'il passait à New York et à Los Angeles pendant que je lisais l'après-midi. C'était apparemment moins spectaculaire qu'il n'y paraissait, de courir après l'argent. C'était principalement un jeu où il fallait attendre. Témoigner. Le plus souvent, cela dit, on parlait d'articles qu'on avait lus dans la presse – j'essayais de le faire dévier du *Figaro* – ou des dernières frasques des hommes politiques français, à présent que les médias du pays déballaient sans vergogne leur vie intime. Deux ou trois fois on est allés au cinéma, et m'a tenu la main dans le noir. Un soir, il m'a demandé si j'avais envie d'aller à La Lumière. J'ai réfléchi.

— Ou Regrattier, si tu n'as pas envie de croiser Julien.

— Dis-moi, tu m'as l'air bien avisé sur le sujet.

— Évidemment, mademoiselle Je-N'Ai-Pas-De-Nom.

J'ai souri en laissant une mèche couvrir ma joue, et j'ai fait tournoyer le vin dans mon verre.

— En fait, je crois que je n'en ai pas envie. Je trouve qu'on est bien comme ça.

— On ?

J'ai fait machine arrière.

— Pour l'instant, je veux dire. Jusqu'à ce que tu aies parlé à Moncada.

Doucement, il m'a coincé la mèche derrière l'oreille.

— Tout va bien, Judith. Ce « on », ça pourrait me plaire.

Un jour, alors qu'on aspirait bruyamment des nouilles dans un restaurant vietnamien de poche de Belleville, il a voulu que je lui parle de Rome. Inutile que je demande à quoi il faisait référence.

— Je croyais que tu avais tout vu.

— Oui, mais pas en détail. Je t'ai vue disparaître sous le pont. Puis en ressortir en tenue de jogging. Le reste, je l'ai lu dans le rapport de police de l'inspecteur Da Silva.

— Renaud, t'es vraiment un salaud.

Il a mimé un haussement d'épaules exagéré.

— Désolé.

— Mais, tu lis l'italien ?

— *Certo*. Enfin, un peu.

J'ai réfléchi en aspirant une bonne dose de nouilles au porc laqué.

— Pourquoi tu ne leur as rien raconté ? à la police ?

— Tu étais mon unique chemin vers Moncada. Et puis, comme je l'ai déjà dit, je ne suis pas flic. Sans compter que j'étais… intrigué. Par toi, par la façon dont ça allait finir.

J'avais envie de tout lui déballer, sur James, sur Leanne. Tout balancer. Évoquer Dave, dire que j'avais fait ça parce que Dave avait perdu son boulot, mais ç'aurait été un mensonge et d'une certaine manière ça me gênait. Je voulais lui expliquer ce que ça faisait d'être rejetée, de se sentir piégée, parce que même si on était intelligent, et beau, il n'y avait pas de place dans le monde pour les gens comme moi. Mais ça non plus, ce n'était pas vrai.

— Je ne l'ai pas fait pour l'argent, ai-je tranché. Ça n'a été qu'une retombée, au final.

— Par revanche, alors ? a-t-il dit avec un sourire.

— Nan, trop simple. Pas par revanche. Pas mon truc.

— Hmm, intéressant. Je pense que moi, enfin je…

Il s'est interrompu. Est-ce qu'il essayait de me piéger en m'avouant quelque chose d'intime ? Il était peu probable qu'il tente le coup. Trop évident. Il a pris à son tour une cuillère de bouillon pour méditer.

— Alors pourquoi ? a-t-il fini par dire.

Parce que c'était possible, j'imagine. Parce que j'avais besoin de savoir si je pouvais le faire. Pourquoi faut-il nécessairement une logique ? C'est comme le sexe, les gens qui veulent toujours des raisons, savoir comment ça se passe.

— Je pourrai te répondre un autre jour ?

— Bien sûr. Quand tu voudras.

Dave m'a fait parvenir les catalogues, un pavé de papier glacé qui avait dû coûter un bras en frais de port. Gentille attention, il avait joint une boîte à cigares qui contenait trois barres chocolatées Wispa ; il n'avait pas oublié mon petit faible pour les matières grasses hydrogénées. Ça m'a vraiment fait plaisir quand je l'ai ouvert. Finalement, en pensant à Steve, j'ai dit à Renaud que je m'étais décidée pour le Richter : question art contemporain, il valait mieux viser les nouveaux riches. J'avais presque envie d'aller à Londres pour la vente, d'offrir un verre à Frankie au passage, et Rupert pourrait aller se faire foutre. Mais Renaud pensait qu'il n'était pas raisonnable d'utiliser mon passeport.

— Tu en auras un nouveau bientôt. Je suis en train de m'en occuper. Quand j'aurai vu Moncada.

J'ai acheté le *Condé Nast Traveler* et réfléchi à mon avenir. Le Monténégro avait l'air plein de promesses. Ou la Norvège. Froid glacial – parfait pour les assassins.

— Mais pourquoi je ne peux pas rester ici ?

— Judith, ne sois pas bête.

— Et mes comptes en banque ?

— Gentileschi devra simplement recruter une nouvelle employée.

Le jour de la vente approchait. J'avais accepté d'enchérir par téléphone, en utilisant le nom de ma société. On est allés à la Fnac acheter des écouteurs et Renaud a bricolé mon ordinateur pour pouvoir écouter. Si je remportais l'enchère, je recevrais le tableau dans les deux semaines. Pour compenser la frustration de ne pouvoir y assister en personne, je me suis habillée pour l'occasion. Mon tailleur Chanel noir, avec un élégant camélia en cuir sur la poche revolver, les Pigalle de Louboutin en talon de douze centimètres, les cheveux tirés en arrière, lèvres peintes en rouge, ce qui ne m'allait pas très bien. J'avais mis une culotte ouverte à l'entrejambe, style années soixante-dix. Je me sentais un peu bête de faire tout ça juste pour m'asseoir à la table de ma salle à manger, mais à en juger par la tête de Renaud quand je suis sortie de la salle de bains, je n'avais pas fait tous ces efforts pour rien.

Je m'étais inscrite en ligne sous le nom de Gentileschi et on m'avait attribué un numéro, le 38. On avait acheté un téléphone jetable pour l'occasion, il ne restait qu'à régler la question des coordonnées bancaires si je remportais l'enchère. À onze heures, l'hôtel des ventes a appelé pour dire que la vente avait commencé. J'avais un bloc-notes et un stylo devant moi, je ne sais pas pour quoi faire au juste, simplement pour me sentir plus professionnelle. On m'avait autorisée à assister à quelques ventes chez British Pictures, et j'avais beaucoup aimé le spectacle auquel se livraient les experts et le commissaire-priseur, le vice-président de la maison ; j'essayais de me représenter la salle au bois blond, l'immobilité crispée des enchérisseurs. À onze heures quarante-deux, le portable a sonné de nouveau ; c'était au tour du Richter. Renaud s'est penché au-dessus de l'ordinateur, les cheveux comme une crête de perruche sous le casque à écouteurs. Je me suis demandé laquelle des petites pimbêches que j'avais croisées dans les couloirs de la concurrence transmettait les enchères de Gentileschi, et j'ai eu envie de crier dans le téléphone que c'était moi, Judith Rashleigh – mais bien sûr je n'en ai rien fait. J'ai même rajouté un peu de français dans mon accent.

Le prix de départ était de quatre cent mille livres. Les enchères ont vite grimpé. Quatre cent cinquante, cinq cent, cinq cent cinquante, six cent mille. J'étais toujours dans la course. Le prix a continué à augmenter par tranches de cinquante mille livres.

— J'ai sept cent cinquante mille contre vous, numéro 38. Vous poursuivez ?

Renaud a acquiescé d'un air résolu.

— Huit cent mille.

Il m'a pris la main.

— Très bien.

Impossible de ne pas être excitée.

— Numéro 38 ? J'ai huit cent cinquante mille livres dans la salle. Vous poursuivez ?

— Neuf cent mille.

Sous la pression, Renaud transpirait, chemise collée dans son dos, sa paume moite dans la mienne. Je me suis redressée, digne et sereine dans mon tailleur impeccable. J'ai entendu au bout du fil le commissaire-priseur demander s'il y avait d'autres enchères. Un silence.

— Nous avons une enchère à neuf cent cinquante mille, madame. Vous poursuivez ?

Rien à foutre.

— Un million. Un million de livres.

On était dans la dernière ligne droite, les jockeys juchés sur leur monture comme des singes, brandissant leur cravache pour les cent derniers mètres. J'étais à bloc.

— Je vais jouir, ai-je articulé en silence à Renaud.

Je savais qu'elle était tournée vers l'estrade, le doigt levé.

— Un million et cinquante mille livres, numéro 38. Vous poursuivez ?

— Un million cent.

Renaud me fusillait du regard, faisant mine de se trancher la gorge. Je l'ai ignoré ; ce truc me rendait dingue.

— Très bien.

J'ai entendu : « Mesdames messieurs, j'ai un million cent mille livres au téléphone » à l'autre bout du fil. « Un million cent, une fois… » J'ai fermé les yeux, retenu mon souffle, les doigts tremblants autour du téléphone.

— Félicitations, madame.

J'ai appuyé sur le petit bouton rouge, prudemment, laissé ma tête tomber à la renverse et retiré les épingles de mes cheveux.

— On l'a.

— Bravo.

J'ai allumé une cigarette que j'ai fumée quasiment en une bouffée. Puis je suis allée m'asseoir sur ses genoux, front contre le sien.

— Je n'arrive pas à croire que j'ai réussi à le faire. Je n'en reviens pas, ai-je murmuré.

— Et pourquoi ça ?

J'appréciais vraiment que Renaud, à la différence de la plupart des hommes que j'avais rencontrés, s'intéresse à moi quand je disais que je ressentais telle ou telle chose.

— Je viens juste d'acheter un tableau à plus d'un million de livres. Moi. Ça me semble impossible. Une folie.

— Tu as pourtant fait des choses autrement plus difficiles.

L'euphorie s'est aussitôt évanouie. J'ai fait claquer mes talons sur le parquet pour montrer mon agacement.

— Tu es obligé de remettre ça sur le tapis chaque fois ? Tu ne peux pas arrêter, un peu ? Je fais bien ce que tu m'as demandé, non ?

Il m'a rejointe et s'est agenouillé à mes pieds pour me serrer contre lui, toujours ébouriffé par le casque.

— Ce n'est pas ce que je voulais dire. Tu oublies que je sais un paquet de choses sur toi. J'ai vu où tu as grandi, ce par quoi tu as dû passer pour t'en sortir. Ce que j'essaie de dire en fait, c'est que je t'admire, Judith.

— Vraiment ? Tu m'admires ?

— Tu m'as entendu, ne me force pas à te flatter. Bien. Maintenant, je crois qu'on devrait sortir fêter ta première acquisition d'envergure. Quelle est la chose que tu préfères manger à Paris ?

— La salade de homard du Laurent.

— Alors je vais me changer. Histoire d'être sortable. J'ai même une cravate, tu y crois ? Et mademoiselle aura son homard.

Mais ma jupe avait déjà glissé à terre. Les lèvres de mon sexe, gonflées de désir, frémissaient dans la fente de ma culotte en résille. Je me suis assise sur la table et j'ai écarté les jambes.

— On peut aussi dîner à la maison.

Il a introduit un doigt en moi, d'un coup, l'a retiré doucement, complètement mouillé, et l'a porté à sa bouche.

— J'aime aussi cette idée.

25

Je m'étais demandé où faire livrer le Richter, et j'avais finalement opté pour mon adresse à Paris. Gentileschi était une société déclarée, mon fric n'était pas de l'argent sale, et ce que je faisais du tableau après réception ne regardait personne. C'était une vente tout ce qu'il y a de plus classique ; Rupert n'avait aucun motif d'aller se renseigner sur l'acheteur d'une toile qu'il n'avait même pas vendue. Le nom de la société apparaîtrait dans le compte rendu de la vente, mais il n'avait pas de raison de le relier à moi personnellement, même si le nom de Gentileschi pouvait lui rappeler quelque chose. Et puis Rupert avait sûrement d'autres chats à fouetter depuis que son deal foireux avec Cameron lui avait fait perdre un bon demi-million de livres. Renaud était d'accord. Quand la paperasse est arrivée de Londres, peu de temps après la vente, j'étais prête à contacter Moncada. Un nouveau téléphone jetable, une liste de numéros du répertoire de Renaud.

— Comment tu sais qu'on arrivera à joindre Moncada sur un de ces numéros ?

— Ça va marcher, c'est tout. J'ai de bons contacts.

— Ouais, ouais, tu me l'as déjà dit. Toi et tes fameux contacts. Mais il refusera de m'appeler sur ce machin. Il faut qu'on trouve un téléphone public.

— Bonne idée.

— Oh, on apprend assez vite sur le tas, suffit de se concentrer.

On a pris le métro en direction du 18e arrondissement. On est entrés dans une épicerie taxiphone rue de la Goutte-d'Or, où des immigrés pouvaient utiliser des cartes prépayées pour parler à leurs familles, au milieu des bananes plantains, des citrons verts et des tissus africains. Renaud a acheté une carte et attendu dans la file pour accéder au téléphone pendant que je testais les numéros de la liste. Les deux premiers numéros n'avaient plus d'abonné, quelqu'un a décroché et raccroché aussitôt pour le troisième, le quatrième a lâché un *Pronto* avant de raccrocher dès que j'ai ouvert la bouche. J'en ai essayé deux autres, sans succès.

— Qu'est-ce qu'on peut faire s'il ne répond pas ? C'est tout ce que tu as ?

Renaud avait atteint la première place dans la file. Une femme avec un fichu imprimé de pastèques, plié en éventail sur la tête, agitait son énorme cul comme pour se débarrasser d'une tique, gueulant dans le combiné dans un patois créole incompréhensible. Ça sentait la sueur et la mélasse, les candidats d'un jeu télévisé beuglaient au-dessus du comptoir, observés d'un œil distrait par les cinq ou six personnes qui attendaient derrière Renaud.

— Ça va nous prendre une éternité. Et même si on arrive à le joindre, ce téléphone va être occupé jusqu'à Noël.

— Continue.

C'était ridicule. À croire qu'il ne voulait pas qu'on y arrive. J'ai appelé, encore et encore, jusqu'à épuisement des unités de la carte. On est sortis boire un café et fumer une cigarette, la bouche sèche, on a acheté un autre téléphone, recommencé tout le cirque. Encore du café, des cigarettes ; les gaz d'échappement et la nicotine m'ont filé un mal de crâne épouvantable. Au bout d'un moment, j'appelais sans avoir besoin de regarder le papier.

— Renaud, ça ne sert à rien.

Avec sa veste et ses pompes atroces, il était pile dans le ton de la Goutte d'Or. On devait avoir l'air ridicules – le couple d'arnaqueurs à la petite semaine sortis du manuel d'un étudiant en cinéma. À cinq heures de l'après-midi, ça faisait trois heures qu'on était là, et Renaud avait laissé sa place tellement de fois dans la file d'attente pour sortir fumer que même le mec derrière son comptoir commençait à nous regarder d'un drôle d'air.

— Je veux rentrer chez moi. J'ai besoin de prendre une douche.

Pour la première fois depuis qu'il était monté à bord de mon taxi à l'Hôtel de Ville, Renaud avait l'air de perdre ses moyens.

— Attends ici. Je vais passer un coup de fil.

— Vas-y, lui ai-je dit, au bout du rouleau.

Il est sorti. J'ai essayé de lire sur ses lèvres à travers les coques de téléphone Hello Kitty en vitrine, mais il m'a tourné le dos.

— Essaie ceux-là.

Deux nouveaux numéros. Le premier ne marchait pas. Pour le second, ça sonnait dans le vide.

— *Pronto.*

Une voix de femme.

— Je voudrais parler au *signor* Moncada. C'est Judith Rashleigh. Je travaillais pour Cameron Fitzpatrick.

Tonalité occupée. J'ai pris quelques inspirations avant de rappeler.

— S'il vous plaît, donnez ce numéro au *signor* Moncada. J'attends son appel.

J'ai hoché la tête à l'intention de Renaud.

— Il ne va peut-être pas tarder.

Renaud a arraché le combiné des mains d'un Somalien tout maigre, en boubou de nylon, et il a raccroché.

— Mais ça va pas la tête ?

Renaud ouvrait déjà un pan de son blouson pour sortir un insigne de sa poche.

— Police.

D'un coup, la pièce s'est comme vidée de son air. Tout le monde s'est précipité vers la sortie, faisant tomber au passage un sac de riz ouvert et un présentoir de fausses Ray-Ban. Le gérant s'est levé, ses deux énormes poings bagués posés sur le comptoir.

— Écoutez, monsieur, vous ne pouvez pas entrer comme ça et…

— Toi, tu t'assois et tu la fermes. Ou non, mieux : tu vas dans l'arrière-boutique t'empiffrer de poulet frit jusqu'à ce que je t'appelle. Sinon je te demande tes papiers, OK ? Après quoi je te renvoie dans le trou d'où tu viens avant même que tu aies pu parler de « racisme », d'accord ? Si je ne t'ai pas démoli la gueule avant et que tu peux encore parler. Je suis clair ?

On s'est retrouvés seuls. Les grains de riz ont crissé sous les pieds de Renaud quand il est allé afficher le panneau « Fermé » en devanture.

— Ce n'était pas la peine de l'agresser comme ça. Et puis c'est quoi cet insigne ?

— Épargne-moi tes reproches. C'est pas de la rigolade, là. Et l'insigne…

— Oui, je sais. Ton fameux ami à la préfecture.

— Attends à côté du téléphone.

Il s'est allumé une cigarette.

— C'est interdit de fumer à l'intérieur ! a lancé le gérant derrière le rideau de douche qui servait de cloison.

— T'en veux une ? m'a proposé Renaud sans lui prêter attention.

— Non, merci. Arrête de te comporter comme un connard, tu veux ? On dirait un putain de flic.

— Désolé. Je suis un peu à cran, c'est tout. Il y a beaucoup d'argent en jeu pour moi. Je lui présenterai mes excuses, promis.

— Ouais… Tu ne veux pas t'asseoir ? Lire un magazine, je ne sais pas, faire quelque chose. J'ai besoin de me concentrer.

Sans grande conviction, il a remis un peu de riz dans le sac, rangé les lunettes, et s'est assis derrière le comptoir, avant d'éteindre la télé. On a attendu en silence pendant une vingtaine de minutes. J'en étais à me demander où j'allais accrocher le Richter quand le téléphone a sonné.

— *Signor* Moncada ? Judith Rashleigh.

— *Vi sento.*

Rien de plus. Je me suis lancée dans mon petit discours en italien – Dieu sait que j'avais eu le temps de le préparer. J'avais quelque chose susceptible de l'intéresser, les détails de la vente étaient disponibles en ligne, on pouvait se rencontrer à Paris si ça lui convenait. De l'authentique. Aucune mention d'argent, ni de Cameron Fitzpatrick.

— Donnez-moi votre numéro. Je vous rappelle.

On a poireauté une heure encore avant qu'il s'exécute. On n'était plus vraiment obligés de rester dans la boutique, mais j'avais envoyé Renaud au McDonald's et il avait réglé le différend avec le gérant ; ils bavardaient à présent comme deux vieux copains en sirotant un Coca Light devant un match de football. Le petit téléphone a vibré dans ma main. Ma paume était tellement moite qu'il a failli m'échapper. J'ai fait un geste au gérant pour qu'il retourne derrière son rideau et mis ma main en coupe derrière mon oreille pour dire à Renaud qu'il pouvait venir écouter.

— Pas la peine. Je ne comprends pas assez bien l'italien, a-t-il murmuré.

— Vous avez un prix à me donner, *signorina* Rashleigh ?

— Comme vous avez pu le voir, j'ai acheté le tableau un million cent mille livres. Soit environ un million et demi d'euros. J'en demande un million huit cent mille euros.

S'il l'achetait à ce prix, ma part des trois cent mille euros se monterait à environ cent mille livres. Un bon bénéfice pour ce tableau.

À l'autre bout du fil, le silence.

— Selon mes estimations, le tableau vaudra plus de deux millions dans six mois, et davantage encore dans un an.

Je me suis demandé si Moncada était vraiment familier du marché de l'art légal. Si c'était le cas, il se rendrait compte que je lui proposais une affaire, étant donné que les Richter ne se dépréciaient pas, en plus de la tendance à la hausse de l'art d'après-guerre, en général.

— Très bien.

Je devais dire qu'il m'impressionnait.

— Comme la dernière fois, donc ?

— Comme la dernière fois.

J'ai décrit la façon dont on pourrait se rencontrer, mais il n'a pas reparlé. Quand j'ai eu fini, j'ai laissé un bref silence en suspens entre nous, puis lui ai dit au revoir, avec un *Lei* poli. Je me suis souvenue à quel point j'avais craint de le rencontrer à Côme, mais tout ça me semblait absurde à présent. Moncada serait bientôt le problème de Renaud. Si tout fonctionnait, j'empocherais ma part, et puis Renaud serait là pour me protéger au rendez-vous. Ou du moins, s'il ne se souciait pas assez de moi pour ça, il aurait certainement à cœur de protéger ses intérêts concernant le Rothko.

Tout ce qu'il me restait à faire, c'était attendre que le tableau arrive de Londres, le remettre à Moncada, m'occuper des virements, et tout serait terminé. Renaud disparaîtrait et je serais libre. Je n'avais pas l'intention de virer fleur bleue à l'idée de notre séparation, mais peut-être qu'une petite partie de moi espérait que la livraison ne serait pas trop rapide. Il n'y avait rien de mal à vouloir quelques jours supplémentaires.

En fait, je n'ai pas eu le temps de m'ennuyer pendant qu'on attendait le Richter ; il m'a fallu démanteler toute ma vie parisienne, comme un film qui repasse à l'envers. J'ai déniché une société spécialisée dans le déménagement d'œuvres d'art pour mes tableaux et mon mobilier ancien ; tout serait stocké dans une réserve climatisée dans un entrepôt de la banlieue de Bruxelles. À contrecœur, j'ai donné mon préavis pour mon appartement, et appelé une autre entreprise de déménagement pour transporter le reste jusqu'à un garde-meubles porte de Vincennes. Quand le type est arrivé avec ses caisses en bois et du papier bulle, la concierge m'a demandé où j'allais. J'ai senti que j'avais baissé dans son estime depuis que je vivais dans le péché avec un personnage aussi négligé que Renaud, qui faisait clairement chuter la cote de l'immeuble, mais elle ne supportait pas l'idée de ne pas être à jour sur les ragots. Je lui ai dit que j'allais au Japon pour le travail. Là ou ailleurs…

— Et monsieur ?

J'ai haussé les épaules.

— Oh, vous savez. Les hommes…

— Paris vous manquera, mademoiselle ?

— Oui, énormément.

Du coup, peut-être à cause de cette question, j'ai persuadé Renaud de devenir touriste avec moi l'espace de quelques jours. Comme tout résident d'une ville, je ne l'avais jamais vue à travers les yeux d'un étranger. On est montés en haut de la tour Eiffel, on s'est frayé un chemin dans une foule de jeunes âmes errantes, tendance emo, devant la tombe de Jim Morrison au Père-Lachaise, on a vu la cellule de Marie-Antoinette à la Conciergerie, le plafond de Chagall à l'Opéra Garnier, un concert de Vivaldi à la Sainte-Chapelle. On est allés au Louvre dire au revoir à *La Joconde*, marcher dans les jardins du musée Rodin. Quand j'étais étudiante, je me moquais avec condescendance des touristes japonais qui ne voyaient rien des œuvres au-delà du périmètre de leur Nikon ; à présent ils tenaient des iPad en l'air pour filmer les trésors de la Ville lumière, de sorte que la seule chose qu'ils voyaient, en fin de compte, était le gris-blanc de leur tablette Apple. Les zombies au pas traînant ne méritent pas de voir la beauté. On a acheté des kebabs dégueu à Saint-Michel qu'on a engloutis assis au bord de la fontaine, fait la grimace dans un Photomaton du métro. On a même pris un bateau-mouche, à bord duquel on a eu droit à un dîner étonnamment bon, soupe à l'oignon et tournedos Rossini sous les ponts illuminés, tandis qu'une jeune Algérienne en robe rouge à paillettes chantait du Édith Piaf. Renaud me tenait la main, nichait son nez dans mon cou, et même si on était probablement aussi mal assortis que des couples que j'avais pu croiser à bord du *Mandarin*, je m'en fichais. J'ai fini par l'interroger au sujet des initiales brodées sur toutes ses chemises informes.

— Je les fais moi-même, en fait. Je suis très bon en couture.

— Comment ça se fait ? Tu as fait de la prison, tu t'es entraîné sur des sacs de courrier ?

— Très drôle. Mon père était tailleur. Il l'est toujours, d'ailleurs, bien qu'il ait quatre-vingts ans.

— Où ça ?

— Où quoi ?

— Où est-ce que tu as grandi ?

On dégustait un plateau de fruits de mer au Bar à Huîtres de la rue de Rennes. Du revers de la main, il a chassé les volutes blanches qui montaient au-dessus du plateau et avalé une marennes-oléron aux reflets verts avec du vinaigre à l'échalote.

— Dans une toute petite ville dont tu n'as sûrement jamais entendu parler. Ce qu'on appelle le trou du cul du monde. La France profonde.

J'ai décortiqué une langoustine.

— Et comment tu es venu à ton métier ? Ce n'est pas exactement le genre de profession à laquelle on accède après une formation. Sans compter que tu n'y connais rien en peinture.

— Je ne suis pas spécialisé dans les tableaux. Je te l'ai dit, mon truc, c'est de retrouver de l'argent qui a disparu. Principalement des missions pour des entreprises, des dirigeants qui ont pioché dans la caisse. J'ai fait des études de commerce, passé deux ans dans une agence comptable à Londres.

— Berk.

— Comme tu dis. J'imagine que je suis tombé là-dedans parce que je voulais être quelqu'un d'autre. Comme toi, Judith.

— Qu'est-ce qui te fait croire qu'on se ressemble autant ?

Je lui ai dit ça pour le taquiner, en quête d'un compliment peut-être, mais il a tendu le bras au-dessus des coquilles d'huître et m'a pris la main.

— Judith. Qu'est-ce qui te pousse vers ça ?

— Vers quoi ?

— Cette tendance sexuelle. Les soirées de Julien, les clubs. Tout ça.

J'ai avalé ma dernière bouchée de zinc à la brume marine et me suis levée.

— Paie la note et je t'expliquerai.

On a descendu le boulevard sans que je prononce un mot ; une fois dans la rue de Sèvres, j'ai trouvé un banc, allumé une cigarette, et lui ai pris la main.

— Tu as vu ma mère ? Je veux dire, tu as vu à quoi ressemblait sa vie ?

— Oui.

— Bon, voilà, rien d'extraordinaire. Je me retrouvais chez ma grand-mère la moitié du temps. À la maison, ça picolait, les hommes allaient et venaient. Des « oncles », pour une semaine ou un mois. Apparemment, c'est classique chez ces mecs-là. Ils se maquent avec la mère, faible, vulnérable, dans la dèche, pour pouvoir se taper la fille. Le genre de trucs qu'on lit dans les journaux tous les jours.

— Ou dans Nabokov ?

— Oh non, rien d'aussi classe. Donc il y en avait un, qui avait l'air très réglo au début, il avait un boulot, il était routier, il traitait ma mère correctement. Mais il a commencé à m'attendre à la sortie de l'école, il proposait de me ramener à la maison dans son gros camion. C'était mieux que le bus, je me faisais toujours cogner dans le bus, et puis, il avait des bonbons. Des bonbons acidulés en forme de poire. Je ne peux plus en voir un aujourd'hui. Bref, il a proposé qu'on fasse un petit tour avant de rentrer. On avait des uniformes à l'école, une petite jupe plissée, une cravate, un shorty bleu marine en dessous. Il me demandait de défaire mes couettes et de relever ma jupe. Je croyais que si je ne le faisais pas, il laisserait tomber ma mère, et qu'elle m'en voudrait, et qu'elle recommencerait à boire. Alors je l'ai laissé faire.

— Oh, Judith. Pardon. Je suis désolé. Ma pauvre.

J'ai enfoui mon visage contre sa poitrine, et au bout d'un moment mes épaules ont commencé à trembler. Il me caressait les cheveux, a déposé un baiser en haut de mon front.

— Et qu'est-ce qui s'est passé ?

Mon visage était à moitié caché dans le tissu bas de gamme de sa veste. Je trouvais quelque chose de rassurant dans cette odeur de sueur à présent.

— Il y a eu un moment où je ne l'ai plus supporté. Alors j'ai pris un couteau de cuisine, un matin, et je… j'ai…

Je me suis effondrée contre lui, je ne tenais plus. Impossible de me retenir plus longtemps. Il lui a fallu deux bonnes minutes avant de se rendre compte que j'étais morte de rire.

— Judith !

— Oh mais quoi, Renaud, merde, tu y croyais, sérieusement ? Ses mains calleuses aux ongles noirs sur mes jolies cuisses prépubères ? Quand même.

J'ai essuyé les larmes au coin de mes yeux et l'ai regardé bien en face.

— Écoute, ma mère est une ivrogne et j'aime bien m'envoyer en l'air, OK ? J'aime ça, point final. Maintenant, ramène-moi à la maison, je t'invite dans mon lit.

Il a essayé de sourire, mais n'a pas tout à fait réussi. En revanche, quand on est arrivés à l'appart', que j'ai enfilé un shorty blanc et qu'on a joué à un petit jeu, ça lui a plu. Ça lui a vraiment plu. Un peu après, il a introduit un doigt dans mon cul et l'a porté à son nez.

— Ça sent les huîtres. Tu veux sentir ?

J'ai respiré l'odeur de sa main. Il avait raison.

— Je ne l'aurais jamais cru…

J'ai léché son doigt pour goûter les effluves purs de la mer, dans mon propre corps.

26

Et puis ce fut le jour du Richter. Renfermé, irritable, Renaud traînait dans l'appartement, sans but. Il me tapait sur les nerfs, alors j'ai proposé qu'on sorte marcher un peu. On a fait les boutiques de Saint-Germain. J'ai dit que bientôt il allait pouvoir se payer des fringues correctes, mais il n'a pas souri.

Quand je lui ai demandé ce qui n'allait pas, il a répondu qu'il appréhendait le rendez-vous.

— Ce n'est pas toi qui vas dormir avec les poissons, ai-je fait remarquer.

— Judith, la ferme. Tu ne sais pas de quoi tu parles.

— Comment ça ? Je fais exactement tout ce que tu me demandes, non ? C'est toi qui as dit qu'il n'y avait aucun risque. Pour toi, au moins.

— Il faut toujours que tu croies tout savoir sur tout. Que tu peux t'en sortir juste parce que tu sais des choses, comme on t'a appris dans ton université de snobs.

— Désolée, ai-je dit avec humilité.

J'aurais pu ajouter qu'il faut plus que de l'intelligence pour agir intelligemment, mais l'heure n'était pas à la discussion philosophique. Son visage s'est radouci et il a passé un bras autour de mes épaules.

— Il ne va rien t'arriver, m'a-t-il rassurée.

Là encore, j'aurais pu souligner qu'on ne serait pas allés aussi loin si les conséquences m'avaient posé un problème, mais le moment ne me semblait pas idéal non plus. J'ai remarqué que mes efforts pour me calmer agissaient aussi sur lui, alors j'ai demandé si Moncada serait vraiment indifférent au sort de Cameron.

— Écoute. Cosa Nostra ne distille ses renseignements qu'aux personnes directement concernées. C'est plus sûr qu'un agent exécute des ordres en ne communiquant qu'avec ceux qui sont immédiatement au-dessus ou en dessous de lui dans la hiérarchie.

— Donc, Moncada fera juste sa part du boulot ?

— Exactement. Et son boulot, c'est d'acheter des tableaux avec de l'argent sale et de les revendre pour blanchir cet argent.

— Ce qui fait de la mort un simple risque du métier ?

Il m'a embrassée sur la bouche avec délicatesse.

— Oui, on peut dire ça, chérie.

Je devais retrouver Moncada au Flore à sept heures du soir. Je suis arrivée un peu en avance, au cas où je devrais attendre qu'une table en terrasse se libère. Qu'est-ce que j'avais pu être naïve – amatrice, dans la bouche de Renaud – en allant à sa rencontre avec le Stubbs la première fois. Malgré mes doutes suite à mes recherches dans cette chambre d'hôtel à Rome, si j'avais fait preuve de tant d'assurance, c'est parce que j'ignorais tout de ce type. Mais maintenant qu'il n'y avait plus aucun doute possible sur la nature du personnage, je savais qu'il m'observerait, attentif à tout ce qui pourrait lui signaler un piège. Avant, je n'avais même pas songé à avoir peur de lui ; à présent, malgré mon calme de façade face à Renaud, j'étais terrorisée. J'essayais de me dire « les affaires, c'est les affaires », que même si Moncada savait que j'étais impliquée dans la disparition de Cameron, mon produit n'en demeurait pas moins bon. Mais… et s'il pensait que je cherchais à l'entuber ? Les membres coupés et les coups de couteau, c'était pour les garçons ; ils avaient sans doute quelque chose de plus raffiné pour les femmes.

J'étais en tenue décontractée : talons plats, pull noir, caban Chloé, jean, foulard en soie, sac Miu Miu neuf dans lequel j'avais mon ordinateur, mes cartes de visite fraîchement imprimées et les papiers concernant le Richter. J'ai posé mon téléphone sur la table pour qu'il voie que je ne le touchais pas, commandé un kir royal et feuilleté le *Elle*. Moncada était en retard. J'essayais de me concentrer sur un article qui me donnait des conseils pour me débarrasser de ces cinq kilos rebelles, mais impossible d'arrêter de regarder ma montre. La dernière fois que j'avais voulu perdre du poids, j'avais simplement cessé de manger pendant une semaine. Ça marchait très bien. Sept heures et demie. Mais qu'est-ce qu'il foutait ? Pourquoi *Elle* ne consacrait pas plutôt un article aux raisons pour lesquelles les femmes passent la moitié de leur vie à attendre les hommes ? Même avec les braseros, je me refroidissais. Je m'allumais une énième cigarette quand je l'ai vu traverser le boulevard Saint-Germain au niveau de la brasserie Lipp. Je ne l'ai reconnu qu'à ses énormes lunettes de soleil, absurdes à cette heure de la journée. Il a pris la chaise face à la mienne, a posé une mallette en cuir noir et s'est penché en avant pour frôler ma joue avec maladresse, assez proche pour que je détecte des effluves de vétiver.

— *Buona sera.*

— *Buona sera.*

Le serveur est apparu. J'ai commandé un autre kir et Moncada a accepté un gin tonic. Je n'ai pas tari de commentaires sur la météo jusqu'à ce qu'on nous apporte nos verres. Parfois, ça a des avantages d'être anglais.

— Vous l'avez ?

J'ai baissé les yeux sur le cuir matelassé de mon sac.

— Non, pas ici. Il est à mon hôtel, tout près d'ici. Tout est conforme à nos arrangements ?

— *Certo.*

Il a laissé quelques billets dans la coupelle du garçon et on est partis en direction de la place de l'Odéon. Renaud avait réservé une chambre qu'il avait payée en liquide dans un charmant petit hôtel de la place dont l'entrée était encadrée de guirlandes électriques. C'était féerique dans la lumière du soir. Je ne sais comment, j'avais oublié que c'était bientôt Noël. L'ascenseur était exigu à souhait – sans compter que le fantôme de Fitzpatrick prenait beaucoup de place entre nous. Moncada n'était pas enclin à la conversation, mais je me suis sentie obligée de meubler, de m'exclamer sur le musée de l'Architecture au Trocadéro, la rénovation du palais de Tokyo.

— Nous y voilà ! ai-je pépié quand on est arrivés au quatrième étage.

Moncada m'a laissée entrer en premier, mais m'a suivie de près pour aller immédiatement inspecter la salle de bains, puis à nouveau le couloir, avant de revenir, apparemment satisfait. J'avais exposé le Richter sur le lit, dans le même genre de pochette bon marché qu'avait utilisée Cameron pour le Stubbs. J'ai posé les papiers à côté et me suis assise sur l'unique chaise de la chambre, une imitation des frères Eames.

— Vous voulez un verre ? de l'eau ?

— *No, grazie.*

Il a lu attentivement le certificat avant de se tourner vers le tableau, faisant mine d'étudier en détail la liste des propriétaires précédents. Je me suis demandé s'il aimait vraiment Richter, si quiconque aimait vraiment Richter, d'ailleurs.

— Tout vous convient ?

— Oui. Vous semblez être une excellente femme d'affaires, *signorina.*

— Je vous retourne le compliment, *signor* Moncada. J'ai vu que le Stubbs s'est vendu à prix d'or à Pékin.

— Le Stubbs, ah oui. C'est tellement dommage ce qui est arrivé à votre pauvre collègue.

— Atroce. Un choc atroce.

Je me suis soudain rappelé mon entrevue avec Da Silva dans ma chambre qui donnait sur le lac. Je ne devais pas surjouer.

— Peut-être referons-nous affaire malgré tout ?

— *Si. Vediamo.*

Pendant qu'il ramassait ses papiers et fermait la pochette, j'ai sorti mon ordinateur de mon sac et envoyé le texto que j'avais préparé.

— Bien.

Je lui ai tendu une feuille de papier où figuraient les mots de passe écrits au stylo à bille.

— Nous sommes toujours d'accord sur un million huit cent mille ? Euros ?

— Toujours d'accord.

Même routine que la dernière fois dans cette piz-zéria un peu crade, sauf que cette fois je n'avais pas à m'occuper du transfert. Une vraie petite femme d'af-faires, en effet. Mon téléphone a sonné, pile au bon moment.

— Désolée, je dois décrocher. Si vous le permettez je vais juste sortir dans le…

Je n'ai même pas vu son bras bouger avant qu'il s'agrippe à mon poignet. Il a secoué la tête. J'ai acquiescé et tendu mon autre main devant moi pour lui dire que c'était bon, j'avais compris.

— Allô ?

J'espérais qu'il ne détecterait pas la peur dans ma voix.

— Sors, tout de suite.

Moncada me tenait toujours le bras. J'ai reculé d'un pas, on aurait dit qu'on dansait un rock au ralenti.

— Oui, bien sûr. Mais je vous rappelle, d'accord ? Dans quelques minutes.

J'ai raccroché.

— Désolée.

Il m'a lâché le bras mais a soutenu mon regard encore un peu.

— *Niente.*

Il s'est retourné vers le lit pour prendre le tableau et dès qu'il a eu le dos tourné, Renaud est apparu dans la chambre ; il m'a poussée sur le côté, puis ses mains ont décrit un arc de cercle au-dessus de la tête baissée de Moncada avec le panache d'un magicien qui fait claquer sa cape. Moncada était le plus grand des deux, mais Renaud a réussi à glisser son genou entre ses jambes et Moncada est tombé en avant, sa main droite cherchant quelque chose sous sa veste tandis que sa gauche s'agrippait au cou de Renaud. Je n'ai pas compris ce que je voyais avant que Moncada se retourne et se jette de tout son poids contre lui. Pendant qu'ils tournoyaient en titubant, j'ai remarqué un détail qui m'avait effleuré quand on était au lit, que je n'avais toutefois jamais approfondi. Renaud avait beau être un peu flasque, il avait une force incroyable. Distraitement, j'ai observé les muscles de ses épaules soudain puissantes se contracter sous sa veste, et les triceps qui se dessinaient en dessous, tandis qu'il tentait d'immobiliser Moncada devant lui. Le souffle ronflant des deux hommes résonnait dans toute la pièce, mais dans le lointain j'ai entendu une sirène d'ambulance, comme un contrepoint sorti d'un rêve, et alors j'ai aperçu la corde blanche en travers de la gorge de Moncada, et une sorte de petit étau en métal que Renaud enroulait sous l'oreille de sa victime. Or, comme le visage de Renaud virait au violet, j'ai cru un instant que c'était lui qui était en difficulté, mais non : lentement, Moncada a fléchi contre les jambes de Renaud. Les coudes de Renaud se sont levés comme pour un *kazatchok*. Les orbites de Moncada injectées de sang, ses lèvres molles et gonflées… tandis que je comprenais ce que je voyais, le temps a

371

repris son cours, et j'ai regardé jusqu'à ce que ce soit terminé. La troisième fois que j'observais quelqu'un mourir.

Pendant quelques instants, on n'a plus entendu que le souffle saccadé de Renaud. Je n'arrivais pas à parler. Il s'est penché la tête en bas, bras autour des genoux, comme un sprinter après une course, a vidé l'air de ses poumons plusieurs fois. Puis il s'est accroupi à côté du corps et lui a fait les poches : un portefeuille Vuitton, un passeport. Mon cœur s'est arrêté quand j'ai vu le flingue dans l'étui au niveau de sa taille.

— Mets tout dans ton sac. Allez, magne-toi. Prends aussi l'ordinateur. Le tableau. Vas-y !

J'ai obéi sans dire un mot. Fourré l'ordi et les papiers dans mon sac, fermé le zip de la pochette. Renaud rangeait son arme dans sa poche. J'ai retrouvé ma voix, mais elle est sortie direct dans les aigus, comme celle d'une poupée mécanique.

— Renaud !

Mon souffle s'est pris dans ma gorge.

— Renaud. Mais qu'est-ce qui se passe ? Je ne pige rien.

— La police va arriver dans dix minutes. Fais ce que je te dis, je t'expliquerai plus tard.

— Mais… et les empreintes ?

Ma question a manqué virer à la crise d'hystérie.

— Je t'ai dit que je m'occupais de tout. Magne-toi !

Mon sac était plein à craquer ; impossible de le fermer. J'ai ôté mon foulard et j'ai caché le contenu tant bien que mal.

— Prends le tableau. Allez. Rentre à l'appart' en taxi, je te rejoins bientôt. Fiche le camp.

— Il... il avait une mallette, ai-je fait remarquer.

Mon corps était comme un cours d'eau, je n'avais aucune prise sur le sol.

— Alors prends-la aussi. Et maintenant, dégage. Tout de suite.

27

Attendre, encore. Le canapé et mon bonheur-du-jour étant enveloppés dans une bâche plastique, je me suis assise par terre, parmi les caisses, adossée au mur. J'ai ramené mes genoux sous mon menton et j'ai fermé les yeux. Un coin de mon cerveau se faisait la réflexion qu'assister à un meurtre, bizarrement, était plus choquant que d'en commettre un. Je n'avais même pas envie de fumer. À nouveau, la sonnette de la rue, son pas lourd dans l'escalier. Lasse, j'ai relevé la tête, avec l'impression d'avoir le regard noir et prêt à tout d'un requin. Ce n'est que lorsque Renaud a allumé la lumière que je me suis rendu compte que j'étais restée dans le noir. Il avait l'air jovial, mais c'était peut-être normal pour quelqu'un qui venait d'étrangler un mafieux notoire.

— Tu ferais mieux d'avoir de bonnes raisons.

Il est venu s'asseoir à côté de moi, a passé un bras autour de mes épaules. Je ne l'ai pas repoussé – j'ai horreur de toute cette théâtralité féminine.

— Je suis désolé, Judith. C'était la seule issue. C'était lui ou moi.

— Mais… et ton client ? Comment tu vas récupérer l'argent du Rothko maintenant ?

— Moncada savait qui j'étais. Il était à mes trousses. Il était prêt à tuer, tu as vu son flingue.

— Il ne pouvait pas savoir que tu étais à Paris.

— Exactement. Comme je l'ai dit, c'était une question de temps. Lequel de nous deux trouvait l'autre en premier. Ne t'en fais pas pour la police. J'ai un pote à la préfecture, tu te souviens ?

Je n'ai pas souri.

— Je l'ai tuyauté. Ils savent dans quel genre de business était Moncada, ils verront qu'il était armé et ils classeront l'affaire. Tu leur as rendu service, vois plutôt les choses comme ça.

— Et ton client ?

— Je vais être en contact avec les associés de Moncada. Ils prendront ça comme un avertissement. Je vais récupérer l'argent.

— Hourra.

— Ne le prends pas comme ça. Tiens.

Il a sorti une enveloppe marron pliée de l'intérieur de sa veste et me l'a donnée. Elle a atterri dans ma main avant que je me souvienne qu'elle devait être dans la même poche que son garrot. Il y avait la photo prise dans le métro Saint-Michel collée dans un passeport flambant neuf, un permis de conduire, même une carte de séjour.

— Leanne ? Ça c'est un coup bas.

— Une Anglaise de vingt-sept ans récemment décédée ? L'occase était trop belle pour la laisser filer. Et puis, ça te rappellera de te tenir à carreau.

— Comment tu as fait ?

— La préfecture a contacté ton consulat. Une pauvre jeune femme qui s'est fait agresser et voler, en train de se remettre à l'hôpital. Ses parents impatients de la ramener à la maison. C'est sous son identité que tu passes entre les mailles du filet. Pas de traces.

— Très impressionnant, ton contact. Je ne savais pas les gendarmes si accommodants.

— Un prêté pour un rendu.

Je l'ai regardé longuement.

— Ça vaut pas le coup de se sentir mal.

— Mais si, je me sens mal. Est-ce que tu trouves que je ressemble à une Leanne ?

On est restés assis là un moment, la tête contre le mur.

— Et le Rothko, ai-je fini par demander, c'était quoi ? Je veux dire, c'était quel tableau ?

— Aucune idée. Ils se ressemblent tous, de toute façon, non ? Grand, dans les tons rouges, avec des carrés. Je crois.

S'il y a bien une leçon que j'ai retenue dans ma vie, c'est qu'essayer de ne pas se faire de faux espoirs ne marche jamais. On se dit qu'il ne faut rien attendre, et au bout du compte, on ne peut pas s'en empêcher : on est quand même un peu déçu. J'avais voulu lui donner une dernière chance. Vraiment. Il aurait pu m'avouer la vérité et me laisser une longueur d'avance, au moins. J'ai laissé ma joue tomber contre son épaule.

— Donc, ai-je dit, mission accomplie.

— Oui. J'ai apporté quelque chose. Dans le sac à côté de la porte.

J'ai tiré le sac jusqu'à moi.

— Une bouteille de Cristal. Mon préféré. Je vais l'ouvrir.

Nos deux regards se sont posés en même temps sur mon sac, à côté d'un tableau à un million de livres et de la mallette de Moncada. Dedans, en plus de ses affaires, le flingue.

— Non, non, je m'en charge, s'est empressé de dire Renaud.

Nos regards se sont croisés et on a éclaté de rire, un rire franc, complice.

— Je prends la bouteille, et tu vas chercher des verres, OK ? Ils doivent être dans un carton, par là.

Je me suis levée pour qu'il puisse me voir.

— Tu vois, pas de gestes brusques.

Une brève impression de réalité déformée. L'espace d'un instant, je nous ai imaginés dans une autre configuration, lui et moi, j'ai entraperçu comment les choses auraient pu se dérouler. Je suis allée à la fenêtre. Ce que cet appartement allait me manquer. Le ciel nocturne au-dessus de Paris aussi.

— Je ne les trouve pas.

— Essaie le carton d'à côté. Mais il faut que tu enlèves le scotch.

La bouteille toujours dans ma main droite, j'ai ouvert le loquet du compartiment secret de mon secrétaire. Le silencieux était déjà vissé au canon du Glock 26.

— Ah, les voilà.

Renaud s'est relevé avec une coupe dans chaque main. Il a eu juste le temps d'avoir l'air surpris avant que je presse la détente.

Selon un ouvrage de référence sur les tueuses en série américaines, le Glock 26 est l'arme idéale pour les femmes. De la même façon que les meurtres, au cinéma, semblent ne pouvoir être résolus que par un inspecteur suspendu de ses fonctions, le silencieux souffre d'une image peu fidèle à la réalité. Le seul à fonctionner vraiment est le Ruger Mark II, mais il fait plus de trente centimètres de long et pèse un kilo – pas très adapté au sac à main. Alors il faut se résigner à des compromis. Plus le tir est étouffé, moins les cartouches qu'on peut utiliser sont puissantes, moins les cartouches sont puissantes, plus la distance parcourue par la balle est courte, et moins elle provoque de dégâts. Le Glock pèse moitié moins que le Ruger et serait un accessoire sexy en diable – enfin, si on aime ce genre de truc. C'est fou ce qu'on peut loger dans un catalogue dont on a évidé les pages, si on s'en donne la peine. Une balle supersonique produit une forte déflagration qu'un silencieux n'atténuera que très peu ; en revanche, une balle subsonique fait très peu de bruit, mais il faut viser la tête, sinon on n'est pas sûr de descendre sa cible. Les contacts que Dave avaient dans l'armée m'avaient gentiment fourni six balles subsoniques cachées dans un emballage de Wispa, et puisque mon expérience en termes de maniement des armes, en dehors de la fête foraine de Southport, se résumait à l'acheminement des Beretta de Rupert jusqu'à sa Range Rover le vendredi après-midi, Dave avait inclus à son envoi une carte postale (une reproduction de *Madame de Pompadour*, de Boucher) derrière laquelle il avait écrit « cinq mètres ». Par chance, mon salon n'était pas immense.

Je me suis faufilée entre les cartons et je lui ai mis deux autres balles dans la tête à bout portant, histoire d'être sûre de mon coup. Le silencieux a quand même émis un souffle très sonore mais, avec les fenêtres fermées, tout ce qu'on entendait dehors, c'était le sempiternel feuilleton de la concierge. Et en ville, du moins dans les quartiers tranquilles, les gens n'entendent pas les coups de feu. Ou plutôt, si, ils les entendent, mais ils se disent : « Tiens, c'est marrant, on aurait dit un coup de feu », puis ils continuent à regarder *The Voice*. J'ai ouvert le Cristal et bu une gorgée pétillante directement au goulot. Il était un peu tiède. J'ai mis la bouteille au frigo, éclaboussé de la matière cérébrale de Renaud, comme un Pollock plein de hargne.

On a frappé à la porte.

— Mademoiselle ? Tout va bien ?

Merde. Le voisin du dessous. Putain d'intellectuels rive gauche, ils ne pouvaient pas regarder la télé, non ? Il était avocat, avais-je lu sur sa boîte aux lettres, un type plus vieux, peut-être veuf. On se saluait dans la cour.

— Voilà, j'arrive !

J'ai sorti la bouteille du frigo, entrouvert la porte et suis sortie sur le palier.

— Bonsoir, mademoiselle. Est-ce que tout va bien ? J'ai entendu un bruit…

J'ai brandi la bouteille joyeusement.

— C'est rien qu'une petite fête. Je déménage.

Il portait des lunettes et un gilet de cachemire vert sur une chemise et une cravate. Il avait une serviette dans la main gauche. Très distingué, ça, d'utiliser une serviette même quand on est seul à table.

— Je suis désolée si on vous a dérangé.

Je gardais une main derrière moi, sur la poignée, pour empêcher que la porte s'ouvre en grand.

— Vous voulez vous joindre à nous ?

379

— C'est gentil, mais je suis en train de dîner. Si vous êtes sûre que tout va bien…

— Très bien, je vous assure. Toutes mes excuses.

Une partie de moi voulait l'inviter à entrer, juste pour m'éclater. Ça m'excitait.

— Bien. Bonsoir, mademoiselle.

— Bonsoir, monsieur.

Il se pourrait que Renaud m'ait lancé un regard plein de reproche quand je me suis adossée à la porte en réprimant un hoquet, mais il n'avait plus de visage. J'ai laissé tomber mon mégot dans le champ', puis, accroupie devant le carton « cuisine », j'ai cherché le couperet japonais et une petite trousse à outils que j'avais achetée chez l'épicier arabe. J'ai enlevé la bâche du canapé, l'ai étalée sur le sol, fait rouler le corps dessus et sorti le téléphone et le portefeuille de la poche de cette veste affreuse. Avant d'enfiler mes gants, j'ai réfléchi à l'accompagnement musical. Mozart, encore, le *Requiem* cette fois. Un coup bas, mais bon, il avait lui-même l'intention de me faire rejoindre Leanne dans un futur très proche. J'ai tamisé l'éclairage et trouvé une bougie sous l'évier pour un peu d'atmosphère. Puis je me suis mise au travail.

Après son révolutionnaire *Judith décapitant Holopherne*, Artemisia Gentileschi a quitté Rome pour Florence, où elle a peint une version plus conventionnelle du même sujet. *Giuditta con la sua ancella* – « Judith et sa servante » – est visible au palais Pitti. De prime abord, le tableau n'a rien de violent. On y voit les deux femmes remettre de l'ordre. La servante est au premier plan, dos au spectateur, sa robe jaune protégée par un tablier, les cheveux retenus par un fichu. Sa maîtresse apparaît de profil, derrière le bras gauche tendu de la servante ; elle guette dans son dos pour vérifier qu'elles ne sont pas suivies, espérant qu'elles auront terminé de nettoyer à temps. Ses cheveux sont soigneusement tressés et attachés, elle porte une robe en velours brodée d'or. Une épée est posée en travers de son épaule ; sous la poignée, l'œil est attiré par le panier lové au creux du bras de la servante. Qui contient la tête d'Holopherne, emmaillotée de mousseline comme un pudding de Noël. Les deux femmes sont croquées dans un moment d'extrême tension, mais le tableau chante leur silence. Elles sont inquiètes mais ne se pressent pas, marquent délibérément une pause pour voir si elles sont poursuivies avant de s'atteler à la tâche. Il y a du poids dans ce tableau : l'épée lourde sur l'épaule de Judith, la densité de la tête coupée dans le panier que la servante appuie contre sa hanche. Pour elles, c'est l'étape d'après.

Grâce à la bâche en plastique, j'ai fait glisser le corps jusqu'à la salle de bains. Ça tirait sur mes épaules et mes abdos, et j'ai dû faire plusieurs haltes, mais j'y suis arrivée. J'avais toujours rêvé du luxe d'une douche à l'italienne. Je me suis mise en culotte, j'ai roulé mon jean et mon pull en boule dans la baignoire et suis allée remplir l'évier de la cuisine. J'ai aspergé le sol de Monsieur Propre et j'ai commencé à passer la serpillière, essorant le tissu éponge jusqu'à ce qu'il vire du rouge au rose grisâtre, sans cesser de faire couler l'eau chaude. Le filtre à évier était plein de morceaux visqueux. J'ai tout récolté au creux de mon gant pour aller les jeter dans les toilettes. Une fois le salon propre, j'ai passé de l'eau additionnée de

Javel sur le sol qui menait à la salle de bains, afin que tout soit nickel pour le locataire suivant.

Je m'attendais à être dégoûtée à la première entaille, mais en fait, j'avais vu pire quand j'avais travaillé chez le traiteur chinois. En laissant couler la douche, les cinq litres de sang que contenait le corps se sont sagement évacués en quelques minutes. Le cou a éructé comme un crapaud quand j'ai atteint la carotide, mais il n'y a pas eu de geyser de sang, rien qu'une effusion lente, et une couche de gras blanchâtre étonnamment rectiligne, comme dans un sandwich au jambon. J'ai laissé la tête sous le jet d'eau pendant que j'apportais la caisse supplémentaire que j'avais commandée. J'ai coupé les vêtements trempés de sang à l'aide d'un autre couteau japonais et les ai lancés dans la baignoire. J'ai déroulé une serviette sur laquelle j'ai poussé le corps, puis j'ai passé un certain temps à le sécher avec mon sèche-cheveux. Je ne voulais pas que la caisse fuie. Deux sacs-poubelle, puis une housse matelassée du pressing, spéciale grandes tailles. Le genre dont on se sert pour protéger les robes de mariée. Je suis retournée près de la porte d'entrée pour récupérer la mallette de Moncada ainsi que son portefeuille, et les ai déposés au fond de la caisse, avant de faire rouler le corps à l'intérieur en prenant appui contre le lavabo pour m'aider. J'ai mis Mozart à fond pendant que je clouais le couvercle. Enfin, j'ai collé du chatterton sur toutes les arêtes, puis des autocollants que m'avait fournis l'entreprise de déménagement – « Lourd », « Haut ». Renaud était paré pour Vincennes. Enfin, ce qu'il restait de lui, du moins.

D'abord, j'ai enveloppé la tête de film fraîcheur, puis je l'ai glissée dans un sac plastique Casino dont j'ai noué les anses, et j'ai mis le tout dans un sac de sport Decathlon, avec le flingue de Moncada et les Nike dégueu que Renaud mettait pour courir derrière moi au Luxembourg. J'ai donné un coup de pied dans le sac, histoire de vérifier que rien ne coulait, ou ne gouttait. J'ai nettoyé tout l'appartement une dernière fois, à l'aide d'une brosse à dents trempée dans l'eau de Javel pour l'intérieur des robinets et la bonde de la baignoire ; j'ai jeté nos fringues sur la bâche, j'ai roulé le tout en boule, boule que j'ai fourrée dans un autre sac. Puis j'ai fait marche arrière vers la douche pour me laver à grande eau. Après quoi je me suis assise encore mouillée par terre et je me suis allumé une clope. J'avais sous les yeux un sac-poubelle noir de déchets sanguinolents, mon fourre-tout de fuite anti-cipée, le sac de sport, et la pochette noire qui contenait le Richter. Je pouvais jeter les fringues et les outils dans la conduite de l'incinérateur, au fond de la cour, derrière le placard à balais de la concierge. J'ai mis le sac qui contenait la tête dans le panier en osier que Renaud prenait quand on allait faire le marché, comme si je partais pour un funeste pique-nique. J'ai enfilé un pantalon de jogging, une brassière, des baskets et un sweat pris dans le fourre-tout, mis un bonnet en cachemire et suis sortie dans la nuit à petites foulées. Je suis arrivée au fleuve en moins de dix minutes, pas mal du tout, en empruntant le même chemin que la fois où j'avais joué au chat et à la souris avec Renaud.

Comme la plupart des moments symboliques de la vie, nos adieux ont sombré dans le ridicule. J'avais d'abord envisagé d'aller au Pont-Neuf, le pont des amants qui menait à l'île de la Cité, mais même à cette heure-ci il y avait des couples enlacés qui regardaient les courants illuminés de la Seine. J'ai descendu l'escalier en pierre qui menait au jardin clairsemé au bout de l'île, me figeant lorsque deux gendarmes se sont arrêtés au pied des marches pour me laisser passer. Ils m'ont adressé un « bonsoir » poli, mais j'ai senti leur regard planer sur moi tandis que je me dirigeais vers la statue d'Henri IV, mon panier sous le bras. Impossible de tenter un plouf, alors au bout d'un moment je suis repassée devant eux et j'ai traversé en direction du quai, gardant l'œil ouvert au cas où il y aurait des clochards endormis. Je me suis assise au bord, les pieds en suspens au-dessus de l'eau glacée, et j'ai descendu le panier par l'anse jusqu'à ce que les eaux le submergent. J'ai senti la force du courant dans mes mains. Doucement, je l'ai lâché.

Quand j'ai eu enfin tout réglé, le jour se levait. Je me suis dit que c'étaient ces moments qui m'auraient le plus marquée à Paris, au final, ces instants charnières entre nuit et jour, où la ville tourne sur son axe, entre les rétines écorchées de la fin de soirée et le bouillonnement en tablier blanc du matin. L'heure blanche, l'espace en négatif, l'écart entre désir et manque. Renaud dormait toujours quand le jour se levait, avec un peu d'aide, certes. Tous ces dîners en tête à tête à la maison, dans lesquels je n'avais jamais oublié d'ajouter mon petit ingrédient secret. Rien de trop fort, juste de quoi le détendre, histoire de m'assurer qu'il dormait à poings fermés pendant les deux heures qui suivaient nos ébats, lorsque je pouvais sortir de sa cachette mon autre ordinateur et aller à la pêche aux infos.

Battre un record peut parfois s'avérer aussi décevant que de ne pas l'atteindre. Je l'avoue, Cameron Fitzpatrick m'avait bien eue avec son baratin, mais pour moi un seul mot avait trahi Renaud. *Certo*. Le « r » roulé avec trop de précision, la légère inflexion à la fin du mot. Plus vrai que nature. Ça, et l'*osso bucco*.

Sans mentionner l'évocation de Da Silva, l'air de rien. La voiture dans laquelle Da Silva était arrivé l'été précédent à Côme alors qu'il commençait son enquête était un véhicule de la Guardia di Finanza. Les forces de police italiennes sont divisées en de nombreux départements et, bizarrement, les enquêtes concernant la mafia ne sont pas prises en charge par les *carabinieri*, les mecs sexy en uniforme ajusté qui font battre le cœur des jeunes étudiantes étrangères, mais par la plus prosaïquement dénommée « brigade financière ». J'avais deviné à Rome que Moncada était dans la mafia, ce que la voiture de Da Silva m'avait confirmé plus tard.

Da Silva. L'amitié sur Facebook n'avait jamais été mon truc, mais c'était en tout cas la marotte de la *signora* Da Silva. Franci, le diminutif de Francesca, ne pouvait apparemment pas s'empêcher de partager les derniers détails de sa vie trépidante dès qu'elle mettait de l'eau à bouillir pour les spaghettis. Avec plus de huit cents amis, j'ai pensé qu'une connaissance de plus lui serait égal, et rien qu'avec une photo choisie au hasard dans un journal local et un nom inventé en piochant dans l'annuaire romain, je m'étais fait une nouvelle amie. J'avais posté une photo de mon nouveau canapé, et un mignon petit biscuit Kinder en forme d'hippopotame – « Coquin ! » – dès lors je n'avais plus eu qu'à faire défiler la vie que menait

Franci dans la banlieue de Rome. Noël, Pâques, le sac Prada que lui avait offert son mari pour son anniversaire, les vacances en famille en Sardaigne, un nouveau lave-vaisselle. La vie de rêve. Les Da Silva avaient deux enfants, Giulia, quatre ans, et le petit Giovanni, encore bébé, qui s'était vu mitrailler par les flashs plus encore que les enfants Beckham. Et là, dans le coin d'une photo, à côté de la maman qui s'efforçait de cacher les kilos de sa grossesse dans une robe rouge à volant, peu seyante, et du papa, impec et affûté en costume-cravate, se trouvait une bedaine naissante qui ne m'était pas inconnue, et sur cette chemise tendue, après agrandissement, un monogramme. R. C. Renato, Ronaldo ? Aucune importance. Une simple recherche en ligne m'a donné un certain Chiotasso, *sarto* de son métier, répertorié dans l'annuaire dans la même banlieue que celle où vivaient les Da Silva. *Sarto* – tailleur. Il m'avait dit que son père était tailleur, qu'il continuait d'ailleurs à exercer, vaillant comme le sont les Italiens, et les initiales correspondaient. Renaud et Da Silva avaient donc grandi ensemble, étaient restés fidèles à leur quartier. Ils étaient amis, pas de simples connaissances de travail. Un vrai duo de petits malins.

J'ai sorti du fourre-tout le dernier cadeau que Dave m'avait fait parvenir et l'ai posé par terre. Le dernier catalogue raisonné de Rothko, établi à l'occasion de l'exposition à la Tate Modern en 2009. Gentileschi, qui cherchait un Rothko pour un client, avait envoyé d'innombrables mails aux galeries de New York, et j'avais réussi à pister pratiquement tous les tableaux qui étaient passés par les mains de particuliers au cours des trois dernières années : aucun ne correspondait à la description de Renaud. Il avait péché par excès de confiance, en évoquant la banque, Goldman Sachs.

Mais tout ça ne me confirmait rien. Le fait que Renaud ait menti ne faisait pas obligatoirement de lui un flic. Et pourtant... la facilité avec laquelle il s'était occupé de Leanne, les sirènes qui avaient retenti juste après la mort de Moncada ? Je ne crois pas qu'il mesurait à sa juste valeur le pouvoir de Google. Dans le programme d'une convention intitulée « Les moyens de blanchir l'argent via la culture » à l'université de Reggio de Calabre, j'ai trouvé une conférence sur le recours aux œuvres d'art comme « camouflage financier » pour l'argent sale, que devait donner un certain *Ispetorre* R. Chiotasso. Da Silva et lui étaient bel et bien collègues. Renaud avait parlé à trois heures de l'après-midi. Je l'imaginais, auréoles sous les bras, dans une salle poussiéreuse du Sud, face aux congressistes piquant du nez après leur copieux déjeuner. Il courait bien après l'argent, d'une certaine manière. Ce n'est qu'en lisant le sujet de la conférence que j'avais eu une vague idée de ce qu'il réservait à Moncada. Il voulait se venger.

Au début des années quatre-vingt-dix, un magistrat du nom de Borsellino avait été assassiné en Sicile par la mafia. Un nom facile à retenir car il ressemblait à celui de mon chapelier milanais préféré. Le meurtre avait laissé l'Italie en état de choc, et pour casser l'image de collusion entre les forces officielles et le crime organisé, des brigades de police de toutes les régions du pays ont été mobilisées en Sicile. La Direzione Investigativa Antimafia se composait donc de diverses équipes italiennes, parmi lesquelles figuraient plusieurs sections de la brigade financière de Rome – R. Chiotasso y compris. Vingt ans plus tard, l'affaire sicilienne au cours de laquelle des flics enquêtant sur de fausses antiquités grecques auraient droit à bien plus qu'un verre d'eau avec leur café, avait coûté la vie à des collègues de Renaud. Les coupables n'avaient jamais été arrêtés, mais ils étaient soupçonnés d'avoir des liens solides avec la scène artistique internationale.

Renaud devait savoir que Moncada était impliqué dans l'attaque où avaient péri ses collègues. Certes, Da Silva et lui enquêtaient sur ces faussaires, mais comme je l'avais découvert au fil de mes recherches, les affaires concernant la mafia pouvaient traîner des dizaines d'années, quelques avancées par-ci, quelques morts par-là. Démanteler un réseau de blanchiment d'argent n'était pas ce qui motivait Renaud, tout au fond de lui. C'était le désir de vengeance, et l'envie d'envoyer un avertissement aux employeurs de Moncada. Dans la pure tradition sicilienne. C'est pour ça que je ne l'avais pas refroidi plus tôt ; mon affection pour lui m'avait poussée à attendre qu'il triomphe de son ennemi. Et puis, dans l'ensemble, son histoire avait tenu la route. Et, je devais l'admettre, je m'étais bien amusée.

Tout un tas de questions ne seraient jamais élucidées. Est-ce que Da Silva avait joué la comédie en me croyant innocente, lors de notre entrevue à Côme ? Quelle que soit la réponse, Renaud l'avait apparemment convaincu de ne pas me coffrer, puisque je pouvais leur servir Moncada sur un plateau. Ils s'étaient dit qu'ils m'arrêteraient quand tout serait fini. J'étais leur appât pour un petit règlement de comptes à l'ancienne.

Ce que Da Silva savait de la façon dont Renaud avait mené sa filature ne me regardait pas, et j'imagine qu'en bon père de famille, il ne voulait pas en savoir plus que nécessaire. Ça aurait pu perturber Franci. Il n'avait pas non plus l'air du type qui aurait allègrement baisé avec ses suspects. Renaud, c'était le flic marginal, qui enquêtait à sa manière, et livrait à regret la femme fatale à la justice. Les fringues qu'il s'était infligées, c'était malin, cela dit. Sûrement un gros sacrifice pour un Italien. Donc, Renaud avait fait passer son message aux associés de Moncada, Da Silva ferait passer le meurtre pour de la légitime défense et moi je me ferais arrêter à l'aéroport avec le passeport d'une fille qu'on avait assassinée.

Mon lit m'a fait de l'œil, mais je ne voulais pas rater l'ouverture de la poste, alors je suis sortie. J'ai fait le tour du Luxembourg pour ne pas me refroidir et à sept heures j'ai trouvé un café-tabac ouvert, où j'ai pris une « noisette » et acheté une carte postale vieillotte d'un panorama parisien. J'ai emprunté un stylo au serveur, qui avait déjà endossé son air renfrogné de la journée, et j'ai écrit l'adresse de mon chevalier servant de Finsbury, en ajoutant :

D,
Ceci n'est pas un cadeau. Tu me dois une livre. Je suis sûre que Rupert se fera un plaisir de s'occuper de la vente.
Bises
J

Les plus-values, on y était. L'argent que j'avais empoché de Moncada ne pouvait apparaître nulle part :

en vendant le Richter à Dave pour une livre, je récupérerais mon investissement, plus le bénéfice, et j'étais bonne pour un impôt sur les plus-values de vingt-huit pence. Au moins, j'aurais appris quelque chose chez British Pictures.

Avec tout ça, il était huit heures, et le Richter et moi, on était les premiers de la file d'attente à la poste.

28

J'ai offert à la concierge un œillet en pot rouge vif et un foulard Rykiel que je n'avais jamais trop aimé. La nuit blanche et les cigarettes à la chaîne m'avaient laissée avec un bourdonnement métallique dans les oreilles et les mains tremblantes, mais derrière mes yeux, mon esprit brillait du même éclat que ma salle de bains. Mes cernes violets m'ont aussi bien aidée lorsque je lui ai donné un carton qui contenait les quelques vêtements de Renaud (moins le portefeuille en plastique dans lequel il avait scotché mon passeport et mes cartes de crédit) et lui ai dit qu'elle me rendrait un immense service si elle pouvait les garder dans la loge au cas où monsieur reviendrait un jour chercher ses affaires. Les malotrus qui plaquaient leur copine en se tirant en douce au clair de lune étaient monnaie courante dans les feuilletons qu'elle regardait, et malgré son incessant flot de paroles compatissantes, j'ai réussi à lui faire comprendre que c'était encore trop douloureux pour en parler. Je lui ai rappelé que les déménageurs arriveraient plus tard dans la journée et qu'un ami me conduisait à l'aéroport, l'ai remerciée après être tombée d'accord avec elle, « Non, on ne peut vraiment pas faire confiance aux hommes », et j'ai traîné mon sac jusqu'au bout de la rue, à l'arrêt de bus où j'avais un jour observé Renaud qui m'attendait. Le bus étant bondé de gens qui allaient travailler, j'ai dû rester debout cramponnée à la barre, mon sac coincé entre mes jambes tandis qu'on cahotait dans la circulation. Depuis combien de temps je n'avais pas pris de bus ? Combien de temps avant que le mystérieux pote de la préfecture ne s'aperçoive que Leanne se faisait attendre à l'aéroport ? Je ne devais avoir qu'un jour ou deux devant moi avant qu'ils viennent interroger la concierge. Au moins, ça lui plairait. Mes affaires allaient me manquer, mais je pouvais toujours en acheter d'autres. Il était temps que je change de look, de toute façon.

Après la traversée des embouteillages, je me suis retrouvée la seule passagère à l'arrivée au dépôt, derrière le Sacré-Cœur. J'ai suivi un car de touristes qui grimpait vers l'église, puis j'ai descendu les marches parmi les randonneurs matinaux. Quelqu'un jouait du bongo et ça sentait déjà la beuh. J'ai plongé une main dans le fourre-tout et en ai sorti le portefeuille de Renaud. Vide, exception faite de deux billets, du faux insigne de police qu'il avait dégainé à la Goutte-d'Or et d'un papier du bureau de poste, un reçu concernant la livraison spéciale d'un colis à retirer à Amsterdam. Convaincant aussi, le coup du faux passeport. Et l'adresse à Amsterdam me serait utile, puisque j'allais avoir besoin d'un nouveau domicile très vite. Quoi d'autre ? Le Nokia tout pourri de Renaud, le même modèle que celui que j'avais utilisé sur le bateau de Balensky. Il devait en avoir un autre plus moderne quelque part, mais il n'avait pas pris le risque de le sortir près de moi. Le pauvre. Je ne m'attendais pas à y trouver grand-chose, ç'aurait été inespéré ; de fait, le journal d'appels et la boîte de réception avaient été nettoyés, à l'exception d'une offre d'Orange datant du matin même. Le seul appel enregistré était le coup de fil qu'il m'avait passé pendant que j'étais dans la chambre d'hôtel avec Moncada.

Ce qu'il y avait, en revanche, c'étaient des photos. À commencer par la série de Rome qu'il m'avait montrée, puis celles de Paris datant de l'époque où il me filait et où on me voyait en train d'acheter le journal, de fumer une clope au café du Panthéon, de courir dans le parc. Et après ça, des clichés que je ne l'avais jamais vu prendre, moi endormie, un gros plan de mes cheveux sur l'oreiller, moi étalée sur le lit défait, nue, comme un Hogarth porno. Pas très flatteur. Et d'autres, le talon de ma chaussure alors qu'il me suivait dans l'escalier, moi penchée au-dessus du lavabo pendant que je me brossais les dents, moi prise depuis la chambre en train de me débattre avec un sac de shopping dans l'entrée. Des centaines de photos. Je les ai regardées longuement, et plus je les observais, moins elles me semblaient l'œuvre d'un voyeur ou d'un manipulateur. Elles avaient quelque chose de doux, d'intime, une tendresse même, dans la façon dont il avait saisi tant d'instants anecdotiques de ma vie.

— Pardon ? Vous pouvez prendre nous en photo, s'il vous plaît ?

Un couple d'Espagnols, carrés, la peau grêlée d'acné, qui brandissait un téléphone. Encore un putain de téléphone. J'ai souri et j'ai attendu que chacun passe un bras autour des épaules de l'autre pour les prendre avec la façade blanche en arrière-plan. Souvenirs heureux.

J'ai cherché une poubelle du regard pour y jeter le Nokia de Renaud, mais il s'est mis à vibrer dans ma main. Le numéro commençait par 06, un portable français. Le texto était laconique : « Toujours rien. » Comme ils étaient sympas de me tenir au courant. La seule chose qui m'avait tracassée, c'est qu'une fois Renaud disparu, c'est à moi que Da Silva ferait porter le chapeau, pas à la bande de Moncada. Or voilà que tout s'arrangeait. Renaud était toujours en vie et envoyait des textos depuis Montmartre, où on s'était rencontrés pour la première fois. Allez, Judith, lance-toi. J'ai répondu : « En route. Est-ce que le nom Gentileschi te dit quelque chose ? » Il fallait que je sache si Renaud leur avait dit où je planquais mon argent. Des relents de vomi de fast-food flottaient au-dessus de la poubelle. Un marchand ambulant est venu me proposer ses bracelets de l'amitié en plastique.

Le portable a vibré. « Bien. Non. »

Donc il ne leur avait rien dit, ce qui signifiait qu'ils ne demanderaient pas de commission rogatoire pour fouiller le garde-meubles à Vincennes, et donc, si jamais sa tête était repêchée dans la Seine, le meurtre serait attribué à une omerta à l'ancienne. Je n'étais pas bête au point de croire que les seules preuves de ma rencontre avec Fitzpatrick et de mon lien avec Renaud étaient dans ce téléphone. Da Silva devait avoir tous les clichés à l'heure qu'il était, et il restait le petit problème du cadavre de la toxico, mais Gentileschi pouvait lancer un nouveau recrutement. Il était décidément temps de changer de look.

J'ai répondu. « Merci. À plus. » Mais je n'ai pas réussi à me débarrasser du téléphone. Je n'avais jamais eu de lettre d'amour avant.

J'ai passé l'après-midi à vagabonder dans la partie ouest de la ville. J'aurais pu aller dans un musée, mais il n'y avait aucun tableau que j'avais envie de regarder. J'ai échoué dans le parc Monceau et, malgré le froid, j'ai réussi à m'endormir avec mon fourre-tout sous la tête ; je me suis réveillée face à l'air choqué d'une jeune mère très chic dont le petit garçon jouait avec mes lacets. Elle a dû me prendre pour une ivrogne ou une fugueuse, pas le genre de personne qu'on aime croiser dans ces jardins parisiens élégants et sans vie. J'ai commandé un café et un verre d'eau pour me réveiller, et regardé les journaux pour passer le temps, plus par habitude que par inquiétude. C'était dingue le nombre de personnes qu'on pouvait tuer sans faire les gros titres.

Vers sept heures du soir, j'ai envoyé un message à Yvette. « Tu es chez toi ? J'ai besoin d'un endroit. » On s'était donné des nouvelles de loin en loin. J'avais expliqué ma disparition de la circulation pendant la période où j'étais avec Renaud en disant que j'avais fait la connaissance d'un mec fantastique. Quand elle a répondu, j'attendais à une borne de taxis ; je songeais à ce que devait être la vie en ville à l'époque où tout le monde vivait en pension et menait ses affaires dans l'espace public. Je connaissais Yvette depuis presque un an et je n'avais jamais pensé à lui demander où elle habitait. Elle était dans le 15e, dans l'un des immeubles modernes immondes et rares qui défigurent la ville, telle une vilaine prothèse dentaire. Elle a mis du temps à répondre à l'interphone, comme si elle avait finalement changé d'avis, mais j'ai fini par entendre son « allô », et par gravir les volées de marches en béton.

De toute évidence, elle venait de se lever. Ses cheveux ressemblaient à de la vieille paille de fer, sa peau sans fond de teint était marbrée, ses bras et jambes couleur foie sous le tee-shirt froissé qu'elle avait enfilé par-dessus sa culotte mais qui ne cachait pas grand-chose. Quand elle sortait, elle devait maquiller son corps aussi. Dans le petit studio, l'air était confiné, le pauvre bâton d'encens au patchouli n'arrivait pas à masquer l'odeur de renfermé, suffocante, mêlée à celle du parfum, du tabac et de la poubelle. Il y avait des fringues en tas un peu partout, des pyramides à moitié effondrées de cuir et de dentelle recouvraient la moitié de son matelas futon, son seul meuble. Elle m'a parlé sur un ton un peu provocateur, comme je l'aurais fait si j'avais dû accueillir quelqu'un dans un intérieur aussi sordide.

— Ben voilà. Bienvenue chez moi. Tu veux du thé ?

— Oui merci, avec grand plaisir.

Elle avait une plaque électrique, une bouilloire et un micro-ondes dans un placard. Pendant qu'elle sortait les tasses et une tisane à la menthe, j'ai demandé où était la salle de bains.

— Ici.

Un autre placard, une douche minuscule, toilettes et lavabo, le tout couvert de crasse, le robinet croûté de dentifrice. La serviette qui était par terre sentait le moisi, mais j'ai fait couler de l'eau chaude et me suis frictionnée, brossé les dents, j'ai mis un peu de crème et de maquillage. Le Glock pointait sous mes affaires d'un air insolent. J'avais envisagé de tuer Yvette, juste pour lui prendre sa carte d'identité, mais il y avait un petit problème de couleur de peau.

— Bon, ai-je dit avec enthousiasme en sortant de la salle de bains, ça te dit une petite virée ? C'est moi qui invite.

— Carrément, a-t-elle répondu, méfiante. Mais il est hyper tôt.

— On peut sortir boire un verre, et peut-être passer chez Julien ensuite ?

— OK.

On a bu notre infusion et j'ai avalé deux cuillères du pot de Nutella esseulé dans le petit frigo d'Yvette. Tandis qu'elle se lançait dans les multiples étapes de sa préparation, je me suis allongée sur le futon et j'ai fait défiler les chaînes d'info. À présent qu'elle était concentrée, il y avait quelque chose de très appliqué, presque gracieux, dans ses mouvements ; un œil professionnel posé sur son cul moulé dans une robe de soie émeraude, les grimaces qui accompagnent la pose de l'eye-liner et du mascara, l'ajustement de la bride d'une sandale Tribute au talon vertigineux. Une fois prête, impossible de deviner qu'elle sortait d'un tel dépotoir. Ma propre tenue ne m'a pris que deux minutes : minirobe noire Alexander Wang et escarpins noirs, pas de chichis.

— On achète de la coke ?

— Ça va pour l'instant, peut-être plus tard. Tu es prête ?

Elle a acquiescé, tripotant son téléphone – la situation était bizarre, mais l'idée d'une soirée aux frais de la princesse était trop belle pour passer à côté.

— Tu peux laisser ton sac ici. Je peux t'héberger, je veux dire.

— Nan, j'aurai peut-être besoin de mes affaires.

— Tu retrouves ton nouveau mec.

— Oui, peut-être après.

J'ai hissé le fourre-tout sur mon épaule, déstabilisée sur mes talons.

— Bien, en route.

Libérée de son taudis, Yvette était davantage elle-même, me parlait d'une énorme soirée organisée dans un entrepôt près du canal Saint-Martin, un événement art et mode qui allait attirer beaucoup de monde. C'était elle qui s'occupait de l'habillage de la soirée, bien qu'à en croire la déco de son appartement, sa carrière dans ce domaine consistait à réutiliser les échantillons que les bureaux de presse étaient assez bêtes pour lui envoyer. Comme il n'était que neuf heures, on a pris un apéritif dans un bar de son quartier avant de se diriger vers la rue Thérèse. À part le Nutella, je ne me rappelais pas quand j'avais mangé pour la dernière fois, alors j'ai avalé une bonne grosse poignée de cacahuètes parfumées à l'urine, posées sur le comptoir. Je ne pouvais pas me permettre d'avoir les genoux qui flanchent.

On est arrivées chez Julien vers dix heures, au moment où la porte s'ouvrait. J'avais espéré le dissuader de me poser des questions en arrivant avec Yvette, mais c'était lui qui se chargeait de l'accueil. Il nous a fait entrer, puis descendre dans le club désert. Il nous a emboîté le pas pour nous servir un cognac.

— Ça craint, a dit Yvette en faisant battre sa jambe contre son tabouret.

— Ça va venir. Tiens, regarde.

Deux mecs se pointaient, grands, blonds, affûtés.

— V'là les Jeunesses hitlériennes.

Ils sont venus droit vers nous et nous ont offert un verre. Julien a mis de la musique et au bout d'une demi-heure de parlote, la salle a commencé à se remplir. Yvette, un peu pompette, est partie se changer pour revenir en string de dentelle noire et corset, et s'est enroulée autour de son Aryen, qui n'a pas eu besoin d'invitation supplémentaire pour l'attirer vers la *backroom*.

— Tu viens ?

— Tout à l'heure.

Ils se sont éclipsés, et je me suis concentrée sur les filles. Il n'y en avait pas beaucoup, et il m'en fallait une qui ait à peu près ma couleur de cheveux, au minimum. Le dernier train pour Amsterdam partait à minuit douze, et il était vingt-trois heures vingt quand ils sont entrés. Une jeune femme avec un type beaucoup plus âgé, lui possessif, agrippé à sa main, elle plus posée, habituée. Elle a effleuré sa bouche et s'est dirigée vers les cabines tandis qu'il s'approchait du bar. Quelques minutes plus tard elle était de retour en body rose échancré, ses mamelons foncés comprimés sous le tissu. Parfait. J'ai fait un signe de tête à mon blondinet, qui louchait déjà sur les seins de la fille. Je suis descendue de mon tabouret et j'ai pris la direction des cabines, mon fourre-tout toujours à l'épaule. Une seule était fermée. Je ne savais absolument pas comment forcer une serrure, alors je me suis couchée à plat ventre sur le sol, de façon à me glisser dans l'espace sous la porte et, une fois dans la cabine, je me suis ruée sur le sac : une pochette Prada noire. J'ai déversé tout son contenu, écarté les cochonneries habituelles pour m'emparer du portefeuille que j'ai vidé de ses cartes de crédit et de ses factures, à la recherche de la carte d'identité. Pas évident d'y voir clair dans la pénombre, pourtant il semblait bien que Marie-Hélène Baudry serait mon double ce soir. Elle était mariée et, bizarrement, je doutais fort que ce soit au mec qui l'accompagnait. La coquine. J'ai songé lui laisser le passeport de Leanne en échange, mais il y avait ma photo dessus, alors j'ai tout rangé soigneusement dans le portefeuille et la pochette, puis j'ai glissé la carte d'identité dans mon sac. Vingt-trois heures trente-deux. Serré, mais encore jouable.

J'ai jeté un œil dans la *backroom* avant de partir. Yvette était sous son étalon blond, lui aiguillonnant le dos de ses talons. Elle en serait quitte pour la note, mais bon, d'un autre côté, elle n'avait jamais proposé de me rendre la monnaie de ce billet de cinq cents – jamais je ne l'aurais acceptée, mais merde quoi, et les bonnes manières ? J'étais dans le hall d'entrée à vingt-trois heures trente-cinq, derrière le rideau, main sur la poignée, quand Julien a émergé de l'ombre.

— Mademoiselle Lauren ?

— Désolée Julien, je suis pressée.

Il a tendu le bras et délicatement fermé la porte.

— Juste une petite minute. Il faut que je vous parle.

— Bien. Mais faites vite.

— Naturellement, mademoiselle.

Il est passé sous le guichet de l'accueil et m'a fait signe de le suivre dans son bureau. Pas de fausse débauche ici, rien qu'un bureau, un ordinateur, une chaise de bureau bas de gamme, un paquet de reçus embrochés sur une pointe à la lumière crue d'un néon. J'ai posé mon sac sur le bureau.

— Mademoiselle Lauren. J'ai eu une autre visite. La police, cette fois. On m'a interrogé. Encore.

— Quand ça ?

— Aujourd'hui, hier, difficile de se souvenir.

Ce n'était vraiment pas le moment de me faire chier avec ce petit jeu du chat et de la souris.

— Combien voulez-vous ?

Il a louché sur le sac.

— Vous partez en voyage ?

— Ça ne vous regarde pas. Dites-moi combien.

— Cinq mille.

— En échange de quoi ? Qu'est-ce que j'ai fait, d'après vous ?

— À vous de me le dire.

— Je n'ai pas autant sur moi.

— Alors ce que vous avez, ça fera l'affaire. Et vous n'êtes plus la bienvenue ici.

J'aimerais pouvoir dire que je ne l'ai pas fait intentionnellement. Que je plongeais une main dans mon fourre-tout pour saisir mon fric quand soudain le pistolet s'est retrouvé dans ma paume, monsieur le juge. Franchement, je n'avais pas le temps. J'aurais pu lui lancer un avertissement – « ce n'était vraiment pas son jour, il n'aurait pas dû me mettre en pétard, parce que ce qu'il s'apprêtait à voir n'allait pas lui plaire » –, mais l'heure n'était pas non plus à une repartie pleine d'esprit. Je me suis penchée au-dessus du bureau, lui ai tiré deux balles dans la poitrine, j'ai ôté mes chaussures et déboulé à toutes jambes dans la rue Thérèse.

J'avais bu un verre une fois avec Renaud au bar du Crillon, un couple s'était disputé à la petite table en marbre à côté de la nôtre. Ils étaient jeunes, plus jeunes que moi, lui mal rasé et suffisamment négligé pour être un acteur célèbre, elle assez belle, dans un genre Uma Thurman avant les ravages du Botox, cheveux blond cendré tirés en chignon sévère au-dessus d'un visage à la Picasso. Elle portait un manteau exquis en cachemire crème, peut-être un peu chaud pour la saison. Elle avait commandé deux martinis ; il est arrivé en retard avec des fleurs flétries achetées au coin de la rue. Ils ont parlé à voix basse, puis, l'alcool aidant, elle s'est mise à pleurer. De jolis brillants Swarovski ont goutté de ses yeux dangereusement turquoise. Puis elle s'est levée, et, à sa façon de le faire, j'ai su qu'elle avait parfaitement conscience que tous les hommes avaient les yeux braqués sur elle. Elle a remonté le col contre son cou élancé et s'est penchée vers lui.

— Je suis désolée, mais je ne peux plus faire semblant. J'en ai assez.

Elle l'a giflé avec le bouquet avant de laisser tomber les fleurs fanées par terre et de se diriger vers le hall d'un pas décidé. Il s'est levé, lentement, a décollé un pétale de sa mâchoire et a regardé autour de lui : l'incarnation parfaite de la confusion, de l'amour-propre blessé. Comme un seul homme, les serveurs se sont alignés en une rangée de pom-pom girls pour lui crier leurs encouragements : « Par là, monsieur, elle est partie par là ! » et il a couru derrière elle. On les a repérés un peu plus tard, en bord de Seine, s'embrassant et riant sur le quai. Son manteau ouvert laissait voir une jupe en jean banale et un haut de pyjama d'homme. Une splendide façon de se faire payer un verre. C'étaient peut-être des étudiants en cinéma, ou des acteurs. Tout ça pour dire que les Parisiens sont très sensibles à la réputation de leur ville – ils savent que Paris est censée adorer les disputes d'amoureux, et donc les filles qui courent pieds nus dans les rues la nuit, l'air désespérées, attirent rarement l'attention. Tandis que je courais, j'ai pensé à une autre fille qui bondissait pieds nus dans la rue, mais cette nuit d'été me paraissait très innocente à présent. Il y a deux kilomètres et demi de la rue Thérèse à la gare du Nord et je les ai parcourus en seize minutes ; pas mal, avec un sac qui pesait une tonne.

Je me suis faufilée dans la faune habituelle du parvis, ivrognes et gens du voyage, et j'ai acheté un billet pour Amsterdam à la borne automatique. Évidemment, elle refusait le billet de cinquante euros, mais je ne pouvais pas payer par carte. J'ai lissé le billet contre ma cuisse, un œil sur la pendule. Pas ça, non. Je ne pouvais pas me faire pincer pour un billet de train, comme Al Capone avec les impôts. J'ai entendu un bruit bizarre, en cascade ; il m'a fallu un moment pour comprendre que c'était moi qui riais comme une folle. Deux fois, trois fois, la machine a craché mon billet. J'ai respiré un grand coup, repassé les coins comme un drap d'hôpital, l'ai réintroduit. L'espace de vingt secondes, il se peut que j'aie cru en Dieu. Aller simple, un adulte. Merci petit Jésus. J'ai même eu le temps de composter le billet au bout du quai avant que mes pieds crasseux et mon gros sac se hissent à bord du train.

Épilogue

Dedans

C'était la première soirée importante de la Biennale, presque un an après que j'avais quitté Paris. Le ciel au-dessus de San Giorgio Maggiore était d'un bleu rosé proprement surnaturel ; tout le monde disait qu'on aurait cru un plafond de Tiepolo, comme on l'entend toujours à Venise. Une file de canots Riva ondulaient près de l'embarcadère, prêts à transporter de l'autre côté de la lagune un troupeau bêlant de marchands et de vendus. Le long des Zattere, j'apercevais le *Mandarin*, coincé entre deux monstres de fibre de carbone. Leur volume extravagant tapi contre l'église blanche de l'architecte Massari était en soi une installation surréaliste. Il faudrait que Steve achète un plus gros bateau s'il voulait rester dans la course. Je devais dîner avec lui un peu plus tard. Je refuserais qu'il m'emmène au Harry's ; on prendrait un verre sur la terrasse flottante du Gritti, puis direction La Madonna à San Polo pour un *risotto* aux oursins, que ça lui plaise ou non. J'avais trois moulages de Quinn à lui proposer pour le jardin de sa nouvelle propriété londonienne, des représentations agrandies d'embryons humains pelotonnés dans le granit comme de mystérieuses créatures des mers. Plutôt joli, pour une fois. Mais avant ça, il y avait la soirée Johnson Chang au Bauer, pour les galeristes hongkongais, et j'espérais aussi avoir le temps de faire un saut à la fondation Prada avant de retrouver Steve. J'ai tendu la main au conducteur d'un bateau-taxi qui m'a aidée à monter à bord sans encombre, imitée par une troupe de stylistes et de photographes qui couvraient les expositions pour *Vanity Fair*. J'ai vaguement bavardé avec l'acheteur de Mario Testino pendant la courte traversée, mais tout ce que je voulais, c'était m'étourdir d'air frais et de paysages.

On ne pouvait pas assister à la soirée Chang sans invitation ; j'avais mon ravissant rouleau de parchemin chinois dans ma pochette Saint Laurent de cuir souple. Quelques paparazzis et touristes traînaient pour regarder ce qui se passait. Je les ai contournés et suis montée me présenter à l'hôtesse. Tandis qu'elle pointait mon nom sur la liste, j'ai jeté un œil au hall de l'hôtel, en marbre, tout en longueur, qui s'ouvrait sur une terrasse à la maçonnerie ciselée. Des rangées de serveurs, plateau d'inévitables Bellini à la main, se tenaient entre des pièces incongrues de street art shanghaïen.

— Tu entres ?

— Lorenzo ! *Ciao, bello*. Je me demandais où tu étais.

Lorenzo représentait l'un des hôtels des ventes majeurs de Milan. Il était de Venise, avec les cheveux fauves et les yeux pâles de la lagune. L'une de ses arrière-grands-mères était réputée pour avoir refilé la chaude-pisse à Byron, c'est en tout cas ce qu'il m'avait dit quand on s'était envoyés en l'air à Kiev.

— Tu connais Rupert, je présume ?

Rupert. Plus rond et rouge que jamais, l'Anglais à l'étranger avec son sempiternel costume en lin froissé et son panama de chez Lock & Co de guingois. Je l'ai regardé bien en face.

— Non, a-t-il dit. Je ne crois pas que nous nous soyons rencontrés.

— Elisabeth Teerlinc.

Lorenzo s'était déjà engouffré à l'intérieur. On se tenait dans une césure soudaine, au milieu de la foule. Il a tendu une main, moite naturellement. J'ai sondé son regard, en quête d'une étincelle de souvenir, mais non, rien. Comment m'aurait-il reconnue ? Cette femme en robe Céline, tout en daim bleu cobalt, et ses escarpins impeccables n'existait pas dans la même dimension que Judith Rashleigh. On ne faisait jamais vraiment attention aux subalternes. Je n'avais même pas pris la peine de changer de couleur ou de coupe.

Ma main était toujours dans la sienne. Je l'y ai laissée encore un peu.

— Et vous êtes chez ?

— J'ai ma propre galerie. Gentileschi. J'ai un espace dans le Dorsoduro.

— Ah. Gentileschi. Bien sûr.

J'ai retiré ma main et pioché une carte de visite dans mon sac.

— Passez donc à notre vernissage demain soir. J'expose un collectif d'artistes des Balkans. Très plaisant.

— Ce sera avec joie.

Il me déshabillait du regard. Rupert. Comme s'il avait la moindre chance.

— Vous entrez ? Je crois que Lorenzo nous attend.

Ses joues se sont davantage empourprées sous leur couperose.

— Euh, non, je n'ai pas de carton.

Oh, pauvre Rupert.

— Quel dommage.

— Il y a trop de monde, de toute façon.

— Oui, de quoi étouffer. Bon, à demain Rupert.

J'ai tendu la joue, et lui ai tourné le dos tandis que l'hôtesse levait le cordon de velours. J'ai senti ses yeux planer sur moi alors que je me frayais un chemin dans la foule pour admirer l'agonie du jour sur Venise. Avec ses reflets de lapis-lazuli, l'eau miroitait à mes pieds. J'ai pris un verre et je me suis isolée contre le parapet, face aux vagues vivifiantes, le cœur léger.

À suivre.

POCKET

« Méfiez-vous des apparences avec Claire Favan ! »

Le Point

Claire FAVAN
SERRE-MOI FORT

« Serre-moi fort. » Cela pourrait être un appel au secours désespéré. Du jeune Nick, d'abord. Marqué par la disparition inexpliquée de sa sœur, il est contraint de vivre dans un foyer brisé par l'incertitude et l'absence. Du lieutenant Adam Gibson, ensuite. Chargé de diriger l'enquête sur la découverte d'un effroyable charnier dans l'Alabama, il doit rendre leur identité à chacune des femmes assassinées pour espérer remonter la piste du tueur. Mais Adam prend le risque de trop, celui qui va inverser le sens de la traque...

Faites de nouvelles rencontres sur **pocket.fr**

- Toute l'actualité des auteurs : rencontres, dédicaces, conférences...
- Les dernières parutions
- Des 1ers chapitres à télécharger
- Des jeux-concours sur les différentes collections du catalogue pour gagner des livres et des places de cinéma

*Cet ouvrage a été composé et mis en pages
par ÉTIANNE COMPOSITION
à Montrouge.*

**Achevé d'imprimer en Allemagne
par GGP Media GmbH
à Pößneck
en avril 2017**

POCKET – 12, avenue d'Italie – 75627 Paris Cedex 13

Dépôt légal : mai 2017
S27247/01